MAYRA CUEVAS & MARIE MARQUARDT

Tradução
LÍGIA AZEVEDO

O selo jovem da Companhia das Letras

Copyright © 2022 by Mayra Cuevas e Marie Marquardt

O selo Seguinte pertence à Editora Schwarcz S.A.

Grafia atualizada segundo o Acordo Ortográfico da Língua Portuguesa de 1990, que entrou em vigor no Brasil em 2009.

TÍTULO ORIGINAL Does My Body Offend You?
CAPA Ray Shappell
ILUSTRAÇÃO DE CAPA Camila Rosa
PREPARAÇÃO Giu Alonso
REVISÃO Natália Mori e Gabriele Fernandes

Dados Internacionais de Catalogação na Publicação (CIP)
(Câmara Brasileira do Livro, SP, Brasil)

Cuevas, Mayra
   Meu corpo te ofende? / Mayra Cuevas, Marie
Marquardt ; tradução Lígia Azevedo. — 1ª ed. —
São Paulo : Seguinte, 2023.

   Título original: Does My Body Offend You?
ISBN 978-85-5534-233-2

   1. Amizade – Ficção 2. Corpo – Imagem – Ficção
3. Ficção juvenil I. Marquardt, Marie. II. Título.

22-137391   CDD-028.5

Índice para catálogo sistemático:
1. Ficção : Literatura juvenil   028.5

Aline Graziele Benitez – Bibliotecária – CRB-1/3129

Todos os direitos desta edição reservados à
EDITORA SCHWARCZ S.A.
Rua Bandeira Paulista, 702, cj. 32
04532-002 — São Paulo — SP
Telefone: (11) 3707-3500
www.seguinte.com.br
contato@seguinte.com.br

Mayra:
Para mami, con todo el amor.
Gracias por esta vida preciosa.

Marie:
Para minhas filhas, Mary Elizabeth,
Pixley e Annie, com todo o meu amor.
Obrigada por tornarem cada dia
da minha vida precioso.

Obrigado por arranjar encrenca. Encrenca boa.
John Lewis

O que você está prestes a ler é uma ficção inspirada em alguns eventos reais. Versões desta história aconteceram com muitas pessoas nos Estados Unidos inteiros. Talvez algo do tipo tenha acontecido com uma colega de classe. Sua irmã. Sua melhor amiga. Ou mesmo você.

26 dias depois do furacão Maria

ORANGE PARK, FLÓRIDA

PARTE UM

Meus silêncios não me protegeram. Seu silêncio não vai proteger você. Mas a cada palavra dita, a cada tentativa que fiz de falar as verdades, as quais ainda busco, estive em contato com outras mulheres enquanto procurávamos as palavras certas em um mundo no qual todas acreditávamos, superando nossas diferenças.

Audre Lorde, *A transformação do silêncio em linguagem e em ação*[*]

---

[*] Os trechos do ensaio citados neste livro foram traduzidos por Stephanie Borges no livro *Irmã outsider* (Belo Horizonte: Autêntica, 2019).

UM

MALENA

Não sou uma pessoa supersticiosa, mas minha *abuela* Milagros diz que catástrofes sempre vêm em três. Estou começando a acreditar que tem dedo dela aí.

Primeiro foi um furacão insano chamado Maria, que causou mais devastação à nossa ilha do que somos capazes de compreender. Agora *mami* e eu estamos presas nesse pântano que é a Flórida — o segundo azar que demos. (A única vantagem é que vejo meus primos todos os dias, em vez de apenas uma ou duas vezes no ano.)

Por fim, porque o destino adora uma ironia, graças a esses mesmos primos, minha *mala suerte trifecta* talvez esteja completa.

Como posso evitar esse terceiro desastre que me ronda antes que destrua o que restou da minha vida?

Levo a mão à medalha de *La Virgencita* que uso no pescoço, a que protege do *mal de ojo*, segundo *abuela*. Sinto um arrepio descendo pela espinha e me afasto do espelho de corpo inteiro fixado na porta do meu quarto. Não sei o que é mais digno de pena: meu reflexo ou a confusão de móveis usados à minha volta — a maior parte doação de uma igreja local para quem precisou deixar sua casa por causa do furacão Maria.

Isso não é nada bom. A pele das minhas costas passou de marrom a um vermelho inflamado. A cor de uma lagosta caribenha que acabou de ser retirada de uma panela de água fervente. Acontece que é uma péssima ideia usar maiô enquanto se faz jardinagem.

Ontem, depois de mais uma resposta atravessada da minha prima

Soraida para minha tia Lorna, fomos forçadas — porque a tia Lorna sempre acha que estou envolvida nas confusões de Soraida — a arrumar o quintal e cortar a grama. Passei a tarde podando arbustos, com o sol lambendo minhas costas.

Meu primo Carlos também estava sem camisa, mas sei lá como acabou com um belo bronzeado. É tão irritante que garotos não precisem se preocupar em ficar com os peitos de fora. Ou em descobrir como dormir quando deitar de costas é impossível.

Aposto que Carlos dormiu como um bebê a noite toda.

Eu não. Mal preguei o olho. Ficar deitada de bruços foi uma tortura, graças às duas montanhas que surgiram recentemente no meu peito. Ninguém me avisou que o duplo D do sutiã taça DD era de "dor em dobro".

Aliás, de onde foi que esses peitos saíram? Além de Soraida, não conheço nenhuma garota de quinze anos que precise comprar sutiãs com taça especial. *Abuela* sempre diz que as mulheres da família Rosario são abençoadas com o valioso "presente" de ter peitos grandes — um claro sinal da nossa força feminina, ela garante.

— Você deveria ter orgulho — ela gosta de dizer.

Mas hoje meus peitos parecem mais uma grande inconveniência que um presente.

Mami bate na porta e espia para dentro.

— Está pronta, *nena*? Não posso me atrasar. Estão com pouca gente no pronto-socorro — ela diz, em espanhol.

O fato de que em casa só falamos nossa língua materna, espanhol porto-riquenho, me reconforta um pouco.

Mami abre um pouco mais a porta. O uniforme do hospital é todo estampado de palmeiras e flamingos empoleirados em uma perna só. É o que minha prima Soraida chama brincando de "estilo Flórida". *Mami* diz que as crianças do pronto-socorro pediátrico em que trabalha adoram. Ao que parece, os fofos pássaros cor-de-rosa ajudam a tranquilizar os pacientes. Queria que tivessem o mesmo efeito em mim.

— De jeito nenhum vou conseguir usar isso. — Largo na cama o sutiã que segurava entre os dedos. — Está ardendo.

Viro de costas para que ela tenha uma visão melhor das minhas costas.

Mami entra e se senta na cama. Tira uma lanterninha clínica do bolso da blusa e aponta para a minha pele, a qual inspeciona de perto.

— É uma queimadura de primeiro grau — *mami* diz em seu tom prático de médica. — A pomada que passamos ontem à noite não ajudou? — Ela pega a embalagem branca da mesa de cabeceira e lê o rótulo. — Vou trazer alguma coisa mais forte do hospital. — Ainda em tom prático, mas agora o de mãe porto-riquenha, ela completa: — Eu te disse pra usar protetor.

— Não consegui achar.

Eu me afasto, tentando controlar a onda de irritação que me atravessa.

Tia Lorna passou quatro anos falando sem parar das virtudes da vida na Flórida. "Aqui as pessoas sabem viver", ela gosta de dizer. "O governo faz as coisas acontecerem. O povo não é um bando de *vagos* e *sinvergüenzas*. Quem estiver disposto a trabalhar de verdade ganha muito dinheiro." Minha tia seria capaz de vender o Sonho Americano ao gringo mais gringo do mundo.

Nunca pensei que meus pais cairiam nas lorotas estilo Disney da minha tia, mas isso foi *antes* do Maria — antes que um furacão categoria quatro virasse nossa vida do avesso e nos forçasse a ir morar a dois mil quilômetros de casa. *Depois* do Maria, eles mergulharam no sonho da cabeça aos pés.

No fim de semana de comemoração dos setenta anos da *abuela* Milagros, *mami* e eu viajamos até Jacksonville, vagamente conscientes de que outro furacão se aproximava da ilha. Era para *papi* ter ido com a gente, mas ele é supervisor local da Agência Federal de Gerenciamento de Emergências. Fazia só dez dias desde que o furacão Irma tinha passado perto de Porto Rico, destruindo a costa nordeste com seus ventos de mais de cento e sessenta quilômetros por hora. Ele ficou para trás para lidar com as consequências.

— Tem uma corrente de oração percorrendo o mundo, *mija* — *abuela* disse, na sala da tia Lorna, enquanto comíamos o bolo doce demais da festa e assistíamos à aproximação mortífera do Maria. — Você viu como o Irma mudou de curso. Vai acontecer o mesmo com o Maria. Não precisa se preocupar. As orações vão proteger nossa *islita*.

Não protegeram.

As orações não funcionaram nem. Um. Pouco.

Deus simplesmente ignorou a gente.

O furacão Maria devastou a ilha a ponto de deixá-la irreconhecível. Com isso, destruiu minha vida. Uma vida cheia de amigos que eu conhecia desde o berço, uma escola onde era fácil me encaixar e cujos professores me diziam que eu era "uma líder nata", um lar com dois pais amorosos. Uma vida a que não dei o devido valor até perder.

Chegamos a Jacksonville com uma mala de mão cada. Na minha havia alguns vestidos bonitinhos, minhas sandálias preferidas e um maiô, o essencial para um fim de semana de comemoração.

Tia Lorna conseguiu algumas coisas para nós na igreja. Por enquanto temos duas camas de solteiro, um sofá, uma mesa de centro, panelas e frigideiras, talheres e um kit de fondue novinho em folha. Ainda estamos pensando no que derreter primeiro: queijo ou chocolate. Não é uma escolha fácil.

O pessoal da igreja ajudou *mami* a conseguir um trabalho de assistente de médico no pronto-socorro pediátrico do hospital local. Minha tia não deixou de apontar que *mami* ganha mais aqui, na Flórida, do que em casa pelo mesmo trabalho.

— Dinheiro não é tudo — tentei argumentar. Mas, considerando nossa situação atual, fui ignorada por todos.

Fui matriculada na escola dos meus primos. *Papi* continua em Porto Rico. Só Deus sabe quando estaremos todos juntos de novo. Mas imagino que não adianta rezar por um milagre.

— Não posso ir para a escola assim — protesto, acenando para meu peito nu em um gesto exagerado.

— São só peitos, Malena. Todo mundo tem.

Mami dá uma olhada nas poucas peças penduradas no meu armário. Não há muitas opções. Agora sei que fiz a mala muito mal, mesmo para uma viagem curta.

— Minhas roupas estão todas sujas — eu aponto.

Foi assim que acabei cortando grama de maiô cavado nas costas. O apartamento novo não tem lava e seca. Porque, como a gente descobriu, isso tem um custo extra. Então vou ter que esperar até o próximo sábado, o dia de lavar a roupa na casa da tia Lorna. Nossa roupa suja deu origem a todo um drama familiar. A solução foi lavarmos a cada quinze dias, para não atrapalhar os uniformes de beisebol de Carlitos com nossas roupas imundas.

— Você pode usar uma camisa minha — *mami* diz, indo para seu quarto e voltando pouco depois com uma túnica florida grande demais para mim.

— Não posso ficar aqui? — peço. — Ainda tem um monte de doações da igreja para desempacotar. Acho que vi uma sorveteira em algum lugar. — Sou grata pela bondade de todos esses desconhecidos, mas é engraçado pensar no tipo de coisa que eles acham que vai ser necessário para reconstruir a vida. — Posso arrumar tudo enquanto você trabalha. E talvez até fazer um sorvetinho.

— Não quero que você perca mais aulas. — *Mami* tira a túnica do cabide e puxa um fio solto. — Não pode se dar a esse luxo.

— Não estou mal — resmungo.

— Lorna acha que se você conseguir manter sua média e se envolver em mais atividades...

Eu a corto na mesma hora.

— Tia Lorna tem opinião sobre tudo.

— Acho que ela está certa sobre isso. Com suas notas e atividades extracurriculares, talvez você consiga uma bolsa de estudos integral depois de se formar. Três anos passam depressa, e as faculdades daqui são muito caras. É diferente de Porto Rico.

Do que ela está falando?

Desvio o rosto, cansada dessa discussão que temos dia sim, dia não desde que viemos para este apartamento. Para mim, nossa realocação é temporária. Um tapa-buraco até o fim da reconstrução da ilha. Assim que nosso apartamento em San Juan estivesse refeito, com energia elétrica e água corrente, voltaríamos à nossa contente vida de antes. Uma vida que incluía tardes preguiçosas na praia de Ocean Park, paletas de frutas tropicais que só o centro histórico de San Juan tem, jantares em família no El Mesón de Pepe aos sábados. Se fechar os olhos, quase consigo sentir o molho delicioso do *mofongo* de mariscos.

Dizem que o sapo-coqui, nativo de Porto Rico, não sobrevive fora da ilha. Estou começando a compreender o motivo. Sinto saudades de casa com todas as células do meu corpo.

Peço isso toda noite a *La Virgencita*.

Minha antiga vida, exatamente como era.

Claro que não acredito no conceito de uma entidade todo-poderosa que atende a pedidos. Mas, estranhamente, estou parecendo *abuela* e suas amigas de *mantilla*: o tipo de católica que reza o rosário de joelhos e acende velas. Falar com *La Virgencita* é diferente. Por algum motivo, ainda acredito que ela se importa.

— Levanta os braços — *mami* diz.

— Dói — resmungo.

Ela passa a túnica com delicadeza pela minha cabeça, para que não encoste na pele inflamada.

— Viu? Não ficou tão ruim assim. Não dá para ver nada.

Viro para a esquerda e para a direita diante do espelho, avaliando meu peito. A última coisa que quero é me tornar "a porto-riquenha que não usa sutiã". Seria muito pior do que o jeito que já sou vista: "a porto-riquenha que perdeu tudo no Maria".

Prefiro ser a "pobre María Malena" à "*boricua* sem sutiã".

Por um milagre, atravesso a manhã inteira desapercebida. Mantenho os livros de matemática e química pressionados contra o peito pelos corredores.

Na penúltima aula, fico aliviada ao ver que metade do dia já passou. Vou para minha carteira na sala da sra. Baptiste e fico esperando que minha prima Soraida entre. Ao chegar, ela larga uma barrinha de cereal e uma banana na minha mesa.

— Não te vi no almoço. Foi esconder as *tetas* na biblioteca? — ela pergunta, com um sorrisinho.

Procure a palavra "candela" em um dicionário de gírias porto--riquenhas e provavelmente vai encontrar a foto de Soraida. Ela fala alto, é confiante e não está nem aí, fora que não tem nenhum filtro. Seus cabelos castanhos, cacheados e compridos e seus grandes e expressivos olhos só contribuem com essa imagem. Na maior parte dos dias, ela é um pé no saco, mas eu amo minha prima mesmo assim.

— Gosto de ficar na biblioteca — digo a ela. — Sinto falta dos meus livros.

— Você é tão nerd, *prima*.

É verdade. Adoro aprender coisas novas, principalmente nessa aula.

A princípio, me matriculei na aula de produção de vídeo só para ficar com Soraida, mas estou pirando com tudo relacionado a câmeras, montagem, iluminação e narrativa.

E adoro a professora, a sra. Baptiste. Ela sempre usa cores fortes, brincos dourados chamativos e um monte de pulseiras. É estranho como me sinto segura em sua presença. Não só porque ela é de Trinidad e Tobago, o que nos torna praticamente vizinhas no Caribe, mas também porque apresenta documentários superlegais para a gente. Na semana passada, assistimos a um curta chamado *Malala*, sobre a adolescente paquistanesa que levou um tiro no rosto por ter defendido o direito das meninas à educação. Ela recebeu o prêmio Nobel da Paz… aos dezessete anos!

Fiquei impressionada com o documentário. Nele, Malala diz que ficar em silêncio é o mesmo que desistir e que precisamos erguer nossa voz para dizer a verdade. Citando uma música de reggaeton: a garota tem *babilla*.

A sra. Baptiste chama isso de "se apropriar de sua narrativa".

Como uma garota que passou por uma experiência tão horrível pode transformar a própria vida em uma mensagem tão poderosa capaz de mudar o mundo? Não tenho ideia.

Quanto a mim, procuro me manter calada e de cabeça baixa para sobreviver. Na Sagrado Corazón, eu era do tipo que agia. Aqui, sou mera espectadora. Tudo o que faço é assistir aos documentários que a sra. Baptiste cita em aula, um atrás do outro. O que faz de mim ao mesmo tempo covarde e nerdona. Acho que Soraida tem razão.

— Falou com seu pai? — minha prima pergunta, virando para mim.

— Ontem à noite. Por, tipo, um segundo. Ele está tocando a operação nas montanhas.

— Mas calma, até quando ele vai ficar lá? — ela pergunta, com os olhos arregalados.

Dou de ombros, tentando ignorar a pena em seus olhos.

— O quanto for preciso.

— E como foi que ele te ligou de lá? — Soraida pergunta.

— Pegou um telefone via satélite emprestado.

— *Doña* Lucrecia, a *vieja* da nossa rua, vive falando que o filho liga todo dia pra ela, usando um telefone via satélite. — Soraida faz uma pausa, pigarreia e muda para uma voz aguda e anasalada, como a da *doña* Lucrecia. — *Yo no entiendo.* Por que todo mundo não tem um desses?

Ela retorce os lábios e aperta o nariz, como se houvesse algo podre por perto. Suas imitações de *doña* Lucrecia sempre me fazem rir.

— Ela é muito *come mierda*, aquela *vieja* — minha prima acrescenta, com o rosto de volta ao normal. — Não aconteceu nada com a casa do filho dela. Claro que não. O cara mora em Montehiedra. Aquelas mansões no alto da colina parecem fortalezas.

Deixo que ela continue reclamando até se cansar e talvez até esquecer do que está falando. Não quero pensar no *papi* agora, em uma sala de aula cheia de desconhecidos. Sinto tanta saudade que chega a doer.

A professora chama nossa atenção, e faço o meu melhor para me concentrar na aula, o que já se provou uma boa distração para os problemas na ilha. Ela faz uma sessão de meditação algumas vezes por semana. Diz que pode nos ajudar a lidar com o estresse e esvaziar a mente. A princípio, achei que era lorota, ficar sentada em silêncio por dez minutos, atenta aos pensamentos. Mas, com o tempo, se tornou uma válvula de escape. Durante dez minutos, o peso no meu peito vai embora, evaporando como a neblina sobre as montanhas de Cayey ao nascer do sol.

Estamos todos de olhos fechados, com a sra. Baptiste dizendo para prestarmos atenção na respiração, quando alguém bate à porta. Ela vai atender, e todos abrem os olhos para ver quem é.

— Srta. Rosario — a professora diz depois que a mulher à porta vai embora. Soraida e eu nos entreolhamos.

Tecnicamente, meu nome é Malena Malavé Rosario; Malavé vindo do meu pai e Rosario, da minha mãe. Em Porto Rico, todo mundo usa os dois sobrenomes. Afinal, *mami* me emprestou seu corpo por nove meses. Levar o sobrenome dela adiante é o mínimo que posso fazer.

Mas quando *mami* me matriculou na Orange Grove, a moça da secretaria se enganou e achou que Malavé era meu nome do meio, e acabei sendo registrada apenas como Malena Rosario em todos os documentos da escola. Ainda não consertaram isso.

— Malena Rosario — a professora diz, lembrando-se de que há duas alunas com o mesmo sobrenome na sala. Não houve nenhuma confusão quanto ao nome de Soraida quando ela se matriculou. Aparece Soraida María Ramírez Rosario em todos os documentos, o que confunde todos os professores que não são latinos.

— A dra. Hardaway, diretora-assistente, precisa falar com você — a professora diz, me entregando um disco laranja de plástico que parece um frisbee achatado.

Não entendo por que ela está me oferecendo o frisbee até que leio PASSE LIVRE grafado em negrito no plástico.

— Estou encrencada?

A sra. Baptiste solta o ar. Seus ombros caem ligeiramente. Ela me leva até o corredor e relanceia o olhar para o meu peito como quem pede desculpas. De repente, é como se meu corpo todo estivesse exposto, como se eu estivesse completamente nua. Chego a tremer. Eu deveria ter pegado um livro para me cobrir.

— Você está dispensada da aula, Malena. Não se preocupe com a tarefa de hoje. Está bem?

Sua voz é bondosa, mas noto um pingo de preocupação em seus olhos.

— A sala dela fica no fim do corredor.

A sra. Baptiste aponta para a passagem comprida e estreita, que assume um tom doentio de verde devido às luzes fluorescentes no teto.

Vou até a sala da dra. Hardaway, desejando que estivesse indo para a sala da irmã María de Lourdes. Quando a diretora da escola antiga me chamava, em geral era para me dar os parabéns pela organização de um evento escolar bem-sucedido ou para contar uma grande ideia para a próxima reunião do conselho estudantil. Agora, tenho uma sensação desanimadora de que não vai ser esse tipo de encontro.

Quando chego, a secretária da dra. Hardaway parece saber exatamente quem sou, embora eu não me lembre de tê-la conhecido. Não deixo de pensar que isso está relacionado ao meu status de evacuada. *Pobre María Malena.*

Eu me sento, entretida por um momento pelo peixinho-dourado nadando em círculos em um aquário redondo muito pequeno. Fico tentada a libertá-lo. Peixes não pertencem a lugares fechados.

— Srta. Rosario, a dra. Hardaway vai te receber agora — ela diz.

Não é a primeira vez que venho à sala da dra. Hardaway. A outra foi alguns dias depois do furacão, quando ficou claro que não tínhamos uma casa para onde voltar.

Estávamos sem os documentos da minha antiga escola, por isso *mami* e eu tivemos uma reunião com o orientador para escolher minhas matérias. O orientador, o sr. Cruz, é um chicano hippie que insistiu em "hablar español" mesmo depois de garantirmos que éramos bilíngues. Ele achou que seria uma boa ideia fazer as aulas de inglês como segunda língua até que eu tivesse tempo para "me adaptar".

— Vai tirar um pouco da pressão — ele dissera, em um tom afetado e peculiarmente devagar. O tempo todo suas mãos se movimentavam lentamente à sua frente. — Às vezes, somos o rio. Às vezes, somos a cachoeira. E às vezes somos o córrego.

Eu o encarei, puta e confusa ao mesmo tempo. O que a água corrente tinha a ver com cursar literatura inglesa?

Mami explicou fervorosamente que eu havia estudado minha vida inteira em uma escola particular bilíngue e que me matricular na turma de inglês como segunda língua era "inaceitável". Quando ela diz *inaceitável*, não tem volta. Ela consegue o quer. É *sempre* assim.

Pedimos então para ter uma reunião com o diretor da escola, o sr. Davis, mas fomos imediatamente informadas de que ele não lidava com aquele tipo de coisa. Teríamos que falar com uma — de um total de quatro! — diretora-assistente sobre quaisquer questões relativas à minha grade horária. No caso, a dra. Hardaway. Tecnicamente, ela é a assistente para questões disciplinares, mas também acaba coordenando a parte de exames e matrículas. Parece que cada assistente cumpre três ou quatro papéis. O que exatamente o sr. Davis faz? Ninguém sabe. Mal olhei para o homem. Tudo o que sei é que parece que são necessárias várias pessoas nessa escola para fazer o mesmo trabalho que uma freira na Sagrado Corazón.

Mami e eu nos reunimos com a dra. Hardaway e argumentamos a questão. A diretora-assistente acabou pedindo que a professora de inglês testasse meu conhecimento da língua. Nunca tive tanto orgulho de gabaritar uma prova.

— Pode se sentar, srta. Rosario, por favor — a dra. Hardaway diz, com um sorriso educado no rosto.

Seu cabelo vermelho-flamejante está solto sobre os ombros, chamando toda a atenção para sua característica mais marcante. Tento não encarar.

Passo os olhos depressa pela sala, como se a visse pela primeira vez.

Absorvo as estantes que vão do chão ao teto, cheias de livros e revistas. Há um vaso de ramos de eucalipto, fonte do aroma mentolado que sinto. Fico impressionada com a limpeza e a ordem de tudo. Não tem nem um lápis fora do lugar.

Eu me acomodo em uma cadeira de couro em frente à mesa dela, tomando o cuidado de manter as costas distantes do encosto. Sempre que minha pele toca qualquer superfície dura, uma onda de dor se espalha pelo meu corpo, como alfinetadas elétricas.

A dra. Hardaway avalia a pasta aberta à sua frente, com meu nome.

Enquanto isso, a mão mergulha várias vezes um saquinho de chá na caneca, distraidamente.

— É Rosario ou Malavé? — ela pergunta, ainda com os olhos nos documentos.

— Malavé Rosario.

— Ah, sim. Lembrei. Precisamos arrumar isso.

Ela anota algo em um post-it amarelo, que cola na minha pasta. Depois tenho toda a sua atenção.

— Desculpe por interromper a aula da sra. Baptiste, mas fiquei sabendo que você veio para a escola sem sutiã. É verdade?

Duas coisas se seguem imediatamente a essa afirmação-pergunta: (1) perco a fala; (2) esqueço tudo o que sei de inglês.

¿Qué dijo? ¿Brasier? ¿Quiere saber si tengo puesto un brasier?

Meu cérebro está tendo toda uma conversa em espanhol, enquanto tenta desesperadamente entender por que aquela mulher branca de meia-idade quer saber se estou ou não usando sutiã.

Confirmo com a cabeça, incapaz de pronunciar um monossílabo que seja.

A dra. Hardaway suspira. Então abre o mesmo sorriso de pena que recebi de todos os professores quando ficaram sabendo que eu estava longe de casa pelo Maria.

Pobrecita María Malena.

— Srta. Rosario… — ela começa.

Eu a interrompo, com a voz tensa, lembrando-a de novo:

— Malavé Rosario.

— Srta. Malavé — a dra. Hardaway diz, com um aceno de desculpas, mas ainda assim incapaz de acertar. — Quero que se sinta confortável aqui. — Ela descansa os braços na mesa e se inclina para a frente. — Considere essa sala um espaço seguro.

Seguro? Me sinto tão segura aqui quanto me senti assistindo à massa densa de nuvens tempestuosas engolindo minha casa. Não importava que meu corpo não estivesse na ilha; os ventos e a chuva engoliram meu coração por inteiro, como Dorothy e o tornado em *O Mágico de Oz*.

Cruzo os braços instintivamente, pressionando meus seios como se precisassem ser protegidos daquela mulher.

— Fui informada de que alguém do corpo docente se sentiu desconfortável com sua vestimenta — ela diz.

Sinto o rosto ficar do mesmo tom de vermelho-vivo das minhas costas. Alguém do corpo docente? Uma sucessão indistinguível de rostos me vem à mente. Não vi ninguém que parecesse desconfortável. Será que não percebi? Acho que eu teria percebido.

Afundo na cadeira. O couro geme sob minhas coxas, parecendo tão desconfortável quanto eu.

— A senhora... — ela começa a dizer, então parece mudar de ideia. — Não importa quem foi. — A dra. Hardaway se endireita na cadeira, ajeitando os ombros. Ela passa os olhos por um bilhete preso à pasta com um clipe. — Alguém do corpo docente expressou preocupação de que isso possa ser um problema, e é nosso dever proteger você de atenção indesejada.

Ela faz uma pausa. Percebo que está esperando que eu diga alguma coisa, mas sou incapaz de elaborar uma resposta coerente. Meu cérebro em pânico é uma confusão de pensamentos — em duas línguas!

Senhora? Foi uma *professora* quem reclamou? Não consigo entender por que outra mulher acharia que meus peitos são um problema. Por acaso ela não tem peitos também?

Talvez os dela não sejam tão grandes — e inconvenientes — quanto os meus.

— Agora, vamos ver... — A dra. Hardaway volta à papelada dentro da pasta. — Queremos que você se dê bem aqui. Sei que acabou de se mudar. Antes, na... — ela lê do formulário de admissão que tem em mãos — ... Sa-gra-do?... Cora...

— Sagrado Corazón — completo, desanimada, levando a mão à medalha de *La Virgencita* que uso no pescoço. Meu estado atual de incredulidade reduziu minha voz a um murmúrio.

— Isso. — Ela devolve o formulário à pasta e a fecha. — Imagino que as regras de vestuário lá fossem menos rígidas.

Quase solto uma risada. A irmã María de Lourdes teria batido na mão dessa mulher com uma régua de madeira. As regras de vestuário aqui são uma piada em comparação com as da minha escola católica administrada por freiras em San Juan. Éramos obrigadas a usar camisa branca com o escudo da escola bordado na manga e saia xadrez azul abaixo do joelho, além de sapatos oxford pretos e meias brancas cobrindo as canelas. Nunca pensei que eu sentiria falta daquele uniforme sufocante.

Mas aqui estou eu.

— Queimei as costas — explico, dolorosamente consciente de que a ansiedade que essa conversa causa em mim deixa meu sotaque mais forte. — Se usasse o sutiã, minha pele ia ficar toda machucada. Minha mãe é assistente hospitalar e disse que estou com queimaduras de primeiro grau.

Tento manter a voz constante. Me recuso a ser a latina escandalosa dando show na sala da diretora-assistente.

— Entendo, mas não posso deixar que volte para a sala antes de resolver essa questão — ela diz, apontando para meu peito. — Seus mamilos estão claramente visíveis.

Todo o sangue do meu corpo corre para o rosto e o pescoço. Sinto minhas veias pulsando nas têmporas. Curvo os ombros para a frente, tentando criar espaço entre o peito e a blusa, de modo a esconder meus seios grandes. Qualquer coisa para fazer essa mulher parar de falar sobre como meu corpo a ofende.

— Acho que tenho uma ideia — a dra. Hardaway diz, pegando o telefone fixo. Ela aperta alguns botões e espera que alguém atenda. — Enfermeira Hopkins? Estou mandando a srta. Malena Malavé — a diretora-assistente olha na minha direção e sorri — Rosario para a enfermaria. Pode dar a ela dois absorventes diários, para que cubra os mamilos? Ela veio sem sutiã para a escola hoje.

Quero que o piso de ladrilho se abra neste exato momento e me devore, de corpo e alma. *Por favor, se uma força maior estiver me ouvindo, permita que isso aconteça.*

— Hum-hum — a dra. Hardaway diz, assentindo para algo que

não consigo ouvir. — Ela vai ter que prender no lugar com durex, ou vai cair. Garanta que não dê para ver nada. Ela já está a caminho...

A diretora-assistente anota algo em um post-it e desliga.

Minha cabeça gira em um vórtex de vergonha e raiva. Por que *mami* não me deixou ficar em casa? Por que a porcaria dos meus peitos são tão grandes? Por que essa mulher está me pedindo para cobrir meus mamilos com absorventes diários, pelo amor de Deus? Será que minha situação pode ficar ainda mais humilhante?

— Excelente — a dra. Hardaway exclama, em um tom que me causa arrepios. — Isso deve bastar. — Ela sorri como se sua ideia fosse digna de orgulho. Depois me entrega outro frisbee laranja, um passe livre para ir até a enfermaria. — Eu mesma já usei esse truque algumas vezes. Vi em um blog de beleza uma vez, e veio bem a calhar.

A dra. Hardaway ri sozinha e me oferece um doce de um pote em sua mesa. Pego uma bala, com medo de recusar.

Ela pega um bombom para si.

— Sou uma formiguinha — a diretora-assistente diz, num tom conspiratório. — Mas tudo com moderação. — Ela desembrulha o bombom e o coloca na boca. — É como minha professora de ioga sempre diz: "Precisamos encontrar equilíbrio no tapete e fora dele".

Não tenho como sair da sala dela rápido o bastante.

No caminho da enfermaria, pego o celular e ligo para *mami*.

— Malena? Está tudo bem?

Ela parece afobada. Ouço sirenes ao fundo.

— A dra. Hardaway me chamou na sala dela porque vim sem sutiã — digo, lutando contra as lágrimas que se acumulam em meus olhos. — Ela quer que eu prenda absorventes diários com durex!

— Quarto 6A — *mami* avisa alguém que fala alto do outro lado, talvez da equipe médica ou de enfermagem. — Preciso ir, Malena. Tem um bebê chegando, acidente de carro. Não estava na cadeirinha, acredita nisso? Faça o que mandarem. Falamos depois. *Te amo, nena.*

Não tenho a chance de dizer que a amo também, porque *mami* desliga. Sei que está ocupada salvando vidas, mas fico magoada que não possa me atender. Sei que não sou uma paciente do pronto-socorro, mas também preciso dela.

Cruzo os braços e encaro a longa caminhada até a enfermaria, rezando para *La Virgencita* que ninguém me veja.

Não consigo acreditar que me tornei essa pessoa — uma garota que é tirada no meio da aula para levar uma advertência. Uma garota que quer ser invisível.

DOIS

RUBY

Como é segunda-feira e segundas são sempre um saco, estou na aula de história da sra. Markowitz, passando nervoso. Minha menstruação acabou de descer e tenho noventa por cento de certeza de que não trouxe absorvente. Como ela está passando um filme, tento não fazer muito barulho ao me inclinar para abrir o zíper da mochila. Reviro o conteúdo por um tempo, verificando todos os compartimentos. Só encontro tocos de lápis, embalagem de chiclete e um bóton quebrado escrito É ASSIM QUE UMA FEMINISTA SE PARECE que eu costumava usar o tempo todo quando ainda morava em Seattle. *Eu nem sabia que ainda tinha!*

Pego o bóton para inspecioná-lo e levo uma alfinetada no dedão. *Ai.* Uma gotinha de sangue se forma na pele.

Eu devia saber que revirar o passado doeria. A vida era mais fácil em Seattle. Se era melhor, não sei dizer. Mas com certeza era mais simples.

Eu me inclino para a frente e sussurro para Nessa:

— Ei, você tem um absorvente?

Ela balança a cabeça.

— Não. Jo e eu estamos usamos coletores.

Por que não me surpreende nem um pouco que Jo e Nessa usem coletores?

As duas são praticamente irmãs siamesas. Namoram há *séculos* e têm uma conexão tão profunda que eu e Topher, meu melhor amigo, brincamos que a semelhança entre elas está cada vez maior. Se não as amássemos tanto provavelmente nos ressentiríamos da perfeição inatingível de seu relacionamento.

— Eca. — Finjo que estremeço. — Tentei usar o coletor uma vez. Nunca mais.

Nessa dá de ombros.

— Seu corpo, suas regras. — Ela se vira para olhar para mim. — Mas você sabe que está se envenenando aos poucos, né?

A sra. Markowitz se levanta.

— Ruby? Nessa? Algum problema?

— Mais ou menos — digo, sem saber se isso chega a ser um "problema". Mas acho que pode evoluir para uma emergência. — Preciso ir à enfermaria.

— Está passando mal? — a professora pergunta.

— Não precisa se preocupar — digo a ela. — É que minha menstruação desceu e não tenho absorvente.

Previsivelmente, metade da sala ri e algumas garotas afundam na carteira.

— Sabe, se a escola disponibilizasse absorventes grátis no banheiro — Topher diz alto da fileira de trás —, Ruby não precisaria interromper a aula.

É por isso que eu te amo, Topher.

Topher Pérez é uma força da natureza. Nunca vou esquecer de como ele apareceu para me salvar por volta de 16h13 do meu décimo dia nessa escola.

— Não quero atrapalhar, sra. Markowitz — Topher prossegue —, mas papel higiênico é visto como um item essencial, não é? A escola não espera que cada um traga seu rolo.

— Já chega, Topher — a sra. Markowitz interrompe, a voz ao mesmo tempo frustrada com os discursos frequentes de Topher e um respeito velado por suas opiniões. — Venha pegar seu passe, Ruby.

Topher jura que fui *eu* quem *o* salvei. Mas sabemos a verdade.

Quando nos conhecemos, no outono passado, eu era a menina nova e esquisita, começando o segundo ano do ensino médio tão longe de casa quanto é geograficamente possível sem sair do país, a um universo de distância da minha antiga escola.

Vovó precisava de uma cirurgia no coração, e meus pais queriam cuidar dela durante o longo processo de recuperação. Os dois se aposentaram cedo, no fim do meu primeiro ano, para que fizéssemos as malas e deixássemos tudo para trás — os amigos, a casa, a escola e a vizinhança, minha loja de chás preferida, com sofás que não combinavam e noites de microfone aberto bem esquisitas. Passei o verão inteiro ao lado de vovó, ora obcecada por sua recuperação, ora por meu futuro "novo começo" na Orange Grove.

Vovó se recuperou perfeitamente, mas meu recomeço foi desastroso.

Os dez primeiros dias na escola nova foram brutais. Todo mundo se conhecia, e eu não conhecia ninguém. Minha primeira tentativa de fazer amizade foi um horror. E ninguém mais parecia ter dificuldade com o labirinto de corredores, as longas fileiras de armários e a precisão militar da grade escolar.

Não era como se eu precisasse de um "recomeço". Tinha uma vida boa em Seattle, mas era totalmente rotineira, sem surpresas. Sou a caçula. Minha irmã, Olive, é sete anos mais velha. Ela abriu o caminho, definindo nossas escolas, nossas atividades, nosso estilo. Eu a adorava. Mais do que isso, queria ser como ela. Quando Olive cortava a franja, eu também cortava. Quando Olive descobria uma nova banda indie, virava minha preferida no mesmo instante. E quaisquer temas com que Olive se importasse — desde salvar filhotes de foca a combater a gentrificação do centro de Seattle — se tornavam paixões ardentes para mim também.

Na metade do meu primeiro ano, no entanto, quando Olive já tinha terminado a faculdade e se mudado para o outro lado do país, comecei a ficar cansada de viver à enorme sombra perfeita da minha irmã mais velha. Com ela em Atlanta e raramente entrando em contato, comecei a me perguntar: eu gostava de como ficava de franja? Música indie não era um pouco… deprimente demais? Eu ligava mesmo para os filhotes de foca? (Digo, é claro que ligo, na teoria, mas é essa *a* causa que me tira da cama para ir a um protesto no sábado de manhã?)

Assim, naquela tarde chuvosa de primavera, quando meus pais voltaram mais cedo do trabalho, se sentaram comigo na bancada da cozinha e anunciaram que íamos mudar para a Flórida, ficamos os três chocados com minha reação.

— Acho que vai ser legal — eu disse, com entusiasmo na voz. Não fiquei tensa ou brava. Fiquei animada, de verdade.

É claro que sinto falta da loja de chás, das minhas livrarias preferidas e de alguns amigos da vizinhança que conhecia desde sempre. Mas a verdade é que já tínhamos nos afastado fazia tempo, na formatura do fundamental na escolinha do bairro, liberal e ambiciosa, e precisamos decidir o que faríamos em seguida. Eles tinham ido todos juntos para uma escola enorme da região. E eu tinha seguido minha irmã para uma escola particular minúscula, toda hippie, que ficava do outro lado da cidade, cujos ensino fundamental e médio somados não chegavam ao número de alunos da minha turma do quinto ano.

Eu não me importava que a escola fosse pequena, e minha transição tinha sido fácil. Mas, ao ouvir meus pais explicando seus planos, percebi que estava louca por algo inesperado, por algo novo. Mal podia esperar para descobrir quem eu seria sem Olive à minha frente, decidindo tudo por nós duas.

Quem eu era naqueles primeiros dias na Orange Grove? Nos dias inebriantes de independência pelos quais aguardara ansiosamente? Uma garota patética e solitária, anônima, confusa com o prédio enorme e todos os regulamentos e as regras, morrendo de saudade de Seattle.

Para minha surpresa e horror, me vi saudosa até mesmo de entrar na sala e ser recebida pelo professor com alguma versão de: "Oi, Ruby! É ótimo ter outra McAlister na minha sala. O que sua irmã incrível anda fazendo?".

Eu achava que preferia ser uma anônima, construir uma vida na Orange Grove em meus próprios termos. Mas parecia impossível me situar. Na minha antiga escola, éramos encorajados a vagar livremente pelo campus. Carteiras eram evitadas, por serem restritivas demais, e os alunos ficavam largados em sofás ou pufes para discutir política e atualidades. O pessoal daqui gostava de outras coisas, sobre as quais eu pouco conhecia. Esportes e festas, mascotes e orgulho escolar.

Então, no meu décimo dia na Orange Grove, depois de um discurso motivacional épico do meu pai, mesmo desconfortável, eu me forcei a dar uma passada na feira anual de clubes e atividades (outra coisa que minha antiga escola não tinha), em uma busca desesperada por pessoas que tivessem algo a ver comigo. Devo dizer que os discursos motivacionais do meu pai são seu superpoder.

Vaguei por fileiras e fileiras de mesas e rodinhas de alunos que já pareciam íntimos: o pessoal do teatro, a turma do debate, o grupo jovem da igreja e os iniciados em robótica. Eu não tinha nenhum hobby, não era especialmente religiosa e com certeza não sabia atuar ou montar robôs. Só queria ser parte de alguma coisa — qualquer coisa!

Então vi Marvin Wells, um cara muito inteligente da minha turma de inglês, ao lado de um pôster da União dos Estudantes Negros. Por ser branca, sabia que a UEN não era para mim. Mas tinha a impressão de que Marvin e eu podíamos ser amigos, por isso fui em sua direção. Mas antes de eu chegar lá, Marvin estava cercado de um bando de gente que eu não conhecia. Perdi a coragem e passei direto por eles, com os olhos baixos. Segui em frente, procurando, torcendo, praticamente rezando por um clube feminista, algo como a divisão do Girl Up que Olive havia começado na minha antiga escola, a primeira no estado de Washington. Será que existiria alguma divisão do Girl Up na Flórida?

Eu estava prestes a desistir da minha busca quando vi Topher, sozinho perto de uma mesa, usando sapato social e um colete vintage incrível, com os cachos balançando ao ritmo da música que só existia na sua própria cabeça. Diferente de mim, ele parecia superdescolado, inabalável e perfeitamente confortável sozinho.

— Ora ora, oi você — Topher disse. — Você parece alguém que sabe alguma coisa sobre atualidades.

Topher apontou para uma prancheta. Sem jeito, coloquei meu nome e e-mail abaixo das informações de duas outras pessoas: Jo Richards e Nessa Van Horne. Então abri um sorriso bobo e fui embora correndo do ginásio, sem dizer nada.

Depois, quando estava saindo do estacionamento, notei Topher sentado sob um toldo no ponto de ônibus, sendo castigado pelo sol da tarde. Uma hora depois, tendo comprado comida e os remédios para vovó, ele continuava ali, suando no calor da Flórida, mas ainda assim parecendo muito descolado e de boa.

Reuni toda a coragem de que fui capaz, parei no ponto de ônibus e baixei o vidro do carro. O ar gelado de dentro escapou na direção dele.

— Oi. Sou a Ruby... da feira — falei, hesitante. — Quer uma carona?

— Um anjo que caiu do céu! — ele cantarolou, gesticulando de maneira dramática e com o queixo apontado para cima. — Minhas preces fervorosas para o universo foram atendidas!

Ri alto, e ele abriu a porta do passageiro para entrar.

— Pisa fundo — ele disse, batendo no relógio digital do painel. — Temos dezessete minutos para chegar à esquina da Park com a Stiles. Vão me demitir se eu chegar atrasado *de novo*.

Atravessamos voando a cidade até o posto Raceway, onde hoje sei que ele passa quase toda tarde da semana atrás do balcão, comendo Skittles e estudando as equações complicadas do curso avançado de cálculo. No percurso, conversando e rindo como se nos conhecêssemos havia anos, começou uma amizade que tenho certeza de que vai durar uma vida inteira, se não mais.

Viro para a fileira de trás e assinto para ele em agradecimento antes de me levantar para ir até a mesa da sra. Markowitz. Não consigo evitar sussurrar:

— Se os homens usassem absorventes, sra. Markowitz, tenho certeza de que estariam disponíveis nos banheiros das escolas públicas de todo o país.

Isso a faz sorrir.

— Talvez você esteja certa, Ruby — ela sussurra de volta. — Talvez você e Topher devessem levar essa questão à diretoria.

— Talvez a gente leve.

Pego o passe laranja e saio, sentindo de repente uma faísca, uma energia especial — a emoção decorrente de ter um propósito e uma direção. Talvez finalmente seja a hora de fazer algo novo e empolgante, algo que importa.

★ ★ ★

A caminho da enfermaria, decido passar na sala do sr. Cruz mais tarde, para falar sobre o lance dos absorventes.

Adoro o sr. Cruz, o responsável pelo clube de atualidades. Ele é um hippie do sudoeste do país que, de alguma forma, veio parar no norte da Flórida. Como também acabei aqui, sinto que temos uma ligação. Fora que o cara faz um chá ótimo. Na verdade, ele é *fanático* por chá. Mas é também o orientador da escola e às vezes exagera um pouco nas palavras de sabedoria.

Toda quinta à tarde, quando acaba a reunião do clube, o sr. Cruz nos faz repetir o mantra de John F. Kennedy: "Esforço e coragem não bastam se não há propósito e direção".

Ele tem razão nisso. Nosso pequeno grupo está precisando de mais propósito e direção. Pelo menos o sr. Cruz não nos obriga a meditar, como a sra. Baptiste. Ela é bem legal também. Sua aula de produção de vídeo foi minha eletiva preferida de todos os tempos, apesar das sessões de meditação forçadas. Dez minutos sozinha com a confusão do meu cérebro são nove minutos e cinquenta e cinco segundos a mais do que sou capaz de suportar.

Já a enfermeira Hopkins, hum. Ela não é nem um pouco legal. Nosso santo definitivamente não bateu desde a primavera passada, quando ela acusou Topher de matar aula. Ele perdeu alguns dias de escola porque a avó estava doente e a mãe precisava trabalhar. A enfermeira exigiu um atestado do médico da avó *e* da chefe da mãe. Foi muito humilhante para ele. Foi horrível ver tudo aquilo, sabendo que não havia nada que eu pudesse fazer para ajudar.

Depois dessa história, comecei a chamá-la de enfermeira Ratched — mas não na cara dela, claro. Não sou desrespeitosa assim tão abertamente.

Quando chego à enfermaria, vejo a plaquinha de NÃO PERTURBE pendurada na maçaneta. Ratched está numa conversa séria com uma menina que nunca vi. Eu me recosto na parede e fico olhando pelo vidro.

Quero ter ideia de quanto tempo vou precisar esperar. A situação está se tornando urgente.

O cabelo da menina está preso em um rabo de cavalo. Ela usa uma túnica florida que parece tirada do guarda-roupa da minha avó, que tem um estilo ótimo, tudo bem, mas mesmo assim... A túnica não parece dela, de alguma forma. Não combina com o jeans fofo e as sandálias que a menina usa.

Então uma estranha série de eventos se desenrola. Doris, a secretária da escola, sibila ao passar por mim:

— Você precisa esperar aqui, mocinha.

Ela entra na enfermaria e fecha a porta na minha cara. Continuo olhando pelo vidro. A menina está imóvel no meio da sala, com os olhos e os ombros baixos, enquanto Doris e Ratched a rodeiam. E, para deixar tudo ainda mais esquisito, as duas parecem encarar intensamente os peitos da aluna.

Nossa senhora... A enfermeira olha fixo, a mão no queixo, para os peitos da pobre da garota, como se estivesse profundamente concentrada. Doris está ao seu lado, apertando os olhos, com os óculos de leitura na ponta do nariz e o pescoço grosso meio inclinado para a frente. As duas trocam algumas palavras, que não consigo ouvir, enquanto a menina permanece paralisada. A única diferença entre ela e uma estátua viva é o leve tremor de seu lábio e a vermelhidão que sobe pelo seu pescoço e chega às bochechas.

Tem alguma merda muito grande acontecendo lá dentro. Ratched começa a fazer gestos estranhos na região dos próprios peitos, pressionando-os ao mesmo tempo que os ergue um pouco. Doris assente e sorri em concordância, como se o que quer que a enfermeira tenha dito seja brilhante.

O que está acontecendo?

A aluna não parece tão impressionada. Seus ombros se curvam ainda mais e ela cruza os braços, na clássica postura "por favor, para de olhar pros meus peitos" — a que toda menina domina perfeitamente quando chega aos catorze anos. Incluindo eu, que sou uma tábua.

Ratched se senta e abre a gaveta do meio da escrivaninha. Então, pega um rolo de fita cirúrgica, do tipo que usam nos curativos da minha avó sempre que ela precisa tirar uma verruga suspeita (lado negativo de ter sido voluntária da patrulha das tartarugas marinhas a vida toda).

A enfermeira empurra a fita para a aluna, que a pega e inspeciona. A menina vira na minha direção por um segundo, e consigo vislumbrar seu rosto, contorcido em uma careta. Ela é jovem, tem um rosto bonito em formato de coração, olhos grandes e brilhantes e sobrancelhas perfeitas que não precisaram de cera ou pinça. Acho que não está usando maquiagem, mas sua pele invejavelmente lisa está corada. Talvez ela seja do primeiro ano. Talvez seja por isso que não a reconheço.

Doris se vira para a porta. Dou um pulo para trás e colo na parede, torcendo para que ela não tenha percebido que eu espiava pelo vidro. Ela abre a porta e anuncia, passando por mim com seus sapatos de salto fino e baixo:

— A enfermeira vai te receber agora.

— Está precisando de ajuda, Ruby? — Ratched pergunta, em um tom que deixa claro que não tem nenhum interesse em ajudar ninguém com nada.

— Só preciso de um absorvente — digo, indo para um canto ao fundo da sala, onde há um cesto de vime cheio deles. Já passei por isso antes.

É ali que a outra aluna está, procurando algo no cesto corajosamente etiquetado PRODUTOS MENSTRUAIS. Fico esperando e a vejo tirar de lá dois absorventes diários em embalagens de plástico rosa.

Ela me olha de relance e nossos olhos se encontram. Parece atordoada — ao mesmo tempo perplexa e horrorizada. É como se tivessem acabado de dizer que o avião dela está prestes a cair. Meus olhos se estreitam e minhas sobrancelhas se arqueiam na expressão clássica de "Que porra é essa?". Vejo que ela me entende. A menina balança a cabeça e baixa o rosto para o cesto e os dois absorventes diários que tem na mão. Então me dá o cesto, nosso olhar se cruza uma última vez, e passa por mim com os olhos cheios de lágrimas. Eu a observo ir embora com os braços cruzados ainda mais apertados sobre o peito.

Não consigo esquecer a expressão em seu rosto, mesmo depois que a menina se vai. Fico com o coração apertado. Por que eu não disse nada? Por que não perguntei o que tinha acontecido ali? Por que não ofereci ajuda?

Estou furiosa e irritada de ter testemunhado — de novo! — Ratched sendo horrenda com um aluno. E, de novo, não posso fazer nada.

Procuro no cesto de PRODUTOS MENSTRUAIS absorventes internos para fluxo intenso enquanto minha mente tenta juntar as peças do evento bizarro que acabei de testemunhar.

— Vamos logo com isso — Ratched diz, com a voz abrasiva de sempre, interrompendo meus pensamentos.

— Estou indo o mais rápido que posso — respondo, me esforçando ao máximo (e provavelmente fracassando) para minha irritação não transparecer na voz.

— E não pegue mais do que for precisar — ela vocifera, como se tivesse descoberto meu plano sinistro de roubar absorventes da escola.

— Peguei só dois — digo, mostrando os absorventes para provar minha obediência.

Abro um sorrisão falso e vou embora, seguindo direto para o banheiro mais próximo.

Estou dentro de uma cabine, tentando me recompor, quando ouço alguém fungar e depois reprimir um soluço de choro. Dou uma olhada para ver se a cabine ao meu lado está ocupada. Vejo jeans e uma sandalinha fofa. É a mesma menina.

Ouço plástico sendo rasgado, papel sendo amassado, a lixeira de metal abrindo e fechando e outro soluço de choro baixo.

Talvez a calça dela tenha manchado. Já aconteceu comigo, é um saco. Mas ela nem pegou um absorvente normal ou interno. Pegou absorventes diários, daqueles fininhos. Fora que a túnica que está usando é tão comprida que esconderia qualquer mancha. Sem contar que sempre dá para recorrer ao velho truque de amarrar um casaco na cintura. Aposto que Topher tem alguma coisa para emprestar. Ele adora suéteres, mesmo com o calor todo da Flórida.

Eu me levanto e dou uma olhada pela fresta entre as cabines, pronta para oferecer ajuda. O que vejo é muito diferente do que esperava. Ela está com a túnica levantada até o pescoço. Sem sutiã, tenta prender com fita a porcaria de um absorvente diário no mamilo.

Será que Ratched forçou a menina a cobrir os mamilos? Com absorventes diários, ainda por cima? Ela é realmente uma tirana sem coração.

Bato duas vezes na parede que nos separa.

— Sou eu — digo. — A menina da enfermaria.

Ela solta a túnica na mesma hora, cobrindo os peitos, e me encara como se eu fosse uma maluca. Dá para entender. Estou vendo os peitos dela pela fresta entre as cabines do banheiro.

— Te ouvi chorando... Você está bem?

— Estou — a menina diz.

Mas é claro que ela não está bem. Muito longe disso.

— Ei... Você sabe que não precisa fazer isso, né? — sussurro.

Sua voz sai tão baixa e tímida que mal a ouço dizer:

— Quê?

— Você não precisa cobrir os mamilos com esse troço. Tipo... isso é muito zoado!

— Mas a enfermeira... as regras de vestuário...

Ela hesita tanto ao falar que fico preocupada. Tenho vontade de entrar em sua cabine para lhe dar um abraço.

O que seria esquisitíssimo. Nem conheço essa menina.

— O que quer que Ratch... quer dizer, o que quer que a *Hopkins* tenha dito, não é verdade — tento assegurar a ela. — Não está escrito em nenhum lugar que as alunas precisam usar sutiã.

Silêncio.

— Sério. Eu li as regras de vestuário de cabo a rabo. Várias vezes.

É verdade. Depois que minha avó finalmente voltou do hospital, passávamos horas sentadas na varanda dos fundos de casa. Eu a entretinha com histórias dos professores mais excêntricos da minha antiga escola. Quando recebi o e-mail de volta às aulas da Orange Grove, fiquei intrigada com as regras de vestuário que vieram no anexo. Eu nunca tinha recebido nada assim.

Na minha antiga escola, havia uma série de "acordos" e "responsabilidades compartilhadas", mas pouquíssimas regras. Por isso, eu tinha um bom motivo para ficar obcecada pelo material, lendo com minha vó, cada uma em sua cadeira de balanço.

Na minha voz mais professoral, li as regras de vestuário em voz alta mais de uma vez. Vovó e eu ríamos juntas das partes mais absurdas daquela estranha lista de permissões e proibições. ("Leggings só podem ser usadas sob saias ou shorts de comprimento apropriado.") Assim, tenho certeza de que as regras de vestuário não mencionam sutiãs. Eu me lembraria de algo do tipo. Teria me divertido lendo a respeito para vovó, considerando que nós dividimos a genética do peito pequeno.

Ouço a porta da cabine ao lado se abrindo. Vou para a pia.

A menina está se olhando no espelho. Vejo um absorvente diário ainda na embalagem e um rolo de fita cirúrgica na bancada. Meu cérebro se esforça para processar aquilo. Quem teria a ideia de cobrir mamilos com absorventes diários? E fita cirúrgica!

— Não consegui prender — ela diz. — Acha que se eu soltar o cabelo...?

Ela estica o braço e tira o prendedor de cabelo. É fofo, com um coraçãozinho de enfeite, algo que uma menina de oito anos usaria. Ela deixa o prendedor na bancada, ao lado da fita, e separa o cabelo muito comprido e sedoso em duas partes, então as passa para a frente dos ombros, cobrindo os peitos.

— Perfeito — digo, tentando soar convincente.

— A diretora-assistente disse que eu *precisava* me cobrir com isso ou ia ser mandada pra casa. — Ela me mostra o absorvente aberto que tem na mão. — Acha que vão mesmo fazer isso? Sou nova aqui. Não quero arrumar confusão.

Olhando para ela, me lembro de como me sentia angustiada e confusa nos meus primeiros dias na Orange Grove, e de como queria desesperadamente ter alguém que me explicasse os estranhos costumes e regras — os passes para livre circulação, os sinais, os armários, os uniformes de educação física, o complicado sistema on-line para envio e correção das lições de casa. Talvez ela também nunca tenha precisado respeitar as regras de vestuário.

A lembrança de como me senti perdida e sozinha faz com que eu queira ajudar a menina nova. Quero que ela sinta que tem alguém com quem pode contar.

— De jeito nenhum — digo. — Ninguém vai notar.

— Ela disse que deixei alguém do corpo docente desconfortável...

— Se um professor tarado se preocupa com o que você está ou não usando — aponto para a túnica de vovó dela —, o problema é dele, e não seu.

— Na verdade, foi uma professora.

Jogo os braços para o alto, exasperada.

— Afe! Claro que foi. Mulheres policiando o corpo de outras mulheres.

Ela olha para a própria blusa.

— Essa blusa é da minha mãe. Não estou tentando ser sexy nem nada do tipo.

— E mesmo se estivesse, e daí? — pergunto, em tom desafiador. — Não deveria importar. O que você veste não dá direito aos outros de te desrespeitarem.

Endireito o corpo, tentando passar confiança.

— Estou morrendo de vergonha porque todo mundo viu... você sabe.

— Para com isso. É sério, não dá para ver nada.

— Verdade? Tem certeza de que ninguém vai notar?

Ela passa a mão pelo cabelo e o afofa nas pontas, então se vira devagar de um lado a outro, avaliando seu reflexo.

— Com o cabelo solto? Tenho cem por cento de certeza.

Tento soar confiante, torcendo para que, com minha garantia, ela fique menos preocupada.

Estamos olhando para o espelho, eu apenas um pouco desconfortável por estar encarando os peitos dela. De novo.

— Então tá. Obrigada. — Ela se vira para mim. — Ah, meu nome é Malena.

— Ruby — digo, de frente para ela. — Segundas-feiras são sempre um saco, né?

Ela solta uma risadinha meio contida e confirma com a cabeça.

— São mesmo.

O sinal toca, e eu me sobressalto. Malena acena timidamente e sai pela porta tão depressa que esquece o prendedor de cabelo na bancada. Eu o pego e guardo no bolso, apertando o coraçãozinho entre o dedão e o indicador e torcendo para encontrá-la mais tarde e devolvê-lo.

É o mínimo que posso fazer. Sei como é ser a menina nova.

TRÊS

MALENA

Enquanto volto à sala da sra. Baptiste para pegar minhas coisas, uma pergunta se insinua dentro de mim, como uma cobra comprimindo e tirando todo o ar dos meus pulmões: e se isso tivesse acontecido em Porto Rico? O que eu teria feito? Acho que sei a resposta. Eu teria dito à diretora-assistente, à enfermeira *e* à secretária — em espanhol — onde elas podiam enfiar os absorventes, depois teria ligado para *papi* vir me buscar.

Mas aqui a ansiedade que se acumula na boca do estômago me torna incapaz de me defender. Me sinto inadequada e insegura na maior parte do tempo. Nunca fui assim.

Em San Juan, eu estudava na mesma escola desde o jardim de infância. O lugar fazia parte de quem eu era, estava praticamente no meu DNA. Nunca tive que pensar em como me encaixar — eu só me encaixava.

Recordar a confiança que eu tinha me faz querer gritar comigo mesma. *Para com isso, Malena! Se recompõe!* Mas é como se eu gritasse para o olho do furacão Maria. O vento é forte demais para qualquer um, incluindo eu mesma, ouvir minha voz.

Fico parada à porta da sala e ajeito meu cabelo uma última vez antes de entrar. Percebo que esqueci o prendedor no banheiro. *Droga.* Outra coisa que vai ter que ser substituída na minha nova vida.

Penso em voltar para pegá-lo, mas não quero encontrar a menina do banheiro de novo. Ela foi legal, claro. Diferente de mim, parecia saber se virar nesta escola. Só que ela também me pareceu um pouco... intrometida? Tia Lorna diz que é porque os americanos estão sempre tentando salvar o mundo, mesmo que ninguém tenha pedido.

Mas sou grata por ela ter me impedido de colocar os absorventes. E fico feliz por não ser a única que considera isso maluquice da diretoria. Quer dizer, que tipo de gente acha que tampar os mamilos com absorventes e fita cirúrgica é uma ideia "excelente"?

E o que tem de tão errado com meus mamilos? Todo mundo tem. Não vejo meninos andando com absorventes tapando o peito por aí.

Respiro fundo devagar, em uma tentativa de me acalmar antes de entrar na sala da sra. Baptiste de novo. Não vou perder o controle em um lugar cheio de desconhecidos.

À minha volta, ninguém tem pressa de ir para a próxima aula. Estão todos ocupados demais compartilhando os storyboards superlegais que criaram enquanto minha manhã era desperdiçada.

— Olha só — Soraida diz, me mostrando seu storyboard. Ela desenhou a si mesma dirigindo um Porsche conversível vermelho por uma *malecón*, com surfistas e palmeiras de fundo. Seu cabelo solto voa ao vento, como se ela fosse uma sexy Medusa latina. Há um grupo de bonitões na calçada, alguns boquiabertos, outros acenando. Parece uma mistura de videoclipe com comercial de produto para o cabelo.

— Eles estão babando por você ou pelo carro? — pergunto, sarcástica. Soraida ama ser o centro das atenções, e eu amo encher o saco dela por causa disso. Ela não está nem aí.

No momento, preciso de nossas brincadeirinhas fáceis para superar o que acabou de acontecer.

— Por mim, claro! — Soraida se inclina sobre o storyboard para finalizar a sombra de uma mecha de cabelo castanho. — Acho que pode ser a cena de abertura de uma comédia romântica. Sobre uma menina linda de uma família rica que se apaixona por um pobretão. Tipo a Cinderela, só que ao contrário.

Dou risada.

— Gostei. Seria melhor ainda se ele cozinhasse e limpasse a casa no fim.

Soraida faz uma anotação no verso do storyboard.

— Boa ideia.

Ela escreve "cozinha e limpa a casa de cueca". Dou risada.

— Seria legal ver um *homem* fazendo algo de útil em casa, pra variar — ela diz, e eu noto a pontada de ressentimento em seu tom. Na casa da tia Lorna, são as mulheres que fazem todo o trabalho doméstico, enquanto os homens ficam na frente da TV, com os pés para cima, depois de um longo dia de trabalho. Ou, no caso de meu primo Carlos, depois do treino de beisebol.

Todo mundo está sempre paparicando Carlos, até na escola. Na Orange Grove, ele é o rei do beisebol e, no geral, extremamente popular. Adoro meu primo, mas às vezes queria que ele segurasse a onda um pouco. Deve ser difícil viver à sombra dele. Fico feliz por ser filha única.

— *Papi* cozinha e limpa a casa — eu aponto. — Até lava a roupa.

— Isso porque a tia Camila não tolera baboseira machista.

É verdade. Meus pais se apoiam em tudo. Dizem que é porque a amizade sempre vem primeiro. E eu acredito neles.

Dou uma olhada no storyboard de Soraida, admirando os diferentes ângulos de câmera e as descrições precisas escritas debaixo de cada retângulo. Não consigo acreditar que perdi tudo isso por causa de um sutiã idiota... ou da falta de um.

— Foi muito divertido. — Ela guarda um conjunto de lápis coloridos na caixa. — Talvez eu acabe trabalhando com cinema. Onde é que você estava, hein?

Meu estômago se revira com a humilhação absoluta de ter sido obrigada a desfilar meus peitos para a enfermeira e a secretária. Afasto o pensamento, horrorizada demais para lidar com ele.

— Depois te falo.

A conversa com a diretora-assistente e a enfermeira fica repassando sem parar pela minha mente. Penso em todas as coisas que deveria ter dito e em tudo que deveria ter feito diferente. E na careta que a secretária fazia, como se estivesse sentindo cheiro de leite azedo. A lembrança me faz querer vomitar.

Pego minha mochila e guardo o material que ficou sobre minha carteira, sem ser usado.

A sra. Baptiste tenta se fazer ouvir sobre o ruído caótico de cadeiras sendo arrastadas e vozes dos alunos se aprontando para ir embora.

— Não esqueçam que o projeto final deve ser entregue na semana depois do feriado de Ação de Graças. Quero que a gente tenha tempo de assistir aos projetos em aula antes do fim do semestre.

— Ainda nem sei o que vou fazer — Soraida comenta comigo. — Acha que ela toparia estender o prazo para mim?

— Duvido.

Como Soraida, não tenho a menor ideia do que vou fazer como projeto final. A orientação é bem simples: fazer um documentário de cinco minutos sobre um assunto relevante para nós, usando apenas material original.

Entreouvi uma das meninas da sala dizendo que vai para o Alabama entrevistar a avó, que foi uma das primeiras matemáticas negras a trabalhar para a Nasa. O que é super impressionante.

— Acha que posso subornar a sra. Baptiste com o pudim da *abuela*? Em troca de mais prazo? — Soraida pergunta.

— Vale a tentativa. Eu faria qualquer coisa por só um pedacinho.

Abuela faz o melhor pudim do mundo: bem cremoso e com a quantidade certa de calda.

— Eu também — Soraida garante, melancólica.

Aguardo até que a sala esvazie para me aproximar da professora. Sei que a sra. Baptiste falou para eu não me preocupar com a tarefa do dia, mas quero que ela saiba que essa aula é importante para mim.

— Sra. Baptiste?

— Você está bem, Malena?

A professora levanta a cabeça do livro na mesa à sua frente e volta toda a atenção para mim. Ela tem olhos grandes e expressivos, que parecem incentivar conversas difíceis. Seria uma ótima terapeuta se quisesse.

Desvio o olhar para minhas anotações, incapaz de encará-la. Do contrário, provavelmente acabaria chorando. Ela é a única pessoa em toda a escola — além de Soraida e Carlos — que se assemelha um pouco a alguém da minha família.

— Posso fazer alguma coisa para compensar a tarefa de hoje?

Seguro dois livros escolares junto ao peito como se fossem um escudo. Vão continuar colados ao meu corpo pelo resto do dia.

— Sinto muito que tenha perdido o exercício. Acho que teria gostado. — Ela me passa uma folha com o programa da aula. — Tem alguns links aí para vídeos que podem ser úteis. E pode me mandar um e-mail se tiver alguma dúvida.

— Obrigada — eu digo, aceitando a folha. — Já assisti a todos os documentários que sugeriu. Gostei muito de *Joshua: Adolescente vs. Superpotência*.

O rosto da sra. Baptiste se ilumina.

— É um dos meus preferidos.

— É difícil acreditar que Joshua é um ano mais novo que eu.

Assisti ao documentário com *mami*. Retrata a vida de um ativista de direitos humanos de catorze anos que vive em Hong Kong. Outro adolescente tentando mudar o mundo.

— Faz a gente pensar em todas as possibilidades, não é? — Ela sorri, e rugas se formam em torno de seus olhos. — Se quiser, posso recomendar mais alguns.

— Ah, sim, vou adorar.

Fico ali, inquieta, me demorando em sua mesa mais do que o normal. Ainda não estou pronta para voltar ao corredor. E se a professora que reclamou estiver lá? E se ela disser alguma coisa? O que eu faço? No corredor, não tenho onde me esconder. Minha frequência cardíaca triplica. É possível desmaiar de vergonha? No momento, estou certa de que a resposta é sim.

— Está tudo bem, Malena? Você está um pouco vermelha.

A bondade em seu rosto quase acaba comigo. Assinto, engolindo o nó que se formou na minha garganta. Por uma fração de segundo, me pergunto se não foi a sra. Baptiste quem reclamou de mim.

Não, não pode ter sido.

Ou pode?

— Se tem algo te incomodando, pode me dizer. Gosto de pensar na minha sala como um espaço seguro.

Outro espaço seguro? O que exatamente se entende por "espaço seguro" na Orange Grove?

De repente, a raiva toma conta de mim. A aula da sra. Baptiste tem sido a melhor parte do meu dia. Será que agora, sempre que passar pela porta dela, vou me lembrar da humilhação de hoje?

— É uma pena que você tenha perdido a aula. — A professora balança a cabeça, claramente exasperada. Ela gesticula na direção do corredor. — Uma pena mesmo — insiste, com o sotaque mais forte que o normal, depois faz *tsc-tsc*.

Uma onda de alívio percorre meu corpo. Não foi ela.

— Senti falta de seus comentários — a professora acrescenta, em um tom mais suave. — Você sempre enriquece a discussão.

Antes que eu possa dizer alguma coisa, a secretária da escola aparece à porta, com os óculos grossos tipo gatinho pendurados no pescoço. Ela entra com tudo na sala.

— Procurei você em toda parte. — Ela aponta o dedo comprido e branco para mim. — A dra. Hardaway me pediu para te entregar isto.

A secretária me entrega um livreto com encadernação em espiral. Na capa, está escrito em fonte grande e em negrito: REGRAS DE VESTUÁRIO DA ESCOLA ORANGE GROVE. E, embaixo, em letras menores: TRANSMITA SEU RESPEITO.

Transmita seu respeito? Mas o que é que isso significa?

— Leve para casa e dê uma lida. O guia ilustrado tem uma série de exemplos. Digo a todas as alunas para manter o delas na mesa de cabeceira. É a nossa bíblia da vestimenta.

Ela ri sozinha. Fico sem reação, assim como a sra. Baptiste, que só pigarreia e baixa os olhos para a própria mesa, desconfortável.

— Em caso de dúvida, a dra. Hardaway sugeriu que você marque um horário com o sr. Cruz — a secretária acrescenta. — Ele fala espanhol fluente e pode traduzir qualquer parte que você não entenda.

Fico só olhando para ela, com o rosto inexpressivo. Em primeiro lugar, eu preferiria morrer a discutir a importância do uso de sutiãs *en español* com o sr. Cruz. Em segundo, não nos comunicamos em inglês até agora? Se a mulher tivesse parado dois segundos para passar os olhos em todos os formulários de admissão que *mami* precisou preencher, saberia que sou fluente em duas línguas e proficiente em uma terceira. Na Sagrado Corazón, também tínhamos aulas de francês.

— Vou ler hoje à noite. — Dou um passo para o lado, me aproximando da porta. O corredor já não parece tão apavorante, comparado com esta conversa. — Tenho introdução ao cálculo agora.

— Com o sr. Tambor? Você segue o programa intensivo?

O tom nada sutil de descrença na pergunta testa os limites da minha paciência.

Assinto com educação e forço um sorriso, mas o que realmente quero é dizer umas verdades. Essa mulher nem me conhece. Como pode presumir o que quer que seja quanto a meus conhecimentos matemáticos? Ou minhas habilidades linguísticas?

Não quero que a secretária me tache de *contestona*, mas não consigo me conter:

— Afinal de contas, matemática *é* uma linguagem universal.

A sra. Baptiste deixa escapar uma risada.

De repente, é a secretária que parece pouco à vontade. Ela endireita as costas e franze os lábios, o que aprofunda as rugas ao redor de sua boca.

Fico feliz com seu desconforto. *Bem-vinda ao clube, minha filha.*

Estou cansada de ver minha inteligência ser questionada por causa do meu sotaque. E das pessoas achando que sabem alguma coisa da minha vida e minha educação em Porto Rico. Porque elas não têm ideia. Veem imagens de devastação no jornal e concluem que essa é toda a história. Para elas, todas as 3,6 milhões de pessoas da ilha são pobres, desabrigadas e desesperadas.

Não estou acostumada a ter que defender minha identidade. Ou a ser considerada "minoria" ou, ainda pior, "marginalizada" por causa dela. Ainda estou tentando entender direito o que esses termos significam de verdade.

Nossa nova vizinha pareceu realmente surpresa ao descobrir que todos os porto-riquenhos que vieram para a Flórida desde o furacão são cidadãos americanos.

Fiquei chocada com a ignorância dela.

Em retrospectiva, eu deveria ter dito à mulher que El Yunque, localizada no nordeste da ilha, é a única floresta tropical do Serviço Florestal dos Estados Unidos. Que a praia Flamenco, em Culebra, é uma das melhores praias do mundo. E que o observatório de Arecibo tem um dos maiores radiotelescópios que existem. Ele monitora asteroides no espaço para garantir que não cheguem perto demais da Terra. Assim, da próxima vez que aquela mulher fosse salva de um asteroide, saberia que deveria agradecer aos cientistas porto-riquenhos por ficarem de olho.

— Você precisa assinar a última página. — A secretária aponta para o livreto na minha mão. — A dra. Hardaway quer a confirmação por escrito de que você concorda em seguir as regras. Assim, evitaremos incidentes no futuro.

Ela me passa uma caneta azul, que eu hesito em aceitar.

Enquanto a mulher me encara, à espera, concluo que é fisicamente impossível segurar a caneta e abrir o folheto para assinar a porcaria da última página ao mesmo tempo que mantenho os livros junto ao peito. Eu precisaria de um terceiro braço — mas tenho certeza de que isso também constituiria uma violação às regras de vestuário.

Mamilos e terceiros braços não podem ficar visíveis em nenhum momento.

Coloco os livros na mesa da sra. Baptiste e pego a caneta. Vou para a última página do livreto e me inclino para assinar. Quando a secretária reage como se eu tivesse acabado de jogar seu peixinho dourado na privada, noto, tarde demais, que o decote da túnica permite que ela entreveja meus peitos. E é claro que ela estava olhando nessa direção.

Qual é o problema dessa gente?

— Vai ter que ir comigo para a sala da dra. Hardaway, srta. Rosario — a secretária diz.

Sem dizer nada, suplico para que a sra. Baptiste intervenha.

— Ela já perdeu minha aula, Doris — a professora diz. — Não pode ir durante o período de estudo livre?

— A dra. Hardaway foi bem específica. E não vai ficar nada feliz com *isso*.

Seus olhos voltam aos meus peitos, e seu rosto se contorce como se ela estivesse vendo um acidente de carro no outro lado da estrada — do qual, aparentemente, sou a única vítima.

— Não posso perder a próxima aula — insisto. Minha voz sai tão baixa e vulnerável que fico irritada. — Tenho prova esta semana.

— Deveria ter pensado nisso ao se vestir esta manhã, mocinha.

Quero gritar e bater os pés, chorar e protestar, alto o bastante para que todo o corpo estudantil da Orange Grove me ouça, alto o bastante para que meus amigos sentados sob a sumaúma da Sagrado Corazón me ouçam.

Mas, ainda que pudessem me ouvir, ninguém se importaria. A Sagrado Corazón está sendo utilizada como abrigo, então eu provavelmente não reconheceria ninguém sob a árvore, e meus amigos devem estar ocupados demais tentando reconstruir a própria vida para se importar com meu drama envolvendo a falta de sutiã. É possível que eles achassem engraçado, embora não seja.

Afe, o que foi que me levou a aceitar conselhos de uma desconhecida no banheiro da escola, entre todos os lugares?

Eu deveria ter colocado os absorventes, por mais desconfortável que me deixassem. Meu sofrimento particular seria melhor que essa humilhação pública.

— Tudo bem, Malena — a sra. Baptiste me diz. — Eu falo com o sr. Tambor.

Assinto, me sentindo incapaz de agradecer sem irromper em lágrimas.

Sigo Doris, a secretária, até a sala da dra. Hardaway — pela segunda vez no dia.

Ao longo do caminho, minha mente vai repetindo as palavras de *mami* hoje cedo: *São só peitos, Malena. Todo mundo tem.*

Mal posso esperar para lhe dizer como estava errada. Se aprendi alguma coisa na escola hoje, foi que meus seios não são *apenas* seios. Se fossem, por que todas essas mulheres estariam tão determinadas a voltá-los contra mim?

Quando o último sinal toca, vou encontrar Soraida e Carlos no estacionamento. Meu primo já vestiu o uniforme do treino e no momento se encontra entretido organizando os equipamentos de beisebol no porta-malas do SUV.

Em minha primeira semana aqui, percebi que Carlos era tipo uma subcelebridade na Orange Grove. Meu primo já foi abordado por uma equipe profissional, mas ainda não decidiu se vai fazer faculdade antes ou não — ele recebeu mais de uma oferta de bolsa integral. Todo mundo espera que Carlos jogue na liga principal, de tão bom que ele é.

Acho que a aposta de tia Lorna acabou valendo a pena. Carlos e suas proezas esportivas foram o motivo pelo qual eles se mudaram para a Flórida. "Bons técnicos" é um dos itens da lista por-que-a-Flórida-é-o-melhor-lugar-para-morar. Quando Carlos fez catorze anos, seu técnico em Porto Rico disse à família que ele tinha potencial para jogar na MLB, a liga profissional americana. No mesmo verão, eles venderam a casa em Porto Rico e se mudaram com *abuela* Milagros para um imóvel de quatro quartos em Orange Park, um subúrbio de Jacksonville, assim Carlos estaria sob as asas de um treinador famoso. E, de acordo com minha tia, lá era possível criar uma "família decente, longe dos traficantes e bandidos de Miami".

Eles arrastaram Soraida aos berros e chutes. Ela não queria deixar a ilha só para que o irmão pudesse jogar beisebol.

Na escola, é até esquisito andar ao lado dele nos corredores no estacionamento. As meninas estão sempre se jogando em cima dele, como se já tivesse assinado um contrato multimilionário com os Yankees. É patético.

Uma bola cai do porta-malas, mas eu a pego antes que alcance o chão. Quando me curvo, a fita segurando os absorventes no lugar puxa a pele fina em torno dos mamilos. Minhas costas doem. Meu peito dói. Cada parte do meu corpo parece estar dolorida e tensa depois desse dia horrível.

— Tudo bem eu te deixar lá em casa? Não vai dar tempo de fazer duas paradas. Tenho uma reunião com o técnico antes do treino — Carlos diz.

— Não posso ir agora.

— Por quê?

Ele guarda uma luva dentro de uma sacola preta e fecha o zíper.

— Tenho detenção.

— Quê? — ele diz, alto e irritado o bastante para chamar a atenção de Soraida, sentada no banco ao lado do motorista, com os pés apoiados no painel, enquanto o rádio toca Maluma.

— O que foi? — Soraida pergunta, se ajoelhando no banco da frente e virando na nossa direção.

— Malena pegou detenção — Carlos grita por cima da música, depois se vira para mim. — O que foi que você fez?

— Nada — retruco, na defensiva. Jogo a bola que ainda estou segurando para ele, que a pega com a mão direita. Seus reflexos super rápidos sempre me surpreendem.

— Você deve ter feito alguma coisa — Carlos diz, com as mãos na cintura. É uma postura acusadora, mas que parece ridícula considerando a calça branca justa do uniforme.

Solto o ar com força e me recosto no porta-malas aberto.

— Lembra que eu não tinha roupa limpa pra usar ontem e fiquei de maiô? Bom, minhas costas ficaram queimadas e ardidas, e não consegui colocar o sutiã.

Os olhos de Carlos vão imediatamente para o meu peito.

— Sério? — eu digo na hora. — Seu nojento.

— Desculpa — ele murmura, desviando os olhos, constrangido. A ponta de suas orelhas ficam vermelhas. — Foi reflexo.

Soraida passa para o banco de trás e se debruça para enxergar melhor meu peito.

— Não dá pra ver nada — ela diz, com uma das mãos acima dos olhos, para protegê-los do brilho do sol da tarde.

— Isso porque me fizeram prender dois absorventes enormes com fita por cima — digo, exasperada. Por uma fração de segundo, considero a possibilidade de levantar a blusa para que vejam o estrago com os próprios olhos. — Estou com fita cirúrgica, do tipo que *mami* usa no hospital, grudada no peito todo. Dá pra fechar um buraco de bala com isso. E aparentemente também dá pra fazer um lifting nos peitos de uma pobretona — acrescento, sarcástica, recordando a "brincadeirinha" que a enfermeira e a secretária fizeram às minhas custas, achando que estavam sendo muito sagazes.

Carlos faz uma careta.

— Cara, vai doer pra tirar.

— Ora, ora, temos um Sherlock Holmes aqui — Soraida retruca.

— E por que você pegou detenção? — ele pergunta.

— Quando me disseram pra fazer isso da primeira vez, encontrei uma menina no banheiro que disse que não precisava.

Aquela garota foi tão convincente. Pareceu ser do tipo que não tem medo de lutar pelo que é certo.

Mesmo quando eu precisava levantar a voz para que me ouvissem nas reuniões do conselho estudantil da Sagrado Corazón, sempre receei parecer *determinada* demais — ou, Deus me livre, *agressiva* demais. Ou ainda, como um professor comentou uma vez, espertinha demais para o meu próprio bem.

— E você deu ouvidos a ela? — Carlos pergunta, franzindo a testa de um modo que faz parecer que tem muito mais do que dezessete anos. — Quem era?

— Eu sei lá!

Nem tento controlar a indignação que venho reprimindo o dia todo. Agora, com minha família, me sinto livre para pôr tudo para fora.

— Você se lembra da cara dela? — Carlos pergunta.

— Carlitos conhece *todas* as meninas — Soraida brinca.

— Cala a boca! — Carlos vocifera.

— Ela era alta, magra, branca e bonita. Tinha cabelo curto.

Reviro o cérebro atrás de algum detalhe que a identifique melhor.

— Metade das meninas da escola é assim — Carlos diz.

— *Todas* as meninas — Soraida repete, rindo da própria piada, mas dessa vez Carlos a ignora.

— Ela me disse que as regras de vestuário não mencionam sutiãs — prossigo. — A fita está puxando a minha pele. Não tenho ideia de como vou tirar isso quando chegar em casa.

— Sabonete e água — Soraida sugere. — Ou puxa de uma vez só.

— Você quer que eu arranque a minha pele junto?! — Eu me encolho, sem conseguir acreditar na sugestão dela.

— Você ligou pra tia Camila? — Carlos pergunta.

— *Mami* estava ocupada — explico. *Ocupada salvando vidas.*

Ele coça a nuca com a mão livre, olhando à distância para o estacionamento quase vazio.

— Que droga. Até que horas vai a detenção? — ele pergunta.

— Tenho que ficar uma hora a mais depois da aula até o fim da semana. — Eu me sento na ponta do porta-malas aberto, cedendo à exaustão do dia. — Pelo menos vou poder adiantar a lição de casa.

— E como você vai pra casa? — Carlos pergunta.

Dou de ombros.

— Sei lá — digo, tentando impedir que minha voz falhe. Ir a pé não é uma opção em Orange Park. Moramos a cerca de um quilômetro e meio da escola, o que não seria tão ruim se houvesse calçadas no caminho. Fora que, se eu tentasse atravessar o trecho de rodovia que passa entre a escola e minha casa, provavelmente acabaria no hospital ou no cemitério.

— Meu Deus, Malena. Por que você não colocou logo o… o… você sabe… — meu primo gagueja, o tom de vermelho de seu rosto aumentando. Qual é o problema dos homens com tudo relacionado a menstruação?

— É *absorvente* que se fala, seu mané — Soraida retruca. — E é pra usar na vagina, não no peito.

Faço um gesto com a mão aberta para Soraida.

— Exatamente.

— Que seja. Mas foi idiotice — Carlos diz.

Trinco os dentes, consciente de como tudo isso é idiota e furiosa com a impaciência de Carlos diante da minha situação. Eu adoraria ver meu primo ser forçado a prender absorventes com fita nos mamilos. Mas sabemos que mamilos masculinos — apesar de inúteis — não ofendem ninguém.

— Vou tentar ligar pra *mami* de novo. — A vontade de chorar cresce dentro de mim, mas pisco com força para afastar as lágrimas. — Talvez ela possa me pegar depois do trabalho.

E, bem quando eu acho que o dia não poderia ficar pior, vejo a menina do banheiro trotando na nossa direção e chamando meu nome.

QUATRO

RUBY

Já estou ao lado do carro, com o prendedor de cabelo de Malena no dedo indicador, quando noto que ela não está sozinha. Uma menina mais ou menos da idade dela está ajoelhada no banco de trás do carro, falando com Malena através da porta aberta do porta-malas, e tem um menino que não reconheço com elas. Está com a calça do uniforme de beisebol e uma bola na mão. Tá, não sei muito de esportes, mas tenho quase certeza de que não estamos na temporada de beisebol na Orange Grove. Vai ver ele joga fora da escola?

Tanto faz. Não importa. Vim ver como a Malena está.

— Obrigada — ela diz, pegando o prendedor e o enfiando no bolso da calça.

— Você esqueceu no banheiro — explico. — Eu só queria...

O menino se coloca ao lado de Malena. Aperta a bola de beisebol com tanta força que as veias de seu antebraço saltam.

Tento ignorar toda a energia negativa e me concentrar em Malena.

— Só queria devolver e, sabe, ver como foi o resto do seu dia.

Ela aperta os lábios.

— Foi bem — Malena murmura.

A menina no banco de trás se debruça para o porta-malas e diz:

— Isso até sua mãe descobrir que você pegou detenção.

— É sério? — Minha voz sai aguda. — Detenção? Por não usar sutiã?

Os ombros de Malena se curvam, e ela cruza os braços.

— Mais ou menos — ela responde em um tom baixo.

— Malena. — O menino com uniforme de beisebol finalmente fala, com a voz profunda e impassível. — Diz pra ela o que aconteceu.

Malena lança um olhar cortante para ele.

— Está tudo bem... não é nada de mais.

A menina dentro do carro se inclina tanto que fico achando que vai cair no porta-malas.

— Malena arrumou problema por não fazer o que a enfermeira mandou! — Ela parece até animada, como se contasse uma fofoca das boas. Então conclui: — Ela foi chamada de novo para a sala da diretora--assistente.

— Calma... — Olho para Malena. — Por não prender absorventes nos mamilos?

Assim que as palavras saem da minha boca, o absurdo da situação me choca.

Malena dá de ombros.

— Meu Deus do céu! Isso é bizarro pra... — Me corrijo antes que o palavrão da vez escape. — Isso é bizarro pra caramba!

Na semana passada, prometi que não falaria mais palavrão. Muito embora haja amplos indícios de que soltar um palavrão é sinal de inteligência emocional, quero parar. Palavrões distraem o interlocutor de um discurso perfeitamente razoável e pensado. Ou pelo menos foi o que minha avó argumentou em nossas duas horas de debate durante o café da manhã. E ela é bem durona.

— Talvez — o menino de uniforme de beisebol começa a dizer, no mesmo tom baixo e calmo — seja mais *bizarro* uma desconhecida qualquer decidir convencer minha prima a desobedecer a enfermeira *e* a diretora-assistente.

Sinto um calor subindo pelo peito e minhas bochechas ficando vermelhas.

— Espera — digo. — Você está *me* culpando por isso?

— Você disse ou não para ela desobedecer a enfermeira? — ele pergunta, ainda com a voz baixa e calma, o que é de enlouquecer.

— Disse, mas...

— Mas o quê? — ele pergunta. — Achou que detenção era besteira?

Gaguejo, tentando pensar em uma resposta. O tom dele está me deixando louca.

— Nem te passou pela cabeça que poderia ser um problema?

Sinto o pescoço quente e começo a ficar irritada. Minhas sobrancelhas se arqueiam e minhas mãos vão parar na cintura. Acho que tenho o que alguns chamariam de pavio curto. Venho me esforçando muito para controlar meu gênio (e minha língua), a menos que tenha um bom motivo.

E acho que o atletinha está prestes a me dar um.

— Você sai dando conselhos por aí, mas não precisa sofrer as consequências — o menino continua, a voz tranquila como se estivesse ensinando alguém a chegar à biblioteca ou explicando à minha avó como instalar um aplicativo.

— Que *consequências*? — pergunto, com rispidez.

Ele balança a cabeça devagar.

— Sem noção — o menino murmura.

Vovó não gostaria nada da direção que isso está tomando. Quero lançar alguns impropérios ao garoto, mas consigo segurar a língua.

— Malena não tem como voltar pra casa depois da detenção — a menina do porta-malas interfere. — Carlos tem que ir embora agora. Já está atrasado para o treino.

— Tá — digo, fazendo um esforço para que minha voz não se altere. — Isso é chato. Talvez ela possa pedir um Uber. Ou eu dou uma carona.

— Viu só? — Carlos diz, olhando para Malena, mas apontando para mim. — Essa menina não tem noção.

Essa menina não tem noção? Não. Essa menina não tem paciência pra isso.

— Cuzão.

Carlos faz uma careta e dá um passo atrás. Ele arqueia as sobrancelhas e contorce o rosto em uma expressão... surpresa? Achei que só tinha pensado, mas, a julgar pela reação dele, imagino que o tenha chamado de cuzão em voz alta. É um pouco difícil acreditar que esse garoto nunca tenha sido chamado de cuzão, mas ele está reagindo como se eu tivesse dado um soco no estômago.

E ainda não viu nada.

Dou um passo à frente, aproximando meu rosto do dele. O calor que sobe pelo meu peito faz com que eu me sinta mais alta.

— Em primeiro lugar — anuncio, ficando na ponta dos pés —, você sabe que o que a enfermeira queria que ela fizesse era escroto.

Os palavrões estão prestes a sair...

— Em segundo lugar, não diz em lugar nenhum na porcaria das regras de vestuário que as alunas têm que usar a porcaria de um sutiã.

... mas consigo evitar.

— Só achei que Malena deveria se defender em vez de obedecer cegamente a regras que nem existem. — Movimento os braços como se fosse louca. Parece que se separaram do meu corpo e ganharam vida própria. — *Imaginei* que não haveria consequências porque ela não fez nada de *errado*!

Carlos inclina o corpo para trás e balança a cabeça devagar, com um sorriso se formando em seu rosto.

— Pois é, branquela. Você não pensou nas consequências. — Ele se mantém perfeitamente imóvel, com a voz tranquila e impassível, embora seu peitoral amplo pareça crescer. — Fica longe da minha prima. Ela pode se virar muito bem sem sua ajuda.

— *¡Carlos!* — Malena grita. — *¡Ya! Por favor. No quiero más problemas.*

Ela o pega pelo braço e o arrasta na direção da porta do motorista. Fico só olhando Malena quase empurrá-lo para dentro do carro, ainda falando palavras duras para ele em espanhol.

Não sei o que ela está dizendo, mas espero que o esteja xingando.

Topher está esperando por mim quando vou para o meu carro.

— O sr. Cruz disse que Mercúrio está retrógrado ou sei lá o quê — Topher fala assim que abro a porta. — Talvez ele esteja certo. Talvez até mesmo os astros estejam contra mim.

Acontece que Topher também teve uma tarde ruim.

A mãe e a avó dele não apareceram na reunião de aconselhamento para cursar faculdades. (Sim, o sr. Cruz também é responsável por isso, tudo em um único dia de trabalho em uma escola pública de baixo orçamento da Flórida.) Se a mãe de Topher não acordar e começar a preencher a papelada para o pedido de financiamento estudantil, os sonhos dele de fazer faculdade irão por água abaixo. Infelizmente, a família de Topher parece não dar a mínima para esses sonhos nem para qualquer outra coisa. Odeio julgar os outros, mas Topher é uma pessoa extraordinária, e não me parece justo que o universo tenha escolhido aquelas duas para ele.

Depois da reunião que nunca aconteceu, Topher mandou uma mensagem de sos para mim, Nessa e Jo:

> PRECISO DESESPERADAMENTE
> FAZER TERAPIA DE BRECHÓ

Topher se importa bastante com a própria aparência e é uma das pessoas com mais talento para garimpar peças que conheço, mas sei que se importa ainda mais com a faculdade. Ele quer ir para uma universidade bem distante do norte da Flórida e bem, bem distante da sua família disfuncional. É o que o motiva a atravessar a cidade de ônibus todos os dias para chegar à Orange Grove, o único lugar da região que oferece diploma bi. Ou, como Topher gosta de dizer, em um tom esnobe fingido, "o diploma do Programa de Bacharelado Internacional, para os dotados e os que aspiram a ser dotados".

Jo, Nessa e eu somos no máximo aspirantes, embora de alguma maneira tenhamos conseguido entrar no programa. Elas são inteligentes, mas estão mais interessadas em fazer arte do que em tirar boas notas. Quanto a mim, quando vim para a Flórida, não fazia ideia do que era o bi. Mas Olive me disse que um diploma desses me ajudaria a entrar na faculdade, e eu segui o conselho da minha irmã mais velha.

Acho que não se pode dizer que estou seguindo meu próprio caminho...

Não é fácil, considerando como Olive é inteligente e incrivelmente competente, e o quanto está à minha frente. O fato é que ela está *sempre* certa. Por isso seguir suas sugestões é muito mais fácil, mesmo que faça com que eu me sinta diminuída e um pouco patética. É estranho como tenho estado mais confiante e forte em quase todos os meus relacionamentos, mas com Olive continuo sendo o bebê.

Topher e eu entramos no carro em silêncio. Parece que estamos em uma fornalha, claro, portanto logo abro todos os vidros e ligo o ar no talo. Pela milésima vez, me pergunto quem decidiu que o estado da Flórida era habitável para os seres humanos e como se sobrevivia antes da invenção do ar-condicionado.

Noto que Topher me observa com atenção.

— Vamos lá, Roobs, desembucha. O que aconteceu?

— Como assim? — pergunto, mexendo na saída do ar.

Sinto como se tivesse sido atingida por um trem — ou um taco de beisebol. Eu só estava tentando ajudar Malena. Ela parecia tão... derrotada. Fico repassando o que ocorreu, sem parar, procurando entender como minha tentativa de devolver um prendedor de cabelo terminou tão mal. Preciso parar de pensar nisso. De pensar *nele*.

Argh. Que babaca. Eu admito que Carlos é bonito, mas quando abre a boca estraga tudo.

— Você está com aquela cara. Aquela careta, na verdade. Tem algo errado.

— Que careta? — pergunto, forçando um sorriso. — Só não consigo acreditar que estamos indo comprar um casaco para você quando está fazendo uns dez mil graus lá fora.

O celular dele apita, e Topher dá uma conferida.

— Mensagem da Nessa. Elas vão encontrar a gente lá.

— Perfeito — digo, colocando para tocar a playlist de empoderamento feminino que Topher fez para meu aniversário de dezessete anos. — Vamos lá comprar uma blusa de lã vintage pra você.

Em geral, passear pelo Fans & Stoves Vintage Mart tem um efeito calmante sobre mim. O cheiro de mofo e pó começa a me tranquilizar antes mesmo de entrar. Amo as barraquinhas espremidas lado a lado. Armários antigos impecavelmente restaurados são vizinhos de toalhas de renda manchadas, quinquilharias e pilhas infinitas de vinis antigos.

Hoje, no entanto, não estou conseguindo me deixar levar pelo caos.

Nosso garimpo começa promissor. Encontramos não uma, mas duas malhas excelentes para Topher: uma de corte reto, gola careca e listras largas, e uma mais justa, de caxemira e gola V, que destaca seus olhos castanhos. Caxemira *de verdade*, por oito dólares!

Como ainda tínhamos tempo, sugeri procurar um presente para o aniversário da minha avó. Ela faz setenta e oito anos amanhã, e estou desesperada atrás de uma tartaruga para ela.

Vovó passou vinte anos trabalhando como voluntária da patrulha das tartarugas marinhas local. Toda manhã de domingo, ela percorria a praia de quadriciclo, procurando por ninhos. Vovó é uma mulher intensa e comprometida, e esse trabalho era como uma religião para ela. Espero ter pelo menos um pouco de seu entusiasmo quando chegar aos setenta anos.

Quem estou tentando enganar? Queria ter isso hoje.

Depois da cirurgia, vovó precisou dar um tempo no voluntariado, mas ela vem trabalhando com afinco para recuperar suas forças e poder voltar ao quadriciclo. Por isso imaginei que qualquer coisa relacionada a tartarugas seria um bom presente de aniversário. Só não sabia que seria impossível encontrar uma tartaruguinha de cerâmica nesse lugar. Sei que não é um problemão, mas essa falta de tartarugas está quase me tirando do sério.

— Sua avó não gosta de corujas? — Jo pergunta da barraca do outro lado do corredor. — Aqui tem, tipo, centenas delas.

Faço que não com a cabeça.

— Mas olha só que coisinha mais linda! — Jo pega uma coruja de cerâmica branca que deve ser dos anos 1950. — Como você consegue resistir a esses olhos?

— Ai, meu Deus, a coruja tem seus olhos, Topher! — Nessa comenta com voz de bebê.

Topher pega a coruja de Jo para inspecionar.

— Pior que tem mesmo — ele diz. — Mas ela precisaria de umas penas marrons bem macias pra ser tão bonita quanto eu.

A mãe dele é branca do sul dos Estados Unidos, e o pai era um homem negro da República Dominicana, que morreu quando Topher tinha três anos. É meio que tudo o que sabemos a seu respeito. Ele não se lembra de muita coisa do pai, mas, sendo incansavelmente otimista como é, sempre fica falando que o pai devia ter sido "muito gato". Conhecendo a mãe dele tenho que concordar. Ela não é especialmente atraente, e Topher é lindo, por dentro e por fora. Ele deve ter herdado seu brilho de alguém.

— E por camponesas francesas, sua avó não se interessa? — Jo pergunta, com outro bibelô nas mãos.

Topher também pega a estatueta para dar uma olhada.

— Ela parece com vocês duas — ele diz, apontando para Jo e Nessa. — Pele branca como leite, bochechas rosadas. Vocês não têm nada de francesas, não?

— Falei pro meu pai que quero estudar arte na França ano que vem — Nessa comenta. — Ele gargalhou, depois anunciou pela centésima vez que o lugar mais distante que vou é Tallahassee, estudar administração na Florida State University. — Ela franze a testa e imita a voz grossa dele: — "Arte não paga as contas, Nessa!"

— Todos sabemos que a nossa Ruby é a única com alguma chance de tirar um ano sabático antes da faculdade — Topher comenta.

— Você tem tanta sorte — Nessa me diz. — Eu faria de tudo pra tirar um ano antes da faculdade.

É verdade. Meus pais têm me bombardeado com links de todo tipo de atividade para melhorar meu currículo estudantil: trabalhar com órfãos no Brasil, ajudar vítimas de violência sexual na Tailândia, aprender sobre agricultura sustentável na Costa Rica.

Eles são grandes defensores de anos sabáticos. Olive também é. Depois de se formar na faculdade, ela se mudou para Atlanta, o que dá umas seis horas de carro de nós. Quando veio visitar, no fim de semana do Dia do Trabalho, Olive me disse: "Nem todo mundo descobre seu propósito tão rápido quanto eu. Seu potencial ainda está por se revelar. Tirar um ano vai te ajudar".

Olive é assim. Ultimamente, os supostos elogios dela sempre fazem com que eu me sinta inadequada. Quando eu era pequena, achava que minha irmã era incapaz de cometer erros. Não ousava questioná-la. Via cada conselho como um presente precioso, um sinal de que eu — a irmã mais nova — era digna de sua atenção. Nos últimos anos, no entanto, comecei a me perguntar: será que ela sempre foi tão dominadora e crítica assim?

Olive tem a vida toda planejada minuto a minuto e está executando seu planejamento com precisão: 1) entrar em uma das dez melhores universidades do país de acordo com o *U.S. News & World Report*; 2) liderar pelo menos três organizações de ativismo social na universidade; 3) se formar em política e educação, com honras; 4) lecionar na ONG Teach for America; 5) mudar o mundo.

Minha irmã progrediu estavelmente rumo ao quinto passo, enquanto estou aos trancos e barrancos, ainda tentando descobrir qual será meu primeiro passo. Tudo o que tenho é uma infinidade opressiva de opções, pela qual sei que deveria ser grata.

— É... acho que tenho sorte mesmo — digo, pouco convincente.

Jo pega a camponesa de porcelana de Topher e a enfia na minha cara.

— Quem precisa de uma tartaruga quando pode levar essa moça encantadora para casa? — ela pergunta, batendo os cílios de maneira sedutora. — Expressão recatada, cabeça ligeiramente inclinada, os seios aparecendo um pouco por cima do avental. É como se ela dissesse: "Me possua sobre a grama!".

Isso basta para que minha irritação se transforme em raiva.

— Me dá isso aqui.

Jo me entrega o bibelô. Dou uma boa olhada nele. Parece que as regras de vestuário das réplicas de 1950 das camponesas francesas do século XVIII eram menos rigorosas que as das alunas da Orange Grove hoje.

— É um absurdo — sussurro para mim mesma.

Topher olha por cima do meu ombro.

— Achei fofo.

— Ah, é? Então você não está distraído com o decote de camponesa francesa dela que quase perde suas ovelhas de vista?

Ao ouvir a raiva crescente em minha voz, Topher toca meu ombro com delicadeza.

— Certo, Roobs. Solta o bibelô antes que seus braços comecem a se agitar e você acabe quebrando alguma coisa. Quanto custa isso daí?

Ele se estica para pegar o bibelô.

— Você está bem, Ruby? — Nessa pergunta. — Já falamos disso, lembra? Vamos procurar manter as emoções sob controle.

Com "isso", ela quer dizer meu temperamento.

— Tem certeza de que isso tem mesmo a ver com tartarugas? — Topher pergunta.

Solto um suspiro pesado, esvaziando meus pulmões. Topher logo tira o bibelô das minhas mãos e o coloca entre um filhotinho de cachorro e uma cegonha. Conto sobre Malena, tudo que aconteceu com a enfermeira e a secretária, e seus olhares fixos nos peitos dela, e o que aconteceu depois, no banheiro.

— Eu a segui até o banheiro e tentei ajudar — explico.

— Você seguiu a menina até o banheiro? — Jo pergunta. — É um pouco esquisito.

— Bom, não. — Estou me atrapalhando toda. — Eu não estava seguindo a menina. Só tive que ir ao banheiro também. E ela estava chorando. Fiquei com dó da coitada. Ela estava bem chateada. Eu só queria ajudar!

— Me deixa adivinhar — Topher diz. — Você disse a ela que as regras de vestuário são ridículas e que ela não deveria fazer o que a enfermeira Ratched tinha mandado.

— Calma — diz Nessa. — Ratched? Achei que o nome da enfermeira fosse Hopkins, ou Jenkins, ou algo assim.

— Sério, Nessa? — respondo, incrédula. — Você não conhece a enfermeira sádica mais icônica de todos os tempos? De *Um estranho no ninho?*

Topher agita os braços e bate palmas duas vezes para chamar nossa atenção.

— Foco, meninas!

— É, eu disse que era ridículo — respondo. — Aí ela jogou a porcaria dos absorventes fora, com razão, e acabou se dando mal. Pegou detenção.

— Isso é tão estranho — Nessa comenta. — Absorventes nos peitos. Tipo, imagino que funcione, mas...

— Ah, tá na moda. Tem em um monte de vídeos de "dicas de beleza". Vi um em que uma menina cobre os peitos com absorvente e *silver tape* — diz Jo, estremecendo diante da ideia. — Deve doer muito pra tirar.

— E se submeter a isso voluntariamente é uma coisa, mas uma funcionária da escola forçar uma aluna a isso é o fim da picada! — exclamo.

— Verdade — diz Jo.

— Fui ver como ela estava depois que a aula acabou. — continuo. — E aquele primo detestável dela, o Atletinha, ficou furioso comigo, me acusando de me intrometer.

— Bom... você meio que se intrometeu — Topher apontou.

— Tá, mas Malena não infringiu nenhuma regra. Tenho certeza disso. Por acaso eu merecia que um garoto usando calça de beisebol surtasse comigo e me chamasse de Senhorita Branca Privilegiada?

— Ele te chamou mesmo assim? — Nessa pergunta.

— Não exatamente. Mas me chamou de branquela e disse que eu não sabia nada sobre "consequências".

— Ele não está totalmente errado — Topher diz, balançando a cabeça. — Vocês todas *são* brancas e privilegiadas.

— Tá, eu sei — admito. — E você tem todo o direito de dizer isso, Topher. — Nessa e Jo assentem em concordância. — Mas o tal Atletinha Carlos? Ele não sabe nada sobre mim! Eu nunca nem vi o cara.

— Calma, o cara de uniforme de beisebol chamava Carlos? — Jo pergunta, de repente toda empolgada e quicando no lugar.

— É. Malena e a outra menina estavam superpreocupadas porque ele tinha que ir pro treino, como se ele fosse o rei do universo ou algo assim.

Sinto meu rosto ficando vermelho com a recordação.

— Ai, meu Deus, Ruby! — Jo abre um sorriso de orelha a orelha, como se eu tivesse acabado de contar que ganhei na loteria. — O cara com que você ficou trocando gritos é o Carlos Rosario!

— Bom, tecnicamente *ele* não chegou a gritar...

— Carlos Rosario, o deus do beisebol! — Jo exclama, quase explodindo de entusiasmo.

— Vixe — Topher murmura. — Começou...

Jo é simplesmente obcecada por beisebol. Na nossa opinião — minha, de Nessa e Topher —, isso não faz sentido. Ainda estou tentando entender a desconcertante mudança de tom dela quando começa a vomitar estatísticas, como de costume.

— Carlos Rosario teve uma média de corridas limpas de 1,5 e um recorde de 9-0 na temporada passada. A velocidade de lançamento dele é de cento e cinquenta. Acho que é a melhor do estado, talvez a melhor de todo o sudeste do país. — Jo ainda está quicando no lugar, com os olhos arregalados e brilhantes. — O cara provavelmente vai assinar contrato assim que sair da escola. Porque ele é *bom a esse ponto*.

— Faz sentido — resmungo. — O que será que vem primeiro? O talento no beisebol ou a misoginia?

— Verdade — Nessa concorda. — Muitos jogadores profissionais de beisebol são uns canalhas.

— Mas deixa pra lá — eu digo. — Vamos esquecer essa conversa e encontrar a porcaria da tartaruga. Tenho que ir pra casa. É minha vez de fazer o jantar.

Topher, Nessa e Jo aceitam a missão e se afastam. Fico sozinha, revirando uma caixa de bibelôs de porcelana lascados, tentando parar de ficar obcecada por aquele babaca e pelo que ele disse.

Será que nunca preciso sofrer as consequências? Será que *eu* seria punida se aparecesse na escola sem sutiã? E, se não, por quê?

Só há uma maneira de descobrir.

CINCO

MALENA

Mami teve que trabalhar até tarde de novo, por isso tio Wiliberto vem me buscar no primeiro dia de detenção, depois de fechar a oficina especializada em carros de luxo em que é mecânico-chefe. Tive que ficar duas horas esperando sozinha no McDonald's em frente à escola. Quando cheguei, as atendentes ficaram me olhando feio porque eu não pedia nada. Tia Lorna não gosta que a gente belisque antes do jantar, para não perder o apetite. Mas acabei cedendo e pedi uma batata pequena e uma coca-cola. O que eu podia fazer?

Ficamos em silêncio no carro. As mãos e os braços do meu tio estão cobertos de manchas escuras de graxa e suas roupas cheiram a gasolina e fumaça de escapamento. Não é tão fácil conversar com ele quanto com *papi*, mas, no momento, adoro que meu tio seja um cara modesto que não fica de papo furado. Isso torna a volta para casa tranquila, e estou *mesmo* precisando de paz.

Recebo uma mensagem de *mami*, dizendo que vai me encontrar na tia Lorna para o jantar.

Eu reclamava dos horários malucos do hospital em San Juan, mas pelo menos lá os turnos não eram de doze horas. Agora *mami* sai para trabalhar antes que eu acorde e, quando chega em casa à noite, depois de enfrentar o trânsito do centro, está acabada. A vida na Flórida tem se mostrado muito mais exaustiva do que tia Lorna dava a entender.

Sinto saudade do ritmo lento do nosso dia a dia. Da brisa marinha se espalhando pelos cômodos amplos da casa, assim como da maresia e a luz do sol. De *papi* e eu preparando o jantar enquanto *mami* trabalhava. De rir disso ou daquilo. De pensar em aventuras espontâneas.

Como quando *papi* decidiu que ia me ensinar a empinar uma *chiringa*. Ele fez sanduíches cubanos e "investiu" em uma pipa gigante em formato de pássaro em tons vibrantes de roxo, laranja e amarelo, com uma longa e esvoaçante rabiola.

Fomos até o centro histórico de San Juan e estacionamos no gramado em frente a El Morro, o forte colonial espanhol construído para proteger a capital. Era uma tarde fresca, e os dias mais longos do verão garantiam que ainda havia muito tempo de sol.

Papi me ensinou a puxar a linha de modo a manter a tensão perfeita e a conduzir a pipa para a esquerda e a direita, em grandes círculos ou traçando um oito. Fiquei olhando enquanto ele descia a pipa até quase chegar ao chão, depois dava linha no último minuto para fazê-la voltar a ganhar altitude.

Sentada em silêncio na caminhonete de tio Wiliberto, deixo aquela *chiringa* alçar voo de novo na minha mente. Apoio a cabeça no vidro entreaberto da janela e fico ouvindo a salsa antiga de Héctor Lavoe que toca no rádio, uma das preferidas de *papi*. Minha cabeça balança suavemente ao ritmo constante da clave, que pulsa pelos alto-falantes como um fio de DNA musical.

Tio Wiliberto pega um maço de cigarros surrado de baixo do banco, mantendo uma das mãos no volante. Ele o aproxima da boca e pega um único cigarro com os dentes. Depois aperta o botão do acendedor, perto do rádio, e espera até que esquente. Enquanto isso, seus polegares tamborilam o volante no ritmo da música. Quando paramos no farol vermelho, meu tio protege o cigarro com a mão e o acende.

— Não conta pra sua tia — ele diz, soprando a fumaça pela janela do motorista.

Como se ela não soubesse, quero dizer. Mas não cabe a mim interferir, então não digo nada.

— Falei com Alberto hoje — meu tio diz, se referindo a *papi*. — Ele estava nas montanhas. Utuado, Adjuntas, Jayuya… tudo destruído.

— Meu tio dá uma longa tragada no cigarro e solta a fumaça devagar.

— *Pérdida total.* Isso é de fazer um homem crescido querer chorar.

Relanceio o olhar para sua mão direita, cheia de graxa, no volante. Sinto o aperto agora familiar da perda e do luto no fundo do coração.

— Estão dizendo que o número de mortes pode estar na casa dos milhares... Ninguém sabe.

Tio Wiliberto dá outra tragada no cigarro e depois solta lentamente uma nuvem de fumaça pelo vidro aberto. Quero perguntar a ele *quem* está dizendo. O pessoal do Gerenciamento de Emergências? O governo? Os jornais? Os grupos nas redes sociais que o restante do país está usando para localizar seus entes queridos? Fico desesperada para saber o que mais *papi* disse, mas, depois de outra longa tragada, meu tio joga pela janela o cigarro inacabado e aumenta o volume do rádio. Os nós de seus dedos estão brancos no volante. Sua boca está franzida. Ele não quer mais papo. Ficamos olhando para a frente. Percorremos o restante do caminho para casa em um silêncio pesado.

Para aliviar um pouco o sentimento de desesperança, nossa família inteira se voluntariou para ajudar na campanha de doação ¡Puerto Rico Se Levanta!, iniciada pela igreja de tia Lorna. Com isso, descobri que a gentileza de desconhecidos é incomensurável — prova de que há mais bondade que maldade no mundo.

Com dezenas de outros voluntários, enchemos contêineres com água, artigos infantis, remédios e muitos outros itens básicos. Pôr mãos à obra faz com que eu me sinta útil, ajudando de verdade. Mas, com o oceano separando a Flórida da ilha, nossa ajuda não chega rápido o bastante. O envio de suprimentos por navio é um processo frustrante, lento e enlouquecedor.

Quando chegamos, tio Wiliberto entra na garagem e coloca o carro em ponto morto.

— *Hay que resignarse, mija* — ele diz, virando para me olhar.

Faço que sim com a cabeça.

Resignación.

Perdi a conta de quantas vezes ouvi essa palavra nas últimas seis semanas. É uma dessas palavras que têm tantos significados em espanhol que fica até difícil traduzir perfeitamente para o inglês. Algumas pessoas dizem que significa "aceitar", tipo "precisamos aceitar o que não podemos mudar". Algo nela me faz querer gritar com quem a diga. Porque ela esconde a verdade: toda a nossa frustração, toda a dor sem solução, toda a ansiedade. *Resignación* não é uma palavra pacífica. É rasa e insincera. É como desistir.

Dentro de casa, tio Wiliberto pega uma cerveja Medalla da geladeira e o prato de comida que tia Lorna deixou separado para ele.

— Mulheres demais aqui — meu tio murmura, já indo para a sala da tv de tela plana enorme e fechando a porta.

Tia Lorna, *abuela* Milagros e Soraida estão reunidas na mesa de jantar fazendo *pasteles*, os pacotinhos de *masa* que todo mundo daqui confunde com os *tamales* mexicanos, o que é um pouco irritante, já que nem levam os mesmos ingredientes. Costumamos comer *pasteles* nos feriados, e com o Dia de Ação de Graças e o Natal chegando *abuela* Milagros tem nos cooptado para suas longas maratonas de produção.

Em Porto Rico, *pasteles* são uma forma de arte gastronômica, e *abuela* Milagros é considerada uma grande mestra. Sua *masa* tem a proporção perfeita de *yautía* e banana-verde, com um toque a mais de purê de abóbora, o que ela considera seu "ingrediente secreto".

Ouço o cantarolar da conversa em espanhol em volta da mesa que me envolve como um aconchegante cobertor artesanal.

Dou um beijo na bochecha de tia Lorna e peço *la bendición*. Depois beijo minha avó, que me abençoa com uma oração a *La Virgencita*.

— Camila ligou. Está vindo para cá — tia Lorna diz. — Você está com fome? Não comeu fast food gordurento, né?

— Não — minto, porque não quero que minha tia comece com a velha história de que fast food vai me matar. — Vou comer com *mami* — acrescento. Não quero que ela coma sozinha depois de um longo dia no hospital.

Eu me sento ao lado de Soraida, que está ralando uma banana-verde.

— Sua vez — ela diz, me passando o ralador de inox e uma banana inteira. — Vou acabar com artrite, no ritmo que essas duas me fazem trabalhar.

Ela se levanta, se afastando da mesa. Os pés da cadeira raspam no piso de ladrilho, produzindo um ruído agudo e penetrante.

— Soraida, por favor. Tenha mais cuidado, *nena* — tia Lorna a repreende. — Você vai deixar o chão marcado.

Como de costume, Soraida revira os olhos assim que tia Lorna não está mais olhando. É pirracento e infantil, mas algo na encheção de saco de tia Lorna faz Soraida e eu regredirmos uns dez anos.

— Vou pegar um refrigerante. Você quer? — Soraida me pergunta.

— Quero — respondo, ralando minha primeira banana. O truque, como aprendi depois de dezenas de *pasteladas*, que é como chamamos as ocasiões em que nos reunimos para fazer *pasteles*, é manter o ritmo constante e o pulso relaxado. Se colocar pressão demais, na quinta banana meu braço já vai estar com câimbras.

Soraida volta com dois refrigerantes e se senta ao meu lado de novo. Ela se inclina para mim e sussurra:

— Como foi?

Olho para ela em advertência. Tudo o que é dito em uma *pastelada*, mesmo que aos sussurros, é de domínio público. Soraida sabe disso. Todo mundo sabe disso.

— Soraida disse que você pegou detenção — tia Lorna se intromete. Ela está *amortiguando*, ou seja, passando as folhas de bananeira em uma chapa elétrica para amolecê-las.

Olho para Soraida na mesma hora, acusando-a de ser *chismosa*.

Ela deve ter entendido a mensagem, porque fica na defensiva de repente.

— Elas queriam saber por que você não voltou pra casa com a gente. Você já tirou? Os absorventes?

— Acabei de chegar. Quando poderia ter tirado? — retruco, perdendo o controle do ralador e quase raspando a pele dos meus dedos.

— É essa *mala suerte* — *abuela* proclama, como se estivesse afastando o *mal de ojo* da mesa. — Você precisa de um banho de sal grosso, *mija*. Para mandar isso embora.

Em geral, ignoro as "curas" dela, mas um banho de sal grosso não parece má ideia. Talvez ajude na hora de arrancar a fita cirúrgica que cobre o meu peito.

— Precisa de ajuda pra tirar? — Soraida pergunta.

— Não! — solto, ralando uma banana com força demais. — Quando chegar em casa, dou um jeito. Sozinha.

— Não sei como Camila deixou você ir à escola assim — *abuela* Milagros diz, em espanhol. — Você é uma *señorita*, e *señoritas* precisam usar sutiã. Camila deveria saber disso.

— Você não pode sair *assim* e achar que os meninos não vão perceber — tia Lorna diz, com toda a superioridade moral. — É como se você estivesse mandando uma mensagem.

— Que mensagem? — pergunto, indignada.

— De que você é tão livre, leve e solta quanto seus peitos — Soraida responde, sarcástica, e lança um olhar fulminante para a mãe.

Tia Lorna faz *tsc-tsc*.

— Fico feliz por não precisar me preocupar com essas coisas no caso do Carlitos. É bem mais fácil criar meninos.

Agora sou eu que fico tentada a revirar os olhos.

— Eu já perdi aula demais — digo. — E são só peitos. Todo mundo tem. Não entendo qual é o problema. Por que sou responsável pelo que uns moleques pervertidos fazem ou pensam?

Há um longo silêncio enquanto *abuela* junta os ingredientes da *masa* e minha tia corta o papel-manteiga para embrulhar os pacotinhos.

— Talvez porque suas tetas são grandes demais — Soraida diz, em uma demonstração perfeita da falta de filtro entre o que ela pensa e o que diz.

— E de quem é a culpa? — pergunto, irritada. — Eu não escolhi o tamanho.

Soraida se vira para *abuela* Milagros e ri.

— A culpada está presente nesta mesa.

— Vocês deveriam se orgulhar dos seus seios — *abuela* diz, da mesma maneira que outras famílias falariam com orgulho da cor dos olhos ou da pele. — Outras mulheres fazem cirurgias e pagam milhares de dólares para ter seios assim. Enquanto vocês duas receberam de graça.

Por mais que eu queira continuar brava, não consigo evitar e dou uma risada. Nós começamos a rir.

— Agora chega de enrolar, Soraida. Mãos à obra. — Tia Lorna passa a ela o rolo de barbante culinário e a tesoura. — Vai cortando. Estamos quase prontas para montar.

— Não entendo por que não podemos simplesmente comprar pronto — Soraida choraminga. — *Doña* Lucrecia vende uma dúzia por vinte e cinco dólares. É uma pechincha, se querem saber minha opinião.

Abuela Milagros desdenha.

— Aquela *vieja* não sabe nada de *pasteles* — ela diz, indignada. — Não faz nem o próprio *achiote*, e ouvi dizer que compra o *sofrito*. Usa aquele vidro de gosma verde que vendem no supermercado.

Mami entra pela porta da cozinha com um sonoro "Alllllloooo!", seu cumprimento em espanglês. Ela dá a volta na mesa, distribuindo beijos até finalmente dar um na minha testa. O toque de suas mãos macias e delicadas no meu rosto faz meus olhos se encherem de lágrimas.

— O que aconteceu com a diretora-assistente, *mija*?

Ela faz um carinho na minha nuca, e eu me inclino na direção de sua mão. Mandei uma longa mensagem mais cedo, explicando por que teria detenção até quinta-feira. Por sorte, na Orange Grove não tem detenção às sextas. Em vez disso, nossa punição é participar de um dos eventos para levantar o moral da equipe de futebol americano da escola, os Raptors, famosos por terem a maior quantidade de derrotas em sequência entre todos os times do norte da Flórida.

Tia Lorna se intromete antes que eu possa responder.

— Você não pode deixar que ela vá para a escola assim, Camila. O que os outros vão pensar? Que ela é uma *chusma* de um *caserío*?

Minha vontade é de dizer que ela não pode ficar fazendo generalizações sobre as pessoas que moram em conjuntos habitacionais. Não é como se nossa família tivesse sempre vivido nas mansões de Guaynabo. Mas, por *mami*, eu me seguro.

Mami olha para meu peito. Sei que está repensando sua decisão de hoje cedo.

— Talvez eu devesse ter deixado você ficar em casa — ela diz, parecendo derrotada como nunca a vi. — Desculpa, *nena*.

— Mas *mami* — digo, tirando as regras de vestuário da mochila. — Não tem nada aqui sobre ter que usar sutiã. Li tudo na detenção.

Ela dá uma olhada rápida no livreto e depois o coloca de lado, bem quando tia Lorna nos traz dois pratos de *arroz con habichuelas* e *fricasé de pollo*.

— *Gracias* — *mami* e eu dizemos juntas.

Os sabores familiares do frango ensopado da minha tia e as *habichuelas guisadas* da *abuela* são como um bálsamo para minha alma. Pela primeira vez no dia, sinto que estou em um espaço seguro, como gostam tanto de falar.

Depois que terminamos de comer, levo nossos pratos para limpá-los na cozinha. Quando volto à mesa de jantar, *mami* está de avental, tendo se juntado à linha de montagem de *pasteles*.

Acompanho suas mãos delicadas pegarem um pedaço de papel-manteiga e o alisarem sobre a mesa. Ela passa uma camada bem fina de óleo de urucum nele. Suas pinceladas são tão leves e constantes que parece se tratar de uma obra de arte.

Mami coloca uma folha de bananeira sobre o papel-manteiga, depois volta a pincelar o óleo. Quando termina, passa tudo para *abuela*, que espalha a *masa* em cima.

— Wiliberto pode buscar Malena até quinta? — *mami* pergunta, tirando outra folha de bananeira da pilha à sua frente. — Tive que pegar mais turnos extras esta semana.

— Já falei que o dr. Gonzales pode conseguir um emprego das nove às cinco na clínica dele — tia Lorna diz. — Você ganharia muito mais lá. Assim ia enfim quitar o financiamento estudantil que pesa tanto no seu orçamento.

Abuela passa uma folha de bananeira cheia de *masa* para tia Lorna, que acrescenta uma colherada de carne de porco em uma linha reta bem no meio. O que todo mundo adora nos *pasteles* da *abuela* é que tem porco a cada mordida. Porque ela garante que seja assim.

— Lorna, está faltando porco nas pontas — *abuela* diz, provando meu ponto.

— Amo meu trabalho — *mami* diz a tia Lorna. — Não quero passar o dia todo no consultório de um cirurgião plástico, fazendo botox e lipo em mulheres ricas. Isso não é pra mim. Gosto do pronto-socorro. E adoro cuidar de crianças. É um trabalho importante.

— Fazer o que se ama não paga as contas, Camila — tia Lorna diz, olhando com pena para *mami*. — Teve notícias da seguradora quanto ao apartamento? Eles receberam seu pedido?

— Nada ainda — *mami* diz, alisando distraidamente a folha de bananeira à sua frente.

Um longo silêncio cai sobre a sala. Ninguém quer falar sobre a precariedade de nossa situação financeira.

Quando já temos alguns *pasteles* bem amarradinhos na minha ponta da mesa, tia Lorna pigarreia e diz:

— Bom, se quer saber minha opinião, Malena não pode ficar sozinha em casa a tarde toda. — Ninguém quer a opinião dela, mas isso claramente não a detém. — Meninas dessa idade precisam de supervisão. Vocês não estão mais na ilha, Camila. Aqui as coisas são diferentes. As meninas são todas *sueltas* e *sinvergüenzas*. Querem ser como essas meninas brancas que simplesmente fazem o que querem. Não têm respeito próprio. E as mães deixam.

Olho para Soraida, com o pressentimento de que está revirando os olhos. Está mesmo. Reprimo uma risada.

— Confio em Malena — *mami* diz, com um meio sorriso em minha direção, o qual retribuo. — Ela não faria nada para arriscar seu futuro.

— *¡Las piernas cruzaditas!* Ouviu? — *Abuela* Milagros cruza os dedos no sinal universal de pernas cruzadas. Soraida e eu nos entreolhamos, tentando conter um ataque de riso. Lá vem o papo da virgindade de novo. — Se os meninos acharem que você é *suelta*, não vão te respeitar.

Vão usar você para uma única coisa, depois vão te jogar fora, como um caroço de manga — *abuela* argumenta.

Soraida se inclina para mim e sussurra no meu ouvido:

— Acho que manga não é a única coisa que eles querem chupar ...

Deixo uma risada escapar e dou um soco no braço de Soraida. Ela ri também, sem conseguir se controlar.

— Não seja atrevida, Soraida! — tia Lorna a repreende, mas isso só nos faz rir mais. Gargalhamos, jogando a cabeça para trás, levando as mãos à barriga. É tão bom rir.

Depois de um minuto ou dois, Soraida e eu conseguimos nos controlar e voltar ao trabalho.

Tia Lorna passa um *pastel* a ela, que dobra o papel-manteiga e a folha de bananeira de modo a formar um pacotinho. Eu, no fim da linha, amarro tudo com barbante, passando-o uma vez no sentido do comprimento e duas vezes no da largura.

Abuela Milagros deixa seu posto para verificar como está meu trabalho e se certificar de que o barbante esteja apertado, para que a *masa* não vaze na hora de ferver os *pasteles*. Ela enfia o dedo entre o barbante e o papel-manteiga, então puxa. Quando o fio não cede, *abuela* diz, dando tapinhas no meu ombro com um sorriso de aprovação:

— *Bien hecho*.

— Duvido que Wilie possa pegar Malena o resto da semana — tia Lorna diz a *mami*. — Ele teve que fechar a oficina mais cedo por causa disso hoje. O dono não ficou nada feliz.

Minha tia me olha do outro lado da mesa como se eu devesse me envergonhar. Até parece que já não estou me sentindo culpada o bastante...

— E o Carlitos? — *mami* pergunta.

Soraida e eu nos entreolhamos. Nunca que tia Lorna vai deixar.

— De jeito nenhum — ela diz, rápido. — Ele treina do outro lado da cidade. E depois precisa vir direto pra casa pra jantar, tomar um banho e fazer a lição de casa. *Bendito*, o coitado do menino já se esforça demais. Não posso dificultar as coisas ainda mais para ele.

Mami morde o lábio inferior. Sei que está se segurando. Amamos Carlos, mas o mundo não gira ao redor de seu cabeção porto-riquenho.

— Não pode ficar esperando no McDonald's de novo até seu tio ou eu sairmos do trabalho? — *mami* pergunta.

Faço que sim com a cabeça.

— Mas nada de comer lá, ouviu? — minha tia acrescenta.

— Calma, aquela menina não te ofereceu carona? — Soraida diz.

— Quem? — *mami* pergunta.

Soraida abre a boca para dizer sabe-se lá o quê, mas eu a chuto por baixo da mesa antes disso. Se tia Lorna descobrir que peguei detenção porque segui o conselho de uma menina branca, nunca vai me deixar em paz.

— Ninguém — digo, encerrando o assunto. Então, com uma voz que é pura *resignación*, acrescento: — Eu espero no McDonald's. Tudo bem.

Assim que as palavras saem da minha boca, eu me odeio por dizê-las. Na verdade, não está nada bem.

SEIS

RUBY

Acordo antes que o sol nasça para fazer o café da manhã de aniversário da minha vó. Despejo a massa e os blueberries na frigideira, me esforçando para que as panquecas fiquem em formato de coração. Vejo pela janela o sol surgir atrás do rio e penso em todas as manhãs de verão em que minha avó acordou cedo para fazer panquecas para mim e para a minha irmã. Ela conseguia fazer em muitos formatos: corações, carinhas sorridentes e a primeira letra do nosso nome.

Na época, eu nem imaginava que moraria na casa da minha avó, a mansão antiga, ampla e encantada onde os dias de verão se desdobravam ao longo das férias, lenta e preguiçosamente, como o rio. Era muito diferente da minha casa em Seattle, toda reta e minimalista, com móveis modernos e paredes de vidro.

Agora durmo todas as noites na cama de dossel onde eu passava os verões. Estudo física no mesmo banco sob a janela onde me aninhava para ler a série inteira do Clube das Babás.

Sem meus pais, a casa fica tão silenciosa que ouço o ranger dos tacos de madeira quando vovó acorda. Confiro as panquecas e ajeito uma com a espátula, até que lembre vagamente um coração. Então as transfiro para um prato em que já coloquei uma fatia de melão e dispus alguns morangos levemente polvilhados com açúcar. Equilibro um copo de suco de laranja no prato e me dirijo ao quarto de vovó, no andar de cima.

Quando entro, ela já saiu para a sacada. Com frequência a encontro ali quando subo para me despedir antes da escola. Deixo a bandeja em uma mesinha e pego o celular no bolso para fazer uma chamada de vídeo com meu pai. Ele atende. Está sentado com minha mãe, os dois abraçados, no deque de um chalé alugado em alguma ilha da Indonésia. Cada um segura um copo de um drinque cheio de frutas. Os dois literalmente reluzem de alegria.

Depois que vovó ficou bem e eu sobrevivi a meu primeiro ano na Orange Grove, meus pais saíram em uma longa segunda lua de mel. Os dois sempre foram abertamente românticos um com o outro, mas, se seu comportamento meloso nas nossas chamadas serve de parâmetro, os carinhos e beijos em público se intensificaram desde que foram viajar.

— Estamos prontos — minha mãe diz, enquanto meu pai pigarreia de maneira exagerada.

— Olive vai participar? — pergunto.

— Ela teve que ir mais cedo pra escola por causa de uma reunião — minha mãe explica.

— Alguém da prefeitura de Atlanta vai fazer uma visita para saber mais sobre o novo programa que ela instituiu na escola — meu pai completa, todo orgulhoso, sorrindo de orelha a orelha. — Ela vai ligar para vovó à tarde.

Olive se mudou para Atlanta assim que se formou, para lecionar pelo Teach for America em uma escola de ensino fundamental de baixo orçamento. Quando o programa acabou, ela foi para outra escola na mesma região, com ainda mais dificuldade financeira e um desempenho ainda pior. Imagino que a essa altura ela já deva estar mandando no lugar.

— Beleza. Vamos cantar parabéns! — digo, querendo evitar uma longa conversa sobre o grande sucesso de Olive enquanto as panquecas de vovó esfriam.

Acendo a vela do castiçal de latão em forma de tartaruga que (finalmente!) encontrei no Fans & Stoves e uso o quadril para abrir as portas de vidro que dão para a sacada.

Vovó está apoiada no parapeito, olhando para o rio.

— Parabéns pra você! — eu e meus pais começamos a cantar a plenos pulmões, de maneira dolorosamente desafinada. Vovó vira para mim e abre um sorriso amplo enquanto me aproximo. Ela puxa o ar e apaga a vela com facilidade. É difícil acreditar que um ano atrás ela estava mal a ponto de ficar sem fôlego só de se sentar na cama.

Agora aqui está ela, se preparando para voltar a subir num quadriciclo e passar horas patrulhando a praia, marcando o local de ninhos de tartaruga com estacas. Para ficar de quatro no calor do verão, abrindo buracos mais fundos, desatolando filhotinhos da areia molhada.

Vovó pega o celular da minha mão e o segura com o braço esticado. Meus pais perguntam se estou "me comportando", então os três riem, como se fosse uma pergunta absurda. Meu pai faz uma piada sobre ser desafiador cuidar de uma adolescente, e vovó responde que tem quase certeza de que sou eu que estou cuidando dela.

— Verdade — digo. — Aliás, precisamos desligar agora. Tenho que dar o café dela e limpar a cozinha antes das sete e meia, ou vou me atrasar pra escola.

— Sim, senhora — meu pai diz do outro lado da tela, batendo continência. — Ordens da capitã!

Minha mãe se senta no colo dele e manda um beijo para mim e vovó.

— Amamos você, Ruby, mesmo quando é mandona assim!

— Não usamos mais essa palavra, mãe. Agora dizemos "assertiva" — eu falo.

— Isso mesmo, Ruby — meu pai concorda. — Você não é mandona. É uma líder nata, uma mulher no comando. Não deixe que se esqueçam disso!

Meu pai anda falando bastante coisa nesse estilo ultimamente. Seu entusiasmo é até que fofo, mas um pouco cansativo. Já minha mãe... ela *adora* isso. Abraça meu pai pela cintura e aninha o queixo no ombro dele.

— Amo vocês — digo, cantarolando com uma falsa alegria. — Mesmo quando estão sendo melosos demais.

Me despeço com um aceno e desligo, depois enfio o celular no bolso de trás da calça enquanto minha avó se senta ao lado da bandeja de café da manhã.

— Então... qual é a sensação de ter setenta e oito anos? — pergunto.

Ela despeja calda sobre a panqueca, o bastante para fazer os morangos boiarem.

— Doce como essa calda — vovó anuncia, passando um dedo pelo prato e levando à boca.

— Ei, não notou nada de diferente em mim hoje? — pergunto.

Ela faz uma careta e me inspeciona da cabeça aos pés.

— Com certeza não é esse short jeans. — Ela balança a cabeça devagar. — Você usa essa velharia pelo menos duas vezes por semana.

— Mais pra cima.

Vovó coloca um pedaço de melão na boca e mastiga devagar, olhando para minha camiseta.

— Você está usando sua camiseta preferida de novo, então...

Ela tem razão. Amo essa camiseta. É preta e justa, mas não colada ao corpo, e tem FRUTO DOS DIREITOS DAS MULHERES escrito no peito, em letra cursiva. Comprei no Museu dos Direitos Civis, quando fui visitar Olive em Atlanta, no verão.

— O que não estou vendo? — vovó pergunta.

Empino um pouco o peito e aliso a camiseta.

— O que não estou usando.

Vovó aperta os olhos.

— Vá pegar meus óculos na mesa de cabeceira, querida. Vai ficar mais fácil de ver assim.

Não consigo segurar a risada.

— Meu Deus, vovó, não estou usando sutiã. Precisa mesmo dos óculos para notar?

Ela ri também.

— Ah, meu bem, acho que vou precisar é de uma lupa!

Vovó tem razão. Meus peitos são muito, muito pequenos — sou tipo uma tábua. Como herdei isso dela, vovó é rápida em me lembrar de como isso é conveniente. *Não temos problema na lombar! E seus seios nunca vão ficar caídos!* Outra coisa de que ela gosta de me lembrar é: *Muitas das minhas amigas tiveram que pagar para fazer redução de mama. Pense na dor de que somos poupadas e no dinheiro que economizamos!*

— E *por que* exatamente você decidiu não usar sutiã? — vovó pergunta quando finalmente para de rir.

— É uma longa história — digo a ela, recolhendo o prato e os talheres para levar para a cozinha. — E quero que saiba de todos os detalhes sórdidos. — Passo pelas portas da sacada no meu caminho até a escada. — Conto tudo no jantar, pode ser?

— Ah, eu adoro detalhes sórdidos — vovó comenta. — Mal posso esperar pela hora do jantar.

Tanto vovó como eu tiramos proveito de seus bons genes. Ela parece ser uns vinte anos mais jovem que outras pessoas de sua idade, mesmo depois da cirurgia. E eu sou alta e magra como uma corredora, apesar de ter largado a corrida quando nos mudamos para a Flórida. (Aqui é quente demais para isso.)

Hoje, no entanto, eu gostaria que meus peitinhos se destacassem um pouco mais. Será que é melhor colocar uma blusa mais justa? Mas eu perderia a oportunidade de passar a mensagem.

Ah, dane-se. Vou ficar com a camiseta dizendo FRUTO DOS DIREITOS DAS MULHERES.

Considerando a conversa com vovó pela manhã, eu deveria ter imaginado que isso aconteceria. Já estamos no fim da sexta aula, e o fato de não estar usando sutiã passou completamente despercebido o dia todo. De modo que precisei assumir as rédeas da situação.

Eu me coloco diante da enfermeira Ratched e começo a alisar a camiseta com as mãos.

— Está vendo? — pergunto. — Está vendo o que *não* estou usando?

Ela suspira e se recosta na cadeira.

— Ruby, isso é mesmo necessário?

Empino o peito e movimento os ombros, o que não tem muito

efeito nos meus peitos nem em Ratched, que só dá outro suspiro profundo.

— Sinceramente, Ruby, estou com dificuldade de entender o que você está tentando dizer.

Acho que eu deveria mesmo ter vindo com outra blusa.

— Não quer chamar Doris? — pergunto, esticando a blusa sobre o corpo. — Pedir que ela olhe mais de perto?

— Já chega! — a enfermeira exclama, claramente exasperada. — O que você está tentando provar?

— É mais um experimento que uma tentativa de provar alguma coisa — digo, fazendo questão de manter os ombros bem abertos. — Minha hipótese é de que as regras de vestuário não penalizam as pessoas de maneira uniforme em consequência do que decidem ou não usar...

— Vá direto ao ponto, Ruby — Ratched me interrompe, folheando a papelada que tem na mesa. — O sr. Simpson avisou que tem um calouro com o tornozelo torcido vindo pra cá.

— Meu ponto é que eu também deveria pegar detenção, mesmo que meus peitos não balancem. Não é?

Ela espalma as mãos na mesa e se levanta.

— Estou ocupada demais para essas bobagens — retruca. — Está na hora de você ir embora.

— Espera! — digo. — Não vai mesmo me punir com detenção? Não estou usando sutiã!

— É isso que você quer? — Ratched fala alto, irritadíssima comigo. — Então é isso que vai ter!

Ela pega o telefone e aponta para a porta com uma expressão severa.

Parece que, depois de catorze meses na Orange Grove, finalmente encontrei o caminho para o rito de passagem quintessencial do ensino médio, algo que nem existia em minha antiga escola, mas que aparece em quase todos os filmes e programas de TV, onde a *mágica* acontece.

Peguei detenção! Mal posso esperar para contar para vovó.

SETE

MALENA

Estou na detenção. Eu, Malena Malavé Rosario, aluna nota dez que nunca se mete em encrenca, está na detenção — pelo segundo dia seguido.

Como foi que vim parar aqui?

E o que é pior: diferente de ontem, não tenho ideia de quando vou para casa. Nas próximas três tardes, vou ter que ficar esperando no McDonald's do outro lado da rua até que *mami* ou tio Wiliberto possam vir me buscar, mas nenhum deles respondeu minha mensagem perguntando quem é que vai vir hoje. Até onde sei, posso ficar esperando até as dez da noite!

Que horas será que o McDonald's fecha? Seria ainda mais patético ter que ficar esperando sentada na sarjeta.

Suspiro de cabeça baixa sobre o livro que estou lendo, *Irmã outsider*, da Audre Lorde. A sra. Baptiste pediu que lêssemos e assistíssemos a um documentário sobre a vida da autora. Ironicamente, tem um ensaio sobre encontrar sua voz no silêncio. As palavras no papel são francas e poéticas, inspiradoras. Parecem estar a quilômetros de distância da minha realidade.

A sra. Baptiste pediu que escrevêssemos uma redação relacionando o ensaio de que mais gostássemos com o documentário, mas ainda não tive uma boa ideia.

Estou imersa em pensamentos quando alguém toca meu ombro.

Eu me viro e vejo a "branquela encrenqueira" (como Carlos a chama) puxando uma cadeira para se sentar ao meu lado. Infelizmente, a biblioteca só tem mesas compartilhadas. Por que não podemos nos sentar em carteiras individuais?

Ontem à noite, depois do jantar, Soraida, Carlos e eu acabamos de comer o pudim da *abuela* no quintal da casa deles. Carlos disparou a falar sobre como eu não podia confiar nessas "gringas bem-intencionadas". E não parou mais. Chegou até a encontrar Ruby nas redes sociais, só para provar o que dizia: que ela é uma pirralha privilegiada. Ele pareceu muito decepcionado quando viu que os posts mais recentes eram todos sobre seu amor e sua admiração pela *abuela*, de quem ela parece cuidar. Achei fofo, mas Carlos não caiu na dela.

— Ei, lembra de mim? Ruby? — a menina diz baixo, mas com animação.

Fico olhando para ela, intrigada. O que está fazendo aqui?

— Também peguei detenção — ela sussurra. — Vim sem sutiã. Está vendo?

Ela abre um sorriso, como se compartilhássemos um segredinho. Relanceio o olhar para seu peito. A pobre coitada parece uma tábua de passar. *Abuela* Milagros diria que é uma "*flaca con pecho de plancha*".

— O que está lendo? — Ruby pergunta, se inclinando para mim.

Mostro a capa do livro.

— Ah, legal! Audre Lorde. — Ela abre um sorriso ainda maior. — Cara, eu amo esse livro. Minha avó me deu quando eu tinha uns doze anos.

Meus olhos voam para o sr. Ringelstein, o bibliotecário centenário que está supervisionando a detenção. Ele está ocupado demais organizando algumas fichas amareladas de localização (que ninguém mais usa) para notar.

— Não podemos conversar — murmuro, então retorno ao livro e ao ensaio que ia começar. Talvez a garota entenda o recado e me deixe em paz.

— Não se preocupa com ele. O sr. Ringelstein não se importa com o que a gente faz aqui, desde que não faça barulho demais — Ruby garante. — Olha, desculpa por ter metido você em encrenca. Mas, sinceramente, acho que isso tudo é maior que nós.

— "Nós"? — repito, olhando de lado para ela e me perguntando para onde a conversa está indo. *Quando foi que isso virou um "nós"?*

— É por isso que estou aqui — Ruby diz. — Vim pra escola sem sutiã e fui mostrar pra Ratched...

— Pra quem?

— Gente, mas ninguém viu esse filme? — ela diz, jogando as mãos para o alto. — É um clássico.

Eu a encaro, perplexa. Será que essa menina tem noção de que parece uma louca?

— Esquece. Não importa — ela diz.

Volto a olhar para a mesa do sr. Ringelstein, com medo de ser pega. Não preciso de mais dias de detenção por causa dessa menina. Ruby claramente não tem uma tia Lorna em sua vida. Nunca mais vou ter paz se minha detenção for estendida até semana que vem. Sem mencionar todo o drama familiar que se seguiria para decidir quem viria me buscar.

O sr. Ringelstein desaparece atrás de uma fileira de estantes. Solto o ar que estava engasgado na garganta.

— O ponto é: Hopkins nem notou — Ruby prossegue, esticando a camiseta sobre o peito para ampliar o efeito. Como eu disse, a menina é uma *plancha*. — Então insisti que ela aplicasse as regras de vestuário da mesma maneira. E pronto! Aqui estou.

Preciso de um momento para entender o que ela está dizendo, principalmente porque não faz sentido.

— Espera aí. Você *pediu* pra receber uma detenção?

Inclino a cabeça de lado, sem conseguir acreditar.

— Sei que parece maluquice — Ruby diz.

Confirmo com a cabeça.

— Parece mesmo.

Talvez Carlos esteja certo sobre ela.

— Mas presta atenção. — Ela tira as regras de vestuário da Orange Grove da mochila. — Não tem nada aqui sobre não usar sutiã. O que fizeram com você não é só arbitrário: é totalmente injusto. E meus peitos são prova disso, porque não são dignos de detenção. Tive quase que implorar para me mandarem pra cá.

A menina aponta para o peito com as mãos.

— Ruby... — começo a dizer, hesitante. Até agora, dar ouvidos a essa menina só rendeu problemas para mim e para minha família. — Só quero terminar de ler esse ensaio e dar um jeito de voltar para casa. Já tenho o bastante com que me preocupar.

Ruby suspira, com uma expressão decepcionada no rosto.

— Não consigo entender como pode deixar que façam isso com você. É tão... injusto. — Ela se inclina para mais perto. — Você não se sentiu humilhada? Deve ter sentido alguma coisa. Não? Tipo, sei que eu ficaria mal.

Ela fixa o olhar no meu, e sou obrigada a desviar o rosto. Fico com o estômago embrulhado, e meu corpo se inclina um pouco para a frente. Um nó se forma na minha garganta, que parece seca e áspera como lixa. Devagar, meus braços se cruzam na altura do peito, formando uma barreira protetora de carne e osso.

Como você se sentiu, Malena?

Mantenho os olhos no livro aberto à minha frente. As palavras flutuam na página, até que ler é impossível.

Esse tempo todo, eu estava esperando que alguém me fizesse essa pergunta. Quem quer que fosse.

Nem mesmo *mami* sabe como me senti quando a enfermeira me mandou ficar parada para poder avaliar meus peitos, ou quando vi o olhar de repulsa da secretária.

Nunca vou esquecer o cheiro opressor de água sanitária da sala de enfermagem, ou o som dos saltinhos da secretária contra o piso de ladrilho branco.

Como eu me senti?

Aqueles olhos errantes... subindo e descendo pelo meu corpo. Os olhares sórdidos, interrogativos, me acusando de ter o tipo errado de corpo, se impondo sobre mim. Insinuando que sou indecente, vulgar, sem-vergonha, embora nem me conheçam. Me enfiando a interpretação *delas* dessas regras absurdas de vestuário goela abaixo, sem que eu pudesse dizer nada.

Antes da pergunta de Ruby, eu não tinha me permitido reconhecer isso.

Como eu me senti?

Violentada.

Uma palavra que venho reprimindo, afinal, qual seria a vantagem de pronunciá-la em voz alta? Uma palavra que me enche de medo e dúvida sempre que penso nela. Não será forte demais? Não sei. Tudo o que sei é que, ainda que ninguém tenha me tocado, me senti como nunca uma vítima em meu próprio corpo.

Enxugo uma lágrima que escapa com as costas da mão e pigarreio.

— Você está bem, Malena? — Ruby pergunta, tocando meu braço com delicadeza.

— Estou ótima — afirmo, já procurando minha garrafinha de água dentro da bolsa. Quando a encontro, eu a abro e tomo um longo gole, piscando para impedir uma correnteza de lágrimas.

Não chora, Malena. Maldita seja. Não chora.

Exalo, soltando lentamente todo o ar dos pulmões.

— Não há nada que a gente possa fazer — digo. — Hoje de manhã minha mãe tentou ligar pra diretora-assistente, a dra. Hardaway. Ela disse que eu deveria ter ficado em casa. — Solto uma risadinha debochada. — É engraçado porque foi minha mãe que não quis que eu perdesse aula por causa de algo tão bobo.

— *É* mesmo bobo — Ruby concorda.

— No fim das contas, eles fazem as regras e nós obedecemos. É simples assim. Não temos direito à nossa opinião.

— Não concordo com isso — Ruby diz, com uma confiança que me pego invejando.

Não digo a ela que parece mais fácil desistir, mesmo sabendo que o que fizeram comigo não é certo. Aprender o básico dessa nova vida já me dá trabalho demais. Enfrentar as regras opressivas da escola parece uma tarefa impossível.

Mesmo que eu quisesse dizer à dra. Hardaway e à enfermeira Hopkins como elas estão erradas, não saberia como. Não sou Malala, do Paquistão, ou Joshua, de Hong Kong. Sou Malena, de Porto Rico, e nunca protestei contra nada!

Na Sagrado Corazón, eu era vice-presidente do conselho estudantil e fotógrafa do jornal. Fazia parte do grupo de teatro e do time de vôlei. Tudo bem que na aula de religião eu levantava a mão na hora sempre que *hermana* Dolores nos instruía a "acreditar na fé". Mas era diferente. *Hermana* Dolores dava atenção às minhas perguntas contestadoras. Ela fazia com que eu me sentisse ouvida, mesmo que meus colegas de classe me acusassem de ser ateia.

Antes do Maria, eu era capaz de levantar a voz se necessário, e com força. O tipo de voz alta que só se vê em uma ilha com cores fortes e música tropical. Uma voz alta de uma garota da ilha.

Mas, aqui, isso pareceria deslocado. Não sei como ser meu eu porto-riquenho com essas pessoas — sejam brancas, negras, asiáticas ou mesmo as latinas que cresceram nos Estados Unidos. Todos parecem entender a vida aqui. A maior parte anda pelo corredor irradiando confiança e propósito. Enquanto isso, não consigo me livrar dessa sensação profunda de que sou... *diferente.* É deprimente.

— Levei uma hora para tirar toda a fita — confesso, contorcendo o rosto ao me lembrar de ficar de pé diante do espelho do banheiro, tentando remover qualquer indício de que o dia de ontem tinha acontecido.

— É uma mer... — Ruby leva a mão à boca. — Desculpa, estou tentando não falar palavrão. Prometi à minha avó... — Suas mãos ocupam todo o espaço entre nós. — Mas, voltando ao assunto, o que estou querendo dizer é: você não pode ser punida só porque seus peitos são maiores que os meus. Que tipo de regras de vestuário são essas? — Sua voz fica perigosamente alta, e manchas vermelhas surgem em seu pescoço. Eu me viro para ver se o sr. Ringelstein notou, mas ele parece alheio. — É... é... inconstitucional, na minha opinião! Seus direitos como mulher e como ser humano estão sendo desrespeitados!

Embora eu preferisse que Ruby baixasse um pouco a voz, na verdade concordo com tudo o que ela diz, e assinto com vigor. *Mas como posso mudar isso?*

Na minha antiga escola, a mudança mais importante que promovi foi do local do baile de fim de ano, do ginásio da escola para o salão de festas do hotel El San Juan. Tivemos que arrecadar dinheiro para isso, mas não foi um grande mistério. Todo mundo amou o salão.

— Acho que você está certa. Mas não tem nada que eu possa fazer — digo, irritada com o tom de derrota em minha voz. — Não posso me complicar mais. A dra. Hardaway disse que da próxima vez vai me dar uma suspensão. Minha mãe surtaria.

E não quero nem pensar na reação da minha tia.

— Tá, vamos pensar um pouco… — Os olhos de Ruby se perdem nas estantes atrás de mim, depois se estreitam, e ela faz "hum…". — E se… — Agora seus olhos estão quase fechados, como se ela tentasse ler algo à distância. — Tenho uma ideia — Ruby solta. — Uma amiga em Seattle… Eu sou de lá, aliás… Bom, essa amiga é responsável por uma divisão da Girl Up da qual eu era orgulhosamente membro.

— Não sei o que é isso — digo, fechando o livro à minha frente. Está mais do que claro que não vou conseguir ler.

— É um grupo de empoderamento feminino. Apoiado pelas Nações Unidas e tudo — Ruby explica. — Não tem aqui. Quando toquei no assunto, a dra. Hardaway disse que eu poderia me juntar ao Líderes Adolescentes da América, mas não é a mesma coisa. Acabei entrando para o clube de atualidades. Que também não é a mesma coisa, mas tudo bem.

Ela pega o celular e procura algo que não consigo ver.

— Através da Girl Up, conheci uma menina incrível chamada Lucinda.

Ruby mostra uma foto do perfil de Lucinda. Ela é negra e tem um cabelão roxo, usa delineador escuro, brincos de argola dourados bem grandes e uma camiseta preta que diz LUTE COMO UMA GAROTA em letras brancas.

— Ela parece muito legal — digo.

— E é mesmo. É filha de uma advogada de direitos civis importante de Seattle. Mas então, Lucinda é responsável pela divisão da Eastlake, que é uma escola pública enorme. E organizou uma campanha gigantesca para mudar as regras de vestuário de lá. A mãe ajudou com a parte jurídica de tudo.

Ruby me passa seu celular, e eu dou uma olhada nas fotos de Lucinda. Em uma, ela está marchando pelos direitos humanos; em outra, por igualdade para a população LGBTQIA+. Alguém a fotografou com um megafone e empunhando um cartaz com VADIAS FAZEM AS COISAS ACONTECEREM! escrito em rosa-shocking.

Aposto que, se estivesse em meu lugar, Lucinda saberia exatamente o que fazer.

— Eu fui nessa manifestação — Ruby diz, apontando para a foto na tela. — Foi incrível.

Nunca fui a uma manifestação, por isso não digo nada. Só devolvo o celular para Ruby.

— Acho que Lucinda precisou falar com o conselho escolar e tudo mais. Não lembro os detalhes. Vou falar com ela e perguntar que estratégia usou.

— Talvez ela possa perguntar para a mãe. — Tento controlar a apreensão que borbulha dentro de mim. — Vamos só reunir informações, né? Não vamos fazer nada ainda. Preciso pensar mais a respeito.

Ruby para de escrever e olha para mim.

— Quero saber quais são nossas opções — ela explica. — Depois podemos conversar e tomar uma decisão. Você não precisa fazer nada com que não se sinta confortável.

— Tá.

Meus lábios se curvam em um sorriso relutante. Então percebo como sinto falta de ter amigos na escola. Amo meus primos, mas parentes às vezes julgam demais.

— Posso ver? Suas costas, digo.

Não sei por que concordo em mostrar, mas, em questão de segundos, estou escondida entre duas estantes altas no fundo da biblioteca, levantando a blusa pelas costas.

— Ai! — Ruby faz uma careta. — Deve estar ardendo muito!

— Você não tem ideia — digo. — Minha mãe teve que improvisar um top pra mim.

— Posso tirar uma foto? — ela pergunta, com o celular na mão. — Lucinda sempre diz que uma foto é tudo o que é preciso para provar um ponto. Quero que ela veja isso.

Uma voz dentro da minha cabeça — aguda como a de tia Lorna — diz que eu devo parar com essa loucura. Desafiar o sistema só pode causar problemas. Ainda mais um sistema que é completamente novo para mim.

Baixo os olhos para minha blusa e meus peitos. Quero provar alguma coisa?

Quero justiça pelo que aconteceu? Por *tudo* o que aconteceu?

Talvez eu esteja cansada da *resignación* que todos falam que preciso ter. Talvez eu não queira me resignar a uma vida que parece totalmente fora do meu controle. Talvez eu esteja cansada de ver outras pessoas sempre no comando. Droga, até as forças da natureza têm mais controle sobre minha vida que eu.

Um medo, bruto e primitivo, sobe do meu estômago para o meu peito, dilacerando meu coração. Se eu não fizer nada, estarei perdida para sempre. Serei uma partícula de poeira flutuando no universo, levada de um lado para outro pelos ventos da próxima tempestade, sem nunca encontrar uma nova vida depois do Maria. Sem nunca ter uma voz de novo.

— Tá — digo, levantando a blusa até onde dá para ir. Viro a cabeça para olhar enquanto Ruby tira a foto.

— Agora uma selfie. Quero que Lucinda veja você.

Ruby se coloca ao meu lado e estica o braço para tirar uma foto. Olho para a câmera.

— Você não vai postar, né? — pergunto, vendo seus dedos voarem sobre a tela.

— Só vou mandar pra Lucinda. Quero que ela veja o absurdo que é te obrigarem a colocar um sutiã por cima dessa queimadura… O clima em Seattle é sempre tão feio que as pessoas esquecem como é se queimar ao sol.

— Você deveria experimentar ir para uma praia de Porto Rico, se quer saber o que é se queimar de verdade — digo, e Ruby ri.

— Me passa seu número — ela pede. — Te escrevo quando ela responder, e aí conversamos.

Trocamos números e voltamos à mesa.

Meu celular vibra com a chegada de uma mensagem. É *mami*, dizendo que precisa ficar uma hora a mais no trabalho, o que significa que vou ter que esperar mais ou menos três horas no McDonald's, dependendo do trânsito. Solto um resmungo, frustrada. Vai ser assim pelo restante da semana.

— O que foi? — Ruby pergunta.

— Nada — digo, enfiando o celular na mochila.

— Posso te ajudar em alguma coisa?

Ela se inclina para mais perto.

Parte de mim acha que Ruby já "ajudou" o bastante. Sua "ajuda" é o motivo pelo qual vou ficar presa depois da aula todos os dias da semana. Outra parte minha questiona se ela estava falando sério quando disse que podia me dar carona. Ou se só estava se sentindo culpada.

— Minha mãe vai ter que trabalhar até mais tarde — digo.

— Ah. Posso te levar pra casa. É o mínimo que posso fazer.

— Sério? Tem certeza? — pergunto, e nem tento controlar a empolgação na minha voz.

Ela faz que sim com a cabeça, sorrindo.

Sorrio também, já pegando o celular para escrever para *mami* dizendo que arranjei uma carona. "Explico mais tarde", acrescento, antecipando as várias perguntas que sei que ela vai fazer.

Ela só me manda um emoji de polegar levantado. Deve estar bem ocupada.

— Ainda me sinto mal pelo que aconteceu. Mesmo que não seja culpa minha. Ou sua, claro — Ruby diz.

Dou de ombros.

— Não é culpa de ninguém.

— Acho que nem todo mundo na sua família concordaria — ela comenta, balançando a cabeça.

— Está falando de Soraida? Ela acha que é culpa minha, por ter peitos grandes. — Dou risada. — Isso porque os dela são do mesmo tamanho.

— Não, estou falando do Atletinha.

Não consigo evitar rir.

— Carlos?

— É... Não sei como você aguenta o cara. Ele é tão... tão... insuportável.

— Uau. Nunca ouvi ninguém falar dele assim.

Gosto da expressão azeda dela. É novidade, vinda de uma aluna da escola. Saber que Ruby não cai de amores por Carlos, como todas as outras, me faz respeitá-la um pouco mais.

— O jeito como ele ficou parado lá, apertando a bola de beisebol... Quem aquele cara acha que é?

Dou de ombros.

— Meu primo pode ser meio intenso, mas tem boas intenções.

— Meio intenso? — Ruby ri. — Deve ser impossível conviver com ele.

Ainda estou tentando decidir se defendo Carlos quando o sr. Ringelstein se levanta da mesa e começa a apagar as luzes no fundo da biblioteca.

— Hora de ir embora — Ruby diz, uma alça da mochila no ombro. — Ei, vamos tomar um sorvete? Conheço um lugar incrível aqui perto. Como minha avó sempre diz: "Felicidade não se compra, mas sorvete, sim".

— Belas palavras — digo, com uma solenidade fingida. — Mas não posso demorar muito. Tenho que escrever um ensaio.

Pego minha mochila e a seguro ao lado do corpo. Minha pele ainda arde demais para carregá-la nas costas.

— Quer discutir algumas ideias comigo? Li esse livro umas cem vezes.

— Seria incrível.

Uma onda de alívio percorre meu corpo, não só porque não vou precisar ficar esperando no McDonald's. Estou animada de verdade com a perspectiva de tomar sorvete e conversar sobre livros com alguém. Soraida prefere romances eróticos, do tipo que precisa esconder debaixo do colchão para tia Lorna não encontrar. Ela me emprestou um que se chamava *A maldição escocesa do amor*. Fiquei totalmente constrangida quando os protagonistas transaram em cima de um cavalo, em um campo aberto, onde qualquer um poderia ver! De jeito nenhum eu discutiria os livros de Soraida com ela.

— Estou louca para saber como Lucinda vai reagir às fotos — Ruby diz, checando o celular enquanto saímos da biblioteca. — Espero que ela me responda quando ainda estivermos juntas.

Só então percebo que acabei de fazer. Permiti que uma menina mandasse fotos minhas seminuas para uma completa desconhecida do outro lado do país.

No que eu estava pensando?

Enquanto saímos da escola juntas, digo a mim mesma que foi só uma mensagem. Para uma única pessoa. Nada de mais.

OITO

RUBY

Não param de chegar notificações no meu celular.

Rolo para fora da cama, tentando me lembrar dos meus posts de ontem que podem ter chamado tanta atenção. Só consigo me lembrar de uma selfie boba com Topher, em que estamos de chapéu fedora, e de alguns reposts. Tipo, a selfie ficou fofa e tal, mas...

São 1345 notificações.

Putz.

Meus pés tocam o tapete roxo felpudo enquanto verifico do que se trata. A primeira coisa que vejo é a selfie que tirei com Malena ao lado da foto das costas queimadas dela.

Que merda é essa?

Rolo a tela, tentando entender de onde aquilo veio.

Lucinda.

Como se não bastasse... Com queimaduras de primeiro grau, @malenamalavePR, refugiada do furacão Maria, foi castigada por não usar sutiã na @EscolaOrangeGroveFL. Ninguém disse nada quando a amiga @rubyroobs fez o mesmo. #regrasimpostas #nãodistraiaosmeninos #corposracializadoslivres

Isso foi publicado às oito e meia da noite de ontem no horário da Costa Oeste, ou seja, onze e meia aqui. Eu já estava no oitavo sono.

Um monte de gente aleatória respondeu à publicação de Lucinda.

Lute contra o sistema @rubyroobs!

#regrasdevestuário são coisa do passado

Chega de querer que as meninas sintam vergonha!
#todocorpofemininoélindo

Dou uma olhada nas reações. Nunca vi nada igual. Bom, teve aquela vez em que Nick Jonas postou uma foto do tanquinho dele e viralizou. Mas nunca vi uma reação dessas em relação a uma mera mortal. Sim, sou louca pelo Nick Jonas. Desde que assisti a *Camp Rock* com oito anos, ainda não consegui esquecê-lo. (Pensando bem, isso deveria ter sido um indício de que a música indie de que Olive tanto gosta não era para mim.) Como Topher, Jo e Nessa são totalmente esnobes quando se trata de música, venho guardando meu amor profundo e duradouro por tudo relacionado a Nick Jonas para mim mesma.

O post pode não ser tão bombástico quanto o tanquinho perfeito do Nick, mas, ainda assim, são tantos replies e reposts que nem sei por onde começar. Fico olhando para o celular, acompanhando os números crescerem exponencialmente.

Lucinda é uma gênia.

Decido dar uma olhada nos directs primeiro, já que há um número mais razoável — ou pelo menos não absolutamente opressor — de mensagens que de comentários. A primeira é de Lucinda. Foi enviada por volta de meia-noite.

Já comecei a revolução na Orange Grove.
Pode me agradecer depois! Falamos de estratégias amanhã.
#Girlpower

Então me deparo com uma mensagem que me faz perder o fôlego.

Oi, Ruby. Meu nome é Calista Jameson e trabalho para o Wired for Women. Estou muito interessada nessa história. Podemos conversar?

Minha nossa senhora! A Calista Jameson! O curta dela sobre a Marcha das Mulheres virou um clássico instantâneo. A coluna dela no Wired for Women, "A palavra com F", chega a, tipo, um milhão de acessos. Ela joga umas verdades na cara das pessoas.

E agora está me seguindo. Eu! Jo e Nessa vão pirar. São obcecadas por Calista Jameson.

Começo a responder a mensagem.

"Oi! Tudo bem?", escrevo, mas parece idiotice. Quantos anos eu tenho, dez? Apago a mensagem e tento de novo.

Ô Jesus Cristinho. O que eu digo? Como respondo a uma ícone feminista dessas?

Eu me levanto e começo a andar de um lado para outro. Então percebo: preciso contar para Malena. Prometi que não faria nada sem consultá-la antes. Prometi que não publicaria as fotos.

Ai, meu Deus. Ela vai me matar.

Talvez Malena saiba quem é Calista Jameson. Será que ela é famosa em Porto Rico? Se for, não tem como Malena ficar brava. Ela vai ficar toda empolgada, que nem eu! Talvez a gente possa falar com Calista juntas. Ah, talvez a gente possa fazer uma chamada de vídeo!

Minha mente avalia depressa todas as possibilidades, até relembrar o rosto de Malena depois que pedi para tirar a foto. Quando eu disse que precisávamos de um plano, ela pareceu tão tímida, tão relutante. Provavelmente por causa da família — aquele primo insuportável e a menina exagerada.

Mando uma mensagem para ela.

> Precisamos conversar. Urgente. No estacionamento do último ano em 20.

Nenhuma resposta.

Vou até o guarda-roupa e pego meu vestido florido preferido. Não coloco sutiã, claro.

Nenhuma resposta ainda.

Calço as sandálias e sigo para a porta.

Então me lembro de que nem escovei os dentes.

Preciso me controlar. Como vou liderar a revolução se não consigo nem cuidar da higiene pessoal básica?

Assim que o Atletinha entra no estacionamento com seu SUV enorme, corro para encontrar Malena. Eu a vejo pela janela, mas ela desvia o rosto, como se não quisesse falar comigo.

Tá. Não foi bem assim que achei que ela ia reagir.

A gente se divertiu tanto ontem à noite, atacando nossa casquinha tripla antes que o sorvete derretesse, tirando sarro da trilha sonora anos 1970 tocando à toda no MaggieMoo's. Quando "Da Ya Think I'm Sexy?" começou, fingimos que cantávamos com a mesma voz rouca e esquisita do cantor, nos balançando nos bancos de plástico. Ao fim da música, ríamos tanto que quase saiu sorvete de menta com gotas de chocolate pelo meu nariz.

Fazia tempo que eu não me divertia tanto.

Agora, doze horas depois, Malena nem olha na minha cara. O que aconteceu?

— Ei, te mandei uma mensagem — digo, assim que ela sai do carro. — Viu o seu feed?

Malena olha na minha cara e faz que sim com a cabeça, bem devagar.

— Você prometeu. Disse que não ia publicar as fotos.

Seu rosto está inchado e seus olhos estão vermelhos.

— Por que fez isso? — Malena pergunta, baixo.

— Eu não…

Preciso me esforçar para conter a empolgação e a adrenalina em minhas veias. Preciso de um momento para pensar no que responder.

— Eu não sabia até hoje de manhã. Foi Lucinda. Ela não me perguntou — tento convencê-la. — Não fica brava, por favor. Ela achou que estava ajudando.

Carlos e Soraida saem do carro e param de cada lado de Malena. A prima é mais difícil de ler. Já o primo fixa seus olhos em mim, parecendo dizer: *Fica longe da minha prima.*

Eu me forço a ignorar a estranha queimação na pele e manter meu foco em Malena.

— Por que ela faria isso? — Malena pergunta, parecendo derrotada.

Ela tem razão. Lucinda nunca pediu sua permissão. Acho que eu poderia ter deixado mais claro que a foto não deveria ser compartilhada com mais ninguém, mas para ser sincera não chega a ser surpresa. Conheço Lucinda há anos, e é assim que ela faz as coisas. Foi uma jogada ousada, claro. Mas é sua ousadia que promove a mudança. Estou prestes a explicar isso a Malena quando Carlos nos interrompe.

— O que exatamente te faz pensar que tem o direito de postar fotos da minha prima seminua para todo mundo ver?

Ele dá um passo à frente, assomando sobre mim e ficando com o rosto a uns quinze centímetros do meu.

Recuo um passo, desejando não me sentir intimidada por Carlos. Ainda que sua voz permaneça irritantemente calma, como em nosso último embate no estacionamento, sei que ele está furioso. Até mais do que da outra vez.

— Não postei nada — respondi, na defensiva. — Foi minha amiga Lucinda quem publicou. E você deveria estar *feliz* pela sua prima. Uma jornalista famosa quer contar a história dela. — Levo a mão à cintura, me esforçando para me manter no controle. — A justiça vai ser feita.

— Justiça? — Carlos olha para Malena, que está com o rosto voltado para a tela do celular. — Você ouviu isso, Malena?

Ela não responde. Parece muito concentrada no que quer que esteja vendo no aparelho.

— Ela te mandou uma mensagem também — eu digo a Malena. — Você viu? O nome dela é Calista Jameson.

— Eu vi — Soraida interrompe. — A mulher tem, tipo, meio milhão de seguidores.

Ela se vira para Carlos. A julgar por quão aguda sua voz saiu, ela está quase tão empolgada quanto eu dez minutos atrás. Pelo menos alguém me entende.

— Malena ganhou mil novos seguidores da noite pro dia — Soraida comenta. — Ela vai ficar famosa!

— Mais pra *infame* — Carlos resmunga.

Quem poderia imaginar que o Atletinha tinha um vocabulário tão refinado?

— Não. — Balanço a cabeça. — Você está totalmente enganado. Estamos recebendo muito apoio. Estão cem por cento do nosso lado.

— É mesmo? — Carlos diz, todo condescendente e arrogante.

— Sim, é mesmo — confirmo, tentando usar o mesmo tom de voz que ele. — Por acaso você leu as mensagens?

Pego o celular.

— "Boa, garota!", "Enfrentando o sistema!", "Vai ser o fim dessas regras de vestuário ridículas da Orange Grove!" — leio, tentando fazer Carlos entender que o que está acontecendo é incrível.

Ergo os olhos da tela. Carlos me encara, com as sobrancelhas arqueadas. Não parece nada impressionado.

— Claro que tem algumas babaquices — prossigo. — Tipo: "@Rubyroobs liberatudis". Opa, alguém até criou a hashtag "liberatudis".

Soraida gargalha. Malena fica olhando para os próprios pés. Carlos continua me encarando, com a expressão impassível.

Sigo em frente, torcendo para que, com um pouco de humor, a tensão crescente se dissipe.

— É uma boa hashtag, tenho que admitir. Ah, e olha só como as pessoas são *ótimas* — digo, sarcástica. — "Ei, @Rubyroobs, cadê os *seus* peitos?"

Ergo os olhos e sorrio. O que mais posso fazer?

— Ah, que gracinha, Ruby — Carlos diz.

Babaca condescendente.

— Agora por que não deixa Malena ler o que escreveram pra ela?

Malena levanta o rosto, parecendo um filhotinho perdido.

— Oi? — ela diz, pega de surpresa. Todos nos viramos em sua direção.

— Vamos — Carlos a incentiva. — Lê algumas das mensagens que você recebeu.

— Eu não… — ela começa a dizer, baixo, então deixa a mão segurando o celular cair ao lado do corpo. Seus olhos se enchem de lágrimas.

Ah, não. Acho que ela vai chorar. O que está acontecendo?

— Sai fora, Carlos — Soraida rosna para ele. — Que babaquice.

— Só me dá o celular, Malena — ele diz, estendendo o braço e abrindo a mão.

Ela recua um passo, com os ombros curvados e os olhos baixos.

Estou confusa. Por que Malena não está animada com a mensagem que Calista mandou para ela e todos os comentários em seu feed?

Soraida e eu assistimos em silêncio quando Carlos dá um passo na direção de Malena.

— Por favor — ele diz, com a voz passando a um tom bem diferente, quase gentil. Carlos toca o ombro da prima com delicadeza e espera que ela responda.

Malena olha para a mão dele no seu ombro e depois para o rosto do primo, em expectativa.

— Tem certeza? — pergunta.

Carlos confirma com a cabeça e aperta de leve o ombro dela.

— Está tudo bem — ele diz. — Vai ficar tudo bem. Eu prometo.

Eu os observo, surpresa ao sentir uma onda de ternura percorrer meu corpo. Carlos pode ser um babaca, mas ele e Malena se importam um com o outro. Não há como negar.

Ela olha para Soraida, que a encoraja com um aceno de cabeça.

Ainda estou tentando processar a complexa reação que sinto quando Malena passa o celular a Carlos. Ele aguarda com o aparelho na mão enquanto ela volta para o banco de trás da suv. Soraida se senta ao lado dela. Malena aproxima os joelhos do peito, se encolhendo, e a prima a abraça.

Dou um passo à frente, com a intenção de ir reconfortá-la, ainda que não saiba qual é o problema, mas Carlos me impede.

— Vem.

Ele aponta para a cabeça para a parte de trás do carro. Sua voz parece menos fria, mais humana.

Quando damos a volta e estamos fora do campo de visão de Malena, Carlos enfia o aparelho na minha mão.

— Pode ler.

Pego o celular de Malena e passo pelas mensagens.

Você pode distrair esse menino aqui quando quiser, @malenamalavePR. Vem de DM!

— Credo. — Fico chocada. — Ela tem quinze anos, seu tarado nojento.

Carlos solta um suspiro, mas não responde. Sigo em frente.

Se não quer que te digam o que usar, volta pro seu país, @malenamalavePR!!!

Mais um motivo pra não deixar esses refugiados imorais entrarem! Volta pra casa, @malenamalavePR #valorestradicionais #valoresamericanos

— "Volta pro seu país"? Além de horríveis, ainda são burros!

— Pois é — Carlos sussurra, desanimado. — Continua lendo.

Parabéns @EscolaOrangeGroveFL por manter a moralidade. Continuem com esse ótimo trabalho!!!!! Fora com as más influências!!!! #valorestradicionais

A @EscolaOrangeGroveFL deveria expulsar as duas! #Adiosamigos #foradaqui #cadêomuro?

— "Cadê o muro?" — eu repito, sem tirar os olhos do celular de Malena. — E onde ficaria esse muro exatamente? No oceano Atlântico ou no mar do Caribe? E por que alguém construiria um muro pra separar uma parte dos Estados Unidos da outra?

Olho para Carlos. Ele está recostado no suv, os lábios franzidos, e pigarreia.

— Tem mais.

Suas palavras já não são mais acusatórias. Ele soa genuinamente preocupado.

Volto a baixar os olhos para o celular e leio mais duas mensagens.

Tira TUDO @malenamalavePR

VIRA @malenamalavePR. Queremos ver esse corpão latino

— Já está bom.

Acho que nem era minha intenção dizer isso em voz alta. Minha cabeça gira e meu estômago se revira. Vou vomitar. Não "está bom". *Está muito mal.* Malena está sendo bombardeada de coisas horríveis e é culpa minha.

Puxo o ar, profunda e lentamente, depois solto, também devagar.

— Quem são esses cretinos?

Carlos dá de ombros e balança a cabeça.

— Sei lá, Ruby. Sinceramente, não vou desperdiçar energia com eles e suas bobagens. — Carlos cerra o maxilar. — Mas te digo uma coisa: não quero que esses tarados e supremacistas brancos cheguem perto da minha prima.

— Desculpa — sussurro. — Sinto muito que isso esteja acontecendo. Juro que não era minha intenção que a foto de Malena fosse publicada. Só falei com Lucinda em busca de conselhos. A gente queria...

Me permito encarar Carlos. Meus olhos encontram os dele, que não parecem mais raios laser raivosos. Nem um pouco. Só vejo olhos escuros e tristes, quase vulneráveis.

Carlos me observa.

— Queriam o quê?

Sinto meu coração palpitando e meus canais lacrimais ardendo.

Ai, meu Deus. Vou chorar. Carlos está olhando bem para mim e eu vou chorar. Isso não tem *nada* a ver comigo. *Não* é hora de chorar!

Evito seus olhos surpreendentes e entro com força total em um dos meus discursos fervorosos.

— O que a gente queria? Não sei, Carlos, mas com certeza não isso! — Aponto furiosa para o celular de Malena. Apoio a cabeça na mão e seguro o celular com o braço esticado. — Tipo, não é minha culpa se o que mais tem na internet é gente babaca, misógina, racista e desinformada.

Balanço o celular como se os babacas desinformados estivessem ali e, fazendo isso, talvez eles caiam e saiam correndo para se esconder, como os covardes que são.

Carlos levanta as mãos espalmadas diante de mim, pedindo calma. Acho que está preocupado que eu possa acabar atirando o celular no chão do estacionamento.

— Mas tá bom. — Suspiro e deixo o braço da mão com o celular relaxar ao lado do corpo. — Admito que essa publicação meio que é culpa minha.

— É — Carlos confirma. — É culpa sua mesmo. — Ele fecha os olhos e solta um longo suspiro. Depois olha para mim e balança a cabeça devagar. — Não tenho a menor ideia do motivo — Carlos diz, ainda balançando a cabeça —, mas Malena parece achar que você sabe o que está fazendo. Ela não quis fazer nada até falar com você. — Ele pigarreia, sem jeito. — Então, resumindo: minha vontade é de dizer pra você sumir da nossa vida, mas vou ter que pedir sua ajuda.

Assinto. Acho que tinha uma grande ofensa em seu comentário, mas ao mesmo tempo parece que estamos progredindo.

Ele prossegue, franzindo os lábios:

— Só até toda essa história ter acabado, claro. Depois você pode sumir da nossa vida.

Bom, talvez não estejamos progredindo tanto quanto eu esperava, mas consigo lidar com isso. Não vou ter problema nenhum em sumir da vida de Carlos, para sempre. Quanto a Malena... Se eu conseguir dar um jeito de tirá-la dessa, talvez possamos voltar ao ponto em que estávamos ontem à noite: no início de uma amizade.

— Beleza — digo, assentindo uma vez. — Vou dar um jeito.

— E como você vai fazer isso, Ruby? — Carlos pergunta, incrédulo. Seus olhos voltam a encontrar os meus, firmes e constantes. Suas sobrancelhas e seus lábios estão franzidos.

Dou de ombros, então fico brava comigo mesma por esse gesto tão derrotado. Malena confiou em mim. Carlos quer minha ajuda. Preciso estar à altura. Mas como dar um jeito nesse tipo de coisa?

— Temos que falar com Malena.

Carlos assente, concordando. Damos a volta no carro. Ele abre a porta do lado em que Malena se encontra. Ficamos lado a lado enquanto Soraida a tranquiliza, murmurando em espanhol e passando a mão no cabelo dela. Carlos pega o celular de volta, depois segura a mão de Malena.

— Vamos dar um jeito nisso — ele diz.

Me sinto deslocada, uma intrusa. Estou interrompendo um momento em família. Então Malena me olha, em expectativa.

O que se espera que eu diga?

— Podemos deletar sua conta — Carlos diz a Malena, baixo. — Isso terminaria aqui e agora.

— Está maluco? — Soraida retruca, apontando para o celular de Malena. — Ela deve ter ganhado uns trinta seguidores nos últimos três minutos. Isso é importante. Malena pode virar alguém importante.

— Malena — Carlos repete, calmo. — Você não precisa passar por isso. Não precisa fazer tia Camila passar por isso. Ou tio Alberto. Acaba logo com essa história.

Ele vira para mim, e seus olhos grandes e preocupados parecem tocar minha alma.

— Não é, Ruby? — Carlos diz.

Eu me pego na posição bastante incomum de não saber qual a coisa certa a fazer. Qual dos primos de Malena devo ouvir? Soraida quer que ela aproveite o momento para amplificar sua voz. Carlos não quer que ela se magoe mais. Por mais que eu quisesse descartar a opinião paternalista desse mala, está claro que ele se importa com a prima. Sinceramente, meio que entendo o lado dele.

Quero que Malena lute.

Quero que ela *queira* lutar.

Mas também quero que ela se sinta segura.

Malena merece se sentir segura.

Por isso, eu me inclino para ela e pergunto:

— O que *você* quer, Malena?

NOVE

MALENA

Levei o dia todo para conseguir dizer:

— *No me puedo quedar callada.*

Agora, na cozinha do nosso apartamento, minha decisão sai firme e clara, e resta a *mami* digeri-la. Não posso ficar em silêncio.

Um medo primitivo está me dilacerando por dentro. Se não encontrar minha voz agora, ela estará perdida para sempre.

É como a sra. Baptiste sempre diz: *História é poder. Se você não se apropriar de sua própria narrativa, outra pessoa vai poder usá-la de maneira que atenda a seus próprios interesses.* Agora eu entendi. Pelo menos os trolls serviram como um exemplo real disso.

Quero escolher como contar minha própria história. Quero ter esse poder.

É claro que as mensagens desagradáveis mexeram comigo. Mas não posso deixar que aquelas pessoas — especialmente as antas que nem sabem que Porto Rico faz parte dos Estados Unidos — tenham qualquer poder sobre mim. Me recuso a ser uma partícula de poeira levada para cá e para lá por suas palavras cheias de ódio.

— Tenho que fazer *alguma coisa* — digo, tentando fazer *mami* compreender.

Ela e eu estamos lado a lado, preparando o jantar na cozinha apertada de casa.

Tenho que sair da frente para que *mami* possa abrir a geladeira. Ela tira de lá um pote com cebola refogada e acrescenta ao peito de frango na panela. A carne marinada chia, e um aroma delicioso de *mojo* e cebola caramelizada se espalha pela cozinha.

Repassamos cada detalhe do meu dia na última hora — com exceção dos comentários nojentos. Não quero que ela se preocupe. Falei de Ruby, Lucinda e Calista Jameson. Da resposta que Ruby e eu mandamos para Calista e de como ela não pode nos entrevistar sem consentimento de um responsável, já que somos menores de idade.

Ruby disse que a escolha era minha, mas que, se eu quisesse falar com Calista, ela e a avó apoiavam totalmente. Aposto que a *abuela* dela achou que dar uma entrevista para uma jornalista importante era uma ótima oportunidade. Com *mami*, no entanto, é diferente.

— Por favor, *mami* — imploro. — Você tem que concordar que o que a dra. Hardaway e a enfermeira fizeram foi errado. Me senti tão... tão...

Não consigo nem dizer como me senti.

Mami se vira para me olhar, esperando que eu conclua o pensamento. Mordo o lábio inferior, incapaz de pronunciar a palavra que agora sei que representa exatamente o que sinto.

Violentada.

Quando fica claro que não consigo, *mami* leva a mão ao meu ombro e o aperta de leve.

— Eu entendo, *nena*, mas falar com uma jornalista me parece um exagero. Talvez a gente possa tentar marcar uma reunião presencial com a dra. Hardaway.

— E por que seria diferente da conversa que vocês tiveram pelo telefone? Ela fez você se sentir uma mãe irresponsável, o que é um absurdo.

Mami ligou para a dra. Hardaway na manhã seguinte ao ocorrido. No mesmo tom controlado que às vezes usa com seus pacientes, ela disse à diretora-assistente que eu não era uma encrenqueira e não merecia quatro dias de detenção. A dra. Hardaway só mandou que ela lesse o mesmo livreto idiota que havia me dado. Em seguida, *mami* recebeu um e-mail dizendo que os pais deveriam se envolver mais com as atividades escolares. Eu o li por cima do ombro dela. Quem quer que o tenha escrito não levou em consideração que alguns pais trabalham.

Um silêncio pesado e exausto parece sufocar a cozinha. Nossos olhos se encontram, e vejo muitas emoções conflitantes em seu rosto. Acho que *mami* quer me proteger, mas não sabe como. Não posso culpá-la por isso, uma vez que ainda estamos tentando nos virar com coisas cotidianas, como pagar as contas, comprar móveis, instalar TV a cabo, encontrar uma boa lavanderia e nos ajustar ao estilo de vida "americano", com todas as suas regras e regulamentos.

O conceito de tempo é o exemplo perfeito. Nosso relógio interno continua regulado com a ilha. Lá, as coisas acontecem quando têm que acontecer, no momento certo. Um ritmo de vida lento e orgânico que deve ser respeitado.

Aqui, esperam que a gente nunca *perca* tempo. Que seja *pontual* em tudo. Aprendemos isso da maneira mais difícil, na nossa segunda semana em Orange Park. *Mami* e eu chegamos quinze minutos atrasadas para cortar o cabelo, e a recepcionista do salão — uma mulher de meia-idade com cabelo roxo — avisou que teríamos que remarcar para outro dia. Quando perguntamos se não poderíamos simplesmente cancelar o corte, a recepcionista ameaçou debitar o preço cheio no cartão de crédito que *mami* havia usado para marcar o horário original.

Tipo, como o atraso era culpa nossa? *Mami* entrou numa rua errada e acabamos pegando uma avenida movimentada na hora do rush. O que a recepcionista esperava? Que os outros carros abrissem caminho para nós, como o Mar Vermelho abriu para Moisés? Não dá para entender.

Tudo isso só me deixou com saudades de casa e do Salão de Beleza da Gladys, onde não é preciso marcar horário e o corte é um evento de um dia todo, com tratamentos capilares especiais, revistas de fofocas, *cafecitos* e a escova mais brilhante de toda a ilha.

Depois daquele fiasco, *mami* jurou que encontraria a versão de Orange Park do Salão de Beleza da Gladys. Espero que consiga.

Ela inspira profundamente. Seus ombros sobem enquanto o ar preenche cada vacúolo de seus pulmões. *Mami* ainda está com o uniforme do hospital, mas soltou o coque com que costuma trabalhar.

Seus cachos caem em ondas em volta do rosto macio e redondo. Ela fica mais bonita com o cabelo solto. Parece até mais jovem.

— Quero *muito* fazer isso, *mami* — digo, pela vigésima vez. — É importante. Quero falar com a jornalista.

Mami pega uma colher para provar o molho de tomate da panela de grão-de-bico.

— Me passa o sal e um pouco de coentro, por favor — ela diz.

Pego o saleiro no armário de cima, depois vou lá fora pegar algumas folhas de coentro entre os temperos que estamos cultivando em vasos. Nosso apartamento não tem sacada — outra coisa a que não podemos nos dar ao luxo aqui na Flórida —, e os degraus da porta da frente são o único lugar onde bate sol. São um triste substituto para o lindo jardim no telhado da nossa casa, onde *mami* e eu cultivávamos todo tipo de ervas, orquídeas exóticas, uma perfumada *dama de noche* e *amapolas* de cores vibrantes. Com *papi* trabalhando nas montanhas e ninguém para cuidar da casa — sem mencionar a falta de água —, tenho certeza de que todas as plantas já estão mortas a essa altura.

Quando volto à cozinha, *mami* já passou do fogão ao notebook. A tela mostra o site do Wired for Women, aberto em uma coluna de Calista Jameson.

— Ruby me disse que é uma escritora feminista famosa — conto. — Milhares de pessoas leem seus textos todo mês.

Mami não diz nada. Ela desce a página, clicando em artigos aleatórios e passando os olhos pelo conteúdo.

Quando o frango volta a chiar, ela fecha o notebook e volta ao fogão. O peito de frango de *mami* fica sempre no ponto perfeito, dourado apenas o suficiente para manter cada gota da suculência natural.

— E se a escola retaliar? — ela pergunta, levando um dos filés com um pegador para um prato. — Não quero que isso manche seu histórico. Uma suspensão não vai pegar bem na hora de se candidatar a uma universidade.

— E quanto ao direito à liberdade de expressão, garantido pela Primeira Emenda? — retruco rapidamente, recordando o que Lucinda disse ao telefone mais cedo.

Depois que tive a manhã para processar os comentários nojentos, Ruby e eu nos encontramos no almoço e ligamos para Lucinda, que pediu desculpas e explicou que tinha entendido errado a mensagem de Ruby. Lucinda achou que queríamos que ela *fizesse* alguma coisa, então foi o que fez. Ela sugeriu que eu denunciasse e bloqueasse todos os cretinos que tinham me mandado mensagem e mudasse minha conta para privada.

Soraida limpou meu feed, para que eu não precisasse reler os comentários. Mas me convenceu de que era melhor manter minha conta aberta, caso mais jornalistas quisessem entrar em contato.

— Primeira Emenda? — *mami* diz agora, erguendo a sobrancelha, ligeiramente entretida.

— Conversamos com a sra. Brown, mãe de Lucinda. Ela é advogada de direitos humanos e disse que as escolas usam essas regras de vestuário para envergonhar as meninas e perseguir minorias injustamente.

Dou uma olhada nas anotações que fiz no celular durante a ligação. Eu sabia que, para ter uma chance de convencer *mami* a me deixar dar a entrevista, teria que fazer minha defesa de maneira impecável.

— Lucinda teve problemas alguns anos atrás porque estava usando uma camiseta larga, e a gola escorregou e deixou o ombro à mostra durante a aula de química. Um professor a tirou da sala porque se sentiu desconfortável, e a direção a mandou pra casa. Ela e a mãe lutaram para mudar as regras de vestuário e venceram. Elas já fizeram isso. Com sucesso.

Mami não parece impressionada. Ela destampa a panela de arroz branco e mexe com uma colher de servir.

— O arroz está pronto. — E não diz mais nada.

Insisto, implacável. Não vou deixar para lá. Não *posso* deixar para lá.

Quando ela me disse que íamos ficar na Flórida, alguns dias depois do Maria, eu estava abalada demais para discutir. Me lembro de ficar checando as redes sociais no celular enquanto esperávamos pelo nosso pedido no drive-thru do Chick-fil-A. Era difícil acreditar que as fotos de tanta gente, de jovens e velhos, ao lado de casas derrubadas e prédios destroçados eram reais. Quando finalmente pegamos nossos sanduíches de frango, fiquei me sentindo culpada por ter uma comida quente nas mãos. Era muito para absorver de uma vez só.

Se aprendi uma coisa com o furacão, é que a vida não é justa. Há injustiça em toda parte. É só olhar para todas as pessoas da ilha que se mataram de trabalhar, economizaram e fizeram sacrifícios a vida toda só para ver seu lar ser destruído por uma tempestade. E, para piorar, serem tratadas pelo governo como cidadãos de segunda classe. Como se o que aconteceu fosse culpa delas, que não tinham dinheiro para reforçar telhados ou comprar cisternas e geradores.

Como é que se diz? Quando Deus fecha uma porta, abre uma janela? Bom, o furacão mandou a porta para as cucuias. Não pude culpar *mami* por querer ficar na Flórida. De certa forma, nossa mudança até que demorou, considerando que tia Lorna já tinha trazido metade da nossa família para cá.

Agora é como se Ruby tivesse aberto uma janela para mim, uma que eu nem sabia que existia. Vou me jogar por ela antes que se feche também. Caso contrário, corro o risco de ficar presa para sempre.

— Não somos as primeiras alunas com quem isso aconteceu, *mami*. — Tento soar confiante, muito embora não me sinta assim. — Ruby e eu procuramos. Esse tipo de coisa está acontecendo em todo o país. E as meninas estão reagindo.

— Não sei, Malena. — Ela balança a cabeça, parecendo exageradamente concentrada no arroz. — Acabamos de chegar aqui. Eu nem saberia como te ajudar. Fora que já estou ocupada demais com o trabalho, e seu pai não está aqui… Isso é algo que em geral discutiríamos juntos.

— *Papi* entenderia — digo, baixo. Sei que ele entenderia.

— Parece mais do que conseguimos dar conta agora.

— Não foi você quem disse para eu me envolver mais? — argumento. — Que precisamos criar uma vida nova aqui?

— Foi, mas achei que você ia entrar para o clube de ciências, e não declarar guerra à diretoria da escola.

Ela se afasta do fogão para pegar dois pratos e talheres.

— Calista está esperando por uma resposta. Ela quer conversar com a gente hoje à noite.

Mami leva os dedões e indicadores às têmporas e pressiona como se tentasse se livrar de uma dor de cabeça.

Por um momento, eu me odeio por dar mais uma preocupação a ela.

— Eu devia ter deixado você ficar em casa naquele dia — *mami* diz, com aquele ar de *resignación* que parece nunca nos abandonar. — Teria evitado tudo isso.

Precisamos de ar, ou vamos sufocar e morrer em um cômodo escuro sem portas e sem janelas.

— A mãe da Lucinda disse que você fez bem em me mandar pra escola — conto. — E que a diretora-assistente fez mal ao dizer que eu era uma distração. — Olho para a tela do celular e leio: — "Essa mentalidade só evita o diálogo quanto ao que seria um comportamento mutuamente respeitoso entre meninos e meninas. Perpetua a crença de que o corpo feminino é perigoso e de que o assédio é inevitável. Culpabiliza a vítima."

Volto a respirar, orgulhosa de mim mesma por ter conseguido terminar meu discurso.

Mami baixa as mãos e me encara, tentando reprimir um sorriso. Agora sei que a convenci.

— Tá... — ela diz, afinal. — Mas o meu medo é que, se entrarmos nessa, não vai ter volta. Você sabe disso, né?

— Sei — digo. — Mas é o que eu quero fazer. Quero mostrar que isso não está certo.

— Muito bem — *mami* diz, mais determinada. — Você pode dar a entrevista.

Ruby e a avó chegam exatamente uma hora depois.

A *abuela* dela não é nem um pouco como eu esperava. Está usando um vestido de linho soltinho, sandálias de tira e um colar de pedras grandes azul-turquesa. Nunca vi um cabelo branco tão brilhante quanto o dela — é de um branco vívido. *Mami* estende a mão, mas a *abuela* de Ruby a abraça apertado.

— Sou Joan, a avó de Ruby — diz, se afastando com um sorriso.

Quando ela se vira para mim, eu digo:

— Oi, sra. McAlister.

— Ah, querida… — Seu sorriso se amplia. — Pode me chamar de Joan também.

Decido chamá-la de "*abuela* Joan". Não quero parecer desrespeitosa. Não temos o costume de chamar pessoas mais velhas pelo primeiro nome, mas "*doña* Joan" fica um pouco exagerado.

— Ouvi falar muito de você, Malena — *abuela* Joan diz. — Sinto muito pelo que sua família teve que passar.

Mami agradece em voz baixa. Não sabemos se ela se refere ao furacão ou ao desastre do sutiã. Passamos por bastante coisa nos últimos tempos.

— Podem sentar, por favor — *mami* diz, apontando para o único sofá da sala. — Querem um pouco de sangria? Já jantaram?

— Sangria! — *abuela* Joan exclama. — Que maravilha! Eu adoraria. Mas já jantamos. Ruby fez uma salada deliciosa, não é, querida?

— Faço uma salada caesar bem boa — Ruby confirma.

Ela está no meio da sala de estar, e fico tentando imaginar como vê nossa "casa". Não tem nem lugar para todo mundo se sentar. Fico com a sensação de que eu deveria pedir desculpas ou algo do tipo. Queria que elas pudessem ter visto nosso apartamento em San Juan antes do furacão. Aos domingos, toda a família se reunia no telhado para brindar ao pôr do sol e comer o *sancocho* de *papi*. Vai demorar um pouco para as equipes de limpeza darem um jeito na areia e nos detritos da inundação.

Deixei meu notebook ligado na mesa de centro, para que *mami* e *abuela* Joan possam se sentar uma ao lado da outra no sofá, com Ruby e eu no chão aos seus pés. Tive que refletir bastante sobre essa questão da falta de lugares aqui em Lakeside Estates, "onde você pode se dar ao luxo de morar bem!".

— Posso conhecer seu quarto, Malena? — Ruby diz.

— Não tem muita coisa pra ver lá.

Ela inclina a cabeça, arregala os olhos e diz:

— Você falou que queria me mostrar, hã, a vista. Lembra?

A vista?

Trocamos nossa vista do Atlântico pela de um lago artificial com uma fonte no meio. A princípio, não entendi para quê ter água jorrando no meio do lago, mas quando a fonte quebrou, alguns dias atrás, tudo ficou claro. A fonte não é decorativa. A ideia é que mantenha a água circulando para que não vire um monte de lodo verde, fedido e espumante.

Lanço um olhar intrigado para Ruby, que me devolve uma expressão urgente. Só então eu entendo que ela quer conversar a sós.

— Ah, claro — digo, sarcástica. — A deslumbrante vista do lago. Vamos lá.

Mami nos observa, desconfiada, enquanto conduzo Ruby pelo corredor, mas está ocupada demais com *abuela* Joan para fazer perguntas.

Vamos até meu quarto e fecho a porta.

— Como você está? — Ruby pergunta, mantendo-se perto da porta.

Dou de ombros. Cansada. Ansiosa. Animada. Tudo isso junto. É difícil dizer.

— Fiquei tão preocupada. — Ruby suspira. — Aqueles trolls horríveis e aquelas coisas cretinas que eles disseram… É difícil deixar para lá, né?

Ela se senta na minha cama, à espera de uma resposta que não vem. Seu olhar recai no porta-retratos na minha mesa de cabeceira, com uma foto de Carlos, Soraida e eu estirados na rede de um catamarã. Aquele foi o melhor dia de todos.

Ruby leva a mão ao porta-retratos.

— Quando foi isso?

— Em abril — digo, tentando disfarçar minha saudade da Malena daquela foto: confiante, despreocupada, feliz. — Soraida e eu não quisemos a *quinceañera* tradicional. Então, fizemos uma viagem de cruzeiro.

— Nunca viajei de cruzeiro — Ruby diz.

— A gente se divertiu muito — digo, recordando as noites que passamos perambulando pelo barco, livres para fazer o que quiséssemos enquanto nossos pais estavam na discoteca, no teatro ou no cassino. —

Ficávamos acordados até tarde e nos enchíamos de pizza e sorvete à meia-noite. Todo dia parávamos em uma ilha diferente.

— Nossa, parece incrível — Ruby diz, devolvendo a foto à mesa de cabeceira. Depois de um momento, ela pergunta: — E o Atletinha continua bravo comigo?

— Carlos? Por que estaria?

Ela torce a boca.

— Porque você decidiu continuar nas redes sociais. Ele acha que é tudo culpa minha. Bom, de certa forma é mesmo. Sei que já pedi desculpas umas mil vezes hoje, mas realmente sinto muito. Me sinto superculpada.

— Eu sei — digo. — Carlos também sabe. Ele não é tão cuzão assim.

— Não acho que ele seja cuz… — ela começa a dizer, comedida.

— Hum, você chamou ele assim…

Dou risada. A reação de Carlos foi impagável. Acho que ele nunca tinha sido xingado.

— Tá, talvez ele não seja um, mas com certeza é paternalista. E misógino. E deve fazer o tipo conquistador. Estou errada?

Ruby olha para mim como se eu fosse começar a contar tudo sobre a vida amorosa do meu primo. O que não vai acontecer.

Depois que percebe que estou evitando a pergunta, ela diz:

— Bom, não importa o que ele pensa. Tudo o que importa é o que você quer.

Ruby olha por cima do meu ombro. Nem preciso me virar para saber o que chamou sua atenção.

— É uma placa de neon? — ela pergunta.

— Pois é. Um neon de boca. — Ligo a placa na tomada para que Ruby possa testemunhar toda a luminescência daquela boca em rosa-shocking. — Veio em uma das caixas de doações que recebemos da igreja quando nos mudamos pra cá, junto com todos esses livros do Clube das Babás. — Mostro a ela a caixa aberta no chão do quarto. — Tentei ler, mas acho que são para crianças. Sinto falta dos meus livros.

— Posso ou não ter lido a série toda quando tinha nove anos. —

Ruby se ajoelha no carpete e começa a analisar a lombada dos títulos.

— Ah, *Logan gosta de Mary Anne*! Esse é muito bom. E *Stacey está louca pelos meninos*! Nossa, faz um século que não vejo esses livros.

— Você quer? Eu ia doar.

— Não. Infelizmente, tive que deixar os livros pra lá. — Há certa nostalgia em sua voz. — Fiquei bem chateada quando Stacey se mudou. Foi a maior decepção.

Fico olhando para Ruby, confusa. *Quem é Stacey?*

Ruby fecha a caixa e se levanta.

— Você já fez sua carteirinha da biblioteca?

— Ainda não. Acho que tem uma a alguns quarteirões daqui.

— Podemos ir hoje, depois da entrevista. Tenho quase certeza de que fecha às nove. Podemos fazer sua carteirinha, pegar alguns livros e depois tomar um sorvete. Me arrependi de não ter pedido o sundae triplo de banana com brownie aquele dia. Não quis assustar você.

— Pois fique sabendo que eu pularia em uma piscina de sorvete a qualquer dia da semana. Acho que a gente deveria dividir o "sundae supremo".

— Qual que era esse mesmo?

— Nove bolas, fudge, bolo de aniversário com cobertura, chantili, canudinhos de wafer, um donut e uma cereja por cima!

A ideia de atacar uma monstruosidade dessas nos faz rir alto.

— Fechou. — Ruby bate palmas como uma criança que acabou de ganhar um presente. — Mas já vou avisando que tanto açúcar vai me fazer subir pelas paredes. E vou falar pelos cotovelos. Talvez você tenha que me aguentar discursando sobre romances feministas do século XIX.

Rio ainda mais alto.

— Que específico.

— Li todos os romances de Jane Austen. E, momento revelação, sou louca pelas três irmãs Brontë. Não no sentido romântico nem nada do tipo. Só acho que elas são deusas.

— Sei que Charles Dickens não é uma deusa feminista, mas meu pai *ama* o cara. *Grandes esperanças*, principalmente. Já eu prefiro *Uma canção de Natal*.

— "Ó! Besteira!" — Ruby exclama, contorcendo o rosto, curvando os ombros e imitando a voz de Scrooge. De um jeito bem bobo. — Eu adoro esse livro!

Sinto que meu sorriso poderia eclipsar o sol. O combo sorvete e livros parece uma ótima ideia. O combo sorvete e livros me lembra um pouco de minha antiga vida.

Ouvimos *mami* chamar da sala, nos lembrando que está quase hora da entrevista.

— Estou tão empolgada! — Ruby diz enquanto voltamos. *Mami* e *abuela* Joan estão tomando o resto de sangria que tia Lorna trouxe no domingo.

Mami deve ter acabado de perguntar alguma coisa, porque a avó de Ruby está balançando a cabeça em negativa.

— Nunca li o Wired for Women. Não sou muito fã de jornalismo on-line. Ainda recebo o *Times* aos domingos, como nos velhos tempos. — Ela se vira e leva a mão ao braço da neta. — Mas Ruby adora, e essas meninas já são grandes o bastante para fazer suas próprias escolhas...

— Está quase na hora — Ruby as interrompe, se sentando no chão, diante do meu notebook.

Abro o aplicativo de videochamadas e espero que a jornalista ligue.

A palma das minhas mãos está suada. Meu coração bate tão rápido que me pergunto como serei capaz de formar uma frase completa, quanto mais dar respostas coerentes para as perguntas de Calista. Solto todo o ar. Não é hora de dar a impressão de que acabei de aprender inglês. Odeio meu sotaque quando estou ansiosa, como se eu não tivesse ideia do que estou falando.

— Não consigo acreditar que isso está acontecendo — Ruby diz ao meu lado, quase pulando no lugar de tanta empolgação. Ela me dá um abraço de lado. Fico tão nervosa que mal consigo respirar.

Nesse exato momento, a ligação de Calista surge na tela. Clico no botão para atender e seu rosto surge, por trás dos óculos de armação vermelha e grossa.

— Oi, meninas — ela exclama, se inclinando para a câmera. — Estão prontas para começar uma revolução?

DEZ

RUBY

É uma manhã de sexta-feira como outra qualquer.

Uma sexta de fim da semana, começo do fim de semana.

Eu não estava esperando que essa manhã fosse ser tão absolutamente normal.

O artigo de Calista foi publicado ontem à tarde, quase quinze horas atrás. Não posso evitar sentir certa decepção ao constatar que o burburinho e a movimentação pelos corredores estão normais para uma sexta-feira. Grupinhos se formam em volta de celulares, alguns riem e se provocam. Os alunos quietinhos e os que ainda não encontraram sua turma os contornam, com os livros colados ao peito. Alguns usam fones de ouvido ou não tiram os olhos do celular, tentando parecer desinteressados ao caos do início da manhã.

Será que ninguém mais na escola leu a matéria? Será que ninguém mais se importa?

Não estou encontrando minha própria turma. Topher, Jo e Nessa devem estar atrasados. Estou louca para ir atrás de Malena, para a gente se debruçar juntas sobre nossas telas e ficar acompanhando as reações, mas também estou com um pouco de medo. E se forem ruins, como da última vez? E se for por culpa minha que Malena decidiu insistir nessa história? Será que estou colocando pressão demais nela?

Pior ainda: e se Carlos estiver certo e tudo isso for uma péssima ideia?

Para ser justa, o Atletinha não é exatamente expert mundial sobre ativismo feminista.

Procuro deixar a preocupação de lado enquanto sigo até meu armário, empolgada com o fato de que a entrevista que demos para Calista Jameson — que saiu com o belo título de "NÃO SOU UMA DISTRAÇÃO": ALUNA DA FLÓRIDA É FORÇADA A COBRIR MAMILOS COM ABSORVENTES, DEPOIS É MANDADA PARA A DETENÇÃO — já tem dezenas de milhares de compartilhamentos. Tento não pensar em todos os desconhecidos que vão ver a foto de Malena olhando para trás na direção da câmera com uma expressão impassível, a pele das costas exposta. Tento não pensar em todas as pessoas que vão seguir adiante na leitura e chegar ao que eu disse, seja nas citações destacadas em negrito ou em todos os outros comentários escondidos nas profundezas do texto de Calista.

Também tento não pensar na declaração absurda do superintendente da escola, o dr. Gordon Saunders: "Ambas as alunas violaram as regras de vestuário. Seu comportamento perturbou o ambiente de aprendizagem. A diretoria da escola agiu com o intuito de proteger as alunas, ajudando-as a resolver o problema". Quando Calista insistiu, perguntando se o dr. Saunders considerava apropriado obrigar Malena a esconder os mamilos com absorventes, a resposta foi simplesmente patética: "Estamos investigando a situação e trabalhando para garantir que as regras de vestuário sejam aplicadas de maneira justa e uniforme".

Quando penso na "solução" do "problema" — o corpo de Malena ter sido submetido ao escrutínio de Doris e Ratched — e em todos os olhos voltados para o artigo de Calista, começo a hiperventilar. Ainda não sei se minha respiração acelerada é resultado de ansiedade ou empolgação — a linha que separa uma da outra é tênue.

Passo pela multidão e já estou abrindo meu armário quando ouço uma voz profunda me chamar do outro lado do corredor.

— Roobs libera tudis!

Eu me viro e vejo Chad Colby e seus amigos cabeças-ocas do lacrosse rindo como idiotas.

Talvez eu esteja errada. Talvez não seja uma sexta-feira normal, no fim das contas.

— Parabéns! — eu digo a Chad. — Eu não sabia que você conseguia rimar.

Nem ler, na verdade.

— Que nada — o garoto atarracado ao lado dele diz, girando o taco de lacrosse. — Não foi ele que inventou. Todo mundo na internet está dizendo isso. Tipo, todo mundo mesmo.

Chad dá um passo à frente e me oferece a mão direita, como se quisesse me cumprimentar.

— Só queríamos agradecer, Ruby, pelo serviço maravilhoso que está prestando a todos nós.

Estendo a minha e aperto a dele com firmeza.

— É um prazer — digo, olhando bem nos olhos dele. — E você ainda não viu nada.

Assim que as palavras deixam minha boca, tenho a impressão de que entrei em campo minado. Sei exatamente o que o cretino do Chad está pensando.

— Todos queremos ver muito, muito mais — ele retruca, virando para encarar os garotos à sua volta. — Não é, pessoal?

Todos riem. O garoto atarracado joga o taco de lacrosse para Chad, que o pega e faz um movimento idiota no ar. Eles vão embora como um bando de macacos seguindo o macho alfa.

— Avisa se tiver algum abaixo-assinado pra gente assinar — Chad diz para trás. — Fico feliz em ajudar a causa!

— Babaca — eu murmuro baixo.

Antes mesmo que eu volte a me virar para o armário, Nessa surge do nada, pega minha mão e me puxa.

— Vem ver, Roobs! — ela diz, já me arrastando pelo corredor para o pátio interno, onde vejo Jo e Topher em meio a um pequeno aglomerado de alunos. Todos olham na mesma direção.

— Dá só uma olhada — Topher diz, e aponta para a parede de concreto.

É um desenho em giz — um gigantesco. A silhueta de um corpo feminino parece flutuar sobre um fundo com todas as cores do arco-íris.

Acima, escreveram uma única pergunta em letra cursiva: *Meu corpo te ofende?* É maravilhoso, uma obra de arte. Sei que foram Jo e Nessa que fizeram. Já vi muitos trabalhos delas para reconhecer o estilo, e a caligrafia fluida de Jo é inconfundível. Procuro a assinatura delas no canto inferior direito do desenho, mas não tem nada ali.

Espertas.

Cada vez mais gente se aproxima. Noto que um grupo de calouras se agacha para tirar uma selfie com o desenho, que paira sobre suas cabeças.

Estou procurando Malena em meio à multidão quando a sra. Markowitz para ao meu lado para observar o mural. Olho de lado para ela. Seus olhos estão bem abertos e um sorrisinho repuxa o canto de sua boca.

— Que imagem linda — a sra. Markowitz diz, tão baixo que só Topher e eu conseguimos ouvir. — Quem fez poderia ter usado tinta em vez de giz. — Ela se vira para mim e dá uma piscadela. — Eu contribuiria com a vaquinha.

A sra. Markowitz vai embora antes mesmo que eu possa reagir. Fico ali, boquiaberta.

— Ela disse mesmo isso? — Topher me pergunta.

Dou de ombros. Um aluno do segundo ano que faz parte da equipe do anuário passa por nós para se aproximar do mural. Ele tem uma câmera na mão e começa a ajustar o foco.

Eu o imito, pegando o celular para tirar uma foto, que depois publico, lembrando de marcar Calista.

A notícia deve estar se espalhando, porque cada vez mais gente chega do refeitório.

Sussurro para Topher:

— Como elas fizeram isso sem que ninguém visse?

— Não tenho ideia — ele diz. — Você sabe que as duas são cheias dos segredos.

Nessa se inclina para dar um beijinho na clavícula de Jo e murmura baixo:

— Não sei do que vocês estão falando.

— Nessa e eu somos livros abertos — Jo acrescenta, passando a mão de leve pelo queixo da namorada.

Sinto uma pontada de inveja e me pergunto se um dia vou ter essa mesma intimidade confortável com alguém. Então vejo Jo se inclinar para dar um lento beijo em Nessa.

— Bom, nesse caso específico é melhor fechar um pouquinho o livro — Topher diz, ignorando a demonstração bastante pública de afeto das duas e olhando para as portas duplas de vidro do outro lado do pátio. A dra. Hardaway, a diretora-assistente responsável pela parte disciplinar, acaba de atravessá-las. O sr. Johnson, zelador mais mal-humorado do mundo, a acompanha, empurrando o carrinho com esfregão e balde à frente.

— Lá vem ela — Jo diz baixo, se desvencilhando de Nessa.

A dra. Hardaway para ao meu lado e olha para o mural rapidamente, depois para mim, sua expressão inescrutável.

— Venha comigo, por favor, Ruby — ela diz, dando meia-volta para atravessar o pátio em direção à sua sala.

— Você dá conta, Roobs — Topher sussurra, dando um tapinha nas minhas costas quando já estou indo atrás da dra. Hardaway. — Você é uma guerreira. Não se esqueça disso.

Mordo o lábio com força, tentando ignorar o som do meu coração disparado. Olho para trás e vejo o intratável sr. Johnson empunhando o esfregão e começando a apagar o desenho. Espero que Malena tenha visto a tempo. Na verdade, não importa. Ele pode apagar o giz, mas não tem como se livrar das fotos que já estão pipocando nas redes sociais.

A dra. Hardaway continua atravessando o corredor na minha frente. Sem se virar. Sem diminuir o ritmo. Sem dizer nada. Ela simplesmente marcha até sua sala, esperando que eu a siga.

— Sente-se, por favor — a diretora-assistente diz quando chegamos, apontando para uma cadeira de couro preto.

Ela se ajeita na cadeira, do outro lado da mesa, e fica olhando para o computador por um momento. Então vira o monitor para que eu possa ver também. É o texto de Calista.

— É esse o tipo de atenção que queremos atrair para a Orange Grove? — a dra. Hardaway pergunta, com a voz estranhamente calma. — "Escolas não deveriam sexualizar o corpo das meninas." — Ela olha para mim. — "Meninas não deveriam ser vistas como distração para os meninos."

São algumas das minhas melhores citações, ouso dizer. Não sei bem que tipo de resposta a dra. Hardaway espera, mas está bastante claro que ela não me trouxe até aqui para me parabenizar.

— Acho que você interpretou mal as ações da diretoria, Ruby. — Ela balança a cabeça, devagar. — Nossa intenção era proteger uma aluna nova de atenção indesejada.

Ela tira os óculos e os deixa em cima da mesa.

— Ninguém deveria ter que perder tudo, deixar para trás tudo o que conhece.

Ela pega os óculos de novo e os examina, depois os coloca devagar ao lado do mata-borrão.

— Traumas deixam cicatrizes muito profundas, Ruby — a dra. Hardaway completa, sem me encarar. — Tão profundas que são invisíveis aos olhos.

— Essa é a questão, dra. Hardaway — digo, hesitante. — Com todo o respeito, mas quase ninguém tinha visto que Malena estava sem sutiã até que você e a enfermeira Hopkins decidiram que era um problema.

— A enfermeira Hopkins e eu fizemos o que podíamos para proteger uma jovem vulnerável.

— Vulnerável como? — pergunto, me esforçando muito para esconder o ceticismo em minha voz.

— Uma professora expressou preocupação sobre. E você sabe como meninos são. Nossa intenção era evitar uma situação desconfortável.

— Que meninos? E não seria o caso de falar com *eles*, então?

As sobrancelhas da dra. Hardaway sobem tanto que quase chegam ao cabelo.

— Se algum menino tivesse dito ou feito qualquer coisa inapropriada, ele também seria punido.

— Então Malena *foi* mesmo punida, não *protegida*. Só quero ter certeza de que estou entendendo. — Estou indo longe demais? Uma onda de preocupação percorre meu corpo, mas sigo em frente. — Isso sem contar que já li as regras de vestuário, tipo, umas cem vezes. Não quero insistir nesse ponto, mas não tem nenhuma menção a sutiãs.

— Mesmo que não tenha — a dra. Hardaway diz, voltando a colocar os óculos e olhando para o calendário antiquado que tem na mesa —, está implícito.

— Ah — escarneço, sentindo as bochechas começarem a queimar de raiva. — Então agora as meninas precisam ser capazes de ler mentes de como se vestir pela manhã? — Ouço a frustração aumentando em minha voz e sinto que estou entrando em território perigoso. — E de quem exatamente são essas mentes que temos que ler? De professores que policiam nossos corpos? De colegas de classe tarados? Talvez da enfermeira Ratch...

Paro de falar a tempo. A dra. Hardaway não vai gostar nada de saber do apelido, e já estou me arriscando demais aqui.

— Sinto muito — digo, fazendo uma pausa e respirando fundo. — Acho que fui...

— Compreendo sua frustração — a diretora-assistente diz, soltando um suspiro longo, talvez para demonstrar empatia. — Talvez precisemos deixar as regras mais claras, Ruby. Mas é tarde demais para fazer mudanças neste ano letivo.

— Tem certeza de que é tarde demais? — pergunto, me esforçando muito para abrandar o tom. — E se entregarmos um abaixo-assinado ao conselho?

— Não vai acontecer, Ruby. — Ela volta a olhar para o calendário, para as palavras organizadas em cada quadradinho. — Qualquer proposta de mudança tem que ser apresentada ao conselho na reunião de novembro, que é daqui a três semanas.

— Três semanas é bastante tempo — deixo escapar.

— Você não tem ideia do que uma mudança de política em nível distrital envolve — ela explica, com condescendência. — É preciso reunir assinaturas de pelo menos dez por cento do corpo estudantil, elaborar uma proposta e enviar tudo ao conselho pelo menos catorze dias antes da reunião. — Ela volta a olhar para o calendário, enquanto tento reprimir minha raiva e frustração. — Isso significa dez dias a partir de hoje. É impossível.

— Nada é impossível — retruco.

— Se começar a defender alterações nas regras de vestuário, vai inflamar os alunos em relação a algo que não vai acontecer. Ou pelo menos não este ano. — Ela se inclina sobre a mesa e me lança um olhar duro. — Você precisa deixar isso para lá, Ruby. Está entendendo?

Assinto, devagar, e alivio a pressão dos meus dentes do lábio. De repente, minha raiva se transformou em outra coisa, em uma espécie de expectativa.

— Sim — digo, com a voz firme e confiante.

E é verdade. Eu entendi. Se quisermos mudar as regras de vestuário, precisamos começar a revolução *agora*. Não temos tempo a perder.

— Posso ir? — pergunto, me levantando.

Estou ansiosa para sair do escritório e elaborar um plano. Posso sentir a energia brotando dentro de mim. Quase posso sentir a paixão, o ímpeto. Ah, estou amando!

— Também quero me certificar de que você está pensando no seu futuro — a dra. Hardaway diz, sinalizando para que eu volte a me sentar. — As universidades não veem com bons olhos medidas disciplinares no histórico escolar. Até onde sei, você ainda não enviou nenhuma candidatura. É importante levar isso em consideração.

— Acho que depende da universidade, e do tipo de medida disciplinar — respondo, voltando a afundar na cadeira. Por que todas as conversas acabam voltando para a universidade? E para o futuro? Quando tudo o que quero é me agarrar ao agora? — De qualquer maneira, estou pensando em tirar um ano sabático — digo, esperando encerrar o assunto.

A dra. Hardaway inclina a cabeça.

— É mesmo? Que interessante. E quais exatamente são seus planos?

— Ainda não sei. — Eu me contorço na cadeira, cada vez mais desconfortável com a direção que essa conversa está tomando. Não consigo entender o interesse repentino da dra. Hardaway no meu futuro. Ficar falando assim de planos faz meu estômago se revirar e reacende o grande desconforto que sinto com minha completa falta de objetivos posteriores à formatura. — Acho que não estou pronta pra universidade — admito. — Ou talvez a universidade não esteja pronta pra mim — acrescento, me esforçando muito para soar mais confiante do que me sinto.

— É claro que você está pronta para a universidade — a diretora- -assistente anuncia.

Por que estamos falando disso? Por que ela se importa? Talvez precise que eu faça faculdade para melhorar as estatísticas da escola ou algo do tipo. Parece que é uma questão.

— Você deveria pensar em todas as suas opções.

Olho em volta, ansiosa, com meu estômago ainda se revirando.

— Acho que é melhor eu ir pra aula. — Fico balançando as pernas cruzadas de nervoso. — Tenho prova de literatura.

— Eu te dou um passe. — Ela se inclina, abre uma gaveta e pega um. — Literatura americana?

Assinto brevemente, torcendo para que a conversa esteja se encerrando, afinal.

— Sinto falta de lecionar literatura americana — ela diz, melancólica. — O que vocês estão lendo?

— *O despertar* — respondo, já me levantando.

— É um livro maravilhoso. Minha tese de doutorado foi sobre ele.

Uau. Isso é surpreendente.

A dra. Hardaway se levanta para entregar um passe livre. Estendo a mão para pegar o disco laranja. Antes de soltá-lo, seu olhar se perde ao longe e diz:

— "Mas, independente do que viesse, ela estava decidida a nunca mais pertencer a outra pessoa que não a si mesma."

É minha frase preferida do livro. Fico ali, impressionada, tentando aceitar o fato de que a dra. Penny Hardaway e eu temos isso (temos alguma coisa!) em comum.

— Boa sorte na prova — ela diz, indicando a saída e me mandando embora atordoada e confusa.

Assim que a dra. Hardaway fecha a porta, eu me esforço para esquecer a ansiedade que sinto em relação ao futuro e mergulhar no aqui e agora. Pego o celular e mando uma mensagem para o grupo de Malena, Topher, Nessa e Jo.

> Vamos fazer isso acontecer, galera! Se a gente quer mudar as regras de vestuário, precisamos iniciar um abaixo-assinado AGORA. Reunião na minha casa no domingo, 10 em ponto. Espalhem por aí. Precisamos de toda a ajuda possível!

Queria que pudéssemos começar o mais cedo possível amanhã (a melhor hora é agora, não é?), mas prometi levar vovó à praia para a reunião da patrulha. Eles vão treinar novos voluntários para a próxima temporada, e vovó é a mais experiente do grupo.

Como devem estar todos em aula, não espero que respondam. Enfio o celular na mochila e sigo pelo corredor, pensando em como é irônico que a escola nos faça ler *O despertar*, obra de referência dos primórdios do feminismo, ao mesmo tempo que a direção tenta negar os direitos das mulheres e fazer com que nos envergonhemos de nosso corpo.

Mal posso esperar para mostrar à dra. Hardaway como ela está errada. Três semanas? Regimes inteiros foram derrubados em três semanas. É tempo o bastante para fazer a escola reagir.

Os corredores estão vazios, porque já faz cinco minutos que a primeira aula começou. Assim, fico um pouco desconcertada ao ver Carlos vindo com toda a tranquilidade na minha direção, sem um passe. Ele está acompanhado de uma menina linda — olhos grandes e castanhos, bochechas coradas, um leve afro com uma faixa vermelha. Ela usa um vestidinho amarelo-vivo de saia rodada, sandálias de couro e brincos em forma de gota.

— Oi — Carlos diz. — Como está?

A menina para ao lado dele e me olha de lado.

Mostro o enorme disco laranja para ele.

— Atrasada pra prova de literatura.

— É, tenho que correr também — a menina diz, lançando um olhar sério na minha direção. — Cálculo. Você vem, Carlos?

— Já te alcanço — ele diz.

Com um aceno desdenhoso, a menina se vira para sair. Estaria com ciúme? Não tem nenhuma razão para estar, é claro.

Olho Carlos de cima a baixo enquanto ela se afasta.

— Cadê seu passe, hein?

— Ah. Hum. — Ele dá de ombros casualmente. — Eu estava treinando. Eles não me obrigam a... Bom, eu treino bastante, e a escola é bem tranquila com isso.

— Deixa eu ver se entendi — digo. — Tudo o que tenho que fazer para evitar a humilhação de ter que carregar esse pedaço imundo de plástico é aprender a arremessar uma bola?

Ele ri, nervoso, então diz:

— Aprender a arremessar uma bola bem rápido.

Suas orelhas ficam vermelhas. É meio divertido ver como Carlos fica desconfortável com o tratamento especial que recebe.

— E a sua namorada? — pergunto, fazendo um gesto na direção da menina de vestido amarelo, que acabou de se virar para me lançar outro olhar mortífero. — Qual é a desculpa dela para não ter um passe?

— Chloe? Ela não é minha namorada — Carlos logo explica. — É a gerente do time. A garota é uma força da natureza. — Ele aponta com o queixo na direção dela. — E talvez seja meio superprotetora comigo. Mas não faço o tipo dela, pode acreditar.

— Então você não gosta de mulheres confiantes? — pergunto.

— Eu não disse que *ela* não é meu tipo — Carlos retruca. — De qualquer maneira, Chloe é tipo minha chefe. Não somos...

— A fim um do outro — concluo por ele. — Embora você goste, sim, de mulheres confiantes.

— Mais ou menos isso — Carlos diz, parecendo sem graça e com a ponta das orelhas ainda vermelha. — E você, pratica algum esporte? — ele solta, claramente tentando desviar o assunto para algo que não seja a garota que não é sua namorada e seu gosto para mulheres.

— Hum... Acho que precisamos definir "praticar" primeiro. Minha coordenação é tenebrosa, então esportes com bola representam um risco de vida para mim. Mas eu era da equipe de cross-country em Seattle.

— E por que não entrou pra equipe daqui?

— Não sou muito entrona.

— É mais uma instigadora, né? — ele diz, arqueando as sobrancelhas.

Tenho que admitir que essa foi boa, e me faz sorrir.

— Falando nisso — digo —, estou voltando da sala da diretora--assistente.

— Qual delas?

Outra coisa com que não consigo me acostumar nessa escola. Todas as assistentes da direção são mulheres, o que é ótimo. Sou totalmente a favor de mulheres em cargos altos. Mas, até onde sei, as "assistentes" fazem todo o trabalho, e o diretor — que só dá as caras antes dos jogos e nas assembleias escolares — fica com todo o crédito. *Vai entender...*

E a diretora-assistente que todos os alunos querem desesperadamente evitar, a que cuida da ameaçadora parte disciplinar, é aquela com quem acabei de ter uma conversinha.

— Hardaway — respondo.

— Por que isso não me surpreende?

Ele sorri, e eu sinto um arrepio descer pela minha espinha.

O que está acontecendo aqui? Tento ignorar a sensação estranha e seguir em frente.

— Quer saber o que ela me disse? Sobre Malena?

— Imagino que você vá contar, eu querendo ou não.

Carlos faz um gesto para que eu prossiga.

— A sábia dra. Hardaway diz que elas estavam tentando proteger sua prima, uma menina inocente em posição vulnerável, a coitada da Malena, cheia de problemas. Dá pra acreditar?

— Ah, é — Carlos diz. — Proteger Malena com um castigo. Quanta bobagem.

— Foi exatamente o que eu disse! — Sinto meu rosto ficando vermelho. — Cara, como pode um bando de *mulheres* ser *paternalista* pra caçamba?

Carlos franze as sobrancelhas e avalia meu rosto.

— Por que você fala desse jeito? — ele pergunta afinal.

— Estou tentando parar de falar palavrão — explico.

— Ah — ele diz, assentindo, mas ainda parecendo refletir. — Interessante.

— Fiz um acordo com minha avó. Nada de mais.

Ele me observa, totalmente concentrado no meu rosto.

— Sua avó?

— É. Moro com ela.

— E ela fica brava se você fala palavrão?

Dou risada. Não consigo evitar. Pensar em vovó *brava* por causa da maneira como eu me expresso... é absurdo.

— Não — digo. — Ela não é do tipo que fica brava.

Ele inclina a cabeça, ainda me examinando.

— Que legal.

Ficamos ali, no corredor, e é como se um brilho morno me inundasse. É a primeira vez que Carlos olha para mim de verdade, tentando me ver como sou, me entender.

Acho que também quero entendê-lo. Talvez já entenda um pouco. Mas ele é um cara surpreendente.

— É melhor eu ir pra aula — ele diz.

— É, eu tenho prova — comento.

Mas nenhum de nós se move. Percebo que nunca estivemos a sós em nossas interações exaltadas e acaloradas.

E ficar a sós com ele é bem desconcertante.

— Valeu, aliás — ele diz. — Malena me disse que você insistiu que ela fechasse todas as contas nas redes sociais.

— Tentei — falo. — Mas ela tem seus motivos.

— Acho que a escolha é dela mesmo.

Qual é a desse cara? Nunca sei o que esperar dele.

— Então tá.

Ele começa a se afastar, então se vira para mim.

— Ei, desculpa por ter sido um babaca no outro dia, no estacionamento — Carlos diz, fazendo uma leve careta.

— Qual dos dias? — pergunto.

Ele ri.

— Nos dois, acho. Mas você meio que mereceu. Das duas vezes.

— Opa! — exclamo. — Esse é seu jeito de dizer que talvez eu não precise sumir da vida de vocês?

— Hum… — Carlos morde o lábio. — Ainda não me decidi quanto a isso. Mas te falo quando souber.

— Vou ficar esperando ansiosamente pela sua resposta — digo, tentando deixar claro que estou sendo sarcástica.

Porque estou sendo sarcástica, né? Para ser sincera, ver o cara mordendo o lábio assim *realmente* me deixou meio sem fôlego.

— Mas, só pra você saber — ele diz —, ainda acho que ter falado com aquela jornalista foi um grande erro.

— Calma, você leu a matéria da Calista?

— Tenho que ir — ele diz. — Como uma mulher muito sábia disse uma vez, "meninas não deveriam ser vistas como distração para os meninos".

Ele se vira e sai trotando pelo corredor.

— Você leu, sim! — grito.

Ele olha para trás e dá de ombros, erguendo os dois braços acima dos ombros, com a palma das mãos voltada para cima, as sobrancelhas arqueadas e um sorrisão no rosto.

Vendo o seu sorriso, eu me pergunto se Carlos acabou de dizer que sou uma mulher sábia ou uma distração.

Então começo a pirar, porque não sei qual das duas opções me agrada mais.

ONZE
MALENA

O texto de Calista Jameson "mudou tudo", segundo Soraida. Não sou mais a pobre María Malena, desalojada por um furacão.

— Você é tipo *Juana de Arco*, erguendo a espada da justiça contra as maldades da direção da escola — ela diz, levantando um lápis no ar de maneira triunfante. E provavelmente desejando ter uma espada flamejante e estar montada em um cavalo branco.

Já eu só estou rezando para não acabar na fogueira.

Pego alguns livros no armário antes de encontrar Ruby no estacionamento para tomar um café — uma ótima desculpa para não ter que ir ao evento de antes do jogo.

— Sabe aonde vocês vão? — Soraida pergunta.

— É surpresa — falo com um sorriso animado.

— Argh. E eu vou ter que ir pra casa comer *La Llorona*.

— Comer o quê?

— A versão de *mami* de lasanha. Como você conseguiu evitar comer esse troço até hoje? Ela usa algum queijo amarelo, *picadillo*, molho de tomate enlatado, do tipo que a gente usa nos *guisados*, e legumes enlatados também. Por quê? Não sei. Por que ela não faz um *pastelillo*?

— Tenho certeza de que vai estar gostoso — digo, grata por não ter que comer. Parece mesmo horrível.

— Vai nada. Por que acha que chamo de *La Llorona*?

Levo a mão em punho à boca para esconder minha risada. Só Soraida para comparar um prato de tia Lorna com a imagem aterrorizante do fantasma de uma mãe aos prantos buscando desesperadamente os filhos.

— Para com isso! Não tem graça. É nojento. — Soraida tenta manter a expressão séria, mas é impossível. — Só de ver já dá vontade de chorar!

Mas estou rindo tanto que lágrimas chegam a escorrer dos meus olhos.

— Você tem sorte — ela diz, quando já nos acalmamos o suficiente para recuperar o fôlego. — Minha mãe nunca me deixaria dar aquela entrevista.

Soraida desbloqueia a tela do celular. Ficou o dia todo grudado nele, me dando atualizações minuto a minuto sobre a reação mundial ao artigo de Calista.

— Não tenho tanta sorte assim. *Mami* surtou quando leu sobre os comentários nas redes sociais. Ela me fez mudar minhas contas para privadas.

Quando entrei na cozinha hoje de manhã, *mami* estava lendo o artigo de Calista enquanto tomava café. Acompanhei em tempo real sua expressão se contorcer, passando de orgulho a aversão e medo. Na ligação com *mami* e *abuela* Joan, Calista só perguntou como nos sentíamos de modo geral em relação aos comentários. Mas no texto ela citou alguns dos piores, palavra por palavra. Nem preciso dizer que *mami* não ficou nada feliz.

— Não sei se quero você envolvida nessa loucura — ela comentou, com o tipo de voz severa de mãe porto-riquenha que não deixa espaço para discussão.

Abri a boca, pronta para argumentar, mas o sofrimento em seus olhos me impediu. Fui embora chateada com o fato de que os trolls da internet afinal nos afetaram. O ódio deles conseguiu se infiltrar em nosso novo lar.

Como vou fazer *mami* mudar de ideia? Outra vez, aliás. Não sei.

— Que saco. Achei que tia Camila estava de boa com tudo isso. Hoje de manhã *mami* disparou a falar sobre como acha que ela é "leniente" demais com você — Soraida diz, fazendo aspas com as mãos.

Balanço a cabeça. *Mami* não está nada de boa.

— Tia Lorna leu o artigo? — pergunto.

— Claro que leu. E ficou toda, tipo, "*Señoritas* decentes de boas famílias seguem as regras e não se metem em encrencas". Ela disse que nada de bom pode vir de ser desobediente, que você vai ficar conhecida como encrenqueira, que não vai conseguir entrar em uma boa faculdade e que provavelmente vai acabar grávida antes dos dezessete anos.

Arregalo os olhos, em choque.

— Ela disse isso mesmo?

— Bom, não a parte de acabar grávida, mas tenho certeza de que passou pela cabeça dela.

— A menos que eu engravide por um milagre do Espírito Santo, isso não tem chance de acontecer. *Juana de Arco* morreu virgem, lembra?

— A Virgem Guerreira — Soraida diz, melancólica. Ela leu a página sobre Joana d'Arc na Wikipédia durante o almoço e já se considera uma especialista. — Mas calma, tia Camila vai te deixar ir na casa de Ruby no domingo?

— Ela acha que é para um trabalho escolar. Não foi exatamente uma mentira. Ela meio que presumiu...

Soraida gargalha.

— Qual é a graça? — pergunto, surpresa. A risada de Soraida é como um coro de pássaros tropicais. É uma das melhores coisas nela.

— Nenhuma. É que você é sempre tão certinha. *Mami* costumava dizer: "Por que você não pode ser um pouco mais como sua prima Malena?". — Soraida dá um tapa na própria coxa, rindo. — Ela não vai mais dizer, com certeza! Você finalmente criou colhões.

— Obrigada... acho.

A gente se vira para ir embora, mas para na mesma hora quando um grupo de meninas que nunca vi cerca meu armário. Uma delas estende o celular bem na minha cara. Nem preciso ler para saber que está me mostrando o artigo de Calista. Perdi a conta de quantas vezes isso já aconteceu comigo hoje.

— Isso é *muito* legal! — a menina diz.

— Obrigada. — Abro um sorriso educado. — Sou a Malena.

— A gente sabe. — O rosto da menina parece reluzir. — Você é tipo, La Poderosa!

Rimos diante do título honorário em espanhol. Parece o nome de uma lutadora durona de *lucha libre*.

— Sou a Beatriz. Estas são Nadia e Xiomara — ela apresenta.

— Xiomara foi mandada pra detenção em agosto porque veio de legging — Nadia diz. — Aparentemente a bunda colombiana dela é grande demais pra nossa escola.

Xiomara se vira e dá um tapa na própria bunda, com as duas mãos.

— *Made in Colombia!* — ela brinca. — Não tenho como esconder tuuuudo isso.

— Nem eu — Nadia diz, apontando para o corpo gordo. — Um professor disse que minha camiseta estava justa demais. Parece que tem algo nas regras de vestimenta sobre todas as blusas precisarem ser do tamanho apropriado. É assim que eles falam, "tamanho apropriado". É uma piada. Eu poderia vir com a porcaria de um vestido havaiano e ainda assim me mandariam para a detenção, só que por usar roupas largas demais.

Beatriz pega a mão de Nadia, em um gesto doce de apoio.

— Sou gorda e tenho orgulho disso — Nadia diz, empertigando os ombros e erguendo o queixo. — Não tenho problema nenhum com a maneira como minhas camisetas ficam em mim. Valorizam minhas curvas, é sexy. Mas este lugar quer que a gente sinta vergonha do nosso corpo, é o que eu acho.

— Disse tudo! — Xiomara concorda.

— O que você e Ruby vão fazer agora? — Beatriz pergunta.

— Estamos organizando um protesto — Soraida responde. — Um superprotesto.

Eu a fuzilo com os olhos.

— Não tem nada definido ainda — comento, mas ninguém parece me ouvir.

— Nossa, *sim!* Pode contar com a gente — Nadia diz na mesma hora. — Estou cansada deste lugar e dessas regras idiotas.

— É um absurdo — Xiomara diz. — Minhas notas são perfeitas,

mas todo mundo só liga para como minha bunda fica de legging preta. E nem dava pra ver nada!

— Não ouço ninguém chamando os shortinhos minúsculos que os corredores usam de distração! — Nadia aponta. — Parece que, se você faz parte de um time, pode fazer o que quiser aqui.

— Fui finalista do Jovem Miss Colômbia no ano passado — Xiomara diz, inclinando a cabeça e jogando o cabelo preto e comprido por cima do ombro —, mas não acho que isso me dê nenhum privilégio por aqui.

— E não dá mesmo — Beatriz concorda, revirando os olhos. Depois se vira para mim e diz: — Avisem a gente quando decidirem.

— Querem ir na casa de Ruby no domingo? — eu convido, ansiosa para mostrar a Ruby que eu também sou capaz de trazer pessoas para a causa. Talvez também seja uma chance de me aproximar de pessoas que não são meus parentes. — Vamos nos encontrar para discutir nossas estratégias.

— Não podemos deixar essa história esfriar — Soraida acrescenta, com sua voz de especialista em tudo.

— Vamos adorar participar, se não tiver problema — Beatriz diz, então pega o celular e abre os contatos.

Trocamos números de celular, depois mando o endereço de Ruby por mensagem.

— Domingo às dez — aviso.

— Estaremos lá — Beatriz diz.

— Podemos marchar pelos corredores batendo em panelas e frigideiras. Fazer um bom e velho *cacerolazo* — Nadia diz, batendo no meu armário para mostrar. — Vai chamar a atenção, não acham?

— Ela é venezuelana — Beatriz explica, e assentimos, compreendendo. — Essa é a praia deles.

— Panelas e frigideiras? — Soraida comenta, com certa condescendência. — Não estamos tentando derrubar uma ditadura.

— Estamos, sim! Acho que um *cacerolazo* seria perfeito! Tirar as mulheres da cozinha e usar as panelas e frigideiras contra o sistema — Nadia insiste, sem se abalar.

O celular de Soraida apita com uma mensagem. Ela lê e diz:

— Carlos está esperando. Tenho que ir.

Todas nos abraçamos e até trocamos beijos na bochecha para nos despedir, como fazíamos em casa. É gostoso ter isso de novo na minha vida.

Antes que elas se virem para ir embora, Nadia ergue os punhos fechados no ar e grita:

— *¡Que viva la revolución!*

Fico as observando se afastarem rumo à saída, tão confiantes consigo mesmas. Esses são os corpos em que nascemos. Os corpos que nossas *mamis* e nossas *abuelas* nos deram. O que tem de tão errado com eles?

— Cara, você virou uma celebridade local — Soraida diz com animação, enquanto confere as novidades no celular. — Ainda mais do que Carlos.

— Isso eu não sei.

— Você tem que me deixar cuidar das suas redes sociais. Posso ser sua RP... ou sua agente! Podemos transformar você em influencer! Aí vai receber um monte de coisa de graça! — Ela está com aquele olhar frenético que sempre acaba nos metendo em encrenca. — Olha, todas as redes de TV de Jacksonville pediram entrevista, e alguns jornais locais também. Que doideira.

Ela ri sozinha.

— O que foi?

— Estão usando a hashtag RevoltaDosMamilos. — Ela tira os olhos da tela e sorri. — Daria uma camiseta incrível.

— RevoltaDosMamilos — repito baixo. Agora nossa rebelião tem um nome.

— Podemos fazer uma camiseta com absorventes em cima dos mamilos. — Soraida olha para baixo e estica a camiseta sobre os peitos. — E escrever #RevoltaDosMamilos bem grande embaixo, talvez colocar uma frase de efeito nas costas, tipo "Minhas tetas são uma distração grande demais pra escola?".

Penso em como me senti sozinha na cabine do banheiro, com a camiseta erguida, tentando me cobrir com absorventes. Quero fazer essa pergunta à dra. Hardaway. A Doris, a secretária. À enfermeira Hopkins. E a todas as mulheres que já me fizeram sentir que tinha algo de errado comigo por causa do meu corpo. Nós deveríamos estar do mesmo lado.

— Perfeito — eu digo a Soraida.

Seguimos para o estacionamento, mas somos paradas por alguém chamando meu nome. É o sr. Cruz, que vem trotando pelo corredor com suas sandálias Birkenstock. A cada passo que ele dá, ouço sininhos retinindo, o que é meio estranho. De onde vem esse barulho?

— O que será que...? — Soraida começa a murmurar. — Bom, você vai ter que se virar sozinha agora. Tenho que ir. A gente se vê no domingo.

Soraida se vira e vai embora. Quando o sr. Cruz me alcança, já está sem ar. Noto que ele usa um colar de contas com uma espécie de talismã com sinos e penas. Era daí que vinha o retinir que ouvi.

— Que bom que consegui te alcançar antes de ir embora — ele diz, recuperando o fôlego.

— Está tudo bem? — pergunto, de repente com medo de que ele esteja trazendo notícias ruins de casa.

— A dra. Hardaway me disse que você e Ruby agora são amigas — ele comenta, passando os dedos pelas penas do talismã em um gesto distraído.

Solto o ar, aliviada por isso não ter nada a ver com *papi*.

— Conheço bem Ruby — o sr. Cruz conta. — É uma ótima menina. Mas às vezes não leva em consideração tudo que deveria. — Ele olha nos meus olhos, sério. — Sacou?

Sacou?

— Você tem um potencial enorme, Malena. — Ele abre um sorriso encorajador. — Espero que saiba que, se tiver uma suspensão no seu histórico, mesmo que dois anos antes de se formar, vai ter que mencionar isso quando chegar o momento de se candidatar a uma universidade. E não vai pegar bem.

Meus ombros cedem um pouco quando ouço isso.

— Sei — digo, grata por sua preocupação com meu futuro. Sei que ele tem boas intenções.

— Sou totalmente a favor de lutar pelos nossos direitos, mas um protesto poderia ter um grande impacto no futuro. — O sr. Cruz fecha os olhos, e sua expressão se abranda. Parece até que está meditando no meio do corredor. — Das menores sementes brotam as árvores mais altas — diz, ainda com os olhos fechados. Depois os abre, parecendo ansioso. — Entende o que estou tentando dizer?

Faço que sim com a cabeça, me perguntando que tipo de árvore cresce das sementes da rebelião.

— Você e Ruby já deixaram claro o que querem dizer. Agora é hora de se integrar à comunidade de Orange Grove e se concentrar em seu sucesso acadêmico. — Ele sorri e volta a esfregar o talismã. — O que acha? Talvez você possa entrar para o clube de atualidades. Vamos precisar de uma nova presidente no ano que vem.

Recebo uma notificação no celular. É uma mensagem de Ruby, avisando onde estacionou.

— Desculpa, sr. Cruz, mas tenho que ir — digo. — Minha carona está esperando.

— Só prometa que vai pensar no que eu disse.

— Pode deixar — digo, esperando que isso seja o bastante, então me despeço com um aceno e vou embora. É difícil pensar no futuro quando mal consigo ter algum controle sobre o presente.

Mas há algo que o sr. Cruz tem razão: se o protesto acontecer, vou precisar contornar essa história de suspensão. De jeito nenhum *mami* vai me deixar seguir em frente se descobrir que essa é uma possibilidade. Precisamos de um plano, de um bom plano. E depressa.

Encontro Ruby sentada em um carro preto pequeno, conversando com alguém que não consigo ver, parecendo muito chateada. Abro a porta do passageiro e me sento, mantendo a mochila no colo. Uma voz de mulher sai pelos alto-falantes.

— Malena acabou de chegar. Tenho que ir — Ruby diz, depois faz "desculpa" com os lábios.

— Ah, oi, Malena! Que bom finalmente conhecer você! — a voz diz.

— É minha irmã, Olive — Ruby explica.

— Oi! Prazer em conhecer você também.

Eu não fazia ideia de que Ruby tinha uma irmã. Ela nunca a mencionou.

— Está gostando da vida em Orange Park? Sua família está bem acomodada? Ruby contou que vocês tiveram que se mudar por causa do furacão Maria. Tem um aluno na minha turma, Alejandro Quiñones, de Bayamón, que teve que se mudar com a família também — Olive comenta, e fico impressionada com sua pronúncia perfeita.

Assinto, então me lembro de que a irmã de Ruby não consegue me ver.

— Sei.

— Tem, tipo, três milhões de pessoas na ilha, Olive. Acho que Malena não deve conhecer Alejandro.

Olive solta um suspiro do outro lado da linha.

— Bom, temos que ir — Ruby diz.

— Me liga amanhã, pra falar sobre o protesto. Tenho algumas ideias — Olive comenta.

— Aham — Ruby responde, segurando o volante com um pouco mais de força.

— Divirtam-se, meninas — Olive cantarola antes que Ruby possa desligar. Não tenho tempo de agradecer ou me despedir.

Ruby respira fundo e recosta a cabeça no apoio.

— Desculpa por isso.

— Sua irmã parece legal — digo, procurando onde posso deixar minha mochila. Ruby não perdeu tempo: usou o intervalo do almoço para comprar cartolinas e suprimentos de papelaria para a reunião de domingo. Deixo a mochila aos meus pés e afivelo o cinto de segurança antes de sairmos do estacionamento.

— Espero que esteja com fome — Ruby diz, em um tom mais animado.

— Estou faminta. — Meu estômago ronca, como que para confirmar o que acabei de dizer. — Viu?

— Perfeito. Mal posso esperar pra te apresentar esse lugar!

Quando paramos no farol vermelho, ela pega o celular e entra no aplicativo de música.

— Ah, eu estava querendo te perguntar: e a sua redação? — ela pergunta, passando pelas playlists para escolher uma música.

— Ótimo. Tirei noventa e seis.

— Boa! — Ela bate a mão na minha em comemoração enquanto uma música pop melosa que costumo associar com a pré-adolescência começa a tocar. — Tudo bem ouvirmos Nick Jonas?

Dou de ombros.

— É um pouco pop demais pro meu gosto.

— Ei, ei, ei. Não tem nada de errado em ser pop — ela diz, fingindo se defender. — Do que você gosta?

— Música latina. Rock, latin trap, reggaeton. Ozuna, Pony Bravo, Maluma...

— Tem esse tipo de música no seu celular? — Ruby pergunta.

Passo pelas minhas playlists e encontro uma música do Bad Bunny com a Karol G, minha cantora de reggaeton preferida.

Ruby conecta meu celular ao bluetooth do carro. Logo estamos balançando ao som das batidas multilíngues de "Ahora Me Llama".

— Ele é porto-riquenho e ela é colombiana — explico, aumentando o volume para que Ruby absorva bem o efeito do latin trap, com seus ritmos lentos e vocais sensuais.

Alguns minutos depois, Ruby pergunta:

— O que ela está dizendo?

— "Sou dona da minha própria vida e ninguém pode me dizer o que fazer" — traduzo.

— Adorei — Ruby fala, por cima da música. O carro todo vibra com o baixo do sintetizador. Por um segundo, esqueço que estou nas ruas de Orange Park. A música me leva de volta às estradas à beira-mar de Isla Verde, em um fim de semana ensolarado.

Ruby tenta cantar junto, mas, diferente da irmã, seu espanhol é simplesmente terrível. Ela vai inventando as coisas, o que é hilário. A gente morre de rir. Quanto mais rio, mais alto ela tenta cantar, no que só pode ser descrito como o pior karaokê de todos os tempos.

— Parece um gato sendo estrangulado — digo, entre acessos de riso.

Fico aliviada quando paramos em um estacionamento, porque Ruby está praticamente dobrada sobre o volante de tanto rir. Não tenho ideia de como conseguiu dirigir até aqui.

— Chegamos! — ela diz, apontando para uma construção com um farol pintado na parede lateral e um toldo verde com "El Faro" escrito em letras cursivas brancas. — Você já veio aqui? — Ruby pergunta, de repente constrangida. — Fiquei tão envolvida com a ideia de te surpreender que nem me ocorreu que talvez sua família venha aqui todo domingo ou coisa do tipo. — Ela leva uma mão à testa. — Cara, como sou tonta!

— Nunca vim aqui — digo, lembrando vagamente que tia Lorna mencionou um restaurante porto-riquenho com esse nome. Quando entramos, o que vejo dispensa explicações. O cheiro de porco assado e banana frita evoca uma espécie de paraíso culinário. Minha boca começa a salivar.

O lado direito do cardápio na parede é dedicado apenas a *cuchifritos*: *morcillas, papas rellenas, chicharrones*. O restaurante também tem uma vitrine de doces, com *pastelillos* e fatias enormes de *budín*. Tem uma fila para pegar café *con leche* e filões de *pan sobao* direto no balcão, o que indica que o lugar também faz as vezes de padaria. O barulho de conversas em espanhol se mistura com o cheiro delicioso de fritura, açúcar e café. Meu coração se enche de tanta alegria que me sinto à beira das lágrimas.

— Bem-vinda ao El Faro, o melhor restaurante porto-riquenho de todo o norte da Flórida — Ruby diz, orgulhosa.

— Como você encontrou este lugar? É... é... — gaguejo, tentando pensar na palavra certa, mas sabendo que não existe uma que abarque tudo o que esse lugar representa. — É... incrível.

— Procurando bastante — Ruby explica, sorrindo. — Eu me lembro de quando cheguei de Seattle e sentia falta de um monte de coisa. Principalmente de um bom chá. E das livrarias... quer dizer, das que não são grandes franquias. — Ela dá de ombros. — Bom, imaginei que você devia estar sentindo muita falta de Porto Rico também.

— Adorei. Muito obrigada, Ruby.

Dou um abraço apertado nela, que retribui o gesto.

— Queria que você se sentisse em casa — Ruby sussurra. — Mas aqui. Que se sentisse em casa aqui.

— É perfeito.

Quando desfazemos o abraço, é como se eu visse Ruby pela primeira vez. Eu sempre soube que ela era uma pessoa intensa, mas só agora me dei conta do quanto se importa com as coisas.

Tiro dois cardápios da bancada enquanto Ruby pega uma mesa para duas pessoas. São todas cobertas por um vinil florido com cores vívidas. As paredes estão cheias de fotos de praias com mar azul-turquesa, redes penduradas entre palmeiras e carrinhos vendendo água de coco. Tudo aqui parece gritar duas palavras: *isla tropical*.

Eu me sento em uma cadeira de mogno e passo o menu para Ruby, que já está lendo o cardápio ilustrado de sobremesas que encontrou enfiado no porta-temperos.

— Esse tal de *tres leches* parece incrível. Quer dividir? — ela pergunta.

— Você vai querer um inteiro. Pode acreditar.

Devoro as descrições em espanhol do cardápio. *Chuletas can-can, arroz con gandules, plátanos maduros...* é maravilhoso.

— Pode pedir pra mim? Meu espanhol é péssimo — ela diz. — Nunca entendi o lance dos gêneros, todos os As e Os. Tipo... — Ela pega o garfo. — Como vou saber se um garfo é menino ou menina?

— É menino. Mas colher é menina — digo, pegando minha colher. — Sabe-se lá por quê. — Solto o talher e volto a olhar para o cardápio. — E poderia haver noventa e nove meninas e um único menino em uma sala com cem alunos e mesmo assim qualquer um se dirigiria ao grupo no masculino, que é o padrão, dizendo *compañeros* em vez de *compañeras*. Não faz sentido.

— Talvez o padrão devesse passar a ser feminino — Ruby diz, se inclinando sobre a mesa e dando uma piscadela.

— É uma boa ideia.

Quando a garçonete chega, peço vários pratos para dividirmos: *croquetas* de presunto, *empanadillas* de frutos do mar, *asopao con tostones* e um prato de *lechón asado* com *arroz con gandules*. Também peço banana frita à parte, só porque posso.

— É a melhor surpresa da história — digo, depois que a garçonete vai embora.

— Sua satisfação é o nosso compromisso. Fora que precisávamos comemorar a entrevista. Você arrasou!

— Valeu — digo, reorganizando, distraída, os vidrinhos de tempero. — Mas tem tanta coisa que eu não sei. Tenho lido sobre *slut-shaming* e misoginia internalizada. E vi uma TED talk que abriu minha cabeça. Uma menina que foi mandada pra casa só porque estava de regata disse que regras de vestuário são só outra maneira de culpar a vítima. Falou assim... — Fecho os olhos, tentando me lembrar das palavras exatas. — Como foi que ela falou? — Olho em volta até recordar. — Ela disse que somos primeiro desumanizadas, depois objetificadas. Eu nunca tinha pensado nesse sentido. É a mais pura verdade.

Um sorriso se espalha pelo rosto de Ruby, que estica a mão para pegar a minha do outro lado da mesa.

— Estou tão orgulhosa de você.

Eu aperto a mão dela, pensando em como é fácil compartilhar minhas inseguranças com Ruby. É estranho como algumas pessoas deixam a gente confortável e passam uma sensação de familiaridade mesmo que se tenha acabado de conhecê-las. É como se eu e Ruby tivéssemos uma relação de anos, e não dias. O que é ainda mais surpreendente considerando como nossas vidas são diferentes.

— Sinto que só estou aprendendo agora o que todo mundo já sabia — prossigo, grata por ter a chance de tirar isso do meu peito. — E são tantos termos novos que chega a ser confuso. Nem sei se estou usando certo na maior parte do tempo.

— Malena, não consigo nem acreditar em como você já avançou nesses assuntos — Ruby diz. — Tipo, dois anos atrás, tudo o que eu sabia era por causa da minha irmã.

Uma onda de orgulho me inunda. Estou me esforçando muito, e é bom ver que alguém reconhece isso.

— Deve ser legal ter uma irmã mais velha — comento. — Alguém com quem você pode contar.

Ruby faz uma careta, e eu percebo que toquei em uma questão delicada.

— O espanhol dela é muito bom — prossigo, tentando entender o que foi que a chateou.

— Olive é muito boa em uma porção de coisas — Ruby diz, com um suspiro. Seus ombros caem, e ela fica encarando a mesa.

— Você está bem? — pergunto, percebendo que meu comentário sobre o espanhol da irmã dela só piorou tudo.

Ruby olha nos meus olhos.

— Claro, desculpa. As coisas andam um pouco complicas com minha irmã. É que... É difícil explicar. — Ruby balança a cabeça e eu assinto, dando espaço para ela falar. — Sempre fomos muito próximas, mas volta e meia ela faz eu me sentir um fracasso. Tá, talvez mais do que volta e meia. Sei que Olive é maravilhosa e bem-sucedida, sei que ela me ama, mas queria que segurasse a onda um pouco e me deixasse aprender as coisas sozinha, entende?

Eu entendo. Às vezes também me sinto pressionada por meus primos e tios.

— Olive... e meus pais também... Eles estão sempre atentos a cada movimento meu, esperando que eu me torne uma pessoa extraordinária. — Ruby vira para a janela, e seus olhos se perdem em algum ponto do estacionamento. — Às vezes é um pouco demais. Você já se sentiu sufocada assim?

— Como não? Eu me sinto assim o tempo todo. — Dou de ombros e sorrio de lábios fechados. — Se significa alguma coisa, eu acho que você arrasa em tudo.

— Bom, pelo menos alguém pensa assim. — Ruby balança a cabeça. — Tenho certeza de que Olive acha que estou só perdendo tempo, esperando que *ela* venha me dar um empurrãozinho.

Damos risada. Ouvir a voz hesitante de Ruby, revelando certa vulnerabilidade, me faz pensar se seria assim também se eu tivesse uma irmã. Será que eu poderia dividir com ela tudo o que não consigo dividir com os outros? E será que ela faria o mesmo comigo?

Tento pensar em algo útil para dizer a Ruby e tranquilizá-la. Tento imaginar o que uma boa irmã diria. Então a comida chega, e nos atiramos com tudo sobre o bufê à nossa frente.

DOZE

RUBY

— Você está me ouvindo, Ruby?

— Aham — murmuro.

É uma pergunta válida. Olive e eu estamos no telefone há mais ou menos uma hora, e acho que devo ter dito no máximo uma dúzia de palavras entre os conselhos dela. É bastante coisa para absorver. De alguma forma, ela consegue passar informações úteis e fazer com que eu me sinta a maior idiota do mundo ao mesmo tempo. Olive se tornou mesmo mestra do elogio crítico. *Eles te escolheram como líder? Acho que Orange Grove não deve ter muitos ativistas mesmo. Estou tão orgulhosa de você. Tenho certeza de que vai se sair superbem. Só toma cuidado pra não se exaltar demais, sabe?*

Tem um elogio escondido no meio de todas essas críticas, não?

Já passamos por sua lista de sugestões detalhadas e chegamos à parte motivacional da ligação. Torço para que isso signifique que já estamos terminando.

— Sei que você está empolgada e que pode se deixar levar pelo momento, com toda a atenção da mídia e todas as curtidas. Mas precisa se concentrar na questão principal.

— Certo — digo. — Preciso me concentrar.

Comecei a ligação sentada à escrivaninha, com um caderno e uma caneta em mãos, pronta para fazer anotações, como uma irmã mais nova obediente. Agora estou de pernas cruzadas no tapete roxo e felpudo do meu quarto, mexendo no canto que Zoë, a labradora caramelo da minha irmã, roeu todo. Olive a resgatou da morte iminente na primavera passada, o que todos consideramos um ato heroico, até que elas vieram visitar a casa da vovó no feriado do Dia do Trabalho e Zoë detonou quatro pares de sapatos e o tapete do meu quarto.

— É uma grande oportunidade, Ruby! — Olive exclama. — Sua chance de fazer uma contribuição real.

Olho para o telefone, que está no viva-voz ao lado do caderno abandonado. E então noto vovó à porta, em silêncio, com uma pilha de toalhas limpas. Me pergunto há quanto tempo está ouvindo.

— Vou deixar aqui — ela sussurra, apontando para a cama.

Assinto, sem dizer nada, torcendo para que ela interrompa a conversa unilateral com Olive.

— Pensa que é o legado que você vai deixar. A maneira como vai impactar Orange Grove de forma duradoura — Olive insiste. — Isso tem potencial para iniciar um movimento. Pode ser sua versão do Girl Up que eu abri em Washington.

Vovó deixa as toalhas em cima da cama, mas não vai embora.

— Pode ser — digo, voltando a me concentrar no tapete detonado.

— "Pode ser", não, Ruby. *É!* — Ela faz uma pausa, à espera de uma resposta. — Bom, vou pegar mamãe e papai no aeroporto. A cerimônia de premiação com o prefeito é segunda à noite.

Ainda não consigo acreditar que meus pais interromperam sua segunda lua de mel para ver Olive receber um troféu. Agora, em vez de explorar templos famosos do Camboja, eles vão passar suas últimas semanas de férias nos cafés hipsters do bairro de Olive. Mas a escolha é deles, imagino.

— Me manda fotos. E fala pro papai filmar seu discurso — digo, me esforçando muito para transmitir a animação devida no meu tom de voz. — É muito legal que estejam reconhecendo todo o seu trabalho.

É mesmo muito legal, e eu adoraria sentir apenas orgulho e empolgação por minha irmã. Só que é mais complicado que isso. Já faz um tempo que é.

— Obrigada, Ruby — Olive diz, com a voz de repente trêmula. — Tá, vou tentar lembrar…

Ela deixa a frase morrer no ar. É estranho, ouvir menos de cem por cento de confiança na voz da minha irmã.

— Tem algo de errado, Olive? — pergunto.

Um momento de silêncio se segue.

— Acho que só estou nervosa — ela explica. — Vai ter bastante gente no evento.

— Você vai se sair superbem — digo. Porque ela sempre se sai.

— Quem sabe? Talvez você seja a próxima! — Olive sugere, com um tom mais otimista.

— Quem sabe? — repito, baixo. — As meninas dominam o mundo.

Mas minhas palavras soam vazias, quase derrotadas.

— Você quer dizer "mulheres". As *mulheres* dominam o mundo, Ruby.

— Isso — concordo, com uma risadinha. — As mulheres.

— Bom, me liga ou manda mensagem se precisar de mais ajuda. Estou sempre aqui pro que você precisar. Sabe disso, né?

— Claro.

Com isso, ainda bem, ela encerra a ligação.

Solto um suspiro profundo e olho para vovó, que está sentada na beira da cama. Ela avalia a expressão no meu rosto, depois dá alguns tapinhas no colchão.

— Está tudo bem? — vovó pergunta, com delicadeza, assim que me acomodo.

Ela coloca a mão quente no meu ombro, e de repente as emoções tomam conta de mim. Desvio os olhos, voltando a me concentrar no rasgo no meu tapete de infância.

— Às vezes pode ser um pouco demais, não é? — vovó pergunta. — Seus pais. Olive. Todos os planos e as expectativas.

Dou de ombros e mordo o lábio. Fico surpresa ao sentir que lágrimas se acumulam nos meus olhos. Vovó se inclina para me abraçar.

Concordo com a cabeça e apoio a bochecha no ombro ossudo dela.

Vovó cheira a talco, narcisos e leite de coco. Sentir seu cheiro por si só já me ajuda a ficar mais calma.

— Seja você mesma, Ruby — ela sussurra. — É sempre o bastante.

Decidi levar a cabo o conselho de vovó, motivo pelo qual quatro horas depois estou prestes a implorar para Topher ir a um show comigo.

Convidei Malena, mas ela tinha planos com a mãe, que não tem muito tempo livre. Fora que Malena não pareceu muito entusiasmada com a oportunidade de ver Nick Jonas.

Ela não foi a única. Jo e Nessa responderam à minha mensagem convidando com o desdém esperado:

> De jeito nenhum que vou gastar meu rico dinheirinho com esse pop insípido de merda

Essa foi Jo. A resposta de Nessa foi um pouco mais leve:

> É uma invasão alienígena! O corpo de Ruby agora é habitado por uma adolescente fã de música pop!!!

Mas sei que posso convencer o bom e velho Topher. Como ele não respondeu minha mensagem imediatamente, ligo para seu celular.

— Ei, você vai num show comigo hoje à noite — digo assim que Topher atende.

— Não vai rolar, Roobs. Minha dupla de laboratório e eu combinamos de fazer nosso relatório.

— Você está no último ano, tem a média perfeita e já tirou uma nota superalta no exame de admissão. Pode se dar ao luxo de relaxar um pouco.

— É pra terça-feira...

— Perfeito — interrompo. — Faltam dois dias inteiros para terça-feira.

— Mas...

— Convida sua dupla — digo, sem lhe dar tempo para terminar a frase. — Vou comprar três ingressos.

— Cara, como você é insistente — Topher reclama. — De quem é o show, aliás?

— Nick Jonas — digo, tentando manter a voz firme.

— Fala sério, Roobs. Quem vai tocar?

— Estou falando sério. Nick Jonas vai tocar. Ele é ótimo. Você vai adorar.

Topher ri.

— Duvido muito.

— Por favoooooor — imploro, sem nenhuma vergonha.

Não sei por que de repente estou obcecada nisso. Acho que não consigo tirar da cabeça o que vovó me disse sobre ser eu mesma. É claro que talvez seja um pouco constrangedor eu continuar louca pelo integrante de boy band por quem era apaixonadinha no ensino fundamental. Mas ele é incrível e talentoso, as músicas sempre me fazem sorrir e adoro ver sua apresentação. Essa sou eu, gostem ou não.

Além disso, acho que Topher e eu estamos precisando de uma noite de diversão clássica.

Ele solta um suspiro dramático.

— Me dá um segundo.

Eu ouço Topher explicar tudo à sua dupla de laboratório, depois um gritinho agudo.

Eba! Outra fã dos Jonas Brothers.

Topher volta ao telefone.

— Ela quer saber como você conseguiu os ingressos.

— Bom — digo —, ainda não consegui exatamente, mas não se preocupem. Eu cuido disso. Só me encontra no centro em uma hora.

— A Chloe está tendo um aneurisma aqui, então pelo visto topou. Eu topo também, se você pagar.

O bom e velho Topher.

Uma hora depois, estou a um quarteirão do teatro com três ingressos de cambista para o show de Nick Jonas, pulando de empolgação.

Vejo Topher vindo na minha direção acompanhado de uma menina, que deve ser sua dupla de laboratório. Conforme ele se aproxima, percebo que a conheço. É a amiga de Carlos, gerente do time de beisebol. A mesma que ontem ficou me olhando como se quisesse me matar.

Estou revirando o cérebro atrás do nome dela quando a menina solta:

— Meu Deus do Céu, Ruby, você é a melhor! Os ingressos esgotaram, tipo, em cinco minutos!

Acho que ela não me odeia, no fim das contas. É a mágica do ex-galã pré-adolescente Nick Jonas mais uma vez!

Entramos no teatro. Os lugares são meio ruins, mas não importa. Assim que Nick sobe ao palco, a plateia explode. Chloe e eu ficamos de pé na hora. Passamos o show todo levantando e voltando a sentar em nossos péssimos lugares, cantando cada palavra de cada música a plenos pulmões. Topher — o querido e doce Topher, que nunca ouve nada além de IDM e jazz avant-garde — dança com a gente. Ele até canta junto o refrão de uma música nova, que toca tanto que seria preciso ter vindo de outro planeta para não conhecer.

A última música do bis é a melhor música romântica de Nick. Nós três entrelaçamos os braços e ficamos balançando de um lado para o outro enquanto ele canta. Uma energia elétrica toma conta do lugar, e, quando a banda finalmente deixa o palco, todo mundo se levanta e grita com todas as forças por uns bons cinco minutos.

É o fim perfeito para o show perfeito. Descemos a escada para sair, Chloe e eu comentando os pontos altos da noite e Topher irradiando o encanto de sempre. Estou muito feliz por ter ouvido a vovó.

Quando saímos para as ruas quase vazias do centro de Jacksonville, já sinto uma pontada de tristeza. Não quero que a noite acabe.

— Waffle House? — Topher sugere.

— Total! — Chloe responde. — Você leu minha mente.

Estamos a meio quarteirão de distância quando Chloe vê um carro esportivo clássico na rua e fica toda empolgada.

— Olha só! É um Gran Torino!

É um carro verde e muito velho.

— Gente — ela pede. — Vocês podem tirar uma foto minha com o carro? Tenho que mandar pro Carlos.

Fico me perguntando o que esse carro velho tem a ver com Carlos, enquanto Topher pega o celular de Chloe e tira uma série de fotos. Ela está recostada no carro, com um sorriso bobo no rosto e fazendo sinal de positivo com as mãos.

Chloe pega o celular de volta e aponta a câmera para nós.

— Sorriam! — ela diz. — Que incrível! — Chloe olha para o carro. — É até da mesma cor.

— Que o quê? — Topher pergunta.

— Que o carro do filme *Gran Torino*. Carlos é obcecado por Clint Eastwood. É tão esquisito.

— Homens... — digo, depois bufo.

— Como assim? — Chloe pergunta, se aproximando da gente.

— Os filmes do Clint Eastwood são sempre um festival de testosterona — explico.

Ela ri.

— Você está brincando, né? Você não viu *Gran Torino*?

— Vi. Não é aquele em que um garoto tenta roubar o carro do Clint Eastwood?

Tenho quase certeza de que vi esse filme com meus pais há alguns anos.

— O garoto é de família hmong — Chloe diz. — Eles são vizinhos do Clint, que faz um velho polonês amargo. Mas eles amolecem o coração do cara e todo mundo fica amigo no final. É um filme todo sentimental...

— Lembrei agora — digo. — É fofo mesmo.

— Eu gostei, mas muita gente odiou, por causa do lance do grande salvador branco...

Fico olhando para ela, confusa.

— Como assim?

— Tipo, um velho branco surge do nada pra tirar toda uma família hmong de uma situação ruim… — Ela dá de ombros. — Bom, Carlos não ligou. Ele chorou na cena do funeral, pra você ter uma ideia. — Ela balança a cabeça. — Que nem um *bebê*!

Ainda estou pensando no que dizer quando Chloe dá uma olhada no celular e ri.

— Mandei a foto de vocês dois também. Carlos estranhou nós três estarmos juntos.

Ela digita alguma coisa sorrindo, depois olha pra mim.

— Ele te mandou um oi, Ruby. E quer saber o que estamos fazendo.

Por essa eu não esperava. Chloe manda uma resposta rápida e recebe outra imediatamente.

— Que estranho — ela diz. — Carlos quer vir encontrar a gente. O coitado quase sempre já está em casa às nove e meia. Ele acorda às cinco da manhã.

— Cinco da manhã? Mesmo aos domingos? — Topher pergunta. — É um absurdo.

Chloe confirma com a cabeça.

— É quando começa a treinar. Carlos se esforça mais do que qualquer outra pessoa que eu conheço.

Ela volta a olhar para a tela do celular, depois se vira para mim.

— Tudo bem se ele for à Waffle House também?

Fico sem palavras. Carlos quer vir encontrar a gente? Quer vir encontrar *comigo*? Não tenho ideia do que responder. Olho para Topher, em busca de ajuda.

Ele avalia meu rosto por um momento, claramente lendo a emoção que não consigo conter. Suas sobrancelhas se arqueiam.

— Claro — Topher diz a Chloe.

No caminho para a Waffle House, Topher me pega pelo braço e me segura um pouco, para que Chloe não consiga nos ouvir. Ela está mandando uma mensagem, por isso nem parece notar.

— Ei. Estou confuso. Esse é o mesmo Carlos que a gente tava falando no outro dia? O primo da Malena? O Atletinha?

— É — sussurro de volta.

— A gente não odeia ele?

— Acho que não muito. Ele…

Solto um longo suspiro. Topher fica olhando para mim, intrigado.

— Ele…? — Topher pergunta, me incentivando a completar a frase.

— Não sei, Topher. Acho que ele é muito…

— O quê? Gato? Você acha que ele é muito gato?

Paro no lugar. Por um momento, andar e pensar ao mesmo tempo parece impossível.

— Não. Não é isso, sério. Ele é meio… surpreendente. É difícil explicar. Carlos parece um cara legal de verdade. Ele ouve de verdade, sabe?

Estou realmente confusa. Será que estou falando coisa com coisa? Topher assente para mim, me encorajando a continuar.

— É como se ele não achasse que é sabichão. Parece disposto a mudar de ideia. E é fofo com Malena. Está sempre preocupado com ela.

— Que interessante — Topher diz, olhando para Chloe para se certificar de que ela continua distraída.

— É, acho que sim.

Paro um momento para refletir sobre meus pensamentos, ainda surpresa com eles, mas também porque cansei de me atrapalhar com as palavras. O que exatamente estou tentando dizer?

— Ele é tão…

— Gato. Admite, Ruby. Eu nem gosto de homem, mas até *eu* acho o cara gato!

Sinto meu rosto ficando vermelho.

— Tá bom. Isso também. Mas, de verdade, antes eu não achava o cara nem um pouco bonito. Foi só quando vi esse outro lado dele.

— *Sério?* — Topher pergunta, incrédulo.

— Sério! Eu achava que ele era um babaca corpulento com bíceps de Popeye e queixo de desenho animado.

Topher solta uma gargalhada. Chloe se vira e pega nós dois rindo.

— O que está rolando aí? — ela pergunta.

— É só um meme bobo — Topher diz, apontando para o próprio

celular. Então, em um passe de mágica de que só ele seria capaz, Topher mostra mesmo um meme bobo para Chloe.

Cara, eu adoro esse menino. Ele sempre sabe exatamente o que fazer.

Chegamos à Waffle House e pegamos uma mesa para quatro. Topher se senta ao lado de Chloe. Pedimos três cafés e batata rosti com queijo e cebola.

Chloe e Topher jogam conversa fora. Tento acompanhá-los, mas minha atenção fica desviando para o fato de que Carlos logo mais estará sentado ao meu lado. A mera ideia é desconcertante.

Quando as batatas chegam, Topher e Chloe começam a comer. Eu fico empurrando a comida no prato, com o estômago de repente embrulhado.

Carlos entra usando calça de agasalho Adidas, uma camiseta branca e um boné.

— Jo vai ficar puta por não ter ido ao show do Nick Jonas — Topher sussurra, vendo Carlos se aproximar.

Ele estava certo. Carlos parece um deus do beisebol esta noite, cheio de confiança e ginga.

Tenho que admitir que ele é *bem* gato.

Chegando à mesa, Carlos tira o boné e se senta ao meu lado.

— Oi — ele diz. — Fiquei sabendo que você também gosta de *Gran Torino.*

Carlos fica olhando para mim, com o cabelo escuro caindo nos olhos, à espera de uma resposta.

— É — eu digo. — Vi com meus pais. A gente adorou.

Ele abre um sorrisão.

— Legal.

E, simples assim, Carlos Rosario, o deus do beisebol, se transforma simplesmente no Carlos normal. É esquisito, surpreendente e talvez até um pouco empolgante, porque, no fim das contas, o Carlos normal é bem legal.

TREZE

MALENA

Na manhã de domingo, entro na casa de Ruby com um copo térmico grande contendo o café porto-riquenho bem forte de *mami*. Não dormi nada e estou me sentindo meio fora do ar.

Soraida e eu viemos com Carlos, apesar de *mami* ter dito que poderia nos trazer. Foi tudo muito esquisito. Ele mandou mensagem para nós duas às cinco da manhã, antes de ir para o treino, dizendo que queria dar um dia de folga para *mami* poder dormir até tarde. Desde quando Carlos se importa com o descanso de *mami*? Tipo, é muito gentil da parte dele, mas sei lá… E é claro que ele chegou atrasado, o que foi bem irritante.

Mas não tão irritante quanto a maneira estranha como se comportou quando chegamos na casa de Ruby. Carlos insistiu em nos acompanhar até a porta, como se fôssemos duas meninas de seis anos de idade indo brincar com uma amiguinha. Qual é a dele?

Já estou atrasada, mas Carlos fica recostado no batente, de papinho com Ruby, o que é muito esquisito. Ele sempre diz que não tem tempo para garotas, mas agora está aqui, se demorando na varanda, quando eu e ela temos um trabalho importante a fazer. Achei que Carlos a detestasse, mas pelo modo como se mantém próximo dela, ao mesmo tempo maravilhado e distraído, claramente mudou de ideia.

Fico observando os dois, para ver como Ruby reage. Ela não parece estar tão maravilhada quanto Carlos, mas está bem interessada na conversa. O que meu primo poderia estar dizendo para ela achar tão interessante assim?

Talvez não sejam as palavras que a atraiam. Talvez Ruby não seja imune ao charme de Carlos, no fim das contas. O que é uma grande decepção.

Mas tanto faz. Preciso manter o foco.

— Todo mundo já chegou? — pergunto a Ruby.

— Já. Todo mundo está no gazebo — ela diz. — Já vou.

Tomo um belo gole de café e vou entrando.

Fiquei acordada a noite toda, pesquisando como organizar um protesto, procurando ideias de camisetas e cartazes, me perguntando como a escola vai reagir e o que Calista Jameson vai escrever a respeito. Fiquei preocupada com *mami*, que pode não entender por que preciso fazer isso. Eu pretendia ter essa conversa hoje cedo, mas ela parecia exausta, com todas as horas extras que vem fazendo. Então só avisei que Carlos ia me trazer e insisti para que ela voltasse para a cama.

Depois de horas de pesquisa, aprendi que organizar uma rebelião contra as regras de vestuário de uma escola não é nada simples. E que não há manual para isso — sei porque procurei.

Mas encontrei algo inesperado. Tinha um artigo enorme sobre narrativa no contexto da transformação social, com entrevistas de ativistas que também dirigem documentários. Eles falavam sobre suas técnicas de filmagem e edição, o que achei bem legal. Me fez pensar no projeto final da disciplina da sra. Baptiste. Talvez eu faça um vídeo sobre nós e nosso protesto. A professora disse para escolher um assunto importante para nós. Para mim, isso é mais do que importante: é significativo.

É claro que fico ansiosa, nervosa, preocupada quando penso em como vamos fazer isso, mas, pela primeira vez em semanas, o que é praticamente uma eternidade, eu me sinto viva. É como se eu tivesse sido tirada de um sono profundo com um choque de um milhão de quilowatts, criando um monstro de Frankenstein feminista com todas as partes quebradas.

Agora, ao me juntar à "reunião de estratégia" de nossa pequena tribo, volto a ficar nervosa. É um completo pandemônio. Todos falam por cima uns dos outros. Tem notebooks e celulares espalhados por todo lado. Metade das telas mostra páginas de redes sociais, e a outra metade artigos sobre protestos estudantis. E tem uma panela do tamanho que seria apropriado para um restaurante na mesa de centro.

— Nadia teve uma ideia que envolve panelas — Ruby explica ao chegar. — Não sei se entendi direito.

Seu rosto está corado, como se ela tivesse vindo correndo. Decido deixar os comentários de lado, até porque ainda estou irritada com Ruby ficar de papinho com Carlos. Tampouco consigo explicar o que é um *cacerolazo* sem começar a dar uma aula de história da política latino--americana.

Nadia e Xiomara discutem com Jo e Nessa, amigas de Ruby, quanto ao que escrever em um cartaz. Xiomara segura uma cartolina amarelo--neón com flores desenhadas e "Eu mesma me defendo, sou uma mulher forte" escrito em letras grandes e vermelhas.

— Por que as flores? — Jo pergunta.

— Pra combinar com as camisetas — Xiomara explica. — Criamos toda uma linha de roupas! — Ela abre a jaqueta e revela uma camiseta com flores em cores vivas e as palavras "mulher forte" escritas em letra cursiva. — Nadia é uma *chica* prendada! Fizemos ontem à noite. Usamos tinta pra tecido com glitter e adesivos termocolantes. Não ficou demais?

— E o tecido estica, olha só! — Nadia acrescenta, puxando a própria camiseta florida. Em seguida, ela pega algumas amostras de uma ecobag no chão e passa adiante.

— Ah, que gostoso — comenta Nessa, passando o tecido no rosto.

— Também temos uma linha em espanhol — Nadia diz, mostrando as palavras *Chica Fuerte* em sua própria camiseta.

Topher, que é amigo de Ruby, está diante de um cavalete, tentando acompanhar o debate sobre as camisetas com o marcador que tem na mão — mas falha miseravelmente.

É preciso aplaudir Topher por tentar. Não deve ser fácil ser o único cara presente.

No sofá, Soraida e Beatriz o ignoram, envolvidas em uma discussão em espanhol a todo vapor sobre a parte visual das camisetas.

— Temos que incorporar os absorventes *e* os mamilos — Soraida declara, muito confiante, então se vira para mim, atrás de apoio. — Não acha, Malena? O mamilo deve ser o símbolo do movimento. É a RevoltaDosMamilos!

— Aaaah, talvez a gente possa usar balaclavas neón, que nem as integrantes do Pussy Riot — Nessa acrescenta, mostrando no celular uma foto de uma mulher usando um gorro cor-de-rosa com buracos para os olhos e a boca.

Dou de ombros, me sentindo ao mesmo tempo assustada e fortalecida pela cena que ajudei a criar.

— Vamos falar com Lucinda por Skype daqui a pouco — Ruby diz. — Ela vai nos ajudar na organização. Sinto que estamos um pouco dispersas. Precisamos de foco.

Pego minhas anotações da pesquisa de ontem à noite. Uma delas diz: *Documente o evento e se divirta.*

Talvez eu devesse estar filmando tudo isso. É o tipo de reunião de preparação cheia de energia que se vê em documentários. Pego o celular e perambulo pela sala, fazendo alguns vídeos curtos. Não sei como vou usá-los, mas me divirto brincando com ângulos e enquadramentos diferentes.

— O que você está fazendo? — Soraida pergunta.

— Um vídeo — digo. — Finja que não estou aqui.

— Se vai filmar, preciso passar batom — ela diz, já pegando o gloss na bolsa.

— E quanto ao abaixo-assinado? — Topher pergunta, ainda ao lado do cavalete. — Precisamos nos concentrar em conseguir assinaturas rápido.

— Não deve ser muito difícil, né? — Soraida esfrega os lábios diante de um espelhinho de bolsa. — De quantas assinaturas precisamos, aliás?

— De pelo menos dez por cento do corpo estudantil — Topher diz. — São mais de trezentas pessoas.

Ele escreve ABAIXO-ASSINADO em letras grandes no papel.

— Como vamos convencer trezentas pessoas a assinar? — Xiomara pergunta. — Nem conheço trezentas pessoas.

— Temos que ir pra rua. Esperar no estacionamento com prancheta e caneta na mão — Topher diz.

— Não quero te desiludir, mas nunca vi trezentas pessoas juntas no estacionamento — Xiomara retruca.

Topher olha feio para ela. Está prestes a responder quando Ruby impede.

— Temos que pensar grande. Precisamos acordar a Orange Grove! — ela diz.

— Por isso o protesto — Soraida declara. — Vamos montar mesas para que as pessoas façam fila para assinar. Vamos conseguir quinhentas assinaturas! No mínimo.

Abuela Joan chega, carregando uma bandeja com lanches e guardanapos.

— Mamilos livres! — ela grita.

Soraida tira algumas revistas do caminho para que *abuela* Joan possa deixar a bandeja com folhados, tortinhas e frutas na mesa de centro.

— Isso deve segurar a fome de vocês até a pizza chegar — *abuela* Joan diz.

— Obrigada — respondemos em coro.

— Ah, oi, Malena — ela diz, e me envolve em um de seus abraços apertados. — Não sabia que você tinha chegado.

Deixo o celular de lado e retribuo o abraço, absorvendo o cheiro de narciso dela.

Não é sempre que me pego desejando a aprovação de um adulto que não seja *mami* e *papi*, mas a exuberância da *abuela* Joan é simplesmente contagiante. Ela tem o que minha antiga professora de francês chamaria de "joie de vivre".

— Parece que vocês estão arranjando uma encrenca boa. Estou tão orgulhosa de vocês.

Ela suspira, e sinto certa nostalgia no modo como olha para todo mundo no cômodo. Me pergunto se *abuela* Joan já organizou um protesto. Imagino que sim. Talvez um dia eu tenha a chance de perguntar a ela.

Mas não hoje. Já tem coisa demais rolando aqui.

Ruby chama a atenção do grupo, e *abuela* Joan volta para a cozinha.

— Vamos nos reunir em volta da mesa de centro para falar com Lucinda — Ruby diz, mexendo no notebook.

— Quem é Lucinda? — Xiomara pergunta.

— Uma ativista durona de Seattle — Soraida explica. — A mãe dela é advogada e disse que pode nos ajudar se tivermos problemas.

— Tipo, se acabarmos presas? — Xiomara pergunta, hesitante. — *Mami* me mataria.

— Tenho certeza de que ela pagaria nossa fiança — Soraida diz. — O pessoal de Seattle está acostumado com esse tipo de coisa.

Ah, Soraida. Não sei de onde ela tira essas coisas.

— Ninguém vai ser preso — garanto a Xiomara, bem quando o rosto de Lucinda aparece na tela.

— Oi, gente! — Lucinda dá um tchauzinho duplo.

Parece estar sentada à escrivaninha do quarto. Atrás dela, dá para ver um sofá cheio de almofadas cor-de-rosa e brancas e um quadro com o rosto de uma lhama. Não é bem o que eu esperava.

— Isso é tão legal — Lucinda diz sorrindo, com o rosto bem próximo da câmera.

Respondemos com aplausos, meios sorrisos e risadas.

— Obrigada por ter concordado em falar com a gente tão em cima da hora — Ruby se desculpa. — Sei que ainda está ridiculamente cedo aí em Seattle.

— Sem problema! Eu ia acordar cedo de qualquer maneira — Lucinda diz, dispensando com um aceno de mão. — Bom, não temos muito tempo, então vamos direto ao assunto. Meu trabalho aqui é encorajar. Cabe a vocês descobrir o que funciona por aí. Tipo, vamos encarar: a Orange Grove não é a escola Eastlake, e Ruby sabe bem disso.

Soraida vem à frente para que Lucinda possa vê-la e pergunta:

— Isso é ótimo e tal, mas o que a gente faz agora?

Para variar, fico feliz que ela tenha aberto a boca.

— Vocês têm que se organizar! — Lucinda diz, como se a resposta fosse óbvia. — Vocês têm que bolar uma estratégia para envolver os outros alunos. Movimentos de base sempre começam do zero. Conquistem o corpo estudantil e depois os professores, e aí vão chegar até a diretoria.

— Tá — Ruby diz. — O problema é que precisamos conseguir apoio *rápido*. Só temos uma chance com o conselho se quisermos que a mudança ocorra este ano. Precisamos reunir um montão de assinaturas em uma semana, a partir de amanhã.

Lucinda inspira fundo e sorri.

— Vocês têm que ser destemidas — ela diz, balançando a cabeça.

— Você não conhece a Orange Grove — Ruby argumenta. — O pessoal aqui não...

— Protestar não faz parte da cultura local — Nessa ajuda.

— É por isso que vocês têm que ser destemidas — Lucinda repete, batendo com o punho fechado na palma da outra mão. — E vão conseguir!

Destemidas, repito para mim mesma.

Pego o celular e abro o aplicativo de dicionário. Escrevo "destemido" só para ter certeza de que compreendo plenamente o significado.

Corajosamente resoluto, principalmente diante do perigo ou de dificuldades; ousado, valente, audaz.

Sim. Sim. Sim. É exatamente o que eu quero ser. É o que *preciso* ser.

— Pensem grande — Lucinda diz. — Façam o que for preciso pra conseguir as assinaturas. Se não conseguirem entrar na pauta da reunião do conselho, é melhor esquecer, porque nada vai acontecer. — Lucinda se inclina para a frente. — E, se conseguirem, provavelmente só vão ter uns dois minutos para apresentar seu pedido.

Dois minutos? A entrevista com Calista durou uma hora. Quando acabou, eu ainda tinha um monte de coisa a dizer. Como podemos "apresentar nosso pedido" em dois minutos?

— É melhor vocês se concentrarem na defesa da equidade, e não da igualdade — Lucinda sugere.

— Com certeza — Ruby concorda. Quero perguntar o que exatamente isso significa, mas vejo que todo mundo está concordando com a cabeça, como se já soubesse. Anoto a dúvida para pesquisar depois.

Então Lucinda aponta para Ruby.

— Acho que você deveria ser a porta-voz, porque já tem alguma experiência. Tipo, vocês não vão ter tempo de se preparar.

Ruby assente, mas seus olhos me procuram. Dou de ombros. Lucinda provavelmente está certa.

Mas não é como se eu fosse totalmente inexperiente. Eu costumava falar na frente dos alunos em Porto Rico, mas nada comparado a argumentar perante o conselho escolar. Além disso, vou ficar nervosa, o que significa que meu sotaque vai se destacar mais. Talvez até esqueça algumas palavras em inglês, como no fatídico dia na sala da dra. Hardaway. A última coisa que quero é passar vergonha, ou constranger Ruby e todo mundo que está nos ajudando diante da escola toda.

— Depois a gente vê isso — Ruby responde, ainda me olhando, e eu assinto.

— Então tá, pessoal. Tenho que ir — Lucinda diz, se despedindo com um aceno.

— Só isso? — Soraida solta.

— Surgiu um lance na última hora — Lucinda diz, se desculpando. — Mas vocês sempre podem falar com Olive se precisarem de ajuda com os detalhes.

— Quem é Olive? — Soraida pergunta.

— A irmã de Ruby — Lucinda diz, como se todo mundo devesse saber. — Ela é minha heroína. Era quem eu queria ser quando estava no ensino fundamental. Olive é superexperiente e sabe tudo de protestos. Não é, Ruby?

Ruby assente com um sorriso no rosto que não combina com a expressão em seus olhos.

— Vocês vão conseguir. Pensem no plano geral. Depois vão cuidar dos detalhes.

Com essas últimas palavras sábias, o sorriso de Lucinda desaparece da tela.

Por um momento, todo mundo fica olhando para o quadrado preto à nossa frente, como se esperando ela voltar para o bis. Então a sala irrompe em um caos renovado, com a discussão acerca do que fazer a seguir.

Ruby coloca a mão em concha em volta da boca e grita:

— Ei! Vamos focar, por favor?

Mas ninguém parece ouvi-la.

— Gente! — Jo grita. — O campeonato de beisebol começa em exatas quatro horas e quarenta e três minutos, e eu não vou perder o pré-jogo porque a gente não consegue concordar com a porcaria da estampa de uma camiseta!

Estou me perguntando o que um jogo de beisebol tem a ver com qualquer coisa quando Nadia tira uma escumadeira gigante da mochila e bate na panela de metal. Todo mundo leva as mãos aos ouvidos enquanto o ruído alto ricocheteia pelas paredes. Segue-se um momento de silêncio.

— Viu? Funciona — Nadia diz, triunfante.

Fico mais do que aliviada quando *abuela* Joan vem avisar que a pizza chegou, e passamos do gazebo à cozinha.

Ruby me puxa de lado.

— Achei que Lucinda fosse ser mais… específica. Está tudo tão caótico. Tipo cachorro em dia de mudança — ela comenta, preocupada, passando a mão na nuca. — O que vamos fazer?

Destemida. Quero ser destemida. Por isso, pego minhas anotações e o marcador de Topher. Então digo a coisa mais destemida em que consigo pensar:

— Seguir adiante, em velocidade máxima.

CATORZE

RUBY

Cedo demais na segunda-feira de manhã, Topher e eu estamos no estacionamento dos alunos do último ano, enfiando pranchetas nas mãos de quem quer que pare por um milésimo de segundo para nos ouvir. Nossa exaustão depois da ida à Waffle House no sábado de noite e da maratona que foi a reunião de planejamento de ontem está pior. Mas não me arrependo nem um pouco, principalmente do sábado à noite.

Carlos quebrou sua dieta low-carb mandando ver num waffle duplo com manteiga de amendoim e mergulhado em calda. Comeu como se o mundo estivesse acabando. Quando Chloe tentou pegar um pedaço, ele deu um tapa na mão dela e lançou um olhar fulminante.

Mas ele me deu um pedaço. E estava delicioso.

Sei que preciso de foco. Temos uma tarefa monstruosa à frente. Mas meus pensamentos ficam voltando para Carlos e os poucos minutos que passamos sozinhos, caminhando e conversando, depois de sair da Waffle House.

Não é como se tivéssemos conversado sobre coisas importantes. Só falamos sobre nossos filmes e restaurantes preferidos, sobre como foi esquisito nos mudarmos para o norte da Flórida e sobre como sentimos saudades de casa. Carlos me contou que jogava futebol no Parque Central de San Juan, e eu falei de quando pegava a balsa para a ilha Whidbey, meu programa preferido quando morava em Seattle.

Foi simples e gostoso. Queria que tivesse durado mais. E tenho quase certeza de que ele também pensa assim.

Depois que Carlos foi embora, Chloe nos agradeceu por termos agido de maneira "perfeitamente normal" com ele.

— "Perfeitamente normal"? — Topher riu. — Não costumam falar de mim e de Ruby nesses termos.

Chloe explicou que ninguém além da família de Carlos o trata como uma pessoa de verdade, um garoto de dezessete anos comum, e que ele precisa disso. Ela disse que odeia como todo mundo, mas em especial as garotas, "venera e bajula" Carlos — palavras dela, não dele. O que fez Topher rir de novo.

— Pode acreditar no que eu digo — ele garantiu a Chloe. — De jeito nenhum que Ruby McAlister vai venerar ou bajular Carlos.

Ele tem razão, claro. Não vou mesmo ficar bajulando Carlos. Mas, para minha grande surpresa, me pego com vontade de passar mais tempo com ele. A gente se viu ontem, por alguns minutos, quando Carlos foi deixar Malena na minha casa, mas isso não conta. Estavam me esperando para acabar com o caos que reinava lá dentro — o que se provou uma missão impossível.

Estou começando a me perguntar se sou a pessoa certa para o trabalho.

— Muitíssimo bom dia, srta. O'Sullivan. — Topher praticamente encurrala Moira O'Sullivan assim que ela sai de seu Honda detonado. — Você está parecendo meio sonolenta esta manhã. Não seria incrível se não tivesse que perder preciosos minutos de sono se preocupando com o que usar para vir à escola?

— Do que é que você está falando, Pérez?

Moira está parecendo um pouco cansada, como se tivesse passado a noite fora, dançando em algum show underground. O que provavelmente aconteceu. Moira é misteriosa e sombria, o tipo de pessoa que você gostaria de poder seguir por uma semana, só para ver o que ela costuma fazer.

— Das regras de vestuário! — Topher explica, animado. — Precisamos de regras que sejam neutras em relação a gênero.

Moira dá de ombros.

— Legal. Boa sorte com isso — ela diz e faz menção de ir embora.

— Espera! — Topher diz, enfiando o abaixo-assinado na cara dela.
— Precisamos da sua contribuição.

Ela pega a prancheta e olha para a lista (ainda curta) de nomes.

— O que é isso?

— Um abaixo-assinado. Pra mudar as regras de vestuário, temos que reunir assinaturas *à mão* em *papel*.

— Não estou interessada — Moira diz, devolvendo a prancheta. — Sou anarquista.

Topher olha para mim como se eu fosse precisar interferir para resolver a parada. *Acho que posso tentar.*

— Você é anarquista? Que demais! Então deve ser a favor de se livrar de estruturas e regras arcaicas!

Moira me olha como se eu fosse uma completa idiota.

— Anarquistas não participam de abaixo-assinados. Resistimos a sistemas de autoridade. Se quiser acabar com o conselho, pode contar comigo. Caso contrário, não estou interessada.

Ela dá as costas e atravessa o estacionamento em direção à escola.

— Espera! — eu chamo. — Sei de algo que pode te interessar!

Vou atrás dela e entrego o folheto da manifestação de sexta da RevoltaDosMamilos.

Moira dá uma olhada no papel com a expressão entediada e segue em frente.

Pelo menos ela não o amassa e joga fora.

— É mais difícil do que achei que seria — digo, enquanto Moira desaparece na multidão.

— Vai ver que as pessoas simplesmente não lembram mais como escrever com papel e caneta — Topher diz, claramente tentando me animar.

— Vai ver elas só não se importam — digo, com um suspiro.

— Esse tipo de pensamento não vai nos levar a lugar nenhum, mocinha — Topher diz, imitando o tom anasalado irritante de Doris, a secretária da escola. — De volta ao trabalho!

Ao fim da reunião de ontem, tínhamos finalmente decidido atacar em duas frentes: fazer um abaixo-assinado para que o tema entre na pauta do conselho e organizar uma manifestação para aproveitar o burburinho e chamar a atenção da imprensa. Vamos montar mesas do lado de fora da escola, onde Jo, Nessa e as amigas de Malena vão ficar, incentivando os manifestantes a contribuir com o abaixo-assinado. Com sorte, a estratégia pode nos fazer alcançar o número mágico até segunda-feira, o prazo final. Topher até descolou um megafone usado. Soraida e as amigas estão trabalhando nos cartazes.

Olive garantiu que abolir o código não colaria em Clay County, Flórida. Por isso, decidimos que, quando o conselho estiver sentindo a pressão, vamos defender regras de vestuário que não discriminem os alunos pelo gênero. Se conseguirmos assinaturas o suficiente, claro.

— Tá. Vamos dividir e conquistar — digo a Topher, tentando me contagiar com seu otimismo e sua determinação. — Você vai pro estacionamento dos alunos mais novos. Eu falo com o pessoal do último mo ano.

Topher pega um montinho de folhetos da RevoltaDosMamilos e se despede com uma continência.

— Te encontro nos armários às oito em ponto.

Nos minutos que se seguem, aprendo alguns fatos surpreendentes sobre meus colegas do último ano. Os integrantes da banda marcial querem trocar as regras de vestuário por uniformes. Na opinião deles, com uniformes os alunos não precisam perder tempo pensando no que vestir, e as diferenças socioeconômicas não ficam tão evidentes. O pessoal que prega a abstinência sexual concorda que não é justo que as meninas sejam o principal alvo das regras de vestuário, mas acredita que a modéstia é uma "virtude" que todos devem buscar. E por aí vai.

Todos se recusam a assinar.

Quando vejo Marvin Well atravessando o estacionamento, tenho certeza de que encontrei um aliado. Ele é o presidente da pequena mas poderosa União dos Estudantes Negros da Orange Grove. Está sempre dizendo coisas superinteligentes sobre discriminação e preconceito.

— Oi, Marvin! — Aceno com a prancheta acima da cabeça enquanto corro na direção dele, que está sentado no capô do carro junto com dois outros caras. — Tenho um abaixo-assinado pra você.

Marvin se levanta e gesticula para que eu me aproxime.

— Abaixo-assinado? — ele repete. — Conta mais, Ruby.

— É para o conselho. Vamos exigir regras de vestuário com neutralidade de gênero na reunião do mês que vem.

Ele pega o abaixo-assinado e dá uma olhada.

— Neutralidade de *gênero* — o amigo de Marvin diz, como se "gênero" fosse um palavrão.

— Isso, pra que as meninas não sejam o alvo principal. Queremos tirar as referências a barriga de fora, leggings, comprimento da saia. Esse tipo de coisa — explico, animada que alguém tenha demonstrado o mínimo de interesse.

— Legal, mas vocês estão planejando pedir para tirarem toda a palhaçada sobre moletom com capuz? Ou cuecas aparecendo?

— Ou sobre dreads e durags? — o outro cara questiona, depois dá um soquinho em Marvin e os dois começam a rir.

— Durags? — repito, confusa. Lembro que vi algo sobre roupas de baixo não poderem ficar à mostra, mas não me recordo de durags serem mencionados nas regras de vestuário.

— E quanto a apliques e mega-hair? — Marvin me pergunta, depois se vira para o amigo. — Lembra que Imani teve problemas no ano passado por causa das tranças?

— Bom, eu… Vamos ter que dar uma olhada nisso, acho — digo, parecendo uma completa ignorante.

— Pois é. Foi mal, Ruby — Marvin diz —, mas faz um favor a si mesma e procura o significado de "interseccionalidade". Pode aprender uma coisinha ou outra.

— Hum, tá…

Minha voz some. Quero dizer a ele que é claro que sei o que é interseccionalidade, mas sua expressão severa sugere que não é o momento.

Ele me devolve a prancheta.

— Não estamos interessados em seu abaixo-assinado.

Meu Deus, é um desastre completo. Por que ninguém quer contribuir?

Começo a sentir a ardência das lágrimas nos cantos dos olhos. Pego a prancheta e vou embora, procurando um lugar onde me esconder. Vejo Carlos do outro lado do estacionamento, recostado em seu SUV enorme. Sinto meu peito mais leve e uma necessidade de ir até ele, mas então absorvo a cena e toda a leveza se transforma em pavor.

Carlos é mais alto que a maior parte das outras pessoas e claramente é o centro das atenções. É como se ele fosse um ímã social. Não parece que esteja falando muito ou dizendo qualquer coisa de especial. Seu grupinho parece mais um séquito. É desconcertante como esse Carlos, a lenda, parece diferente daquele que se sentou ao meu lado na Waffle House. Não tenho certeza de como me aproximar dele, nem sei se deveria fazer isso.

Fico quase aliviada quando três caras que não conheço se aproximam.

— Ficamos sabendo que você está fazendo um abaixo-assinado para abolir as regras de vestuário — um deles diz. Odeio julgar um livro pela capa, mas eles não parecem do tipo que se interessa por abaixo-assinados.

— É, bom...

Estou prestes a dizer a eles que, tecnicamente, não vamos pedir a abolição das regras de vestuário, e sim que elas sejam mais justas. Mas os garotos agarram a prancheta e começam a assinar.

— Então vou poder voltar a usar minha camiseta a favor do porte de arma? — o primeiro cara pergunta. — Porque ela é irada.

Algo nesses palhaços volta a acender o fogo dentro de mim. Fico desesperada para conseguir mais assinaturas. Quando vejo Chad, do time de lacrosse, e seus amigos cretinos, decido ser estratégica.

— Ei, Chad! — grito. — Chegou a hora de você ajudar com aquele abaixo-assinado!

Ele se aproxima e pega a prancheta da minha mão.

— Cara, ela vai mesmo fazer isso — Chad diz aos amigos. — Dá só uma olhada. É um abaixo-assinado para abolir as regras de vestuário.

Tanto faz. Se eles acham que é por isso que vão assinar, quem sou eu para discutir? O que importa é recolher assinaturas.

— Tô dentro! — um amigo diz. — Onde eu assino?

Chad passa a prancheta a ele, que assina com um floreio e a passa para o outro cara.

— Vai ser demais!

Chad chama mais alguns colegas de time, que estão com Sarah e Lucy, duas meninas do último ano que já levam as regras de vestuário aos limites diariamente.

A prancheta passa de mão em mão. Todos riem e assinam. Quando os outros começam a ir embora, Chad olha diretamente para os meus peitos e diz:

— Olha só pra você, Roobs. Já está liberando tudis, hein?

Ao ouvir o comentário, um dos caras do time se vira para olhar para os meus peitos.

— Booooa — ele diz, assentindo e sorrindo.

Afe, que nojentos.

Sinto a bile me subindo pela garganta enquanto abraço a prancheta com força, lançando um olhar na direção deles que espero que transmita um vago desprezo, e me viro para ir embora. Sinceramente, considerando minha última experiência, não achei que as pessoas fossem notar se eu não usasse sutiã com esse vestidinho. Chad e seu amigo devem ter um radar de peitos embutido.

Quando vejo, Carlos e seu séquito estão vindo na minha direção.

— Aguenta aí, pessoal — ele diz, quando chegam perto.

Fico paralisada, ainda desorientada pela secada de Chad.

— Arranjando encrenca de novo, Ruby?

— O que posso dizer? — respondo, com o coração acelerado. — Sou uma *instigadora*.

Carlos ri e olha na direção do meu peito, onde mantenho a prancheta.

— Esse deve ser o abaixo-assinado que está fazendo Soraida e Malena perderem a cabeça.

— Hum, é — digo, de repente nervosa e desconcertada. Provavelmente por causa do grupinho que nos rodeia. Ou porque Chad e seu amigo cretino ficaram secando meus peitos quase inexistentes.

— Aquelas duas não conseguiam parar de falar disso no caminho pra cá hoje de manhã — Carlos diz, rindo.

Ele morde o lábio inferior e olha nos meus olhos. Por um momento, seu verniz de superconfiança é substituído por algo diferente. Preocupação? Talvez ele tenha percebido que tem algo de errado comigo.

— Você está bem? — Carlos pergunta em voz baixa, com as sobrancelhas franzidas.

— Estou — minto.

— Quantas assinaturas conseguiu até agora? — ele pergunta, em um tom encorajador.

— Tivemos uma resposta sólida.

Estou decidida a tentar mostrar uma imagem de sucesso, sem especificar que nossos maiores entusiastas são defensores do porte de armas e aqueles que querem as namoradas de lingerie na escola.

— Posso dar uma olhada?

Antes que eu tenha a chance de reagir, ele tira a prancheta das minhas mãos e olha para a lista de nomes ridiculamente curta.

— De quantas vocês precisam? — Carlos se inclina para mim e pergunta sussurrando, ainda com a prancheta nas mãos.

— Muito mais do que temos.

— Deixa comigo. — Ele sorri, com uma expressão quase travessa no rosto. — Ô, galera. — Carlos se vira para o grupinho que o rodeia. — Vamos assinar isso aqui.

Isso basta. Nem preciso fazer meu discurso. Ele nem explica para que é o abaixo-assinado. Simplesmente assina e passa a prancheta para seus seguidores ávidos.

Enquanto o abaixo-assinado circula, Carlos me puxa de lado.

— Podemos conversar um segundo?

— Não estávamos conversando até agora?

— Tipo, em outro lugar — ele esclarece.

Assinto, e Carlos apoia a mão com delicadeza em minhas costas para me guiar até um canto, atrás do ginásio.

Quando estamos protegidos dos olhares de seu séquito, Carlos tira a mão das minhas costas e me encara, avaliando meu rosto.

— Falando sério, Ruby, você está bem? — ele pergunta. — Parece meio pálida.

Tento não fazer cara feia, já que quem diz isso é o cara que me chamou de "branquela" assim que a gente se conheceu.

— Estou. — Solto um suspiro. — Foram só uns babacas do time de lacrosse que fizeram uns comentários idiotas. Já esqueci.

— Que tipo de comentário? — Carlos pergunta, e a raiva fica evidente em sua voz.

— Ah, você sabe. Comentários cretinos em relação aos corpos das mulheres, como sempre.

Carlos trinca os dentes e olha adiante, procurando por eles no estacionamento.

— Você quer que eu…?

— O quê? — Dou risada. — Bata neles? Posso me defender sozinha, muito obrigada.

Sua carranca se desfaz, acompanhando meu sorriso amplo. Carlos recua um passo e ergue as mãos acima da cabeça, como se estivesse se rendendo.

— Não quis ofender, McAlister! — ele diz. — Mas, só para você saber, nunca entrei numa briga. — Carlos dá um empurrão de brincadeira meu ombro. — E com certeza não vou começar agora. Tenho que pensar no futuro.

— Sábia decisão — digo, recordando as palavras de Chloe sobre o quanto Carlos se dedica. Me pergunto como seria viver preocupada que qualquer passo em falso pudesse apagar anos de esforço, colocar tudo em risco. — A violência nunca traz nada de bom.

— É uma frase do Gandhi ou coisa do tipo? — ele provoca.

Uma garota dá a volta no ginásio para devolver a prancheta para Carlos. Sua aproximação me deixa meio chateada, e eu percebo que queria ter mais alguns minutos a sós com ele.

— Valeu — ele diz para ela.

— Agora vamos, Carlos — a garota pede. — Está todo mundo te esperando.

Pego a prancheta de Carlos e avalio o abaixo-assinado com atenção enquanto voltamos lado a lado até o grupinho dele. As páginas começaram a se encher, e ver todos os nomes novos me devolve a coragem de que tanto preciso.

— Valeu — sussurro, tocando de leve o ombro dele com o meu.

Ele assente, mas não diz nada. Só olha para o ponto onde nossos corpos estão se tocando.

— Pessoal — eu digo, saindo do lado dele. — Se quiserem participar, vamos fazer uma manifestação sexta-feira, na hora do almoço.

Pego um punhado de folhetos da mochila. De repente, vejo os papéis se espalhando pelas pessoas que estão no estacionamento, todo mundo conversando sobre a RevoltaDosMamilos.

— Você vai? — a menina que devolveu o abaixo-assinado pergunta a Carlos.

Ele só sorri e dá de ombros. Fico me perguntando se ele vai participar ou não. E, se não, por que acabou de me ajudar?

Então os olhos de Carlos focam algo mais adiante e seu sorriso vacila.

Viro na direção em que ele está olhando. Tem uma van do Canal 2 entrando no estacionamento da escola.

— Ah, merda — Carlos diz para mim. — Tomara que não estejam atrás de você e de Malena.

QUINZE
MALENA

Às quinze para as cinco, minha família se reúne em volta da TV na sala de tia Lorna para assistir ao jornal. É um final caótico para um dia até agora empolgante.

— Todo mundo vai ver — Soraida exclama, olhando para o celular e se jogando ao meu lado no sofá. — Não acredito que você vai aparecer na TV. Em inglês e *español*!

— Não acredito que consegui falar alguma coisa — digo, olhando para a porta pela centésima vez. *Mami* disse que ia sair mais cedo do trabalho para ver o jornal com a gente, mas ainda não chegou.

Tenho a sensação de que ela não está muito feliz comigo no momento, principalmente considerando que só contei para ela sobre as entrevistas para a TV depois de já ter falado com a jornalista. Em minha defesa, foi tudo muito rápido. Num minuto eu estava andando pelo estacionamento da escola e no outro tinha um cara enfiando uma câmera na minha cara e uma mulher me interrogando com um microfone gigante na mão. Quase não tive tempo para pensar, quanto mais ligar para *mami* e discutir a respeito do que deveria fazer.

O celular de Soraida não para de apitar com novas notificações de mensagens.

— As meninas querem saber como foi com a sra. Baptiste hoje — ela diz.

— Missão cumprida! — digo, e levanto a mão espalmada para que minha prima bata nela.

— Essa é a minha garota! — Soraida diz, digitando furiosamente no celular.

Durante o almoço, liguei para o escritório do conselho para conversar sobre a inclusão da nossa solicitação na pauta da próxima reunião e sobre como exatamente queriam que entregássemos suas preciosas assinaturas. Não podíamos deixar que o abaixo-assinado fosse jogado no lixo por causa de questões técnicas. A mulher que atendeu ao telefone informou, toda grosseira, que precisaríamos do apoio de um docente. O abaixo-assinado por si só não seria suficiente.

Eu soube no mesmo instante com que professora falaria. Fui — correndo — até a sala da sra. Baptiste, torcendo para que ela achasse que nós, *caribeñas*, devíamos nos ajudar.

A princípio, a sra. Baptiste relutou em aceitar. Principalmente porque só teríamos três semanas para nos preparar. Então peguei meu exemplar de *Irmã outsider* e comecei a ler trechos do ensaio que ela havia nos mandado ler. Que ficar em silêncio não protege ninguém. Que nunca seremos pessoas completas enquanto ficarmos quietas, porque sempre haverá um pedaço de nós, algo lá dentro, desejando ser dito.

— "Se você não desembuchar, um dia ele se revolta e dá um soco na sua cara, por dentro" — eu li.

No fim, a sra. Baptiste não pôde negar.

Ela concordou em nos apoiar sob a condição de que, em preparação para a reunião, revisássemos todo o material de uma pasta simplesmente gigantesca, com todo tipo de regulamento. Até agora, consegui ler o chatíssimo código de conduta dos alunos, as políticas do conselho da escola e um troço chamado Regras de Robert.

É um pouco demais. E, como se não bastasse, a sra. Baptiste sugeriu que pensássemos em um plano B. Claramente está pessimista em relação às perspectivas do plano A.

Eu queria garantir que ela acreditasse que levamos isso a sério, por isso passei todo o meu tempo na biblioteca, procurando informações sobre "direitos dos estudantes quanto a vestuário" e "mudando as regras de vestuário da escola". Depois de vários becos sem saída, encontrei algo com potencial para ser nosso plano B: o comitê de interligação de professores e alunos, também conhecido como conselho administrativo dos corpos docente e discente. Consiste em um grupo de alunos e professores reunido para bolar novas políticas, conquistar o apoio da diretoria e descobrir como implementá-las. Me senti uma gênia só de ter encontrado isso.

Quanto mais leio a respeito, mais convencida fico de que vai funcionar. Verifiquei as regras escolares do distrito, e como se trata de um comitê não é preciso aprovação do conselho escolar.

Parece que a pobre María Malena fez alguma coisa de útil hoje — *algumas coisas*, aliás.

Só espero que minha família chegue a essa mesma conclusão. A verdade, infelizmente, é que Soraida e eu ainda não temos certeza de que nossas mães vão nos deixar participar do protesto pelo qual estamos trabalhando tanto. Se participarmos sem a permissão delas, talvez nunca mais nos deixem sair de casa.

— Você passou batom antes da entrevista, como eu falei? — Soraida pergunta, retocando o próprio gloss. — Xiomara disse que pode fazer a maquiagem de Ruby para a reunião do conselho. Pra dar uma corzinha, sabe? Ela acha que faria Ruby parecer mais acessível.

— Acho que Ruby usa rímel de vez em quando — digo, tentando lembrar os detalhes de seu rosto.

— Qualquer coisa já ajuda — diz Soraida. — Sabe como é difícil prender a atenção do público hoje em dia? — Ela faz uma pausa para aplicar uma segunda camada de gloss. Seus lábios parecem ter dobrado de tamanho. — Você e Ruby estão competindo com, tipo, um milhão de outras histórias. Calista Jameson não vai esperar para sempre por novidades. É preciso manter o interesse.

Estou prestes a perguntar se ela realmente acha que usar batom é o que vai "manter o interesse" quando Carlos interrompe nossa conversa, se espremendo ao lado de Soraida com uma tigela gigante de pipoca nas mãos.

— Pipoca? Sério? — pergunto. — É o jornal, não um programa de entretenimento.

— Ah, acho que vou ficar bastante entretido — ele diz, com uma risadinha, enfiando um punhado de pipoca na boca.

Soraida pega a tigela e me oferece.

— Não, valeu. — Meu estômago está se revirando. Os âncoras do jornal já começaram a dar as manchetes do dia. *Cadê a* mami?

— Beatriz disse que a entrevista da Telemundo vai ao ar às seis — Soraida anuncia, lendo uma mensagem no celular. A mãe de Beatriz é amiga de Leonides Buenavides, âncora local, e usou o fato de termos dado entrevista a um canal em inglês para convencê-lo a fazer uma matéria com a gente.

Tia Lorna e *abuela* chegam da cozinha, trazendo travessas de queijo em cubinhos, bolachinhas salgadas e *salsichón*.

— Ah, esqueci a goiabada — *abuela* diz. Suas *chancletas* ressoam nos azulejos quando ela volta correndo para a cozinha.

Estão todos agindo como se fosse uma festa, muito embora tenham deixado bastante claro — em duas línguas — que acham que estou cavando minha própria cova. Acho que a empolgação de um membro da família aparecer na TV é tão grande que não dá para evitar.

Todos olhamos para a TV quando as palavras "últimas notícias locais" preenchem a tela, acompanhadas de uma música que transmite urgência.

Segundos depois, *mami* e tio Wiliberto irrompem pela porta.

— A gente perdeu? — *mami* pergunta, sem fôlego.

Ela beija o topo da minha cabeça e se senta na cadeira ao meu lado. Estendo a mão para segurar a dela, e *mami* a aperta.

— Você devia ter me ligado antes de ter concordado em dar entrevista.

Abro a boca para me defender, mas tia Lorna pede silêncio.

— Já vai começar.

— *Abuela!* — Soraida chama, com as mãos em concha em volta da boca. — Anda, você vai perder!

Abuela vem depressa, as *chancletas* batendo ainda mais rápido. Ela para na frente da TV enquanto coloca a goiabada na mesa de centro.

— Não dá pra ver! — metade das pessoas na sala grita em coro, acenando freneticamente para que *abuela* saia da frente.

Ela se vira para a esquerda e depois para a direita, tentando decidir aonde ir. Por fim, segue na direção de *mami* e se senta a uma poltrona perto dela.

Soraida aponta o controle remoto para a tela e aumenta o volume.

Fico vendo as barrinhas verdes na parte de baixo da tela aumentarem, com o coração batendo cada vez mais forte.

Uma foto da escola aparece no canto superior direito da tela. Embaixo, surgem as palavras REGRAS DE VESTUÁRIO EM XEQUE. A âncora, uma mulher negra de meia-idade, olha diretamente para nós e diz:

— *Agora vamos à escola Orange Grove, onde um grupo de alunas exige uma mudança no que alegam ser regras de vestuário machistas.*

De repente, meu rosto ocupa a tela toda.

— *Eu não deveria ser punida por ter seios* — me ouço dizendo. Nem preciso olhar para saber que tia Lorna acabou de arfar.

Mami aperta minha mão com um pouco mais de força. Retribuo o aperto, sem querer desviar os olhos da tela.

A repórter explica brevemente que fui punida por não usar sutiã. Depois fala com Ruby sobre a RevoltaDosMamilos, o abaixo-assinado que precisamos entregar para ter uma chance de convencer o conselho e a manifestação que estamos planejando para sexta-feira.

— Qualquer aluno que participar de qualquer manifestação estará sujeito à suspensão — a dra. Hardaway diz à repórter.

Então a matéria corta para mim e Ruby.

— Temos o direito de expressar nossas preocupações de maneira pacífica — Ruby diz, olhando diretamente para a câmera.

— Não podem tirar nossos direitos constitucionais só porque somos estudantes — acrescento.

Nem consigo me lembrar de ter dito isso. "Direitos constitucionais" parece tão adulto. Como me lembrei disso? Fiquei tão preocupada com a possibilidade de meu sotaque e meu cérebro bilíngue me traírem que, depois da entrevista com Calista, Soraida me ajudou a decorar algumas frases de efeito que poderiam ser úteis. Acho que valeu a pena.

A última imagem é do nosso grupinho de rebeldes usando as camisetas #RevoltaDosMamilos que Jo e Nessa fizeram depois da nossa reunião — brancas e com coraçõezinhos dourados sobre os mamilos.

— RevoltaDosMamilos foi ideia minha! — Soraida grita. Todo mundo faz "xiu!" para ela na mesma hora, incluindo eu.

Jo usou o conceito de Soraida mais para que ela parasse de falar. A palavra final em termos de design era dela e de Nessa, que optaram por um estilo que descreveram como "Lolita ao revés". O que quer que isso signifique. Eu gostava mais da versão florida de Xiomara e Nadia.

— Ainda acho que a gente devia ter colocado absorventes em cima dos mamilos — Soraida diz, bufando e ignorando a nova leva de "xius" que se segue. — Não entendo os coraçõezinhos. É artístico demais, se querem saber minha opinião.

Reviro os olhos. Não aguento mais falar dessas camisetas.

Ao fim da matéria, a repórter lê diante da escola uma declaração do conselho nos culpando — na verdade, me culpando — por ter quebrado as regras e dizendo que é muito improvável que a questão seja abordada ainda neste ano acadêmico.

Isso é o que a gente vai ver.

A imagem retorna para a âncora no estúdio. Ela passa rapidamente à notícia seguinte.

— Você arrasou! — Soraida me puxa para um abraço apertado que força todo o ar para fora dos meus pulmões. — Estou tão orgulhosa, *primita*!

— Valeu — digo, com um meio sorriso.

— E as camisetas! Todo mundo vai querer uma! — ela conclui, já mandando mensagens furiosamente.

Mami, tia Lorna e *abuela* conversam entre si. Como o volume da TV continua alto, levo um momento para perceber que estão discutindo em espanhol sobre nosso envolvimento na RevoltaDosMamilos.

— Se querem saber minha opinião, nada de bom pode vir disso — tia Lorna diz. — E ela vai arrastar os primos juntos.

— Não tenho nada a ver com isso — Carlos diz, pegando um pedaço de *salsichón* e enfiando na boca. — Eu disse que era uma má ideia desde o começo.

Soraida dá uma cotovelada nas costelas dele.

— Mas é um mentiroso de merda!

— Soraida! — tia Lorna sibila.

— Ele também assinou! — ela grita para tia Lorna. Depois diz para Carlos: — Vi seu nome na lista de Ruby. — Ele belisca um *chicho* da irmã, que afasta a mão dele e cospe: — Não encosta no meu bacon!

— Você não assinou quando *a gente* pediu — comento, chateada.

Carlos desvia o rosto e dá de ombros. Soraida joga um punhado de pipoca nele e cantarola para toda a família ouvir:

— Carlos está a fim de uma branquela esquelética.

Ele volta a beliscá-la, com o rosto quase roxo, mas agora Soraida só dá risada.

Tia Lorna olha para o filho com preocupação.

— Que branquela esquelética?

Carlos apenas acena despreocupado e se apressa a pegar um belo punhado de queijo e *salsichón* da travessa e enfiar na boca. Logo, está ocupado demais mastigando para poder responder. Garoto esperto.

— Sei não, Camila — *abuela* diz a *mami*. — Você quer que Malena ganhe fama de encrenqueira?

Mami tira os sapatos e solta o cabelo. Sua expressão permanece impassível, mas a linha fina que seus lábios viraram entrega tudo. Ela está se forçando a se manter calma.

— Por que me defender me torna uma encrenqueira? — pergunto para *abuela*, tentando manter um tom respeitoso, mas agitada demais para ser bem-sucedida.

— O que você vai fazer se ela for suspensa? — tia Lorna pergunta a *mami*, como se eu não estivesse ali.

— Não vou ser suspensa — retruco, confiante. — Liguei para a sede da UALC em Jacksonville. A menos que a gente falte na aula, não pode ser punida.

— Você ligou pra onde? — *abuela* pergunta.

— Pra União Americana pelas Liberdades Civis. E disseram que, se fizermos a manifestação durante o almoço, nosso histórico escolar não vai ser prejudicado. No máximo, vamos pegar detenção.

— Ah, então agora tudo bem pegar detenção? — tia Lorna retruca, cruzando os braços e se recostando na cadeira.

— Não pega bem, Malena, uma *señorita* como você envolvida nesse tipo de bobagem. O que as pessoas vão dizer? — *Abuela* inclina o corpo para a frente, se aproximando de mim. — Não quero que achem que minha neta é uma *buscona* malcriada. Doña Lucrecia veio perguntar hoje de manhã se você ficou ruim da cabeça por causa do Maria.

— Quê? — pergunto, incrédula. — Ela estava falando sério?

Abuela tira um recorte de jornal do bolso do avental e passa para mim. A manchete diz: PORTO-RIQUENHOS ENFRENTAM CRISE DE SAÚDE MENTAL DEPOIS DO FURACÃO.

— Ela disse que você pode estar sofrendo de ansiedade ou depressão. Deus sabe que em geral não concordo com aquela *vieja*, mas o jornal disse que tem gente sofrendo de transtorno do estresse pós-traumático. Talvez sua mãe devesse levar você para ser avaliada no hospital.

As letras pretas parecem dançar no papel-jornal à minha frente. É isso que eles acham? Que fiquei tão perturbada com o furacão que não consigo pensar direito?

Uma onda de raiva surge de um buraco escuro como breu no meu estômago, ameaçando me afogar.

Não tenho nenhum tipo de distúrbio. Não sofro de ansiedade nem de depressão. Posso estar triste, mas como as pessoas esperam que eu me sinta quando todo mundo parece determinado a me tratar como uma vítima impotente, quando tudo o que eu quero ser é minha versão mais destemida?

Abro a boca para responder, mas ainda estou tentando decidir por onde começar quando recebo uma mensagem de Ruby.

> Vovó disse que você é uma guerreira poderosa!!! (Ela disse assim mesmo.) Você é INCRÍVEL!

> Valeu!

> E ARRASOU trazendo a Baptiste pro nosso lado! Você está fazendo acontecer!

> Ela disse que precisamos de um plano B. Mas não se preocupa, já tenho um!

Meus dedos pairam sobre o celular. Começo a digitar outra mensagem, ignorando a discussão familiar à minha volta.

> Plano B?????

> Um troço chamado "conselho administrativo do corpo docente e discente". É genial!

> Vai dar tudo certo. Não se preocupa. Prometo que não vamos precisar de um plano B

Fico olhando para o celular. Não é exatamente o que eu estava esperando que Ruby dissesse. Mas talvez eu esteja sendo o que Soraida chama de "ilhoa desavisada" e tenha algo sobre o funcionamento do distrito escolar local que eu não saiba, algo que não esteja incluído nos papéis da pasta da sra. Baptiste, que li com todo o cuidado.

Volto a pensar no acordo que fiz com a sra. Baptiste. Se ela vai nos ajudar, não deveríamos pelo menos seguir seu conselho?

> Acho de verdade que a gente precisa pensar em uma segunda opção. Vi hoje uma gravação de uma reunião do conselho escolar em que uma professora foi presa!!! Uma PROFESSORA. Foi tenso.

Ruby logo responde.

> A gente fala a respeito, claro, mas prometo que ninguém vai ser preso. E no momento temos uma entrevista pra Telemundo pra ver!!!

Respondo com um emoji de sorrisinho bobo, mas não parece certo. Talvez eu só esteja precisando relaxar. Comer uma bolachinha com queijo e goiabada da *abuela*.

> Aliás, que canal é a Telemundo?

> 46. Fala que mandei um abração pra abuela Joan.

Ruby responde com emojis de coração.

Recebo outra mensagem, agora de Calista Jameson. Ela escreveu para Ruby também.

> Me mantenham atualizada sobre o abaixo-assinado. Vou fazer outra matéria se conseguirem entrar na pauta do conselho. A primeira teve mais de 2 milhões de visualizações!

Ruby responde antes mesmo que eu consiga terminar de ler a mensagem de Calista.

> **Pode deixar!**

— Dois *milhões*? — Soraida dá um gritinho bem na minha orelha. Eu nem tinha percebido que ela estava lendo a mensagem de Calista por cima do meu ombro. Deixo o celular sobre as pernas, com a tela para baixo.

— Dois milhões o quê? — Carlos pergunta, se esticando para pegar um sanduichinho de bolacha que tia Lorna fez para o filho, porque Deus o livre de ter que levantar um dedo para fazer ele mesmo!

— Vou pegar alguma coisa pra você beber, *mijo* — tia Lorna se oferece, já indo para a cozinha.

— Pega uma cerveja pra mim? — tio Wiliberto pede a ela. É a primeira vez que ele fala.

— O artigo da Calista Jameson teve mais de dois milhões de visualizações — Soraida anuncia, como se coubesse a ela anunciar isso. — Nossa. Talvez você devesse ter um canal no YouTube. Aposto que a gente conseguiria patrocínio.

— E eu falaria de quê? — pergunto em uma voz irônica.

Soraida dá de ombros.

— Livros?

Mami nos interrompe.

— Malena, *mija*... — Ela toca minha pele com a palma da mão quente. — Acho que você fez um ótimo trabalho, tanto na TV quanto no artigo. Pareceu tão articulada e inteligente... Quero que saiba que estou muito orgulhosa de você. Todos nós estamos.

Ela olha em volta, para o rosto de nossos familiares. Meus olhos se demoram na testa franzida de Soraida. Ela está de braços cruzados, balançando a cabeça como se discordasse do que quer que *mami* vá dizer em seguida.

— Mas o que sua *abuela* e a tia Lorna estão tentando dizer é que estamos um pouco preocupados com você. Tudo isso... — Ela acena com a cabeça para a TV, que está passando uma propaganda de carros usados, com um homem vestido de cowboy. — Nós estávamos conversando... — *Mami* faz uma pausa e pega meu braço com um pouco mais de força. — Decidimos que isso já foi um pouco longe demais. Achamos que você já deixou seu ponto de vista claro. — A voz calma e constante dela só faz despertar minha raiva de novo. — É hora de parar com essa história, *mija*. Melhor se concentrar nos estudos.

— Só quero deixar registrado que não faço parte desse "nós" — Soraida diz, com firmeza.

Pela primeira vez, quero que alguém da minha família — além de Soraida — valide meus sentimentos. Preciso encontrar uma maneira de explicar tudo para minha mãe, de fazer com que compreenda o quanto isso é importante para mim.

Mas agora? Aqui? Com tia Lorna e seu papinho de *señoritas* malcriadas e *señoritas* decentes? Nunca vou conseguir que *mami* veja a situação com meus olhos se tiver que ir contra toda a nossa família (com exceção de Soraida).

Tia Lorna volta. Ela entrega uma lata de refrigerante a Carlos e uma cerveja ao marido. Depois pega o controle remoto da mão de Soraida e coloca na Telemundo.

— Nem consigo acreditar que você conheceu Leonides Buenavides — tia Lorna comenta, apertando o botão para gravar. — Ele é tão alto quanto parece na TV?

— Mais alto ainda — Soraida diz.

O telejornal em espanhol começa, com uma animação vertiginosa em vermelho, branco e azul. Leonides Buenavides cumprimenta os espectadores por trás de uma bancada enorme de vidro.

Tia Lorna solta um suspiro assim que a câmera dá um zoom no rosto do âncora e seus olhos azuis penetrantes iluminam a tela.

Noto que tio Wiliberto balança a cabeça.

Numa tarja na parte inferior da tela está escrito, em espanhol: DESLOCADA PELO MARIA ENTRA EM CONTROVÉRSIA POR SUTIÃ. Eles vão direto ao ponto, parece.

A reportagem mostra imagens minhas no estacionamento, falando com Soraida e Ruby, enquanto a voz de Leonides me retrata como uma vítima de um sistema mal preparado para lidar com o influxo de porto-riquenhos decorrente do furacão Maria.

Do que é que ele está falando? O que essa história tem a ver com o furacão? E por que só *ele* fala? Ruby e eu somos apenas imagens de fundo. O cara entrevistou a gente. Tínhamos um monte de coisa a dizer. E eu falei em espanhol!

Então a dra. Hardaway aparece na tela. Aparentemente, *ela* vai ter a chance de falar. Leonides enfia um microfone na cara dela e pergunta se minha origem e minha situação desempenharam um papel no incidente. A diretora-assistente fica simplesmente perplexa.

Ela se atrapalha na resposta, tentando explicar que a escola não pratica discriminação, mas Leonides não quer saber: continua pressionando a mulher até que tudo o que sai da boca dela não passa de palavras soltas. Fico até com pena. Quando a imagem retorna ao estúdio, Leonides inicia um monólogo exaltado.

— Como membro da diáspora porto-riquenha, imploro a vocês para que cuidemos de nossos familiares e vizinhos, e de nossas meninas inocentes. Devemos nos unir nesse momento de grande necessidade. Depois de tudo o que sofremos, depois da devastação do furacão Maria...

Ele faz uma pausa para efeito dramático. É inacreditável.

— Devemos proteger nossas crianças da discriminação e exigir que as escolas deem uma resposta apropriada às vítimas dessa terrível tragédia. Também somos americanos.

Ele sorri, revelando dentes incrivelmente brancos e brilhantes. Outro redemoinho em vermelho, branco e azul surge na tela enquanto a música sobe. A imagem do estúdio se dissolve, dando lugar a uma propaganda de cartões para ligações internacionais.

Tia Lorna põe a TV no mudo, deixa o controle remoto de lado e se inclina para a frente.

— *Mija* — ela diz, na minha direção. — Por que não disse nada?

Olho para ela, sem saber do que se trata.

— Sobre o quê?

— Eu não sabia que estavam tratando você assim porque é uma vítima do furacão. Isso não é certo. Achei que você estava exagerando, porque está tendo dificuldade para se acostumar com as coisas aqui na Flórida. Achei que era por causa do sutiã.

Não consigo entender de jeito nenhum como o furacão pode estar me tirando a voz de novo. Por que ele não vai embora de uma vez?

É por causa do sutiã!, quero gritar a plenos pulmões. *Meu Deus, será que ninguém me ouve?*

Tia Lorna prossegue, com a voz embargada pela emoção, e ninguém ousa interrompê-la:

— Leonides está certo. Não é justo! Você é uma vítima. Ainda não tenho certeza de que protestar seja a melhor opção, mas você não pode fazer isso sozinha. Soraida e Carlos vão ajudar. Não se preocupe, *mija*.

— *Boa!* — Soraida grita, triunfante, com os dois punhos erguidos.

Boa? Então Soraida acha que sou uma vítima? Não pode ser. Ela acabou de dizer que sou a própria *Juana de Arco!*

Carlos geme, jogando os braços para o alto por motivos completamente diferentes.

— Não posso ser suspenso — ele reclama. — Nem pegar detenção.

— Não se preocupe, *mijo* — tia Lorna diz. — Não vão deixar *você* na detenção.

— A gente vai ajudar! — Soraida diz ao irmão, dando soquinhos no ar. Ele balança a cabeça, enquanto tia Lorna e *abuela* assentem em encorajamento.

Soraida quer permissão da mãe para se juntar ao protesto, por isso está disposta a aceitar o que quer que convença minha tia. Devo fazer o mesmo?

Fico olhando para a cena caótica, para o rosto sorridente da minha tia, e me seguro para não gritar. Se ela acha que sou uma vítima, vou ter que provar que está errada.

Posso ser uma guerreira poderosa. Só preciso de um megafone.

PARTE DOIS

Às vezes, um colapso pode ser o começo de uma espécie de progresso, uma maneira de superar antecipadamente um trauma que vai preparar você para um futuro de radical transformação.
Cherríe Moraga

PARTE DOIS

DEZESSEIS

RUBY

É a sexta-feira mais longa da HISTÓRIA.

Não acredito que finalmente vamos fazer isso. Parece que o tempo se arrasta quando estamos esperando um evento transformador.

O ponteiro dos minutos do relógio na parede se moveu em câmera lenta durante toda a aula monótona do sr. Simpson sobre hábitos saudáveis e a pirâmide alimentar.

Volto a olhar e agora sim, finalmente — o ponteiro dos segundos vai deixando as 11h59 para trás. Minhas mãos começam a tremer. Seguro o lápis com tanta força que acho que vou quebrá-lo ao meio.

Meio-dia. A hora chegou. Largo o lápis e me viro para Topher, que está na fileira de trás. Sinto meu corpo começar a se levantar. Quando saio da carteira, nem vejo mais Topher, de tanta gente que ficou de pé.

Ai, meu Deus! Está acontecendo. A manifestação vai acontecer.

Abro a mochila e pego uma pilha de cartazes pequenos que fizemos em casa. Pequenos o bastante para caber na mochila até a hora certa. Todos têm REVOLTADOSMAMILOS escrito em letras grossas, com diferentes frases embaixo.

MEUS OMBROS NÃO SÃO UMA DISTRAÇÃO!

PAREM DE SEXUALIZAR O CORPO DAS MENINAS!

MEU CORPO, MINHAS REGRAS!

— O que está acontecendo? — o sr. Simpson pergunta.

Começo a distribuir os cartazes. Xiomara pega alguns e dá as costas para o professor para encarar a classe. Todos se reúnem à nossa volta.

— Vamos lá, galera!

— Vamos! Vamos! Vamos!

Todos se apressam para pegar os cartazes.

— É isso aí!

Nem sei quem está gritando, mas a última voz era de homem, e a manifestação está começando a parecer mais uma corrida.

Restam apenas duas pessoas sentadas, olhando para os próprios pés.

Abby Suffolk e o namorado, Thad. Os dois são cristãos, do grupo jovem, virgem até o casamento e tudo mais. Eles são fofos: estão sempre de mãos dadas e com um leve sorriso no rosto. Costumam rezar no pátio com os outros cristãos na hora do almoço, mas não são do tipo insistente. São bem legais, e gosto deles. Não consigo entender por que continuam sentados. Acham que Jesus defenderia as regras de vestuário? Tipo, não fomos todos criados à imagem de Deus?

Ou da Deusa. Nada foi confirmado nesse sentido ainda.

— Aonde vocês acham que vão? — o sr. Simpson grita.

Quando me viro, ele está correndo na direção da porta. Só que é tarde demais. Thad, Abby e o professor veem o restante da turma se dirigindo à saída.

— Eu ainda não liberei vocês! — o sr. Simpson diz, mas a porta se abre com tudo e saímos todos para o corredor, depressa, aos empurrões, livres.

Avançamos na direção da entrada da escola. Sinto um ombro roçar no meu. Olho e me deparo com Topher, sorrindo como o pateta encantador que ele é. Pego sua mão enquanto um sorriso enorme se abre no meu rosto. A gente se junta à cantoria vinda sabe-se lá de onde — de todas as partes ao mesmo tempo.

— Meu corpo, minhas regras!

— O corpo delas, as regras delas!

A escola inteira parece estar saindo para os corredores. Meu coração está acelerado, batendo ao ritmo coletivo que flui entre todos nós.

— Meu corpo, minhas regras!

— O corpo delas, as regras delas!

Casacos e jaquetas começam a ser tirados, camisetas são jogadas para o alto. Arranco minha camiseta preta larga e, no calor do momento, a jogo para o alto e sigo em frente, dando uma olhada para baixo para garantir que os absorventes não saíram do lugar.

Eles estão aqui, cobrindo meus mamilos, presos com fita cirúrgica à minha regatinha totalmente contra as regras de vestuário.

Estou sem sutiã, claro.

Topher me passa o cartaz que tem na mão e desabotoa seu cardigã, então o tira e amarra na cintura, deixando à mostra uma regata branca canelada com um absorvente em cima de cada mamilo.

— Amei! — grito.

— Comprei os absorventes numa lojinha de conveniência — ele diz. — É bem caro, né?

Começo a dizer que absorventes têm um preço absurdo, o que é uma grande injustiça com as mulheres, mas então chegamos a um gargalo. Tem um mar de gente comprimida, tentando passar pelas portas pesadas de metal que levam para fora, se esforçando para sair daqui, para escapar de tudo isso. A cantoria tomou o corredor. Cartazes ocupam todo o espaço acima de nossas cabeças.

ESTOU COBERTA O SUFICIENTE?

REGRAS DE VESTIMENTA PERPETUAM A CULTURA DO ESTUPRO!

Para todos os lados, vejo que os alunos protestando levantam os celulares para registrar o momento, ou mandar mensagens furiosamente, contar nossa história em inúmeras redes, em inúmeros feeds.

Nem consigo acreditar que isso está acontecendo na Orange Grove. Tipo, cara... Subestimei este lugar.

Procuro por Malena, mas não a vejo. Talvez porque o cartaz enorme que estou segurando atrapalhe. Um cartaz dizendo:

MEU CORPO TE OFENDE?

Não consigo baixá-lo, por causa da multidão à minha volta. Em vez disso, eu o ergo ainda mais, em uma tentativa inútil de desimpedir minha visão. Mas não adianta. Dezenas de cartazes nos cercam, apontados em todas as direções.

— Você está vendo a Malena? — pergunto a Topher, que fica na ponta dos pés para olhar em volta.

— Não — ele responde. — Procura você.

Sinto como se eu não pesasse nada quando Topher me coloca em seus ombros.

Eu me seguro trançando as pernas às costas dele e grito a plenos pulmões:

— Não sou uma distração! Não sou uma distração!

A cantoria ecoa à nossa volta.

— Não sou uma distração! Não sou uma distração!

O ruído caótico de protesto se desloca pelos corredores em ondas. Mais meninas sobem nos ombros de outras pessoas, acenando e gritando. Ouço o barulho estridente de alguém batendo em panelas e sei que Nadia deve estar por perto. Algumas pessoas estão de camiseta ou regata com absorventes por cima dos mamilos, mas outras seguiram seu próprio caminho, o que é incrível. Vejo duas meninas super novas, que imagino que sejam do primeiro ano, usando camisetas feitas à mão combinando:

NÃO SOU UMA DISTRAÇÃO, SOU UMA VIOLONCELISTA!
NÃO SOU UMA DISTRAÇÃO, SOU UMA DANÇARINA!

Vejo de longe Lindsey, uma menina quietinha da minha turma de física. Ela carrega um cartaz com **LUTE COMO UMA GAROTA** escrito em glitter dourado. Seu rosto está todo contorcido e vermelho. Seu pescoço está tenso. Seus lábios se arreganham quando ela grita, raivosa. Não consigo ouvir o que diz, mas as palavras não importam. Lindsey está furiosa. A menina tímida, com cara de ratinha, ficou para trás. Ah, e ela está usando absorventes por cima de um top bem vermelho, com os peitos quase caindo para fora.

Que doideira.

Tem algo acontecendo aqui. Algo grandioso.

Lindsey me dá as costas, quase em câmera lenta, mas olha para trás quando uma menina tropeça e cai bem perto de nós. Ela ajuda a outra garota se levantar, e seu lindo cartaz em glitter cai no chão à nossa frente. Alguém dá um encontrão em Topher, que quase perde o equilíbrio. Eu me seguro a ele com força e vejo meu cartaz cair também.

Paramos de avançar. Eu me viro para olhar para a entrada e percebo que a multidão está espremida perto da porta.

Só então percebo: estamos trancados.

Ai, meu Deus. Trancaram a gente aqui.

Cartazes continuam erguidos, vozes gritam, ficamos cada vez mais apertados contra a porta. Começo a me preocupar que alguém possa se machucar de verdade — que alguém acabe sendo esmagado pela multidão.

Eu me inclino para falar com Topher.

— Me ajuda a descer — digo. — Temos problemas.

— Abaixo as regras de vestuário! Abaixo as regras de vestuário!

Os gritos estão tão altos que mal consigo me ouvir pensar.

— Topher, estamos trancados. Trancaram a gente aqui dentro! — Desço das costas dele e fico de pé no espaço apertado atrás dele, pisando no meu cartaz já amassado. — O que vamos fazer?

Ele tenta avançar, mas somos empurrados em todas as direções. Não temos como nos mover. Sinto os cotovelos colados no corpo. Minha respiração fica rasa.

Baixo os olhos para me equilibrar e vejo uma mão — uma mão masculina — envolver minha cintura. Minha cabeça começa a girar. Solto o ar devagar e vejo que os dedos pressionam minha pele, as cutículas ressecadas, tufos de pelos loiros entre as juntas.

Tudo fica em câmera lenta, o barulho parece abafado, e eu vejo a mão entrando por baixo da minha blusa, passando pela minha barriga.

Isso está mesmo acontecendo?

Dedos ásperos e cheios de calos sobem pelo meu tórax, apalpando, incitando. Alguém sussurra ao meu ouvido:

— Seu corpo não me ofende, Ruby.

A mão segue na direção dos meus peitos, puxando o elástico da regata, abrindo caminho e se aproximando.

Meu estômago se embrulha e meus olhos se fecham. Procuro respirar, mas meus pulmões parecem não se expandir.

— Não — eu me ouço sussurrar.

O corpo me imprensa por trás, pressionando minha bunda. A mão pega mais forte.

— Tenho o que você quer bem aqui — ele diz, se roçando em mim de novo, enquanto os dedos encontram meu mamilo e apertam com força.

— Não!

Ouço meu grito e sinto minha mão se fechando em punho. Finco os pés no chão, sentindo a adrenalina se espalhar pelo corpo. Usando cada grama de energia que tenho, jogo o cotovelo para trás e acerto as costelas dele com tudo, forçando o cara a se afastar.

— Provoca e não aguenta, é? — o cara grunhe no meu pescoço, e sinto os perdigotos aterrissando na minha clavícula exposta.

A saliva dele na minha pele.

Sinto o estômago embrulhar de novo. Viro a cabeça para encará-lo. Bem nessa hora, um espaço começa a se abrir à minha volta.

Sinto vontade de vomitar. Eu me curvo para a frente enquanto a multidão se afasta. Ouço vozes gritando à minha volta:

— Por aqui!

— Dá pra sair pelo ginásio!

— As portas de lá estão abertas!

Um rugido coletivo acompanha a movimentação das pessoas enquanto eu me agacho, vendo todos passarem, com os braços agitados, fotografando com os celulares, brandindo cartazes. Topher não está aqui. Desconhecidos passam por mim como se eu fosse uma árvore enorme caída no meio de um rio com correnteza.

Não consigo me mexer. Tudo o que consigo fazer é manter os braços cruzados sobre a barriga e tentar respirar.

Não sei bem quanto tempo passa. Quando ergo os olhos, todo mundo foi embora. Estou sozinha no corredor vazio. Levo a mão à clavícula e enxugo o cuspe dele. Limpo os dedos no jeans e fico olhando para o chão.

Vejo meu cartaz, virado para baixo.

E o cardigã de Topher.

Eu me abaixo para pegar a blusa e enrolá-la à minha volta, como se fosse um cobertor bem apertadinho. Enfio os braços nas mangas e me cubro, sentindo o cheiro de Topher — de patchuli e lenha. Inspiro fundo, tento me erguer e seguir para o ginásio, mas meus pés não obedecem.

— Você está bem, Ruby?

Abby e Thad estão de pé à minha frente, de mãos dadas. Em vez dos sorrisos doces de sempre, a expressão deles é de preocupação.

Pressiono a palma das mãos no chão frio, tentando recuperar o equilíbrio. Por que preciso erguer a cabeça para vê-los? Quando foi que me sentei? Devagar, olho para os dois lados do corredor amplo. Está vazio, a não ser por alguns cartazes pisoteados e blusas abandonadas.

— Você se machucou? — Thad pergunta, estendendo a mão para me ajudar a me levantar.

Pego a mão dele, grata pelo gesto de cavalheirismo de que teria zombado pouco antes. Consigo até mesmo soltar um fraco "obrigada".

— Você caiu? — Abby pergunta. — Aconteceu alguma coisa?

— Estou bem — digo a ela. Porque estou mesmo, ou pelo menos vou ficar, assim que me juntar à manifestação, encontrar meus amigos, voltar a me situar.

A lembrança da mão no meu peito surge de repente na minha cabeça. Ela queima, ardente. Minha vontade é de ir correndo para o vestiário e tirar cada peça de roupa em que ele roçou, então me enfiar debaixo do chuveiro escaldante e esfregar bem onde sua pele e seu cuspe tocaram.

De repente, meu corpo está tremendo de frio. Enrolo o cardigã de Topher ainda mais em volta do corpo. Tento não ouvir as palavras sussurradas no meu ouvido. Tento esquecer a voz ecoando.

Provoca e não aguenta, é?

Em meio ao barulho, ao caos... talvez eu tenha imaginado. Ouvido mal. Preciso parar de pensar a respeito.

— Você está tremendo — Abby diz. — Tem certeza de que está bem? Não está com febre?

Ela estica a mão para tocar minha testa, mas eu a afasto por instinto. Meu corpo todo se encolhe diante da possibilidade de ser tocado.

— Acho que caí — digo. — Só preciso recuperar o fôlego.

— Estávamos indo lá fora ver como estão as coisas — Thad diz, acenando com a cabeça na direção do ginásio. — Quer vir junto?

Cruzo os braços na frente do peito e volto a respirar fundo. O cheiro de Topher inunda meus sentidos. Quero sair correndo na outra direção, me afastar da multidão e do barulho, mas não posso. Todos contam comigo.

— Quero — digo. — Acho que é melhor. Eu meio que deveria estar comandando esse negócio todo. — Ouço uma risadinha patética saindo de mim. — E preciso encontrar Topher.

Preciso *mesmo* encontrá-lo. E preciso esquecer. Preciso deixar a imagem — aquela mão, aqueles dedos grossos, a sensação do cuspe na minha pele — para trás. Passo a mão na garganta, desejando poder arrancar minha pele.

Abby pega meu cotovelo com toda a delicadeza, como fiz tantas vezes com minha avó. Eu permito, e seguimos na direção do ginásio. Seu toque me mantém equilibrada, e sou grata por isso.

— Tem certeza de que você está bem? — Abby volta a perguntar enquanto atravessamos o ginásio vazio, nos aproximando do barulho e do caos lá fora.

Eu estou bem?

Dou de ombros.

— Acho que só perdi o ar. Mas está tudo certo.

Não foi nada. Uma mão perdida, uma pegada forte demais. Algumas palavras.

É hora de seguir em frente.

A primeira coisa que vejo, assim que saio, é Malena. Ela está na arquibancada do campo de futebol, cercada por pessoas e cartazes, gritando no megafone.

— Dizer que distraímos os garotos dá a impressão de que o que eles fazem é culpa nossa!

A multidão em volta aplaude, cartazes se agitam no alto.

— As regras de vestuário dizem que é culpa nossa se somos assediadas. E não é!

Suas sobrancelhas estão franzidas com força, as bochechas vermelhas de vigor.

— Se concordam comigo — ela grita —, precisamos que cada um de vocês contribua com o abaixo-assinado. — Malena ergue um braço em triunfo. — Nós somos capazes! Podemos dar início a uma mudança real *agora mesmo*!

Ela está fantástica — poderosa e corajosa como uma mulher. Uma mulher furiosa. Malena Malavé Rosario, uma mulher ardente, furiosa e forte.

— Vamos entrar lá e dizer ao conselho: se vocês *me* sexualizam, o problema são *vocês*!

Aperto o cardigã de Topher ainda mais em volta do corpo, dou um tchauzinho fraco para Abby e Thad e parto para a briga.

DEZESSETE
MALENA

Cada gota de raiva, frustração e tristeza que venho carregando dentro de mim extravasa do meu corpo como um rio bravio transbordando, passando da minha alma para o megafone em minhas mãos.

Como se estivesse observando de fora, eu me ouço rugir, com a voz mordaz e tensa. Ela vocifera frases ensaiadas para uma multidão de desconhecidos que parecem estar adorando.

Às vezes, minha voz falha. Me atrapalho com a pronúncia de palavras como "discriminação", "disciplinar" e "constituição". Mas sigo em frente, avançando aos trancos e barrancos com termos com que não estou acostumada. Me recusando a me deixar intimidar. Me apropriando deles.

Sou a garota com o megafone nas mãos. A raiva em sua voz é a minha raiva. Os argumentos elaborados que saem de sua boca são os meus argumentos. Altos o bastante para que a escola toda ouça, para que o mundo todo ouça.

É como se eu finalmente tivesse reencontrado minha voz, mas tem algo aqui que não me é familiar.

Será essa a versão de Lucinda de uma mulher destemida? Ou a versão da *abuela* Joan de uma guerreira poderosa?

Que versão exatamente eu deveria ser?

Não sei.

Tudo o que sei é que estou brava. Brava o bastante para tacar fogo em tudo e depois ficar assistindo.

Seguro o megafone com mais força, cantando junto com a multidão sob o sol escaldante da Flórida. Sinto uma onda de calor subir pelo meu pescoço e chegar até as bochechas. Sinto o suor nas minhas costas, entre as omoplatas. Meus olhos vagam pelo campo lotado, mas não consigo me concentrar em ninguém em especial. Os rostos são como manchas de carvão no papel. As vozes são como ecos distorcidos flutuando no céu sem nuvens.

Ruby sobe na arquibancada, abrindo caminho pela multidão descontrolada aos meus pés. Ela se coloca ao meu lado, e ficamos ombro a ombro. Então pega minha mão e a aperta forte, assentindo, me dando força.

Aproximo ainda mais o megafone da boca e digo, alto e claro, para o mundo inteiro ouvir:

— Não serei sua vítima.

Ouço o panelaço de Nadia por perto, reverberando pelo campo.

Alguém grita lá do fundo:

— Abaixo os sutiãs! Abaixo os sutiãs!

O grito se espalha como fogo, fazendo a arquibancada vibrar com a frequência das vozes.

Fomos nós que fizemos isso. Criamos um "espaço seguro" de verdade.

Neste momento, me sinto conectada a Malala. A Joshua. E a todos os outros adolescentes ao redor do mundo que ergueram o punho no ar e disseram: "Basta! Nossas vozes importam!".

Arfando, ofereço o megafone para Ruby, que hesita.

Gotículas de suor cobrem sua testa. Quando finalmente pega o megafone, noto que suas mãos estão tremendo.

— Tudo bem? — pergunto, falando alto para que possa me ouvir.

Ruby abre a boca para responder, então parece mudar de ideia. Ela segura o megafone com força e se vira para falar para a multidão, mas tudo o que sai é o ruído de estática.

A multidão aguarda, impaciente.

Pego o celular para gravar, para documentar este momento incrível, mas, quando aponto a câmera para Ruby, ela está totalmente imóvel. Em silêncio.

O que está esperando?

Ruby pisca algumas vezes, depois recua e passa o megafone para Jo. Será nervosismo por falar em público? Eu nunca teria imaginado que isso seria um problema para ela.

Jo aceita o megafone e logo sua voz fulmina o espaço.

Ela arrasa, transmitindo toda a sua raiva e frustração à multidão.

— Abaixo as regras de vestuário! Abaixo as regras de vestuário!

Mais tarde, me colocam de cabeça para baixo ao som de gritos bastante diferentes.

— Bebe! Bebe! Bebe!

Nem consigo acreditar que estou fazendo isso. Um amigo de Soraida está me segurando, minhas pernas estendidas para o céu escuro, minha cabeça sobre um barril de cerveja. Parece que é mesmo possível engolir nessa posição.

— Bebe! Bebe! Bebe!

Até pouco antes, eu não tinha ideia de que isso era algo que se fazia, ou que eu mesma conseguiria. Mas, depois que Soraida me mostrou um vídeo em que eu aparecia entoando frases de protesto, percebi que há muita coisa a meu respeito que desconheço. Se posso liderar centenas de pessoas em uma manifestação, com certeza posso tomar cerveja de cabeça para baixo. Por que não? Esta noite, encaro tudo.

Engulo a bebida amarga até que escorra da minha boca e pingue no chão de cimento.

Aplausos e gritos fazem meus ouvidos zunirem. Alguns garotos repetem meu nome, querendo que eu faça de novo. Procuro por um rosto conhecido nos vários corpos reunidos à minha volta. Cadê a Soraida?

Quando mencionou a festa, ela disse que seriam algumas poucas pessoas da escola espairecendo. Principalmente os latinos, nada de mais. "Precisamos comemorar!", foi o que ela falou, e eu concordei. Achei que seria como as fogueiras que meus amigos e eu acendíamos na praia. Eventos tranquilos e descontraídos, com todos sentados em volta do fogo bebendo garrafas de sangria de cinco dólares, conversando e rindo. Não cheguei a contar, mas com certeza tem mais de cem pessoas aqui, a maioria das quais nunca vi.

Aceno com a mão para o cara que está me segurando.

— Pode me colocar no chão? — consigo pedir por cima do clamor das risadas e vaias diante da minha recusa a continuar bebendo.

As mãos do cara passam da parte de trás dos meus joelhos para minhas costas, conforme ele me vira devagar até que meus pés voltem a tocar o chão. Quando meu sangue desce da cabeça, eu cambaleio e me apoio nos ombros dele. Suas mãos me seguram com firmeza, quentes contra o meu corpo.

— Tudo bem? — ele pergunta, tirando uma mecha de cabelo molhado de cerveja do meu rosto.

— Tudo. — Dou uma risadinha, me sentindo meio tonta. — É difícil voltar pra baixo.

— Meu nome é Javi — ele diz, sorrindo. — Você é a prima da Soraida, né? Malena?

— Isso.

Ele é bonito: moreno, com cabelo bagunçado, cílios compridos e lábios cheios.

— Ouvi dizer que você teve um dia movimentado — Javi comenta.

— Épico — respondo, erguendo o queixo de leve.

Alguém abraça minha cintura abruptamente por trás.

— Te achei, *primita* — Soraida grita no meu ouvido. Sou empurrada para a frente e trombo no peito de Javi. Ele nem se move. Só sorri, com os olhos fixos nos meus. Tem algo de convidativo no rosto dele, uma onda de energia cativante em seu olhar. Noto seu maxilar bem delineado. Meus olhos viajam das clavículas aos ombros largos. Gosto do que vejo. E talvez eu seja o tipo de garota que não tem medo de admitir isso.

Soraida se contorce debaixo do meu braço de modo a se colocar do meu lado, em um meio abraço. Javi dá um passo atrás, mas continua nos observando, parecendo achar graça.

— Então você já conheceu o Javi — minha prima diz, passando a mão livre no cara. — Ele estuda em uma escola particular de riquinho. E os pais dele estão viajando.

Javi fica vermelho e enfia as mãos nos bolsos do jeans.

— O dois estão na Argentina, visitando a família. Achei que seria uma boa oportunidade de aproveitar a piscina — ele explica, dando de ombros.

— É bem bonita — comento, olhando para o paisagismo exuberante e a piscina com borda infinita com vista para o rio.

— E onde você se escondeu até agora, Malena? — Javi pergunta. — Nunca tinha te visto.

— Ela acabou de se mudar — Soraida responde. — Maria — acrescenta, como se essa única palavra, resumisse tudo o que ele precisa saber sobre mim.

Javi assente. O sorriso em seu rosto fraqueja por um momento.

Ah, não.

Não quero ser a *pobrecita* María Malena.

Não esta noite.

Não depois do dia de hoje.

Sou a garota com o megafone nas mãos. Sou a garota liderando os gritos de protestos.

Faço sinal para chamar um cara carregando uma bandeja com copos de shot. Ele tem uma garrafa de tequila na outra mão.

— Shots, alguém? — sugiro, toda confiante, muito embora nunca tenha feito nada do tipo. Reprimo minhas inseguranças imediatamente. O que importa é a impressão que se passa, certo?

— Boa — Javi diz, pegando um saleiro e cunhas de limão atrás do balcão do bar da piscina.

— Você primeiro — digo, tentando disfarçar minha inexperiência. A maior parte da minha vida, fui a boa menina, a filha confiável, a aluna exemplar. Mas foi assim que acabei na detenção por me recusar a tapar meus seios. *Dane-se.*

Depois que vira seu shot, Javi enche o copo com a bebida dourada e o entrega a mim. Eu o levo à boca, mas ele me impede de beber.

— Primeiro o sal — Javi diz.

Ele pega minha mão livre e, com os olhos nos meus, a leva até sua boca.

Minhas bochechas ficam vermelhas. Meu corpo inteiro fica vermelho quando, com os olhos escuros ainda fixos nos meus, Javi passa a língua úmida e escorregadia na pele macia entre meu dedão e o indicador.

— Opa, *primita!* — Soraida bate com o quadril no meu, me fazendo rir. — Finalmente curtindo a vida.

Javi ri também, sem soltar minha mão em nenhum momento. Ele joga um pouco de sal no ponto em que sua boca esteve e me incentiva a lamber. Faço como sugere, com os pensamentos perdidos em uma névoa.

Soraida toca o copo de shot no meu, dando risadinhas.

— Conseguimos, *primita. ¡A tu salud!*

Jogo a cabeça para trás assim que o copinho toca meus lábios. A tequila queima minha garganta e aquece tudo o que estava escondido no meu peito.

— Por último, o limão — Javi diz, levando uma cunha à boca e segurando o lado da casca nos dentes, em um convite para que eu a pegue diretamente de seus lábios.

Não me permito hesitar. Eu me inclino para a frente e sinto a polpa azeda do limão na boca. Meus braços envolvem seus ombros largos. Suas mãos seguram minha cintura e me puxam para perto.

É surpreendente como tudo isso é fácil. Como a sensação é boa.

Ninguém parece querer me impedir. Nem eu mesma. Por isso, sigo em frente.

A cunha de limão cai. Javi inclina a cabeça para perto da minha. Sua voz rouca acaricia meu ouvido quando ele pergunta:

— Posso te beijar?

Faço que sim com a cabeça.

As mãos de Javi passam para minha lombar e encontram um trecho de pele exposta. Sinto seus lábios macios e delicados nos meus. Sua língua se move gentilmente dentro da minha boca, de um jeito que me deixa sem ar. Se o beijo dele fosse uma música, seria uma *bachata*, toda ondas sensuais e passos de especialista. O cara sabe dançar...

Suas palmas traçam a minha coluna, fazendo meu coração chegar a um milhão de batimentos por minuto. Meu corpo está a todo o vapor. Sinto um calor que nunca senti se espalhar pela minha pele. Assim que nos distanciamos, sei que quero mais.

O momento é interrompido por alguém que chama meu nome. Meus olhos se abrem, mas o flash forte de uma câmera bem perto faz com que se fechem de novo. Alguém está tirando fotos da gente? Fecho os olhos com mais força, me esforçando muito para entender o que está acontecendo — mas fracasso.

Puxo Javi para mim delicadamente, sem saber bem até onde quero que isso vá, mas precisando sentir a intensidade do beijo de novo.

O cara com a bandeja volta. Ou será que ficou o tempo todo aqui? Quando vejo, estou lambendo o sal do pescoço de Javi e engolindo outro shot. Dessa vez, a tequila mal faz cócegas. Quase não sinto nada.

Meus dedos levam uma cunha de limão à boca de Javi. Antes que eu possa chupá-la, e beijá-lo, alguém me puxa abruptamente pelo braço.

— Queimem os sutiãs! Queimem os sutiãs! — ouço em coro ao fundo.

Soraida me conduz através da multidão reunida em volta de uma fogueira.

— Olha ela aqui! — minha prima grita para o grupo.

Olho em volta, pasma, tentando ligar nomes a um mar de rostos. À luz bruxuleante da fogueira, as expressões parecem distorcidas e sinistras, mas também ansiosas. Querem que eu fale?

— Diz alguma coisa — Soraida sussurra no meu ouvido.

— Danem-se as regras de vestuário!

É a única coisa em que consigo pensar. A tequila está começando a fazer um efeito muito esquisito no meu cérebro.

Vejo Beatriz, Xiomara e Nadia acenando para mim do outro lado das chamas. Quero chamá-las, mas minha voz é afogada por um coro renovado de: "Queimem os sutiãs! Queimem os sutiãs!". Seguido de:

— Tira! Tira! Tira!

Soraida consegue se desvencilhar do sutiã e o tira pela manga da blusa.

Com um movimento rápido de punho, ela o atira na fogueira. A renda rosa pega fogo, ficando vermelha e preta antes de se transformar em cinzas.

— Tira! Tira!

Os pedidos ficam cada vez mais altos, até que as palavras parecem chacoalhar meu cérebro que nem o panelaço de Nadia nos corredores hoje de tarde.

Todas as meninas estão participando, a julgar pela pilha de sutiãs à minha frente, que rapidamente se transforma em uma pequena montanha.

Com medo de que o tecido apague as chamas, alguém joga fluido de isqueiro sobre a fogueira, criando uma explosão repentina que faz todo mundo pular para trás. Ouço risadas bêbadas quando mais alguns sutiãs se juntam à pira.

Fico vendo as chamas lamberem o cetim e a renda, incapaz de relacionar este momento àquele dia na sala da dra. Hardaway. Incapaz de compreender o significado de tudo isso.

— Tira você também, Malena — uma voz masculina diz atrás de mim.

Tento descobrir quem falou, mas os rostos são um borrão de risadas e sombras. Minhas mãos tateiam hesitantes sob a blusa até que meus dedos encontram o fecho no meio das costas. Elas soltam os ganchinhos de metal e libertam meus seios. Solto o ar, abro o peito e me desvencilho das alças. Então tiro o sutiã de dentro da blusa e o seguro frouxo na lateral do corpo.

Como alguns pedaços de tecido e metal podem ter tanto poder sobre nossos corpos?

Chega disso.

Minhas mãos lançam o sutiã na fogueira. Fico assistindo enquanto ele queima.

Ouço aplausos à minha volta, mas meu cérebro sedado se pergunta: por que isso não parece mais satisfatório? Por que não me sinto livre?

— Pra piscina! — uma voz grita atrás de mim. Os corpos reunidos em volta da fogueira seguem para lá. Os garotos tiram as blusas e calças e pulam na água só de cueca. As garotas ficam só de camiseta e calcinha e mergulham também.

Beatriz, Xiomara e Nadia me encontram em meio à comoção. Elas me enchem de abraços e beijos e me dão os parabéns por minha participação na RevoltaDosMamilos.

De repente, parece que a manifestação foi em outra vida. Minha cabeça gira.

— Todo mundo só fala de você — Nadia diz. — Não consigo acreditar que você foi lá e falou na frente de todo mundo. Você é, tipo, minha heroína.

— À nossa *Juana de Arco*! — Soraida grita, segurando uma garrafa de cerveja com o braço esticado e bebendo alegremente em minha honra.

— Não vi mais Ruby — digo, confusa, me esforçando para recordar por que foi que peguei o megafone.

— Ruby? — Beatriz repete, desdenhando. — Você roubou o show. Era como se estivesse sozinha lá em cima.

Xiomara desaparece por um momento e retorna logo depois, carregando três copos vermelhos de plástico nas mãos e segurando o quarto com os dentes.

Cada uma de nós pega um. Levo o nariz à bebida e cheiro. Não é cerveja. Parece alguma mistura mais forte.

— Vodca com coca-cola — ela explica, como se lesse a pergunta no meu rosto. — O meu só tem coca. É a minha vez hoje.

— Sua vez? — pergunto, com a voz cada vez mais estranha, as palavras se arrastando. Já não pareço mais capaz de formar frases completas.

— Minha vez de dirigir — Xiomara explica enquanto as outras erguem os copos.

— A Malena! — Nadia entoa, levantando o dela na minha direção.

— A Malena! — as outras repetem, fazendo um brinde, depois levando cada uma seu copo aos lábios. Me junto a elas, muito pouco consciente dos efeitos do álcool no meu corpo.

Isso é bom, digo a mim mesma. *Preciso de um pouco de entorpecimento.*

Xiomara me dá um cutucão e acena com a cabeça na direção da jacuzzi, onde Javi está conversando com alguns amigos.

— Você deveria ir lá.

Javi sai da jacuzzi e começa a vir na nossa direção. Ele é todo sarado. Dou uma olhada e sorrio, pronta para descobrir até onde essa versão destemida minha está disposta a ir. Tomo algumas goladas de vodca com coca, depois tiro o short e deixo as sandálias de lado. Fico feliz por estar usando uma calcinha bonita, preta com renda cor de creme. Muito sofisticada, muito adulta.

Quando Javi chega, estou pronta. Estou no controle.

— Quer ir pra água? — pergunto, acenando com a cabeça na direção da piscina, onde casais brincam de cavalo de guerra. Quem perde tem que tomar um shot. — Aposto que a gente acabaria com eles.

Um sorriso travesso surge no rosto de Javi.

— Aposto que você acabaria.

Pego a mão dele e o puxo, então pulamos no fundo.

DEZOITO

RUBY

Não sei quanto tempo faz que estou na banheira — o bastante para o cômodo ficar escuro e o canto alto das cigarras começar a entrar pela janela. Esfreguei tanto a barriga e o peito que minha pele está vermelha. A temperatura da água passou de pelando a fria. Mas ainda não estou pronta para sair.

Prendo o fôlego e afundo outra vez. A água me cobre, bloqueando o eco alto dos gritos que ricocheteiam pelo corredor, afastando a lembrança dos dedos cheios de calos, do piso frio, da voz terrível...

Provoca e não aguenta, é?

Sinto o peso dos meus braços se esvaindo; meus ombros e meu abdome lutando para liberar a tensão que eu nem sabia que vinham suportando.

Quando meus pulmões começam a arder, desesperados por ar, eu me sento e inspiro fundo. Me inclino para abrir a torneira e acrescentar um pouco de água quente à banheira. Se eu ficar aqui mais alguns minutos, talvez consiga ir para a cama sem essas imagens girando na minha cabeça. Talvez consiga fechar os olhos e dormir profundamente. Acordar para um novo dia. Renovada, revigorada, purificada. Pronta para me concentrar em outras lembranças — nas boas. Talvez eu acorde pensando em Malena com o megafone na mão, gritando: "Não serei sua vítima!".

Não sou uma vítima.

Pronuncio as palavras sem emitir som enquanto desligo a torneira.

Pego minha máscara de chá verde e esfrego o creme granuloso nas bochechas, no maxilar, na testa, em volta dos olhos.

A sensação de formigamento que a máscara provoca se espalha pelo meu rosto.

Purificar. Desintoxicar. Limpar.

Então meu celular apita.

Afe, eu devia ter tirado o som.

Tento ignorar as mensagens. Deve ser Calista Jameson pedindo outra entrevista. Ela disse que estava planejando outra matéria. A mera ideia de dividir minhas lembranças do dia com ela me deixa com vontade de vomitar.

Talvez seja Lucinda me dando os parabéns de novo. Ela ficou a tarde toda divulgando fotos da RevoltaDosMamilos nas redes sociais. As imagens estão chamando a atenção, ou pelo menos acho que estão. Desliguei minhas notificações faz algumas horas. Simplesmente não consigo lidar com nada disso hoje à noite.

Outro apito irritante.

Pode ser Topher me mandando boa-noite, ou Nessa perguntando se quero ir ao mercado de pulgas amanhã. Eles podem esperar.

Mais uma mensagem.

Aparentemente eles *não* podem esperar.

Seco as mãos na toalha e pego o celular para tirar o som. Então vejo a sequência de mensagens.

> Você tá com ela?

> ????

> Ruby!!! Responde!

É um número desconhecido. Digito uma resposta.

> Com quem? E quem é você?

> É o Carlos. Você está na festa?

Carlos? Nossa. Ele está mandando mensagem para mim.

> Que festa?

Antes que eu aperte "enviar", recebo uma foto. É Malena, numa piscina, em cima dos ombros de um cara, com os braços erguidos como se estivesse comemorando sua vitória. Beatriz e Nadia estão do lado do cara, com um sorriso enorme no rosto e fazendo pose, mas é difícil notar qualquer outra coisa na foto que não o fato de que Malena está usando uma camiseta muito molhada e muito transparente, que deixa à mostra os seios sem sutiã e os mamilos rígidos. Poderia ser uma foto de capa de revista de mulher pelada, ou estar no site de um pedófilo. E as mãos do cara estão agarrando as coxas dela.

Minha mãe do céu... Começo a digitar furiosamente.

> Onde ela tá???? Tenho que ir pra lá

O celular toca, e eu atendo.

— Carlos? Meu Deus! Alguém te mandou essa foto? Quem foi? Você sabe onde ela está? Você está junto? Quem é esse cara? — Eu me levanto na banheira e começo a enrolar uma toalha em volta do corpo pingando enquanto tento continuar segurando o celular. — No que Malena estava pensando? Ela está bêbada? Deve estar. Eu nem sabia que Malena ia a esse tipo de festa...

— Meu Deus, Ruby. Calma.

— Não vou me acalmar! Preciso ir pra lá.

Estou tendo dificuldades com a toalha, por isso coloco o celular no viva-voz e o apoio na bancada da pia, então me seco rapidamente.

— Soraida não responde minhas mensagem nem atende o celular. Ela disse para a minha mãe que as duas iam dormir na casa de uma amiga. Achei que estivessem com você.

— Comigo? Não! Eu não tinha ideia. Vou atrás dela.

— Não precisa — Carlos murmura. — Já estou indo.

Largo a toalha, pego o celular e corro para o armário, o tempo todo preocupada com o que pode estar acontecendo com Malena, me perguntando se ela está em segurança, torcendo para que não esteja tomando o tipo de decisão que não pode desfazer.

— Eu vou também. Onde é a festa?

— Na casa de um cara chamado Javi. Atrás do mercado.

— Que mercado? Só me manda o endereço por mensagem. Te encontro lá.

Um instinto protetor que nunca senti toma conta do meu corpo. Ter visto a foto fez com que *eu* me sentisse vulnerável, exposta. Preciso encontrar Malena. Tenho que ver com meus próprios olhos que ela está bem.

— Não tenho o endereço. Só sei que é na rua atrás do mercado, que tem aqueles casarões novos com vista para o rio.

— Não tenho ideia de que rua é essa.

Carlos solta um longo suspiro.

— Passo na sua casa em três minutos. Se arruma.

E, com isso, ele desliga o telefone.

Pego calcinha, top de ginástica, shorts jeans e uma regata do topo do cesto de roupas lavadas e visto.

Droga. A máscara de chá verde.

Corro de volta para o banheiro, abro a torneira de água quente e começo a esfregar o rosto. Ainda estou esfregando quando vejo a luz dos faróis do carro parando na frente de casa. Desisto e saio à toda para a porta.

— O que é esse troço verde no seu rosto? — Carlos pergunta no momento em que me sento no banco do passageiro.

— Máscara facial. Eu não estava planejando ir a uma festa hoje à noite.

Ele balança a cabeça, já saindo da garagem.

— Desculpa se interrompi sua rotina de beleza.

Carlos está furioso, e eu me pergunto se é comigo. Talvez eu mereça. Acho que fui eu quem comecei essa história toda. Mas não queria que chegasse a esse ponto. Tenho vontade de dizer isso a ele, mas não consigo botar o sentimento em palavras.

Depois de alguns minutos dirigindo em silêncio, Carlos diz:

— Já fui a algumas festas com esse pessoal. — Ele faz uma pausa. — Alguns desses caras são, hum...

— O quê? O que eles são?

— Vamos dizer que eles veem qualquer menina bêbada que olhe para eles como um alvo. Se ela topa dançar e dar uns pegas, os caras simplesmente concluem que está disposta a tudo, sabe?

Não, eu não sei mesmo.

— Está querendo dizer que alguns caras nessa festa acham que estupro não é um problema? Você sabe que isso é muito errado, né?

— Claro que sei! — Carlos confirma. — Por isso estamos correndo pra casa do Javi agora mesmo. — Ele olha para mim com uma expressão preocupada no rosto. — Malena não pode ficar lá. Não do jeito que está. E não pode voltar para a casa de nenhuma amiga de Soraida. As mães dessas meninas... têm a língua solta.

— Então vamos levar Malena pra casa — digo, muito prática.

— Pra casa? Você tá zoando? Se minha tia vir Malena assim, manda ela de volta pra Porto Rico no primeiro avião. Ou, bom... mandaria, se ela tivesse pra onde voltar. Mas você entendeu. A mãe vai ficar no pé dela. Pra sempre.

— Ela pode dormir na minha casa — digo.

— Você não vai ter problemas por isso?

— Não costumo ter problemas por nada.

— Soraida pode dormir lá também? — Carlos pergunta, hesitante. — Se não tiver problema. — Ele aperta o volante com mais força e murmura para si mesmo: — Se *mami* vir minha irmã bêbada ou ficar sabendo disso por uma daquelas *chismosas*...

— As duas podem dormir lá em casa — eu interrompo. — Não tem problema nenhum.

Baixo o quebra-sol, abro o espelhinho e dou uma olhada no meu rosto. Carlos está certo: tem meleca verde em todo o contorno. Puxo a barra da regata e tento limpar minha pele.

— Quem foi que te mandou aquela foto? — pergunto, tirando um pouco de máscara do queixo.

— Um cara do time. Juro que vou acabar com ele se tiver mandado pra mais alguém.

Parte de mim fica tentada a dizer "achei que você nunca brigasse", mas não parece o momento adequado para provocações.

— Aposto que ele não foi o único a tirar uma foto — comento. — E você sabe que as imagens vão circular. Sempre circulam.

Assim que digo isso, sei que cometi um erro.

Carlos trinca os dentes e fixa o olhar à frente.

Sinto um aperto no coração e no peito. Depois de tudo o que aconteceu nas últimas horas, me pergunto se Carlos e eu vamos conseguir voltar a nossas brincadeiras e discussões, aos sorrisos bobos. De repente, percebo que se, depois de tudo isso, Carlos decidir que não quer mais nada comigo, vou ficar com saudades dele.

Olho para o espelhinho. Ainda tem resquícios de máscara nos cantos, mas não é isso que chama minha atenção. Presto atenção em meus próprios olhos, que, de alguma forma, não me parecem familiares. Parecem temerosos e confusos.

— Você é tão sem noção às vezes — Carlos diz, olhando para a frente.

Me forço a não responder. Será a primeira e última vez que ando de carro com Carlos? Hoje de manhã, parecia que tudo estava apenas começando, que haveria muito mais pela frente. Mas agora...

— Se você estivesse pulando em uma piscina com esse seu top idiota... — Ele olha para meu top, que está quase todo à mostra, já que estou limpando meu rosto com a regata. — Se você estivesse nos ombros de algum cara, todo mundo ficaria, tipo: "Ah, olha só! Os dois parecem uma propaganda de resort! Ruby é tão fofa e divertida!".

— Como assim? — pergunto, com a voz trêmula.

— É que Malena… As pessoas veem o corpo dela de forma diferente.

Inspiro fundo.

— Nossa. Tá. Sei que sou uma tábua e tal, mas…

Paramos no farol vermelho, e ele se vira para olhar para mim.

— Não é por causa do tamanho dos seus… hã… Você sabe.

— Dos meus peitos.

— Tá, Ruby, mas o que estou tentando dizer é: não é uma coisa só. Você é uma caucasiana magrela. Malena é uma latina cheia de curvas.

Então agora passei de "branquela" a "caucasiana magrela". Entendo o que ele está tentando dizer, mas aquelas mãos me apalpando na manifestação me ensinaram que nenhuma garota está a salvo, nem mesmo esta caucasiana magrela.

Mas eu estou bem. Não foi nada de mais. Não é como se aquele brutamontes tivesse me machucado com suas mãos nojentas nem nada no tipo. Porque ele não me machucou.

Provoca e não aguenta, é?

Afasto as palavras da mente, puxo os joelhos para o peito e me abraço. Não estamos falando de mim ou do que quer que tenha ou não acontecido durante a manifestação. Estamos falando de Malena.

De repente, tudo parece muito precário e arriscado. Minha amiga nerd e fofa, louca por livros, de camiseta molhada e calcinha em uma festa? Com um cara qualquer segurando suas coxas nuas? Carlos quer o melhor para Malena, quer mantê-la segura. É claro que sim. Ele ama a prima. E fotos de Malena com os peitos de fora viralizando não é exatamente o melhor para ela.

Carlos estaciona em uma vaga atrás de uma longa fila de carros.

— Chegamos. Vem.

Ele irrompe pela porta da casa antes de mim e começa a interrogar todo mundo por perto.

— Cadê a Soraida? Cadê a Malena?

Quase todas as pessoas com quem ele fala estão caindo de bêbadas. Ninguém parece fazer ideia de onde as duas estão — ou de quem são.

Vejo Xiomara do outro lado da sala, sentada no braço do sofá. Arrasto Carlos comigo através da multidão.

— Xiomara! — chamo.

Ela levanta a cabeça e me vê, então nota Carlos atrás de mim. Pelo movimento de seus lábios, sei que ela diz "Ah, merda". Xiomara se inclina para cutucar a pessoa que está sentada ao seu lado. Fico na ponta dos pés para enxergar quem é.

Soraida.

Carlos passa por mim e levanta a irmã do sofá à força.

— Cadê ela? — ele cospe.

— Quem? — Soraida pergunta, então começa a rir.

Isso não vai terminar bem.

— Quem? — ele grita. — *Quem?* Que tal a menina que você jurou pra *mami* que ia proteger?

— Cruzes, Carlos, relaxa — ela diz. — Malena está aqui. Estou cuidando superbem dela.

Mais risadinhas.

— Meu Deus, Soraida! Por que você trouxe Malena para cá?

— Pra ela se divertir! É crime se divertir um pouco?

Carlos está fumegando. Ele olha para Xiomara, que parece simplesmente aterrorizada.

— Você que está dirigindo?

Ela faz que sim com a cabeça, vigorosamente.

— Você bebeu?

— Não — Xiomara diz, balançando a cabeça.

— Nem uma gota — Carlos afirma, mas Xiomara sabe que ele está esperando uma resposta.

— Eu juro — ela diz, oferecendo o copo vermelho de plástico para inspeção. — É só coca.

Ele pega o copo e dá uma cheirada, depois o empurra de volta para Xiomara.

— Vamos embora, Soraida — Carlos diz, pegando a irmã pelo braço.

— Quero ficar — ela choraminga, se soltando. — Com minhas amigas.

Carlos a ignora e começa a olhar em volta, por cima da cabeça das outras pessoas na sala.

— Mas cadê ela?

— Vou olhar lá fora — digo, ansiosa para encontrar Malena e desesperada para sair de perto da briga familiar de Carlos e Soraida.

Assim que passo pelas portas de correr, eu vejo Malena. É difícil não ver. Ela está na jacuzzi, embolada com o mesmo cara da piscina. Os dois estão se pegando. Pesado.

— Ai, meu Deus. — Solto um suspiro, então o pânico se instala. Considerando o estado em que Carlos já está, se ele vir Malena se agarrando com um cara qualquer vai ficar maluco. Sigo na direção dela, tentando chamar sua atenção. — Ei, Malena! Malena!

Acho que ela não consegue me ouvir por causa da música e dos bêbados gritando na piscina. Ou porque a língua do cara está enfiada na orelha dela. Eca.

— Javi, seu filho da puta!

Eu me viro e vejo Carlos correndo para a jacuzzi. Aparentemente, ele conhece o cara.

Carlos se ajoelha na beirada da jacuzzi e se estica para puxar a cintura de Malena por trás, então a puxa para fora e tenta levantá-la.

— Mas que merda é essa, Carlos? — Javi reclama. — Não vai dar uma de maluco. A gente só estava se beijando.

— Ééé — Malena fala arrastado enquanto tenta se levantar, sem conseguir. Está completamente bêbada. — Eu beeeeeijeeei o Javi. Ssssou uma mulher liberaaaada. Não vou… não vou esssssperar um cara me…

— Total — Javi diz, saindo da jacuzzi e parando de pé ao nosso lado. — Eu só estava seguindo o fluxo. — Ele abre um sorriso bobo. Fica bem claro que também está bem bêbado. — Ela meio que me atacou — Javi brinca, dando um empurrãozinho de brincadeira em Malena.

Ela tenta dar um empurrãozinho nele também e quase cai na jacuzzi. Carlos a segura.

— Pelo amor de Deus... — ele diz, segurando os ombros de Malena com o braço para segurá-la de pé.

Carlos parece prestes a partir para cima de Javi, por isso me coloco entre os dois.

— Vou te dar uma dica — digo, finalmente encontrando minha voz. — Sabe o que você deve fazer quando uma menina que está caindo de bêbada "meio que te ataca"?

Tanto Carlos quanto Javi olham para mim como se eu tivesse me materializado do nada.

— Você vai atrás das amigas dela, se certifica de que pelo menos uma está sóbria e pede que ela leve a menina pra casa. Simples assim.

— Não tem consentimento quando a menina está bêbada, seu imbecil — Carlos cospe. — Não importa quem começou.

Javi dá de ombros.

— Não foi nada de mais, cara. Só demos uns beijos. Foi totalmente inocente.

— Toooootalmente — Malena concorda, agarrando a camiseta do primo.

— Ela acabou de se mudar — Carlos fala baixinho, balançando a cabeça. — Ela nem... Tudo isso... — Ele resmunga exasperado, parecendo incapaz de concluir o pensamento. — Porra, cara!

Carlos começa a carregar Malena para longe da água. Ela não protesta. Só descansa a cabeça no peito dele.

— Soniiiinho — ela murmura no ombro do primo.

Carlos carrega Malena até o que parece ser a casa de hóspedes. É uma construção enorme. Eu poderia me perder nela se não o seguisse. Fico sentada com Malena na cama king-size enquanto Carlos abre e fecha gavetas, depois desaparece dentro do closet.

— Eeeei, Atletinha! Aonde você vai? — Malena se joga de costas na cama. — Você sabe que Ruby te chama asssssim, né? — Ela começa a rir descontroladamente. — De Atletinha?

— Malena! — eu a repreendo com delicadeza. — Para com isso.

Carlos volta com um roupão branco. Torço para que não tenha ouvido o último comentário.

— Pode colocar isso nela? — ele pede. — Eu espero lá fora.

Depois que consigo vestir o roupão em Malena, eu a ajudo a sair do quarto.

— Malena, querida — sussurro com toda a calma de que sou capaz. — Sabe onde estão as suas roupas? Calça? Sapatos? Sutiã?

Ela começa a rir.

— Queimei!

— Você queimou seu sutiã?

— Hum-hum — ela confirma. — Foi demaissss.

Cara, ela está mal. Temos que tirar essa garota daqui.

Quando chegamos ao corredor, vemos Carlos em cima da mesa da sala de jantar. A música parou, e ele grita com as mãos em concha em volta da boca para chamar a atenção de todo mundo ali e na área da piscina.

— Ô pessoal, atenção aqui! Todo mundo vai pegar o celular agora mesmo e deletar qualquer prova de que essas duas aqui — ele aponta para Soraida e Malena — estiveram na festa. E estou falando de *qualquer prova mesmo*.

Todo mundo começa a mexer no celular, procurando na galeria de fotos e nas redes sociais, o que é impressionante.

— Podem acreditar em mim — ele grita, ainda com as mãos em volta da boca —, se eu encontrar uma única foto em qualquer lugar, qualquer lugar mesmo, vou pessoalmente atrás de quem tiver postado.

Todos ficam em silêncio.

— Nada de mensagens, stories, comentários... NA-DA! Entenderam?

Algumas pessoas respondem, enquanto as outras continuam mexendo nos celulares.

— Então tá — Carlos diz quando nos vê esperando no corredor. — Podem continuar com a festa. — Ele se vira para Soraida. — Menos você — diz, apontando para ela. — Você vem comigo.

Carlos desce da mesa com um pulo e se aproxima de mim e de Malena. Ele carrega a prima na direção da porta, enquanto a multidão se abre em silêncio. Soraida segue pouco atrás de nós, com um beicinho exagerado no rosto.

— Me faz um favor e pega aquela lata de lixo? — Carlos pede, apontando para uma lixeirinha perto da porta. Eu obedeço e vamos embora.

Quando saímos, dou uma cotovelada de leve nele.

— Você é um chefão da máfia ou alguma coisa assim?

Ele dá de ombros.

— Alguma coisa assim. Espero que a ameaça tenha surtido efeito.

— Tenho certeza de que funcionou — digo, num tom mais leve. — Todo mundo foi muito obediente.

Ele olha para Soraida.

— Você vai dormir na casa da Ruby.

— Que seja — ela resmunga. Depois diz, baixinho: — Babaca.

Carlos, incrivelmente, não responde. Atravessamos o gramado da casa em silêncio. Carlos pergunta se posso dirigir, enquanto ele se mantém alerta à possibilidade de vômito no banco de trás. Acho estranhamente fofo Carlos se voluntariar a ficar com a lata de lixo e me deixar dirigir seu carro.

Ele joga a chave para mim e entramos. Soraida deita o banco do passageiro, se recosta e fecha os olhos. Ainda nem chegamos ao mercado quando ouço alguém vomitando no banco de trás. Malena vomita três ou quatro vezes, depois cai no colo de Carlos.

— Foi uma ótima ideia pegar a lata de lixo — murmuro.

Soraida ergue a cabeça e se vira para me olhar.

— Eze é muinto ...chista!

— Como?

— Carlos! É muito machista. É todo: "Eu sou o homem, por isso mando e todo mundo obedece". Ele sempre faz esse tipo de coisa. E minha mãe deixa. Enquanto isso, o Carlitos se safa de tudo.

— Dá para calar a boca, Soraida, por favor? — Carlos diz.

— Viu? — ela continua. — É isso aí. Ele está tentando controlar o que eu faço e digo. — Ela se vira para trás para bater no ombro do irmão. — Não vou calar a boca. Não estou aqui pra te servir. *Mami* e *abuela* podem cair nessa, mas eu, não!

Não digo nada. Parece uma briga de família, não é da minha conta. Quando dou uma olhada para o lado, Soraida está com a cabeça apoiada no vidro da janela do passageiro e os olhos fechados. Nem preciso olhar para Carlos. Sei que está fumegando no banco de trás.

Depois de alguns momentos de silêncio, quando fica claro que Soraida está dormindo, ele diz, baixo:

— Não sou machista. — Pelo retrovisor, vejo que está balançando a cabeça. — Odeio essas baboseiras machistas. Mas tenho que ficar de olho nelas, sabe? Não quero que algum babaca se aproveite quando uma das duas mal estiver conseguindo ficar de olho aberto. E não acho que isso me torna um cara ruim.

Ele mantém a mão na testa de Malena, como se fosse um pai verificando a temperatura da filha.

Continuo dirigindo de boca fechada, o que admito que não é meu normal. Tenho a impressão de que Carlos está tentando processar tudo isso sozinho e não precisa da minha opinião no momento. Sem contar que não faço ideia do que dizer. Estou tão confusa quanto ele parece estar — provavelmente mais. E sou eu quem já deveria saber esse tipo de coisa de trás para a frente a esta altura.

— Você deve estar me julgando, mas só não quero que as duas se machuquem. — Ele suspira. — Então seria ótimo se elas não tomassem decisões idiotas.

Seria mesmo.

A próxima "decisão idiota" de Malena é começar a cantar a plenos pulmões enquanto Carlos e eu tentamos tirá-la do carro na garagem da minha casa. Não sei o que ela está cantando. Algo em espanhol, alto e desafinado.

Soraida, que continua nos acompanhando a certa distância, como um filhotinho que caiu da mudança, decide se juntar a ela.

— Shhh! — faço. — Vocês vão acordar os vizinhos.

Malena tropeça e quase cai.

— Malena — Carlos geme, segurando a prima e tentando levá-la até a porta. — Por que você não dorme de novo, hein?

Ela tem uma ânsia de vômito.

— Em mim não! — Carlos meio sussurra, meio grita.

E então, como se fosse ensaiado, ela tem outra ânsia.

— Meeeerda! — Carlos xinga. — Ela vomitou em mim.

Não consigo evitar dar um gritinho quando vejo a bile cobrindo a camiseta dele.

— Ai, que nojo — Soraida diz. — Ela vai ficar bem? Nem bebeu tanto assim.

— Ela comeu alguma coisa? — pergunto, tentando avaliar se preciso envolver minha avó ou ligar para a mãe de Malena. Coma alcoólico não é brincadeira.

— Umas batatinhas? — Soraida dá de ombros. — Mas faz um tempo que ela parou de beber.

— Estômago vazio. Desidratação por causa da jacuzzi. Ela nem precisaria beber muito mesmo — Carlos comenta. — Nunca vi Malena bêbada. Ela não é dessas coisas.

— Agora sou fessssteira — Malena fala arrastado, então volta a dormir.

Abro a porta lateral, que dá para a cozinha, e conduzo Carlos e Soraida até o quarto de hóspedes.

— Vou ficar de olho nela — digo a Carlos. — Ela vai estar se sentindo péssima amanhã de manhã.

— Não pode deixar o vômito descer pela traqueia dela — ele diz, acomodando a prima com cuidado na beirada da cama.

— Vou fazer com que ela fique deitada de lado — digo. — Assim, se vomitar, não vai engasgar.

Apoio a cabeça de Malena no travesseiro e deixo uma lixeira perto da cama. Por incrível que pareça, ela escapou ilesa do próprio vômito. Não tem nem uma gota no cabelo. Carlos, por outro lado, não teve a mesma sorte.

— Vou lá fora dar um jeito… — ele baixa os olhos para a própria blusa e suspira — … nisso. Já volto.

— Os sacos de lixo ficam debaixo da pia da cozinha — digo, quando ele se vira para sair.

Soraida sobe na cama ao lado de Malena, dá as costas para nós duas e puxa as cobertas até a cabeça. Estou arrumando os travesseiros para que a cabeça de Malena fique bem apoiada quando Carlos aparece na porta.

Ai, meu Deus do céu, ele está sem camisa.

Sinto o lábio inferior se mover sob os meus dentes e mordo com força. Estou olhando diretamente para o elástico branco da cueca, que está aparecendo por causa do jeans de cintura baixa. Carlos parece tirado de uma aula de anatomia.

— Eu, hã, achei que tinha outra camiseta no carro, mas...

Só me resta morder o lábio com ainda mais força.

— Você me vê uma toalha molhada ou coisa do tipo? Preciso me livrar desse cheiro.

Me forço a olhar nos olhos dele.

— Hum-hum.

Aponto na direção do banheiro, porque pareço incapaz de formular frases inteiras no momento.

Tenho certeza de que ele sabe que estou secando. Preciso parar de olhar para ele.

— Alguma chance de você ter uma camiseta grande esquecida por aqui? — Carlos pergunta, já entrando no banheiro.

Aliviada por ter uma tarefa que me impeça de ficar babando nele, subo para o meu quarto e encontro uma camiseta velha e desbotada que era do meu pai. Tem as palavras CORRIDA DO PERU DE AÇÃO DE GRAÇAS escritas em laranja e um desenho enorme de um peru usando tênis e dizendo: GLU-GLU!

Volto para o quarto de hóspedes e encontro Carlos sentado na cama, perto de Malena, que dorme profundamente. Ele a observa com uma expressão suave no rosto. Tento me concentrar em seu rosto, e não em seu peitoral nu, enquanto entrego a camiseta.

— Valeu — ele diz, já enfiando a cabeça pela gola. — Que gostosa.

— Eu uso pra dormir já faz uns dez anos.

Eu disse mesmo isso? Parece informação demais.

Carlos olha para a camiseta e suas bochechas ficam vermelhas.

— É melhor eu ir — ele diz, olhando para o chão. — Tenho treino daqui a quatro horas e meia.

Assinto. Queria pensar em alguma maneira de fazer com que Carlos fique. Sei que não posso depender de homem nenhum, mas parece mais fácil lidar com essa situação toda com ele aqui.

— Você vai ficar bem com elas? — Carlos pergunta. — Acho que Malena não vai mais vomitar. Não deve ter sobrado nada no estômago.

— Claro — digo, sem querer admitir para nenhum de nós que meio que preciso dele. — Não é nada de mais. Vou ficar aqui acordando Malena de tempos em tempos. Se ela piorar, a gente vai pro pronto-socorro.

— Vamos torcer pra que não chegue a isso — ele diz. — Mas vai me avisando, tá?

— Pode deixar — respondo, pensando que é melhor eu procurar sintomas de intoxicação por álcool depois.

Carlos se levanta e vai até a porta.

— Eu volto pra pegar as duas depois do treino, se não tiver problema. Lá pelas dez.

— Tenho certeza de que elas ainda vão estar dormindo.

— Desculpa pela minha irmã. Ela é muito ingrata — Carlos diz. — Você salvou a gente hoje à noite.

Dou de ombros, sem saber o que responder.

Acho que o que quero dizer é que tudo isso provavelmente é culpa minha, que ele não deveria me agradecer, que tem todo o direito de me odiar. Nada disso estaria acontecendo se eu não tivesse me metido onde não devia.

Preciso parar de fazer isso.

Abro a porta da cozinha para Carlos, que fica ali parado por um momento, olhando para o chão, depois para mim. Meu coração acelera. Carlos avalia meu rosto, minhas bochechas, meu maxilar.

— Ainda tem um pouco do troço verde no seu queixo. — Parece que Carlos vai limpar para mim, mas eu me apresso a levar a mão ao

ponto antes dele. — Do outro lado — avisa, me vendo esfregar o rosto.
— Você vai precisar de água.

— É — digo, um pouco constrangida, passando o dedo no resíduo granuloso.

— Então... tenho que te perguntar uma coisa importante antes de ir — ele começa, com a voz séria, os olhos me sondando.

— Tá — digo, de repente mais ansiosa do que me senti a noite toda. — O quê?

— É verdade que você me chama de "Atletinha"?

Um sorriso bobo transforma seu rosto, e não consigo segurar um sorriso também.

— Vai ficar sem saber... — digo, dando um empurrãozinho de brincadeira nele e me sentindo inacreditavelmente aliviada pela leveza que se espalha pelo meu peito.

— Você chama! — ele exclama, fingindo reprovar. — Admite!

— Não consigo mentir — respondo solenemente enquanto tento reprimir uma risada. — Chamo mesmo.

— Imaginei... — Carlos mantém um sorriso amplo no rosto. — Bom, agora que isso está esclarecido, preciso mesmo ir. — Ele vê que horas são no celular. — A gente se vê mais tarde.

Fico vendo Carlos passar pela varanda, descer os degraus e atravessar o gramado até o carro. Quando finalmente me viro, vovó está à mesa da cozinha, com uma expressão sabichona no rosto.

— Quer me explicar por que aquele jovem tão bonito está indo embora usando seu pijama preferido? — ela pergunta, erguendo as sobrancelhas de maneira dramática. — Ou prefere começar com o motivo para Malena e Soraida estarem desmaiadas de bêbadas no meu quarto de hóspedes?

Acho que estou prestes a testar aquela história de que nunca tenho problemas...

DEZENOVE

MALENA

Minha cabeça parece dez vezes maior que o normal. É como se cada centímetro do meu cérebro latejasse com força contra o crânio, reclamando do estrago que causei.

Então ressaca é isso? Por que ninguém me avisou que pela manhã eu ia me sentir como um animal atropelado na estrada? A dor definitivamente faz isso não valer a pena. Talvez seja a boa menina dentro de mim falando, mas se divertir não deveria dar essa sensação horrível no dia seguinte.

Abro os olhos e encaro o ventilador de teto branco girando sobre minha cabeça, enquanto tento compreender os sons e as vozes que chegam ao quarto. *Onde estou?*

Jogo as cobertas para o lado e tento me levantar. O quarto gira, e perco o equilíbrio. Me agarro à lateral da cama e me esforço para concentrar minha atenção em um objeto na mesa de cabeceira: uma tartaruguinha de vidro, suspensa entre corais vermelhos bem delicados.

Então desvio o rosto, porque não preciso desse belo lembrete da vida na ilha agora. Minha mente já tem bastante coisa para processar e ainda nem saí da cama. Aliás, ainda nem descobri onde estou. Qual é o meu problema?

As lembranças da noite de ontem começam a surgir na minha mente. Os beijos com Javi, o vômito no banco de trás de Carlos, a noite na casa de Ruby.

Estou na casa de Ruby.

Meu rosto queima de vergonha e culpa. Sinto que tenho que segurar a cabeça com as mãos, porque a dor é de outro mundo.

Será que passei vergonha na frente de Ruby e *abuela* Joan? Na frente de todo mundo na festa? Devo me arrepender de alguma coisa? Não tenho ideia.

Suspiro com força, soltando a cabeça.

Pode ser que sim. Mas não vou mentir: foi bom me soltar, não ser a pobre María Malena por uma noite.

Meus pés tocam o chão frio de tábuas. Consigo ficar de pé e me avaliar rapidamente. Estou de roupão, camiseta e calcinha. Só. Olho em volta, procurando a malinha que fiz para passar a noite na casa de Xiomara, mas não está aqui. O que tem é uma calça de moletom, uma camiseta limpa e uma escova de dentes nova em cima da cômoda.

Faço um coque no cabelo, lavo o rosto e me troco, depois saio do quarto.

— Ah, bom dia, dorminhoca — cantarola *abuela* Joan do outro lado da ilha da cozinha. Ela tem uma travessa numa mão e com a outra transfere um waffle gigantesco para o prato de Soraida.

Ai, espero que *abuela* Joan não saiba de nada. Não quero que pense que sou leviana a ponto de nem saber onde vou passar a noite. É isso que estou me tornando?

— Está com fome? — *abuela* Joan pergunta, mas é uma pergunta retórica. *Abuela* Milagros faz a mesma coisa. Não interessa se você está com fome ou não: elas vão te dar comida.

— Vou te fazer um café com leite — Ruby fala do outro canto da cozinha, que parece ser o canto do café, a julgar pela máquina de espresso antiga. Ela aperta um botão e o som dos grãos sendo moídos preenche o lapso na conversa. O zumbido pulsante é como uma britadeira no meu cérebro. Quando o líquido começa a pingar, inalo o aroma de café fresco. Só isso já infunde um pouco de vida em mim.

— Que delícia de waffle — Soraida diz para *abuela* Joan. Ela devora o que tem no prato, como se não comesse há dias. Então se vira para mim e diz: — Ela fez bacon também.

— Um pouco de gordura é a melhor cura para uma ressaca — *abuela* Joan explica, piscando para mim. Fico horrorizada. Ela me viu ontem à noite? Espero não ter vomitado no banheiro. Isso seria péssimo.

Abuela Joan coloca um prato à minha frente, depois uma travessa com fatias de bacon. O cheiro da gordura de porco frita faz meu estômago se revirar. Desconfio de que gordura não é exatamente do que preciso nesse momento.

— Obrigada — digo, agradecida pela hospitalidade e com a esperança de que ela não tenha ligado para *mami*. — Desculpa a gente ter vindo sem avisar. A ideia era ficar com outra amiga. Acho que não rolou.

Eu me sento na banqueta ao lado de Soraida, tentando reconstruir o que exatamente aconteceu.

Uma caneca de café fumegante aparece, cortesia de Ruby. Ela até desenhou um coração na espuma.

— Que bonito.

O primeiro gole é o paraíso.

Ruby coloca um copo de água gelada ao lado do meu prato e dois comprimidos de ibuprofeno na minha mão.

— Pra dor de cabeça — ela diz, se sentando ao meu lado. — Dormiu bem?

— Dormi, obrigada — digo, antes de tomar os comprimidos com um gole de água. — Só estou um pouco confusa. Achei que a gente fosse ficar na Xiomara.

Eu me viro para Soraida, esperando uma explicação.

— Carlos apareceu na festa e foi um completo babaca, tratando todo mundo como se fosse o maior *bichote*.

Soraida espeta um pedaço de waffle com um pouco de força demais. O garfo de metal arranha o prato de porcelana.

— O que é bi-xo-ti? — Ruby pergunta, fazendo Soraida e eu rirmos de sua pronúncia terrível.

— É um cara que se acha o bambambã — explico, omitindo a definição mais grosseira em respeito a *abuela* Joan.

— Pica grossa — Soraida solta. — É isso que significa.

Abuela Joan sorri para nós, achando graça.

— Desculpa — peço. — Minha prima não tem filtro, como a senhora talvez já tenha reparado.

— Ah, querida, eu bem que já conheci um ou outro bi-xo-ti nessa vida — ela diz, colocando um waffle no meu prato, depois me passando uma jarrinha elegante com calda morna. — Sirva-se do quanto quiser. Ruby e eu já comemos.

— Obrigada — volto a dizer, cada vez mais consciente de cada detalhe na cozinha, que é encantadora, aconchegante e única. Os pratos têm desenhinhos de flores em cores fortes. Os talheres são sólidos e densos. Os armários brancos dão ao ambiente uma qualidade quase espiritual, lembrando um santuário.

Ruby pigarreia antes de dizer:

— Bi-xo-ti ou não, ele salvou a pele de vocês ontem à noite.

Enquanto fala, Ruby recebe uma mensagem no celular. Ela dá uma olhada na tela e fica corada na mesma hora. Então digita algo depressa e deixa o celular na bancada, com a tela para baixo.

— Salvou a gente? — Soraida desdenha. — Do quê? — Ela se vira para *abuela* Joan. — Posso comer mais um dos seus waffles deliciosos, por favor?

— Quantos quiser, querida — *abuela* Joan diz.

— Ele salvou a gente do quê, Ruby? — pergunto, de maneira mais controlada que minha prima e com uma curiosidade genuína.

— De vocês mesmas — Ruby diz, tentando manter um tom de voz leve. — E provavelmente de uns bêbados perigosos.

Devagar, tudo volta à minha mente. Os sutiãs queimando. Os shots de tequila. A pegação na jacuzzi. E Carlos. Sua voz profunda falando sei lá o quê. *Por que ele estava na festa, aliás?*

— No estado em que vocês duas estavam, quem sabe o que poderia ter acontecido? O tal do Javi... — A frase de Ruby morre no ar e ela olha para *abuela* Joan, que está ocupada fazendo outra leva de waffles. — E Carlos recebeu uma foto sua... Estava fora de controle.

— Uma foto minha?

— Uma foto idiota sua, com Beatriz e Nadia.

Ela recebe outra mensagem e volta a pegar o celular.

— Me deixa ver — peço.

Ruby me olha, hesitante, então solta um suspiro. Ela desbloqueia o celular e digita algo que não consigo ver. Ouço o barulhinho de uma mensagem sendo enviada.

Ela toca na tela e me passa o celular. Beatriz, Nadia e eu estamos na piscina. Eu estou em cima dos ombros de Javi, com as pernas em volta de seu pescoço. Noto que meus mamilos estão visíveis por baixo da camiseta branca molhada. Nem me dei conta ontem à noite de que dava para ver quase tudo.

Mas o que importa? Por que eu deveria me envergonhar? A ideia não é ficar à vontade com o meu corpo? Me sentir totalmente confortável em minha pele?

Chega da *pobrecita* María Malena. Chega de fazer papel de vítima.

Beatriz, Nadia e eu estamos rindo tanto que quase dá para ouvir pela foto. Nossos rostos são pura energia magnética. Pareço despreocupada, rebelde e sexy. Mal me reconheço.

Destemida. Estou destemida.

— Fiquei preocupada — Ruby diz.

— Por quê? — pergunto, confusa. — A gente estava se divertindo.

Soraida olha por cima do meu ombro.

— Ah, essa foto ficou ótima — ela diz, pegando o celular da minha mão. — Me manda? E tem mais?

— Carlos fez todo mundo destruir as provas, lembra? — Ruby diz, meio que rindo, mas não entendo qual é a graça.

Chega outra mensagem. Ruby estende as mãos na mesma hora para pegar o celular de volta, mas Soraida é rápida em tirá-lo de seu alcance.

— Por que meu irmão está te escrevendo? — ela pergunta, meio surpresa, meio contrariada.

Nós duas olhamos para a mensagem no celular, depois para Ruby.

— Ele está vindo para buscar vocês — Ruby diz, se ajeitando na banqueta. — Posso pegar meu celular de volta agora?

Ela pega o telefone antes que a gente possa fazer qualquer coisa.

— Carlos está preocupado com você. Nós dois estamos.

— Preocupado por quê? — pergunto, tentando compreender essa nova versão de Ruby. Suas bochechas estão vermelhas, e ela parece nervosa e hesitante ao falar.

O que aconteceu com a ultrafeminista que estava pronta para libertar os mamilos das mulheres do mundo todo?

— É só que você... você...

Ruby hesita, olhando para a tela escura do celular. Ela parece pálida e cansada, como se não tivesse dormido o suficiente.

— Você está bem? — pergunto.

— Podemos ir lá fora um minuto?

Faço que sim com a cabeça e a sigo até a varanda dos fundos.

É uma daquelas manhãs imprevisíveis na Flórida, em que o céu azul e ensolarado se contrapõe a nuvens pesadas de chuva ao longe. Tenho que proteger os olhos com a mão para conseguir olhar para o rosto de Ruby sem apertá-los.

— O que está acontecendo, Ruby?

— Eu... eu só...

Ela parece agitada ao falar, percorrendo a varanda de um lado a outro com passos rápidos. Todo o movimento me deixa um pouco enjoada. Seria ótimo se Ruby ficasse parada.

— Não tenho como não me preocupar — ela finalmente diz, então morde o lábio inferior e cruza os braços, esperando que eu fale algo. Minhas sobrancelhas se juntam em confusão. — Você e Soraida bebendo assim, com um monte de caras chapados... Tipo, a camiseta molhada... seus peitos aparecendo... Eu... Eu só...

Ela balança a cabeça e solta o ar, balbuciando mais palavras soltas sem conseguir formar uma frase.

— E daí? Agora é culpa minha se um cretino quer tirar proveito de mim porque bebi demais?

A pergunta vira meu estômago do avesso de desgosto.

— É claro que não, credo — Ruby diz, chateada. — Não quero

que ninguém tire proveito de você. Ponto-final. É isso que estou tentando te dizer. Ontem à noite... você não estava pensando direito. — Ela agita os braços desvairadamente. — Não foi seguro, entende?

— Espera. — Ergo a mão, sem conseguir entender o que Ruby quer dizer. — Você está chateada porque eu tirei o sutiã?

— Não, não. Não é isso que estou dizendo, de jeito nenhum.

Ela vai de um lado para o outro, como a bolinha numa máquina de pinball.

— Ruby, para de se mexer! — solto. Minha cabeça está girando, e não consigo evitar ficar brava com a conversa.

Ruby para e apoia as costas no parapeito da varanda. Está de braços cruzados outra vez. Ficamos olhando em silêncio uma para a outra pelo que parece ser um longo tempo.

— Malena — ela diz, baixo —, você tem que entender. As pessoas te veem de outra maneira por causa... por causa do seu tipo físico.

De repente, parece que estou de volta à sala da dra. Hardaway. Parece que sinto aquele aroma mentolado de novo. Que ouço o barulho dos saltos de Doris no piso de ladrilho da enfermaria. Que as paredes da cabine do banheiro se fecham em torno de mim enquanto abro os malditos absorventes.

Um calor sobe depressa do meu estômago para o peito, o pescoço e o rosto. Sinto a bile ácida me queimar por dentro. Acho que vou vomitar de novo.

— Como pode dizer isso? — Cuspo as palavras, incapaz de esconder a raiva e a mágoa. — Você, de todo mundo? Está falando como... como a dra. Hardaway! Qual é o seu problema?

Manchas vermelhas marcam o pescoço e as orelhas de Ruby. Seus braços caem ao lado do corpo e suas mãos se cerram em punhos. Mas quem tem vontade de socar alguma coisa sou eu.

— Só estou dizendo que você precisa ser mais cuidadosa — Ruby fala, e seu esforço para controlar a voz, a expressão e os movimentos é visível. — Alguns caras são simplesmente babacas e predadores, e você não pode dar qualquer motivo pra que pensem que seu corpo está ao dispor deles. Eles agem como se tivessem direito a qualquer menina que apareça seminua na sua frente.

— Não dá pra acreditar nisso. — Sinto que as palavras queimam minha língua ao sair. — Odeio te dar essa notícia, Ruby, mas isso é sua misoginia internalizada falando. Você não é diferente das outras pessoas.

Ruby recua e leva as mãos à barriga. Sei que a acertei em cheio.

Misoginia internalizada. Até uma semana atrás eu não sabia muito bem o que isso significava. Ainda parece algo novo e estranho na minha boca. Mas, no momento, tenho que usar uma linguagem que sei que Ruby vai compreender e respeitar. Ela precisa saber que não sou mais a menina patética que chora no banheiro.

— Tá — Ruby diz. — Agora você só está sendo babaca. — Ela bufa, depois dispara a falar. — É sério isso? — Perdeu completamente a compostura e agita os braços no ar. — Minha misoginia internalizada? *Minha* misoginia internalizada? Sério, Malena? Você não tem ideia...

— Não tenho ideia do quê?

— Esquece... — Ruby olha para o céu e pisca algumas vezes. Depois de uma longa pausa, diz quase para si mesma: — Nada.

— Você não entende — eu falo, com a voz mais branda.

— O quê? Não entendo por que você tirou o sutiã e praticamente entrou num concurso de camiseta molhada? Não, eu não entendo. Me explica, por favor.

— Porque eu queria.

— Ah, tá. Aposto que todos os caras na festa queriam isso também. Não vem me dar palestrinha sobre misoginia internalizada, Malena. Nem vem.

— Cara, desce desse pedestal. Não importa como a gente está vestida. Nunca teve nada a ver com a roupa. Achei que você soubesse disso.

Ruby deixa os braços caírem ao lado do corpo. Suas mãos se abrem e se fecham em um gesto mecânico. Ela fecha os olhos e inspira fundo e devagar. Quando volta a falar, sua voz sai forçada, como se precisasse de toda a sua energia para manter um tom equilibrado.

— Desculpa, Malena. Só estou tentando ser honesta com você. Não quero que se machuque.

— Já me machucaram! — eu grito. — Achei que a ideia da Revolta-DosMamilos fosse nos empoderar. Nos deixar mais fortes. Me ajudar a recuperar o controle da porcaria do meu próprio corpo.

Ruby dá um passo na minha direção, mas eu recuo, por instinto.

— Controle? Sério mesmo? — ela diz, com a voz aguda. — Passei horas sentada do seu lado ontem à noite para ter certeza de que estava bem, torcendo para não ter que te levar para o hospital para uma lavagem estomacal. Você não estava no controle, Malena. Estava bebaça.

Lágrimas quentes se formam nos meus olhos, mas eu as impeço de rolar. *Não vou chorar, droga.* Garotas destemidas não choram.

— É assim que eu sou, Ruby — digo, apontando para os seios que herdei da minha família. — Este é o meu corpo, quer você o considere apropriado ou não. Se alguém tem um problema com ele, o problema é da pessoa, e não meu. — Engulo em seco e tento manter a voz controlada. — É o *meu* corpo. Não me importo com o que você ou qualquer outra pessoa acha. Ele é meu e posso fazer o que quiser com ele. Se isso significa encher a cara e subir nos ombros de um cara gato na piscina, a decisão é minha.

Dou as costas e me afasto, seguindo na direção do rio para colocar o máximo de distância possível entre mim e Ruby. Eu a ouço chamar meu nome, mas não paro. Quem morreu e a declarou rainha do feminismo? Então garotas brancas sem peito podem ser mulheres liberadas, mas latinas com sutiã GG têm que "tomar cuidado"?

Quando chego ao fim do deque, eu me sento na madeira velha e fico balançando os pés sobre a água. Os minutos se alongam em silêncio.

Minha cabeça lateja ainda mais forte que antes. Preciso me acalmar. Não posso ir para casa assim. *Mami* vai ver que estou chateada e começar a fazer perguntas. Não quero mentir para ela — não mais do que preciso.

Ouço as tábuas rangerem atrás de mim. Quando me viro, vejo *abuela* Joan vindo na minha direção.

— Você está bem, Malena?

Ela se senta ao meu lado e seus pés ficam balançando ao lado dos meus.

Dou de ombros e respiro fundo. Se abrir a boca para falar, talvez chore.

Ficamos em silêncio por um tempo, ouvindo o chilrear de um bando de pássaros brancos que perambulam na margem do rio.

Atrás de nós, ouço o barulho de pneus sobre o cascalho da garagem. É Carlos parando o suv. Deveríamos voltar, mas ainda não estou pronta. Prefiro ficar aqui com *abuela* Joan.

— *Abuela* Joan — começo, com uma voz suave. — Você acha que as mulheres podem se empoderar através da… da…

Aponto para meu corpo, um pouco constrangida, sem saber a palavra certa para o que quero dizer.

— Da sexualidade?

Confirmo com a cabeça.

— É. Liberdade sexual. Como uma forma de empoderamento.

Não sei por que estou falando sobre isso com a avó de Ruby, mas tem algo nela que parece incentivar perguntas difíceis, do tipo filosóficas.

— Bom, essa é uma pergunta complicada — *abuela* Joan diz, rindo sozinha, antes de virar o corpo para o meu. Sinto que está totalmente concentrada em mim ao dizer: — Quando eu estava na faculdade, ouvíamos de outras mulheres que tínhamos que parecer tontas para conseguir um marido ou então nos tornar mais parecidas com os homens, focadas em domínio, dinheiro, sexo. Se nos tornássemos mães ou esposas, pareceríamos fracas.

Eu a ouço com atenção, tentando entender.

— Algumas mulheres, incluindo eu, usavam o sexo para se sentir poderosas, mas depois se odiavam por isso. Achávamos que estávamos nos comportando como homens, mas a verdade era que nunca estávamos no controle de verdade, sabe? Depois, muito depois, eu percebi que sexo não devia ter a ver com poder, e sim com respeito e confiança. E com amor, quando envolve uma pessoa especial.

Faço que sim com a cabeça, mas não sei se entendi. E se sexo estiver relacionado a respeitar a mim mesma, confiar em mim mesma? Não basta? E se eu só quiser me sentir bem, com alguém que eu gosto? Tenho que esperar até estar apaixonada?

Um azulão bonito passa voando por nós e para no deque para descansar. Por um momento, ficamos olhando para suas asas delicadas em silêncio, admirando o laranja vívido nas penas do peito, o biquinho preto, os olhos redondos e escuros. Estendo o braço para ele, querendo que suba na minha mão, mas ele dá um saltinho e depois voa para a grama alta.

— Quanto mais velha fico, mais me parece que fomos feitas de boba. Digo, quem exatamente são esses homens que deveríamos ter como modelo? Não sei se é a idade falando, mas acho que as jovens de hoje estão sendo enganadas com essa ideia de que ficar com qualquer um é liberação. — Ela bufa. — Nós, mulheres, temos nosso próprio poder, nossa própria força. Nossas próprias ideias em relação ao que é liberdade.

Ficamos vendo o azulão pular de um galho para o outro, planando sobre as folhas amarelas. Meus olhos se demoram na grama alta balançando ao vento, enquanto nuvens densas e cinzas se aproximam. O sol que há segundos brilhava agora está escondido. Vai vir chuva.

— Às vezes parece que não tenho poder sobre nada, nem mesmo meu corpo — digo baixo. — Todo mundo espera algo de mim. Minha família. Os professores. Minhas amigas. E agora até Ruby. E quanto ao que *eu* quero?

— E você sabe o que quer, querida?

A pergunta me faz parar por um momento. O que eu quero?

Tento pensar na resposta. Devo ter uma ideia do que quero, certo?

Por que comecei a RevoltaDosMamilos? Era isso que *eu* queria? Ou só embarquei nos planos de Ruby? E ontem à noite? Por que tirei o sutiã? Porque queria ou porque todo mundo estava me incentivando? E por que fiquei de pegação com um cara que tinha acabado de conhecer? É errado eu ter gostado de beijar Javi? Ter gostado de como seus beijos fizeram com que eu me sentisse?

Minha cabeça gira. O que realmente quero agora é ir para a cama e enfiar a cabeça latejante debaixo de um travesseiro.

Abuela Joan estuda meu rosto. Depois de um momento de silêncio, ela dá alguns tapinhas na minha coxa.

— Tente ser paciente consigo mesma, Malena. Você não precisa ter todas as respostas.

Isso é um alívio. Porque claramente não tenho nenhuma.

VINTE

RUBY

— Nossa, Soraida. Você ainda está cheirando a bebida.

Carlos acabou de entrar pela porta da cozinha, com o cabelo ainda molhado do banho e a camiseta colada à pele úmida de seus ombros largos. É estranho, mas sinto que uma onda de alívio me atinge. Só de vê-lo na minha cozinha já consigo respirar um pouco melhor depois do desastre que foi a conversa com Malena.

Ele está ao lado de Soraida, que está chuchando seu quarto ou quinto waffle — perdi a conta — em uma poça de calda.

— Pode parar — Soraida sibila, arrastando a cadeira para trás e se levantando pra levar o prato à pia. — Estou avisando.

Sinceramente, entendo a raiva dela. Sei que só falou o que falou ontem à noite sobre Carlos ser machista porque estava bêbada, mas ela tem motivo. Ele foi correndo para a festa para proteger a irmã e a prima. E Soraida ia ficar bem. Só estava meio altinha, não ia desmaiar de bêbada. Já Malena…

Como nossa conversa ficou tão fora de controle? Quando tento lembrar o que exatamente dissemos uma à outra me dá um branco. Só consigo pensar na maneira como Malena me olhava. Nunca tinha visto tanta raiva em seu rosto. Ela estava irreconhecível — e eu também. Eu disse mesmo a Malena que seu corpo era mais perigoso que o meu? Que ela precisava ser mais cuidadosa? Se cobrir? Ou foi isso que ela quis ouvir?

— Cadê a Malena? — Carlos pergunta.

— Como eu vou saber? — Soraida cospe. — Não sou babá dela. Você que é.

Eu interrompo, desesperada para acalmar os ânimos.

— Pode deixar que eu lavo o prato, Soraida. Por que não vai tomar um banho?

Aponto de leve para a sacola com roupas limpas que Carlos conseguiu contrabandear para fora de casa antes de sair. Ela arranca a sacola dele (sem agradecer), vai para o quarto de hóspedes e bate a porta atrás de si.

Assim que a porta se fecha, sinto a energia mudar na cozinha. Carlos e eu estamos a sós.

— Quer esperar na varanda? — sugiro. — Preciso de um ar fresco.

Ele faz que sim com a cabeça e gesticula para que eu vá na frente.

Sinto uma rajada de vento quando as portas de correr se abrem. Sinto o ar frio e úmido, o cheiro da névoa vindo do rio. Uma tempestade deve estar se aproximando. Eu me debruço sobre o parapeito e fico olhando para a água, sentindo o vento entre nós, observando a espuma branca que se ergue.

Malena e minha avó estão sentadas uma ao lado da outra no deque, conversando. Malena deve estar contando o que eu disse, ou o que gritei, para ser mais precisa. Está brava comigo. Sei que deveria ter lidado melhor. Mas desde ontem sinto que o mundo está se movendo sob meus pés, me fazendo perder o equilíbrio. Tenho me esforçado muito para não dar de cara no chão.

— Parece que nós dois conseguimos irritar uma Rosario esta manhã — digo. — Malena está furiosa comigo.

— Que nada — Carlos diz. — Ela meio que te venera.

Balanço a cabeça.

— Tentei fazer com que ela visse que o que fez ontem à noite foi perigoso, que ela precisa ser mais cuidadosa e não perder o controle. Mas estraguei tudo.

Ficamos vendo em silêncio Malena e minha avó voltarem pelo gramado até a casa. Vovó sorri e acena. Malena finge que não existimos.

Abro a boca para falar com ela, mas mudo de ideia. Talvez Malena precise de espaço. E o que eu diria, de qualquer maneira?

— Tem uma tempestade vindo! — vovó avisa antes de se dirigir à porta dos fundos. Malena a segue.

— Já vamos entrar — digo, mas não quero voltar para essa complicação toda. E acho que Carlos se sente da mesma forma.

— No caminho pra cá, eu estava pensando em como tudo isso é errado — ele diz, se debruçando sobre o parapeito.

— O que a gente fez ontem à noite? Ir buscar as duas?

— Não — Carlos diz, firme. — Mesmo que as duas me odeiem, não me arrependo disso. — Ele dá de ombros. — Fora que estou acostumado com o desprezo da minha irmã.

— Soraida tem opiniões bem fortes — digo, e sorrio.

— Sei lá. Mas acho que ela tem razão. Se eu tivesse ficado bêbado ontem à noite ou ficado com alguma menina, minha mãe, minha tia e minha avó achariam que é *cosa de hombres*. Tipo, meninos são assim mesmo. Mas Soraida e Malena… É como se o mundo todo fosse ruir se elas ficassem com uma reputação ruim.

— Mas você sai, enche a cara e fica com meninas aleatórias? — pergunto, sem ter certeza de que quero saber a resposta.

— Nunca encho a cara. Preciso cuidar do meu corpo. É assim que vou conseguir virar profissional.

O corpo dele. As lembranças me inundam: Carlos sem camisa à porta, roçando em mim ao passar para ir ao banheiro, agachado na beirada da cama. Tento afastá-las, então percebo que é um alívio que essa emoção inebriante sufoque a imagem daquela mão áspera me tocando durante a manifestação.

— E as meninas aleatórias?

— Ao contrário do que você pode pensar, ou ter ouvido, não sou pegador.

— Você quer dizer que não é o tipo de cara que todo mundo olha quando entra numa festa? — pergunto, sabendo que o deixo louco quando o provoco assim.

— Cala a boca — Carlos diz. — Você acha mesmo que sou machista, né?

Dou de ombros.

— Não sei de mais nada nessa vida.

— Ah, não. Você acha mesmo. Acha que sou um atleta machista e cretino. Dá pra ver.

Ele se afasta do parapeito e cruza os braços.

— Não acho, na verdade. Achava, agora não acho mais. — Inspiro devagar, depois me obrigo a olhar diretamente para Carlos. — Tudo o que sei é que você ama sua prima. E quer o melhor para ela. Acho que isso é tudo o que importa.

— É — ele diz, todo sério. — Eu amo mesmo. Amo até minha irmã idiota.

Será que estou passando pano para ele? Carlos é do tipo que ameaça quem tocar sua prima mais nova. É do tipo que todo mundo obedece, meio com medo, quando ele manda apagarem fotos dos celulares. Carlos não é um feminista modelo, isso é certeza. Acho que estou percebendo que, quando se trata dele, as coisas não são tão claras. Carlos tem muito a aprender, mas é um cara legal. É gentil. Tenta de verdade fazer a coisa certa.

Eu confio nele.

— Pode me fazer um favor meio estranho? — peço, me posicionando à sua frente de modo que fico entre ele e o parapeito, com nós dois olhando para a água. Fico surpresa ao ouvir a pergunta que sai da minha boca.

— Depende. Estranho como?

— Pode me emprestar sua mão um minuto? — Não consigo acreditar que estou fazendo isso, mas preciso fazer. — Vou colocar ela bem aqui.

Levanto a blusa e exponho a mancha vermelha na minha barriga, o ponto que vem queimando de fúria e vergonha desde ontem no corredor, quando acabei no chão. O ponto que esfreguei com a bucha até arder, e depois, quando senti que não era o bastante, com a pedra-pomes que deveria ser para a pele grossa dos pés.

Não sei por que quero a mão dele ali. Não porque precise que um cara me ajude a me sentir melhor. Sei disso. Mas estou tão confusa agora. Tão brava e dividida.

Uma mão boba, algumas palavras... A situação toda durou menos de um minuto! Por que estou deixando que aquele momento tenha tamanho controle sobre mim? Por que me sinto tão vulnerável, tão... violada? Será que sempre vou me sentir assim com o toque de outra pessoa? Mesmo de alguém em quem confio?

Preciso saber.

Pego a mão de Carlos na minha, sem virar para ver como seu rosto reage ao que faço ou se ele nota os arranhões vermelhos na minha pele. Em vez disso, avalio seus dedos, os pelos escuros, as cutículas lisas, as unhas cortadas. Em nada me lembra a outra mão, aquela que me dá arrepios, que me enche de pânico e aversão. Coloco a mão de Carlos sobre minha pele ferida.

O toque suave dele é muito diferente da apalpada que quero apagar da memória desesperadamente. Carlos continua de pé atrás de mim enquanto olhamos para a água, com a mão dele apoiada com delicadeza na minha barriga. Sinto o frio de seus dedos na pele irritada.

Ele se aproxima um pouco mais e sussurra suavemente em meu ouvido:

— Está bom assim?

Confirmo com a cabeça.

— Está.

Nossos corpos estão próximos, mas o único ponto em que nos tocamos é onde a mão dele se encontra. Sinto que Carlos olha adiante, por cima do meu ombro, para a água. Ouço sua respiração, calma e profunda.

— Acha que estamos fazendo a coisa certa? Acha que vai ajudar? — pergunto.

— Com as regras de vestuário?

— É... ou ajudando as meninas a se sentirem menos... como objetos.

— Não sei, Ruby. Espero que sim.

Ficamos assim, em silêncio. Carlos mantém a mão imóvel na minha barriga. Entrelaço os dedos com os dele e me recosto em seu corpo. Sinto a leve pressão de seu peito nos meus ombros e o vento vindo do rio e batendo em nós.

Meu estômago não se revira. Não sinto aversão, não quero me afastar. Ele não me pressiona, não me aperta. Não tenta tirar nada de mim. Nossos corpos, que se tocam de leve, disparam ondas de energia entre nós, me mantendo calma.

Carlos e eu, de pé aqui, em contato, somos duas pessoas que decidiram estar fisicamente próximas, que decidiram juntas como tocar e ser tocadas. Tem a ver com conexão, e não com controle. E, sim, acho que tem a ver com desejo no caso dos dois, mas não um desejo de *possuir* ou consumir o outro, e sim um desejo de se aproximar ainda mais, em todos os sentidos.

Quero muito isso, me aproximar de Carlos. Mas não agora. Ainda não. Não estou bem.

O vento fica mais forte. Sinto uma rajada vindo de uma direção completamente diferente. Meu cabelo voa e gruda na boca e as primeiras gotas de chuva começam a cair.

Dou as costas para a chuva e de repente percebo que estou cara a cara com Carlos, com o vento e a chuva nas minhas costas. Ele estica o braço e tira o cabelo do meu rosto. O vento volta a bater. Carlos mantém a mão firme na minha bochecha, impedindo meu cabelo de voar descontrolado.

— Acho que quero te dar um beijo. — Ele tem que levantar a voz por causa da rajada de vento repentina e do barulho das árvores e da correnteza. — Tudo bem?

Acho que também quero beijá-lo, mas preciso de tempo.

— Desculpa, eu não... — Minha voz morre. Eu apoio a testa no peito dele e respiro fundo. — Não estou pronta — sussurro, tão baixo que nem tenho certeza de que Carlos ouve.

Carlos tenta prender meu cabelo atrás das orelhas, mas o vento está forte demais. Então leva a outra mão à minha cabeça e enfia os dedos no meu cabelo — para segurá-lo com firmeza. Sinto seu queixo apoiado no topo da minha cabeça. É um gesto inesperado, mas também doce e reconfortante.

— Quer falar a respeito? — Carlos pergunta.

Faço que não com a cabeça e me afasto. Bem que eu queria, mas sei que não estou pronta para isso também.

— Talvez outra hora — digo.

Levo a mão ao cabelo quando Carlos tira a dele. Seguro as mechas soltas, com o vento ainda batendo no meu rosto.

A porta da varanda se abre. Malena coloca a cabeça para fora.

— É melhor a gente ir, Carlos. Vai cair o mundo.

Ele olha para o rio, nota a água agitada e depois olha para mim.

— É, acho que é melhor a gente ir.

— A gente te espera no carro — Malena diz, então dá meia-volta e entra.

Vou atrás dela.

— Malena...

Estico a mão para tocar o braço dela, tentando pensar no que dizer, em como recomeçar, mas Malena nem me dá a chance.

— Quê?

Olho para seu rosto, tentando encontrar a menina doce cantando reggaeton no banco do passageiro do meu carro, com quem dividi um sundae supremo. Tudo o que vejo é uma garota que não quer saber de mim. Malena balança a cabeça e se vira para ir embora.

Sinto um aperto no coração como nunca senti. Não quero que ela se machuque como eu, só porque um idiota decidiu tocá-la contra sua vontade.

Não quero que ela se veja em uma situação que a deixe vulnerável *àquele* tipo de toque.

Não quero que ela vá para casa esfregar a pele até ficar em carne viva, não quero que passe horas na banheira com água escaldante.

Não quero que ela se sinta como me senti ontem à noite.

Se o meu desejo de manter Malena a salvo fizer com que ela me odeie, acho que as coisas vão ter que ficar assim entre a gente. Pelo menos até que eu consiga pensar numa maneira de explicar tudo a ela. E a mim mesma.

— Anda, Carlos! — Soraida grita, já na porta da frente.

Eu o acompanho até lá, enquanto Malena e Soraida atravessam o gramado até o carro.

— Tenho certeza de que ela vai ligar para agradecer depois que a ressaca passar — Carlos diz, tentando aliviar o clima.

Nós nos olhamos por um momento, tentando pensar em uma maneira de nos despedirmos.

— É só me dizer, Ruby — Carlos fala. — Vou estar pronto quando você estiver.

VINTE E UM
MALENA

No domingo, minha bunda está ocupando o banco da frente da igreja católica Inmaculada Concepción.

Vir à igreja foi ideia de tia Lorna. Em um tom de voz carola e bem treinado, ela fez minha mãe se sentir culpada, dizendo: "Se tivessem mais fé, talvez Deus sorrisse mais para vocês".

Eu quis perguntar se esse Deus dela se diverte soltando as forças da natureza contra o mundo, mas, por *mami*, fiquei de bico calado.

A última vez que meus pais e eu pusemos o pé na igreja foi na minha crisma, dois anos atrás. Usei um vestido azul-claro novinho, com laços brancos delicados nas mangas. *Mami* até me levou no salão de beleza para fazer um penteado. Depois da missa e da bênção especial do arcebispo — que tocou minha bochecha com a mão aberta —, fomos ao nosso restaurante preferido, comer *mofongo en pilón* de frutos do mar. Sinceramente, o jantar foi a melhor parte.

Agora, ouvindo o sermão sobre as virtudes de Maria como modelo de obediência ao Pai e o retrato da pureza virginal, quero arrancar meus olhos.

Como é possível que Maria tenha passado a vida toda casada com José e nunca feito sexo? Que tipo de casamento é esse?

E por que temos que obedecer cegamente ao patriarcado? Que bem isso já fez a alguém?

Isso me lembra das aulas de religião na Sagrado Corazón, que sempre me deixavam confusas, porque desafiavam a lógica e o bom senso.

Mami está sentada ao meu lado no banco, agarrada ao rosário, assentindo sem hesitar. Será que ela está caindo nessa bobageira?

Tento relaxar no banco duro de carvalho e seguir seu exemplo, decidida a ouvir sem julgar.

Ela deve estar ignorando a missa. Deve estar rezando para que *La Virgencita* traga *papi* para junto de nós em segurança.

O padre continua com o discurso sobre obediência, e eu decido que já chega. Meu crânio vai literalmente explodir e espalhar sangue para todo lado se eu ficar mais um segundo que seja neste banco. Não me importo se tia Lorna vai pegar no meu pé por causa disso. Peço licença e me viro para sair do banco.

— Onde acha que está indo? — tia Lorna meio que sussurra, meio que grita.

— Ao banheiro — sussurro de volta, porque sei que é a única resposta que vai me liberar.

— Não dá para segurar? Que falta de respeito.

Pressiono as pernas e faço uma careta.

— Não dá. Acho que minha menstruação desceu — minto, porque, como toda garota sabe, estar menstruada te torna intocável.

Tia Lorna franze os lábios, faz uma careta feia e encolhe as pernas para que eu consiga passar.

Soraida faz menção de que vai me seguir, mas tia Lorna a pega pelo braço e a puxa de volta.

— Você fica aqui — ela diz, por entre os dentes. Carlos, que assiste à toda a cena da ponta do banco, tenta disfarçar a risada tossindo, mas não consegue. Ele também recebe um olhar mortal de tia Lorna.

Faço "foi mal" com a boca para Soraida e apresso o passo em direção aos fundos da igreja. Não tenho ideia de para onde estou indo, por isso entro na primeira porta que vejo.

Um longo corredor me leva a uma capelinha, afastada do burburinho da congregação. Tem vitrais lindos e poucos bancos. Um santuário aberto exibe uma imagem de Maria, com o coração em chamas e os braços abertos. A expressão gentil e bondosa em seu rosto toca meu coração.

De repente, percebo: esta Maria é a minha Virgencita, toda compaixão, amor e aceitação. Sem a parte cretina da culpa, do julgamento e da virgindade.

Pego uma vela de uma caixa à disposição e a coloco no enorme castiçal diante do santuário. Acendo um fósforo e o aproximo do pavio, até ver a chama ganhar vida.

Essa luzinha é minha prece. Esta capela vazia é minha igreja.

Esfrego a medalhinha que uso no pescoço e peço a *La Virgencita* para proteger meu pai, onde quer que ele esteja. Do outro lado do oceano que nos separa, envio tanto amor que faz meu coração doer.

A última notícia que tivemos foi de que ele estava distribuindo lonas para cobrir os telhados danificados nas cidades mais remotas, no alto da cordilheira central. Algumas áreas ficaram completamente isoladas, e a única maneira de acessá-las é por helicóptero. *Papi* odeia voar. Seu coração dispara, ele fica enjoado, as mãos não param de suar. *Mami* costuma segurar a mão dele durante a decolagem e o pouso, mas agora ele está sozinho.

Penso em *papi* e em todo mundo que deixei para trás. Penso na dor e no sofrimento, no desespero de tantas pessoas buscando sobreviver.

E penso na minha própria vida, em como está tudo uma confusão. Me pergunto se tenho o direito de reclamar de alguma coisa quando — no mínimo — tenho um teto sobre a minha cabeça, em vez de uma lona.

Meus olhos se demoram nos braços abertos de Maria, que eu interpreto como uma promessa silenciosa de que ela será a guardiã dos meus segredos.

— Não sei como ser eu mesma — confesso baixo. Parece algo bobo de dizer. Mas cada pessoa tem uma Malena diferente em mente.

Não sei qual delas é a real.

Depois da missa, estou louca para voltar para casa, mas tia Lorna convence *mami* a ficar para o almoço coletivo organizado pelas mulheres do grupo do rosário.

— Valeu por ter me abandonado — Soraida diz.

— É cada mulher e criança por si — brinco.

— Sei. Tive que ficar lá ouvindo aquela falação do padre Francisco por mais meia hora. Estou morrendo de fome.

Pegamos pratos descartáveis e entramos na fila da comida. Olho à frente e percebo que alguém fez pernil e *arroz con gandules.* Tem até um pudim, nadando em uma poça de calda de caramelo. Meu estômago ronca em expectativa.

Recebo uma notificação no celular, que está no meu bolso. Faço malabarismo com o prato, os talheres e o copo de refrigerante para ler a mensagem.

> Espero que a ressaca não tenha sido muito forte

> É o Javi, aliás

— Como Javi conseguiu meu número?

Fico olhando para a tela, repassando na cabeça o pouco que recordo da festa.

— Me pedindo. Ele te escreveu? — Soraida tenta pegar meu celular, mas eu o puxo antes, com reflexos dignos de uma ninja. No processo, derramo refrigerante nas mãos.

— Cuidado, Soraida!

— Me deixa ler — ela choraminga.

— Não.

— Cara, você é muito sortuda. Ele é tão gato… e tão rico. Deve ser ótimo na cama também. Eu bem que gostaria que minha primeira vez fosse com alguém como Javi.

— Ele beija bem mesmo — digo, arqueando uma sobrancelha.

— É o fim da *virgencita* Malena — ela brinca, mas depois seu tom se torna mais sério. — Não dá pra ele antes de vocês saírem algumas vezes pelo menos. Assim ninguém pode te acusar de ser fácil.

Olho de lado para Soraida. Até parece que ela já foi além de uma mão boba com um vizinho no sétimo ano, em uma brincadeira da garrafa especialmente intensa. Minha prima gosta de contar vantagem, mas provavelmente tira todas as informações que tem dos romances safados que lê.

Tia Lorna não deixa que ela saia com ninguém. Carlos, por outro lado, pode fazer o que quiser, claro — muito embora isso seja desperdiçado com ele, que só quer saber de beisebol. Acho que agora é diferente, com Ruby. Quem diria que ia se interessar por uma *flaca con pecho de plancha*.

Ele está parado em um canto, mandando mensagens com um sorriso bobo no rosto. Provavelmente para Ruby. Como posso ter me enganado tanto em relação a ela?

Soraida olha para um crucifixo em tamanho real no jardim e faz o sinal da cruz.

— Cuidado, prima — ela brinca. — Garotas assanhadas não vão pro céu.

Dou risada. Tive um namorado no ano passado, aos catorze anos. A gente caminhava juntos até minha casa depois da aula e se escondia atrás das árvores do parque para se beijar — mas não como beijei Javi. Era como um chá-chá-chá rápido e desajeitado em comparação à bachata sensual e experiente de Javi. Terminamos quando ele ficou grudento demais.

Na verdade, não sei se quero namorar agora.

Então penso em Javi. Na sensação de suas mãos em minha cintura. Nas minhas pernas enlaçando seus quadris na piscina. Nos meus seios pressionando o peito nu dele sem quase nada entre nós. Havia uma expressão em seus olhos, em seu rosto, que eu nunca havia notado em outro cara.

Desejo.

Javi me queria. Dava para ver no rosto dele, no brilho de seus olhos. No modo como sua expressão se abrandou quando ele me pegou com as duas mãos. Pela primeira vez na vida, me senti no controle.

Ele me queria, e cabia a mim decidir o que fazer com o desejo dele. O poder era meu.

Talvez eu não queira as complicações que vêm com um namorado — aguentar minha família fazendo um milhão de perguntas, principalmente. Mas, depois do que passei nas últimas semanas, eu bem que gostaria de ter aquela sensação de novo. De estar no controle de novo.

Carlos aparece de repente e se enfia entre mim e Soraida.

— A fila começa lá atrás, meu filho — Soraida diz, e o empurra de brincadeira.

— Talvez seja melhor vocês irem lá para fora — ele diz, se inclinando para nós e depois acenando com a cabeça na direção de tia Lorna, que está conversando com uma das amigas da igreja. Os braços dela estão cruzados e seu maxilar está tão cerrado que seus dentes poderiam trincar.

— O que está rolando? — pergunto, vendo minha tia chamar *mami* para o canto da fofoca.

— Ouvi falarem de vocês quando estava passando. E não era em um tom que sugerisse que vocês são santas. Coisa boa não é.

— Você falou alguma coisa sobre a festa? — Soraida solta.

Carlos ergue as mãos e diz:

— Não sou dedo-duro.

Soraida grunhe.

— Acha que elas sabem? — pergunto, revirando o cérebro em busca de uma explicação.

— Claro que não! — Soraida afirma, confiante. — Vamos comer. Estou morrendo de fome.

Carlos pega o prato que estou segurando e vai embora com ele, como se fosse seu.

— *Gracias* — ele diz, em tom travesso, e dá uma piscadela.

Não reclamo, mas Soraida diz um palavrão baixinho.

— Tenho certeza de que não é nada — ela fala, me passando outro prato. Dessa vez, não parece tão confiante.

Mami vira a cabeça para um lado e para o outro, procurando por mim em meio à multidão. Quando nossos olhos se encontram, tenho certeza de que é alguma coisa, sim.

Nem conseguimos comer. Assim que nos sentamos a uma mesa no jardim, tia Lorna surge do nosso lado, acompanhada de *mami*. Elas parecem igualmente putas.

— Vocês duas — minha tia vocifera. — Lá para dentro. Já.

Olho para o prato intocado e depois para *mami*, esperando seu apoio. Que não vem.

Soraida e eu reclamamos que estamos com fome.

— Não podemos comer primeiro? — ela choraminga.

— Já! — minha tia repete, com a voz no limite.

Deixamos os pratos na mesa e seguimos até a sacristia.

Assim que entramos, ela fecha a porta. Olho em volta, tentando decidir onde ficar. Os armários de madeira brilhante que vão do chão ao teto fazem o cômodo parecer menor do que realmente é. Tem um genuflexório diante de uma mesa onde o Santíssimo Sacramento fica exposto. E um guarda-roupa, onde imagino que fiquem as vestes do padre.

— Onde vocês estavam na sexta à noite? — tia Lorna pergunta. A julgar por seus olhos desvairados, ela já sabe a resposta. — E não se atrevam a mentir para mim. Não na frente do Corpo de Cristo. Lembrem-se que o Santo Pai tudo vê, *mija*.

Ela aponta para o ostensório bastante ornamentado onde fica a hóstia sagrada.

Fico olhando para a frente, com medo de que a falta de controle de Soraida sobre sua expressão facial possa nos trair.

— Malena? — *Mami* se aproxima de mim, e eu me afasto. Por que não tem cadeiras nesse lugar? — Você me disse que ia na casa de Xiomara. — Ela estuda meu rosto. — O que aconteceu?

Meu cérebro trabalha a todo o vapor, tentando bolar depressa uma história crível. Prefiro queimar no inferno — *perdão, Senhor* — a contar a verdade e correr o risco de nunca mais sair de casa.

— O primo de Xiomara deu uma festinha — digo. — Ficamos, tipo, uma hora lá. O que a gente ia fazer? Ficar sozinhas na casa dela? Não tinha escolha.

Até este exato momento, eu nunca havia mentido para minha mãe. Mas essa mentira me vem tão facilmente que começo a me perguntar se também é parte de ser uma garota destemida. Talvez mentir seja mais uma necessidade que uma escolha.

— Viram você beijando um menino — tia Lorna diz, virando o dedo em acusação para mim. — Numa jacuzzi, pelo amor de Deus. Que nem uma *cualquiera* sem vergonha. A história do sutiã é por isso então? Pra poder desfilar seus peitos por aí?

Meu rosto fica vermelho de raiva. Quem foi que nomeou tia Lorna a chefe da polícia moral? E por que ela acha que tem algum poder sobre mim?

— Espera, acho que alguém se confundiu. Quem entrou na jacuzzi com o namorado foi Beatriz, e não Malena — Soraida diz, tão calma e inocente que me pega de surpresa. Obrigada, *primita*. — As duas são bem parecidas de costas. É o cabelo comprido. Costumam confundir as duas mesmo.

Eu me obrigo a olhar tia Lorna nos olhos.

— Chega de festas — ela diz, seca. — E chega de dormir fora.

Soraida geme, abusando da sorte.

— Mas a gente não fez nada de errado.

Mami finalmente interfere.

— Vocês deveriam ter dito aonde iam e pedido permissão.

— Vocês não iam deixar — ouso dizer.

— Não seja *contestona*, *señorita* — tia Lorna me repreende.

Abro a boca para que ela veja que sou respondona mesmo, mas Soraida toca meu ombro de leve para me impedir.

— Podemos comer agora? — ela pede. — Por favor?

Duas rugas de preocupação marcam a testa de *mami*. Vejo em seus olhos que está inquieta. E que não acredita na nossa história.

Mas as duas não entenderiam a verdade. E, sinceramente, acho que no fundo preferem a mentira. Porque a mentira não entra em conflito com a imagem que criaram de mim e de Soraida.

— Vou mandar Carlos trazer os pratos de vocês — minha tia diz. — Podem comer aqui, depois limpar a sacristia e o altar.

— Mas isso vai levar a tarde toda — Soraida reclama.

— Liguem quando terminarem que eu venho buscar — tia Lorna diz, já se virando para ir embora.

— Não estou entendendo — digo. — Vamos ter que limpar a igreja?

— Pense nisso como uma forma de expiação, mocinha — minha tia diz. — E talvez no domingo que vem sua menstruação não desça mais no meio do sermão do padre Francisco.

Domingo que vem? Vou ter que voltar no domingo que vem?

Tia Lorna vai embora, e *mami* a segue. Fico olhando para a porta fechada pelo que parece ser uma eternidade. Me recuso a deixar que a sensação de sepultamento esmague minha alma.

Meu celular vibra no bolso. Eu pego o telefone.

> Tem planos pra hoje à noite?

Outra mensagem de Javi. Dessa vez, eu respondo.

> Me pega daqui a uma hora

Digito o endereço da Inmaculada Concepción.

> Na igreja?

> Meninas católicas adoram uma festa, você não sabia?

— Vou precisar que me dê cobertura — digo a Soraida.

— Finalmente!

— Como assim?

— Não me leve a mal, prima, mas já estava na hora de dar a cara a tapa e aproveitar a vida.

— Já faço isso — retruco, mas acho que sei o que ela está tentando dizer.

— Eu só estava esperando que você começasse a aproveitar a vida *aqui*. E não só com o lance da manifestação. Que fosse a festas, conhecesse garotos. De verdade, prima, eu estava preocupada com você. Ficou tão diferente depois do furacão, como se não soubesse mais rir, como se não soubesse mais se divertir. Mas parece que você está voltando ao normal.

Não sei se a velha Malena vai voltar um dia. Nem sei se quero isso. O que eu sei é: *esta* Malena está pronta para quebrar algumas regras. Se é para ser punida, é melhor que seja por um bom motivo.

Javi aparece em um Jeep vermelho-vivo. Eu entro, e assim que nossos olhos se encontram a sensação que eu estava buscando me atinge, como um raio em uma tempestade no mar.

— Não achei que você fosse responder — Javi diz, saindo do estacionamento da igreja, agora vazio.

— Achou errado, então.

As palavras que saem da minha boca são ousadas e sedutoras — não têm *nada* a ver comigo. Ou talvez tenham, sim. Talvez tenham tudo a ver com quem estou me tornando.

— Eu ia começar a ver um filme quando você respondeu. Quer ir a algum lugar ou ficar de bobeira?

Ele pega o celular sem tirar os olhos da rua e mexe na tela. Um rock tranquilo cantado em espanhol preenche o carro.

— Podemos ficar de bobeira — digo, sem saber ao certo se não acabei de concordar em ir para a casa dele. Nossa, sou péssima nisso. Mas agora não é hora de me acovardar. Agora é hora de ser a Malena destemida.

Javi me olha de lado, e um meio sorriso se insinua em seus lábios.

Minhas mãos suam loucamente, mas ele não tem como saber disso só olhando para o meu rosto. Retribuo o sorriso com olhos de *coqueta* enquanto agarro a bolsa como se estivéssemos prestes a derrapar na pista e bater de frente com um carro na contramão.

Passamos a maior parte do restante do caminho em silêncio. Tento decidir até onde essa versão intrépida de mim está disposta a ir. E tenho certeza de que Javi está se perguntando a mesma coisa.

Antes que eu consiga me decidir, estacionamos na garagem da casa dele e vamos para a porta. A casa ultramoderna parece diferente de dia, menos agradável e convidativa. A combinação de concreto, janelas de vidros grossos e ângulos agudos faz com que não pareça uma casa muito aconchegante.

Javi abre a porta de vidro e eu o sigo até a cozinha, que é ampla e aberta.

— Está com fome?

Ele abre a geladeira e dá uma olhada.

— Estou bem — digo, observando em volta. Paredes brancas. Armários brancos. Móveis brancos. — Mas aceito uma água.

Ele pega uma garrafinha plástica e a passa para mim.

— Valeu.

A água gelada combina perfeitamente com o ambiente em que nos encontramos.

— Que tipo de filme você está a fim de ver? — Javi se recosta na bancada de pedra branca e me encara. — Tem um home theater lá embaixo.

Aperto os dedos em volta da garrafa, pensando em como ir além de todos os limites que conheço até agora. Pensando em como assumir o controle. Como ser a garota que toma suas próprias decisões.

— Quero ver seu quarto — digo simplesmente, e fica claro que peguei Javi de surpresa.

Yo soy dueña de mi vida, a mí nadie me manda. A letra de "Ahora Me Llama", de Karol G e Bad Bunny, me passa pela cabeça. Estou pronta para provar que sou dona da minha vida? Que ninguém toma decisões por mim?

Ele cruza os braços e ergue a sobrancelha, parecendo achar graça.

— Tem certeza?

— A gente não vai fazer nada que já não tenha feito — digo, de repente incerta quanto ao que exatamente fizemos na jacuzzi antes de Carlos chegar.

As bochechas de Javi ficam vermelhas, e ele desvia os olhos por um momento. Está com vergonha?

Nossas mãos podem ter ido um pouco mais longe do que eu imaginava.

— É, mas, você sabe... — Ele dá de ombros. — A gente estava meio bêbado.

— Não estou bêbada agora.

Meu coração bate tão forte que sinto-o pulsar nos ouvidos.

— Carlos vai pirar — ele murmura para si mesmo, passando a mão na nuca.

— Carlos não decide o que eu faço — retruco em um tom de voz irritado, parecendo na defensiva. Dou um passo à frente. — Quem decide sou eu.

Javi me observa, baixando as mãos para a cintura. Algo em sua expressão se altera. Se antes parecia achar graça, agora parece reflexivo. Não desvio os olhos dos dele. Por que sinto que estou tendo que convencer o cara a me levar para a cama?

— Tem certeza? — Javi pergunta.

Meu coração continua batendo com a força de um tambor. Não sei o que estou pronta para fazer, mas digo:

— Tenho.

Devo estar ficando boa em mentir, porque parece verdade.

— É por aqui — ele diz afinal.

Eu o sigo escada acima. O quarto fica no fim de um longo corredor, e é enorme — muito maior que a cozinha e a sala do nosso apartamento somadas.

Uma cama king-size com cobertas tipo de um hotel é o ponto principal do cômodo. Faz a minha cama de solteira parecer uma piada de mau gosto.

Fico impressionada com a limpeza, considerando que é um quarto de homem.

Javi fica de pé à porta, com um sorriso desconfortável no rosto.

— É isso.

Eu entro e tomo a decisão consciente de me sentar na beirada da cama.

Até onde você está disposta a ir, Malena?

Agora, com a maciez do edredom sob a pele nua das coxas, começo a sentir um leve pânico. Puxo a barra da saia um pouco para baixo.

Javi hesita, ainda à porta. Sua expressão parece de alguém que não consegue acreditar na sua sorte. Fico observando seus olhos até encontrar o que estava procurando. O desejo. Continua ali. De repente, sinto que nadei para longe demais e não dou pé, com uma corrente que tenta me puxar.

Até onde você está disposta a ir, Malena?

Sou destemida, digo a mim mesma. *O corpo é meu, e a decisão é minha.*

Aceno com a cabeça, e Javi entende como uma sugestão de que chegue mais perto. Ele se senta ao meu lado na cama. Com delicadeza, leva a mão à minha nuca e começa a acariciar meu cabelo.

— Nossa, você é tão... perfeita.

Como responder a isso? Fico tão impactada que mal processo sua outra mão pousando na minha coxa nua e se aproximando, hesitante, da minha saia.

Empurro Javi com cuidado para o travesseiro e subo em cima dele.

Nos beijamos com vontade, quase com voracidade. Pressionando os lábios até incharem. É como se eu derretesse nele. Não quero que acabe.

Nossas mãos passeiam sob as roupas, explorando, vagando, acariciando. Tiro a blusa de Javi pela cabeça, e ele faz o mesmo com a minha.

Até onde?

Javi para por um momento para admirar o sutiã azul que estou usando. Seu toque é decidido, mas delicado, sem ser inconveniente ou apressado. Tenho certeza de que ele é guiado pela experiência — diferente de mim.

Ele beija devagar o meu colo, enquanto passa a mão pelos meus peitos. Fecho os olhos e me permito desfrutar da sensação.

Meu corpo não se cansa do seu toque. Parece que somos as duas únicas pessoas no universo. Mas minha mente está em guerra consigo mesma. Uma voz que se recusa a se calar me lembra de que nem conheço esse cara. Qual é o sobrenome dele?

Mas que diferença faz? Por que o que chamam de pureza deveria ter tanto poder sobre mim? Tenho certeza de que os garotos não pensam nesse tipo de coisa. Só vão em frente. Sem preocupações.

Fecho os olhos com mais força, torcendo para os pensamentos irem embora, para me deixarem a sós a fim de me divertir e me concentrar inteiramente na sensação alucinante do toque de Javi.

Ele enfia as mãos por baixo da minha saia e, em um movimento experiente, me gira para o colchão, ficando por cima de mim. Sinto o peso do corpo dele sobre o meu. A pele macia de seu peitoral tocando a minha. Javi tira meu sutiã, e algo dentro de mim muda.

Meu coração nunca se sentiu tão vulnerável e exposto. Tantos sentimentos conflituosos vêm à tona que sinto vontade de chorar.

Sem preocupações? Eu estava totalmente enganada.

Não tem nada de casual neste momento. Sinto isso em todas as células do meu corpo, que me dizem para não ir em frente.

Não posso. De repente, vejo isso com clareza. Não é o que eu quero.

Nem dou uma explicação a Javi. Só saio debaixo dele, me recomponho, pego minhas roupas e me visto depressa.

Corro de sua casa como se ela estivesse pegando fogo.

VINTE E DOIS

RUBY

Finalmente é sexta-feira, o fim de uma longa e dolorosa semana evitando lembranças da manifestação e sendo ignorada por Malena, ainda que eu tenha me desdobrado para garantir assinaturas o suficiente para entregar ao conselho — mais precisamente, trezentas e vinte e três.

Conseguimos. Conquistamos nossos dois minutos.

Em apenas dez dias, vamos apresentar nosso pedido na reunião do conselho escolar.

Só que Malena continua furiosa comigo. Achei que, se me concentrasse em conseguir as assinaturas necessárias, provaria que ainda me importo com tudo isso — que ainda me importo com *ela*. Mas Malena se recusa a falar comigo, e só manda rajadas de mensagens monossilábicas sobre reuniões de planejamento e os meandros dos protocolos do conselho estudantil. Alguns dias atrás, ela deixou uma pasta enorme no meu carro com um bilhete que dizia apenas "leia".

A verdade é que eu nem sabia o quanto sentiria falta dela. Malena estava começando a parecer a irmã que perdi em algum momento — a irmã que me ouvia, em vez de só ficar mandando em mim, que se importava com minhas ideias e opiniões. A irmã que me enxergava de verdade.

Meus pais têm mandado atualizações minuto a minuto sobre sua longa visita a Olive: a tarde que passaram com os alunos encantadores dela, os elogios efusivos que a diretora da escola fez aos seus talentos, os restaurantes e cafés excelentes de Atlanta e até como o apartamento dela em um bairro moderninho perto de algo chamado BeltLine é incrível.

É exaustivo.

Talvez uma tigela fumegante de *pho* seja exatamente o que eu preciso agora.

Hoje de manhã, Topher apareceu no meu carro e me implorou para levá-lo para comer *pho* e *dumplings* depois da aula. É sua comida preferida, e ele precisa de algo reconfortante.

Ele descobriu na semana passada que está entre os concorrentes finalistas a uma bolsa chique para estudar na Universidade da Virgínia. Vou levá-lo até Orlando amanhã para uma entrevista de duas horas com uma mesa de ex-alunos. Parece algo aterrorizante para mim, como um interrogatório, mas Topher está muito empolgado.

De qualquer modo, ele não precisou insistir muito. Adoro *pho*, e parece o dia perfeito para isso, considerando a chuva e o tempo feio, e o fato de que estamos estressados e assoberbados. Sem contar que Topher não vai trabalhar, o que é raro. Só isso já seria motivo para comemorar.

Estamos no prédio do auditório, esperando as meninas. Quando Nessa e Jo se aproximam de nós, vemos que estão usando botas de amarrar pretas, calça jeans estonada de cintura alta e malhas largas.

— Fala sério, vocês combinam que roupa vão usar e trocam fotos toda noite antes de ir dormir? — Topher diz.

A frequência com que elas aparecem vestidas igual é realmente impressionante.

As duas param à nossa frente, e Nessa passa um braço na cintura de Jo.

— Não — Jo diz. — Nem precisamos.

— Temos uma conexão espiritual — Nessa acrescenta, se inclinando para dar um beijo na boca de Jo. — A tecnologia moderna não tem nada a ver com isso.

— Afe — Topher faz, brincando. — Vocês exageram.

Ver como as duas são perfeitas uma para a outra faz com que eu me pergunte, de novo, se um dia vou ter um relacionamento assim.

— Agora vamos embora — Jo diz. — Estou louca para comer *dumplings*.

Jo se afasta de Nessa depressa, com os olhos arregalados.

— Não olha agora — Nessa sussurra —, mas o Atletinha está vindo pra cá.

Como sou incapaz de ser discreta, meu corpo inteiro se vira na direção que ela está olhando, um sorriso enorme se abre no meu rosto e meu coração palpita.

Carlos tira a alça da mochila de um ombro, abre o zíper e tira minha camiseta da corrida do peru de Ação de Graças de lá, tudo isso sem parar de andar e sem desviar os olhos dos meus.

Olho para Topher, cujas sobrancelhas estão tão levantadas que quase encostam no cabelo, e para Jo, cujo queixo caiu a ponto de quase tocar o chão de linóleo. Pelo menos Nessa está conseguindo se controlar.

— Sua camisola — Carlos diz quando ficamos frente a frente. — Lavada e dobrada. Obrigado por ter me emprestado.

Sinto minhas bochechas queimarem, vermelhas, e estico a mão para pegar a camiseta. Carlos não parece nem um pouco constrangido. Só me olha com um sorriso torto e fofo no rosto, como se fôssemos as duas únicas pessoas ali.

— Fiquei a semana toda querendo levar na casa da sua avó — ele diz —, mas o treino sempre atrasa.

Sua mão pousa sobre a minha por alguns segundos.

A imagem dele vestindo minha camiseta retorna à minha mente.

— Obrigada — digo, com a voz esquisita e rouca.

— Você pegou a camisola dela emprestada? Hum, safadinhos — Nessa diz. — Boa, Roobs!

Parece mais algo que Jo diria, e dá para ver que Nessa está orgulhosa de sua cara de pau.

Meu Deus do céu. Pareço incapaz de formular frases, por isso quem fala é Topher.

— Ruby se esqueceu de contar sobre a festa do pijama de vocês — ele diz, me encarando.

Carlos solta uma risada profunda.

— Foi muito mais inocente do que parece. — Ele pousa os dedos de leve no meu antebraço. — Não é, Ruby? — Carlos olha para minhas amigas. — Vocês são Jo e Nessa, certo? Ruby e Topher falaram muito de vocês.

— Só coisas boas — Topher diz.

— Sou a Nessa. Esta é minha namorada, Jo. Peço desculpas por ela.

— Jo ama beisebol — Topher diz. — Acho que foi tomada pela emoção.

— Talvez você pudesse, sei lá, autografar uma bola pra ela ou algo assim — Nessa diz, rindo e passando um braço pela cintura de Jo para puxá-la para perto.

Carlos me olha de um jeito que claramente quer dizer: "Eles estão me zoando?". O mais fofo é que, se Jo quisesse, ele provavelmente autografaria uma bola para ela, por mais constrangido que isso o deixasse.

— Ei, quer ir comer *pho* com a gente? — Topher pergunta.

Mordo o lábio e sinto um aperto no coração. Topher acabou de convidar Carlos para ir com a gente? Para se juntar ao nosso ritual sagrado do *pho*? Conheço Topher. Se convidou Carlos, é porque acha que é o que eu quero. E talvez seja mesmo, mas não tenho certeza de se é o que preciso — o que qualquer um de nós precisa. Não acho que esteja pronta para isso.

— O que é *pho*? — Carlos pergunta, confuso.

— Aquela sopa vietnamita — Topher diz. — Com pedaços de carne crua. Sabe?

Carlos me olha, à espera de uma reação. Será que quer que eu o convide? Mordo o lábio com mais força.

— Bem que eu queria… — Ele dá de ombros. — Mas tenho um negócio amanhã. O técnico quer que eu treine e depois descanse. Preciso acordar supercedo pra ir pra Orlando.

— Espera aí! — Jo solta.

Olha só… ela reaprendeu a falar.

— Você está falando do showcase? Você foi chamado pro showcase nacional? — Jo nem dá a Carlos a chance de responder. — Ai, meu Deus! Você foi! Isso é incrível!

Ela olha para nós três em busca de confirmação, mas é claro que não temos a menor ideia do que está falando.

— Hum, uma ajudinha? — Topher pede, olhando de um para o outro.

— É, tipo, uma reunião dos melhores jogadores do país com os olheiros da liga profissional e os técnicos universitários, e... Ai, meu Deus!

Jo faz uma pausa para respirar, o que dá a Carlos a chance de falar.

— É mais ou menos isso, acho. — Ele volta a revirar a mochila. — Vocês podem ir, se quiserem. Sei que Ruby não curte beisebol, mas se não se incomodarem com a viagem tenho uns ingressos sobrando. — Carlos tira um envelope da mochila. — Acho que é meio chato de ver, mas...

Jo solta um gritinho enquanto Nessa pega o envelope, abre e dá uma olhadinha dentro.

— Ah, a gente vai com certeza! — ela diz.

— E você, Ruby? — Carlos pergunta, voltando a olhar para mim. — Alguma chance de ir?

Se ele está atrás de pistas de como me sinto em relação a tudo isso, não vai ser bem-sucedido. Não tenho ideia. Estou simplesmente perplexa com minha ampla variedade de emoções. A única certeza que tenho é: antes de começar o que quer que seja com Carlos, preciso resolver umas coisas.

— Malena vai? — pergunto.

— Provavelmente. *Mami* costuma obrigar a família inteira a ir a esse tipo de coisa.

Acho que não custa tentar. Sei que Malena tampouco tem qualquer interesse por beisebol, então talvez a gente possa conversar e tentar resolver as coisas na arquibancada. Fora que me parece cada vez mais difícil dizer não a Carlos quando ele volta seus olhos castanhos e pidões para mim.

— Tá — digo. — Estou tranquila amanhã.

— Legal! — Carlos dá uma olhada no relógio, monitor de atividade física ou sei lá o quê. — Agora tenho que ir pro treino. Foi mal por não poder ir com vocês comer... esse negócio com carne crua. Talvez a gente possa fazer alguma coisa depois do evento amanhã.

Ele se vira e vai embora.

— Sério, Ruby? — Topher pergunta, em tom de acusação. — Você está tranquila amanhã?

Preciso de um nanossegundo para me lembrar por que ele está falando assim.

— Ah, merda. Digo, droga. Não acredito que esqueci.

Topher se recosta na parede e cruza os braços com vigor. Quando volta a falar, seu tom é puro sarcasmo.

— Não é nada, na verdade. Só a porcaria do meu futuro! Só minha única saída desse inferno que é a minha casa! Mas, ei, se você quer ir brincar com as bolas do Carlos, tudo bem. Sem problemas.

— Ela está mais interessada é no taco dele — Jo brinca, e ela e Nessa têm uma crise de riso.

— Será que vocês três não entendem um pouquinho que seja? Não fazem nem ideia? — Topher questiona, ignorando a grosseria de Jo. — Não têm noção de como é importante?

— Claro que entendemos, querido — Nessa diz, com doçura.

Jo se força a parar de rir e diz, com a voz o mais suave possível:

— É verdade, meu bem. A gente não queria...

— Não — Topher a corta, os braços cruzados com ainda mais força. — Vocês não entendem. Não têm ideia. Nessa, não foi sua *mãe* que te inscreveu no curso preparatório, sem você nem pedir? E não é ela que está pagando? Jo, me corrija se eu estiver errado, mas sua tia, que é professora universitária, não está revisando todas as suas redações?

De repente, Nessa parece preocupada, ou talvez só se sinta culpada. Jo tenta pegar a mão de Topher.

— E Ruby... não vou nem comentar — ele exclama, tirando a mão do alcance de Jo. — O céu é o limite pra você!

Topher abre os braços na minha direção, e eu recuo um pouco. Talvez ele esteja certo, mas não é como me sinto. O céu pode ser o limite para mim, mas me parece que ainda não descobri como decolar.

— Enquanto isso — ele prossegue, falando alto e com raiva —, estou me matando aqui! Sem nenhuma ajuda. Sem conselhos ou apoio.

Se não fosse pela porcaria do trabalho, eu não poderia pagar nem os lençóis da minha cama no dormitório.

Topher faz uma pausa, depois volta a cruzar os braços.

— Isso se eu conseguir ir pra faculdade, claro.

Ficamos em silêncio, só olhando, enquanto Topher volta a se recostar na parede.

— Pronto, acabei.

Nenhuma de nós parece ser capaz de dizer uma palavra que seja em resposta. Tenho certeza de que Nessa e Jo estão tão chocadas quanto eu com a explosão de Topher. Afinal, ele é a pessoa mais insuportavelmente otimista que conheço. O estresse do último ano deve estar enfim cobrando seu preço.

— Topher. — Dou um passo à frente para abraçá-lo. — Você tem apoio. O *nosso* apoio. Você sabe disso. — Ele relaxa em meus braços, liberando pelo menos um pouco do que deve ser um peso esmagador. — Não vou nessa chatice de beisebol. Vou te levar na sua entrevista — sussurro na orelha dele. — *Claro* que vou.

Nessa e Jo se juntam em um abraço coletivo em nosso querido Topher.

— Aaaaahhh — ele diz. — Vocês me amam!

— Muito! — Jo confirma, se afastando e desfazendo o abraço coletivo. — Agora vamos pedir uma tigela de *pho* gigantesca e quentinha pra você. Com bastante broto de feijão, como você gosta.

— E *bubble tea*? — Topher acrescenta, fazendo uma vozinha de criança insistente.

Confirmamos com a cabeça vigorosamente enquanto ele entrelaça o braço no meu e nos conduz rumo à garoa.

— Espera aí, a entrevista não é em um escritório importante de *Orlando*? — Nessa pergunta, já entrando no banco de trás do meu carro.

— É, mas…

— Que horas?

— Às dez — Topher diz, se sentando no banco do passageiro e enxugando algumas gotinhas de chuva do colete de lã. — Mas tenho que chegar *cedo*. Se me atrasar, já era.

— Então vamos todas — Nessa decide. — Vamos ser sua equipe de torcida particular, Topher! E depois podemos tornar os sonhos de beisebol de Jo realidade!

Aconchegada ao lado de Nessa no banco de trás, Jo pega os ingressos dela e digita alguma coisa no celular.

— Me dá um segundo — ela diz. — Estou vendo a programação. Topher se vira para elas.

— Sim, vai dar certo — ela confirma. — O jogo de exibição de Carlos é só à uma da tarde. A gente vai perder o início das competições, mas tudo bem.

— Perfeito — Nessa diz, batendo palmas, animada. — Vamos todos viajar!

No dia seguinte, exatamente ao meio-dia, Nessa, Jo e eu estacionamos diante de um edifício bem alto e chique do centro de Orlando para esperar por Topher. Não são nem 12h23 quando ele volta da entrevista, saindo para o dia ensolarado em seu único terno, que é lindo: vintage, cinza, risca de giz e com lapela larga. Um dos meus melhores achados no Fans & Stoves, modéstia à parte.

Topher leva a mão à testa e imita um desmaio. Ele caminha devagar na direção do carro, fingindo tropeçar, o que faz Jo baixar o vidro do passageiro e gritar:

— Anda! Tem trezentos jogadores excelentes esperando para se exibir para nós!

Para alguém que não se interessa por homens, Jo está estranhamente animada para ver um bando deles correndo de calça apertada.

— Xiu! — Nessa a repreende. — Estamos aqui para apoiar Topher, lembra?

Ele entra no carro pela porta de trás e se joga no colo de Nessa.

— Vou só colocar o endereço no GPS e... pronto! — Jo diz, mexendo no celular. — Dá quarenta e cinco minutos até lá. Vamos chegar atrasados.

— É sábado, não deve ter trânsito — digo, já saindo com o carro.

— Topher, como foi que...

— Estamos em Orlando, Ruby — Jo me interrompe. — Sábado é o dia de maior trânsito. Lembra da Disney? Da Universal?

— Pior que estamos indo nessa direção — Nessa diz, acariciando os cabelos de Topher. — Por que você demorou tanto?

Ele se aninha ainda mais no colo de Nessa.

— Ninguém vai me perguntar como foi? Estão tão focadas no Atletinha que nem podem dar um tempo para me apoiar quando preciso?

Seria bom se Topher estivesse um pouco menos rabugento. Afinal, acordamos supercedo para que ele chegasse à entrevista a tempo, *e* eu ainda escolhi a gravata perfeita para ele, que estava todo tenso e indeciso mais cedo. Jo levou um mocha (com chantili extra!) de um café superchique do bairro dela e Nessa deu a ele um saco inteiro de donuts polvilhados de açúcar.

Pensando bem, talvez isso tudo seja reação ao excesso de açúcar.

O GPS nos interrompe.

— *Obras à frente. Tempo estimado no trânsito: vinte minutos.*

Jo e eu grunhimos ao mesmo tempo, enquanto reduzo a velocidade do carro na I-4.

— Malditos turistas — Jo resmunga.

— Porcaria de obra — acrescento. Ainda estou me esforçando para não xingar. Pode ser o trabalho de uma vida toda.

— Já que perguntaram — Topher prossegue —, foi horrendo. — Ele se senta de um pulo. — Eu, dois velhos brancos e uma millennial odiosa de vestido social vermelho e salto agulha. — Topher começa a tirar o paletó. — Duas horas de interrogatório, sem parar. Eles me perguntaram o que estaria escrito na minha lápide. *Na minha lápide!*

— Isso não é meio mórbido? — Jo pergunta, distraída, sem tirar os olhos do mapa do GPS, como se isso pudesse ajudar a afastar o trânsito.

— É! — Topher diz. — Foi exatamente o que eu disse a eles. Mas, não, minhas amigas. Parece que não. Parece que a ideia é chegar à essência de quem eu sou. — Ele volta a se jogar no colo de Nessa. — Vocês querem saber o que eu disse? Querem saber o que eu disse?

— Conta pra gente, querido — Nessa diz, voltando a passar a mão nos cabelos dele.

— "Ficava deslumbrante de chapéu fedora"! Como se meu legado fosse ser minha aparência com a porcaria de um chapéu! — Topher suspira. — Já era.

Damos risada. O que mais poderíamos fazer?

— Não vou pra faculdade. Vou seguir os passos da minha mãe e passar a vida no subúrbio de Jacksonville como um auxiliar de enfermagem amargurado que trabalha demais e dorme de menos.

— Não seja tão dramático — Jo diz.

— Você é mais inteligente que nós três juntas, e suas notas são excelentes. Você vai pra faculdade — Nessa acrescenta. — E fica mesmo incrível de chapéu fedora.

A mulher do GPS nos interrompe de novo.

— Recalculando. Rota alternativa encontrada. Você economizará dez minutos.

Jo, Nessa e eu comemoramos. Saio da estrada e começo a acelerar pelo caminho fora da avenida.

— Ali! — Jo grita um tempo depois. — O Champion Stadium!

À 1h12, paramos no estacionamento, que é enorme e está quase vazio. Saímos do carro e corremos até a entrada mais próxima. Me chama atenção o fato de não estarmos ouvindo gritos e musiquinhas da torcida, ou quaisquer outros barulhos que seriam de se esperar em um jogo de beisebol importante.

Mas o que eu sei? É o meu primeiro jogo.

— Por que o silêncio? — pergunto, enquanto atravessamos os portões.

— Isso é coisa séria, Ruby — Jo me repreende. — Só os melhores jogadores do ensino médio são convidados, e eles não vêm pelos fãs: vêm para impressionar os técnicos universitários e olheiros da MLB. — Jo pega a mão de Nessa e a puxa para irem mais depressa. — Todo jogador de ensino médio que já foi selecionado na primeira rodada do draft da MLB esteve nesse evento.

— Aposto que ninguém perguntou a *eles* o que estaria escrito na lápide — Topher resmunga, amargo, enquanto tentamos acompanhar Jo e Nessa pelo corredor. — E o que é MLB, aliás? Mais uma coisa que eu não sei.

Tenho que revirar os olhos ao vê-lo se diminuir.

— Ai. Meu. Deus… Vocês são inacreditáveis! — Jo exclama. — É a liga profissional de beisebol.

— Quer dizer que tem gente que se profissionaliza direto depois da escola? — pergunto. — Carlos vai fazer isso?

— Ele se comprometeu com a Universidade da Flórida faz uns anos, mas pode ser chamado e nem chegar a jogar na liga universitária. Depende de como se sair hoje — Jo explica, nos guiando adiante. Meu estômago ronca quando passamos por uma barraquinha de cachorro-quente.

— Espera — Topher interrompe. — Ele foi aceito por uma faculdade antes mesmo do último ano?

— Provavelmente por mais de uma faculdade, e com bolsa integral — Jo responde, e dá de ombros.

— Cretino sortudo — Topher resmunga. — Eu devia ter aprendido a arremessar uma bola.

Saímos para o sol forte. O campo de beisebol se estende à nossa frente, verde-esmeralda.

— Ele está esperando para arremessar — Jo sussurra, empolgada.

Corro escada abaixo, passando pela arquibancada vazia. Sem nem pensar, ergo as mãos em volta da boca e grito:

— Uhul! Vai, Carlos! Joga essa bola!

Minha voz ecoa pelo estádio. Algumas pessoas na plateia dispersa se viram para me lançar olhares feios. *Opa*. Não sei bem o quê, mas tenho certeza de que fiz algo errado.

Carlos, que se mantém imóvel olhando para o batedor, parece nem ter me ouvido.

— Cala a boca, Ruby! — Jo vocifera. — Ele está tentando se concentrar.

Ocupamos lugares vazios umas dez fileiras para baixo. Está supervazio. Com exceção de algumas famílias e uns caras mais velhos de prancheta na mão, ninguém veio ver o jogo. Passo os olhos pela arquibancada, mas parece que nem a família de Carlos veio, afinal. Fico meio chateada por ele.

No fim das contas, parece que Jo nem precisava ter se preocupado com a concentração de Carlos. Mesmo a cinquenta metros de distância consigo ver seu olhar totalmente focado. Observo, deslumbrada, quando ele ergue a perna esquerda a ponto de quase tocar o ombro, recolher o braço e depois lançar todo o corpo para a frente, arremessando a bola na velocidade da luz.

É como um passo de dança esquisito e muito atlético. Fico completamente hipnotizada.

O batedor só fica lá, vendo a bola passar voando. O público comemora, animado.

— Agora a gente pode aplaudir? — Nessa pergunta.

— Pode! — Jo grita, ficando de pé. — Carlos acabou de fazer um arremesso de mais de cento e cinquenta por hora!

Pulo e começo a gritar, até que Jo me força a sentar de novo. Assistimos e aplaudimos (mas só quando Jo permite) enquanto Carlos arremessa bolas muito rápidas contra outros dois batedores atordoados. Alguns até tentam acertar a bola, mas os pobres coitados não têm chance.

Enquanto assistimos, Jo sussurra alto alguns comentários incompreensíveis.

— Olha só essa windup!

— Minha nossa, que bola curva traiçoeira!

— O slider dele é perfeito!

Não tenho a menor ideia do que é um slider, mas está ficando cada vez mais claro para mim que Carlos chega mesmo perto da perfeição no esporte. Ele é inabalável, e fica surpreendentemente lindo quando se prepara para arremessar. Sempre faz uma coisa muito fofa de tocar a aba do boné, não sei se por superstição ou coisa do tipo.

Quando o terceiro batedor sai de campo, o público comemora como nunca. Eu também, embora esteja mais concentrada em Carlos tirando o boné, passando a mão pelo cabelo, olhando para o chão e depois trotando até o banco de reservas (que Jo me ensinou que, no beisebol, costuma ficar abaixo do nível do campo). Ele parece tão fofo, todo humilde, apesar de ter claramente arrasado.

Pela primeira vez, me permito admitir.

— Acho que estou me apaixonando por Carlos Rosario — sussurro.

— Quê? — Topher pergunta, ainda olhando para os jogadores saindo de campo. — Não ouvi por causa do barulho.

Eu nem tinha percebido que não havia só pensado aquilo.

— Deixa pra lá — murmuro.

— Barulho? — Jo reage. — É o público indo à loucura! Foi uma entrada perfeita. O segundo rebatedor era um dos melhores do país. — Ela se joga de volta no assento. — Carlos é oficialmente um deus do beisebol.

Algumas entradas depois, acho que aprendi um fato importante sobre o esporte: quando um "deus do beisebol" está arremessando, o jogo é muito chato. Não tem nada para ver no campo além dos arremessos perfeitos de Carlos, que me provocam um friozinho desconcertante na barriga.

Toda vez.

Depois de um tempo, não aguento mais olhar. Me concentro no celular, rolando as telas das redes sociais sem prestar atenção. Minha mente está acelerada, apontando para um milhão de direções e me deixando ansiosa. O que significa admitir que gosto de Carlos? Ele diz que não é pegador, mas definitivamente se encaixa no perfil. E se só quiser transar? Por instinto, minha mão procura o ponto na minha barriga que não consigo parar de esfregar até ficar em carne viva. Será que eu conseguiria transar? E talvez seja ainda mais desconcertante se ele quiser algo sério. Eu conseguiria namorar um jogador de beisebol? Sendo amiga da irmã e da prima dele?

Ou pelo menos acho que ainda somos amigas.

Queria que Malena estivesse aqui. Queria que as coisas voltassem a ser como antes. Ela estaria sentada ao meu lado, fazendo comentários mordazes no meu ouvido, e teríamos que nos segurar para não rir. Aposto que tem uma barraquinha de sorvete no estádio. Poderíamos dar uma volta juntas para comprar um sorvete de baunilha com fudge de chocolate para dividir.

Talvez a gente encontrasse uma maneira de se desculpar uma com a outra, uma maneira de recomeçar, por conta do sorvete.

Quando o jogo acaba, Jo diz que precisamos dar um tempo a Carlos, por isso vamos até uma barraquinha comprar cachorro-quente. Como metade do meu, mas não me cai bem, e Nessa termina para mim. Depois do que parece ser uma eternidade, Jo nos leva para esperar na porta do vestiário. Carlos sai de banho tomado, usando jeans e camiseta. Está cercado por outros jogadores, que parecem estar lhe dando os parabéns. Não consigo me segurar. Corro até ele, tirando algumas pessoas do caminho, e o enlaço com os braços.

Carlos ri e se afasta.

— "Vai, Carlos"? "Joga essa bola"? — ele repete, incrédulo. — Nunca ouvi gritos tão literais num jogo de beisebol.

Ele mantém as mãos nos meus ombros. Adoro a sensação desse toque.

— Você me ouviu? — eu pergunto. — Achei que não tinha ouvido.

— Eu ouvi — Carlos responde, sorrindo para mim. — E aí arremessei a bola mais rápida do dia, para ver se você continuava com esses gritos esquisitos.

Dou outro abraço em Carlos, porque tudo o que quero é estar em seus braços. Então ouço um grupinho atrás de mim gritar o nome dele.

Eu me afasto depressa e me viro para o que parece ser toda a família de Carlos se aproximando. Como foi que não os vi na arquibancada?

Relutante, eu me afasto para ceder meu lugar à mãe de Carlos, que está dando pulinhos de alegria.

— Você foi maravilhoso, Carlos! — Ela o abraça e dá um gritinho.
— Acertou todas, como sabia que ia fazer! — A mulher se vira para o marido. — Não foi, amor? Como eu falei pra ele fazer!

O pai de Carlos se aproxima para abraçá-lo, o que é muito fofo, porque o filho é tipo um palmo mais alto que ele.

A família toda conversa animadamente, com exceção de Malena e Soraida, que vêm falar com a gente.

De repente, estou otimista. Malena optou por não me ignorar, o que pode ser um bom sinal. Mas então ela abre a boca.

— O que estão fazendo aqui? — Malena pergunta, diretamente para mim.

— Como assim? — retruco, sentindo na mesma hora uma necessidade de me defender. — O mesmo que vocês. Apoiar Carlos.

Ai, as coisas não estão andando como eu gostaria.

Sentindo a tensão, Nessa nos interrompe.

— Jo é louca por beisebol. — Ela passa um braço por cima do ombro da namorada. — Quando Carlos nos ofereceu ingressos, não pudemos recusar.

— Ele é incrível! — Jo diz, levando a mão ao peito.

Soraida dá de ombros.

— Ele faz isso o tempo todo.

Sei que está se esforçando para soar indiferente, mas noto certo orgulho na maneira como ela ergue o queixo.

Nessa me dá uma cotovelada de brincadeira.

— E tenho a sensação de que Ruby nunca mais vai perder um jogo.

— É? — Malena me olha, intrigada. — Não achei que você tivesse vocação para esposinha. — Ela me olha com dureza, e sinto a raiva crescer dentro de mim. — Mas acho que estava enganada.

Quê? *Esposinha?*

De repente, um pedido de desculpas não parece ser a abordagem certa. Estou muito perto de perder o controle. Me esforço para conter a raiva e preciso de toda a boa vontade para não explodir. Então vejo Carlos se destacando acima das cabeças de seus parentes. Ele olha bem para mim e seus lábios me fazem uma pergunta, sem produzir som: *Vem comigo?*

Sim, eu vou com ele.

Neste momento específico, não há nada que eu queira mais. Meu corpo inteiro fica mais leve diante da perspectiva, a raiva derrete. Fora que todo mundo já parece achar que somos um casal. Quem sou eu para causar uma decepção?

Faço que sim com a cabeça, de leve, e Carlos começa a se afastar do grupo. Pelo canto do olho, noto que Malena faz cara feia.

Ah, paciência. Resolvo as coisas com ela depois.

— A gente se encontra no carro daqui a pouco — digo a Jo, Nessa e Topher, tentando evitar o olhar raivoso que Malena me lança.

Quando estamos fora do campo de visão dos meus amigos e da família dele, Carlos pega minha mão e avançamos em meio aos diferentes grupinhos parados nos corredores do estádio.

Viramos uma esquina e damos com um corredor curto levando a uma barraquinha vazia.

Finalmente a sós.

— Aonde está me levando? — pergunto.

— Aqui, acho — ele diz, virando de frente para mim. — Achei que talvez... — Carlos me puxa para mais perto e pega minha outra mão. — Se conseguíssemos ficar a sós, você me diria que...

— Estou pronta.

Antes que as palavras saiam por completo da minha boca, estamos na parede. Eu imprenso seu corpo, nós dois nos atrapalhando com as mãos. Carlos me puxa para si. Nossos lábios colidem. Meu corpo se acende e minhas mãos procuram sua pele nua. Nos beijamos com vontade, meus dedos roçando seu antebraço, seu pescoço, enquanto os dele entram por baixo da minha blusa e passam pela minha lombar.

Minha mente parece prestes a explodir com a sensação que percorre meu corpo. Minha mão, que parece ter vontade própria, encontra um caminho por baixo da blusa de Carlos. Sentindo os músculos de seu abdome, deixo meus olhos se fecharem e meus lábios procurarem os dele.

— Espera — Carlos sussurra em meu ouvido.

Abro os olhos e vejo que seus olhos estão fixos nos meus, intensos e talvez um pouco angustiados. Ele toca minha bochecha e beija minha boca de leve.

— A gente não deveria sair primeiro ou algo do tipo?

Dou risada, jogando a cabeça para trás. É como se o sol da Flórida preenchesse todo o meu peito.

— Acho que sim — digo. — Que tal hoje à noite?

— Está me chamando para sair hoje à noite? — ele pergunta.

— Oras, por que não? — digo, tentando parecer formal e brincalhona, mas ainda ofegante devido à intensidade da pegação de pouco antes. — Estou, sim.

— Perfeito — Carlos diz. — Vou adorar.

— Ótimo — digo, com um sorriso amplo no rosto. — Te pego às sete.

Ele se inclina para outro beijo suave na boca.

— Seu rosto está todo vermelho — Carlos sussurra.

— Hum — murmuro.

Seus lábios descem pela minha pele.

— O pescoço também.

— Tenho certeza de que meu corpo inteiro está assim — admito, inundada pela sensação de seus beijos.

Carlos solta um gemido baixo.

— Obrigado por ter vindo hoje — ele diz, com a testa encostada na minha. — Significa muito pra mim ter você aqui.

— Foi meu primeiro jogo de beisebol — sussurro.

Olhamos para baixo, com as testas ainda se tocando, a respiração entrecortada se acalmando.

— Sério? — ele pergunta, surpreso. — Na vida?

— Mas tenho certeza de que não vai ser o último.

Ergo o queixo para encará-lo.

Carlos ri e volta a me beijar, enlaçando minha cintura — o que é ótimo. Porque esse cara faz meus joelhos literalmente fraquejarem.

VINTE E TRÊS

MALENA

Recebo uma mensagem de Ruby bem quando a sra. Baptiste me informa que só tem quinze minutos.

> A caminho

Minha irritação só cresce. Seguro o celular com mais força enquanto digito: **Nem precisa vir**. Meu polegar paira sobre o botão de enviar, mas não consigo ir adiante. Ela precisa estar aqui.

Por mais que eu odeie admitir, preciso dela.

Apago a resposta e me viro para a sra. Baptiste, que ajusta uma prega da saia, com estampa de papoulas. É linda.

— Era a Ruby — digo, com uma voz envergonhada. — Ela está chegando.

A sra. Baptiste dá uma olhada no relógio na parede atrás de mim.

— Desculpa — murmuro, irritada por ter que fazer isso por Ruby. Onde é que ela está?

Essa deveria ser a última reunião estratégica antes de apresentarmos nosso pedido ao conselho escolar, na segunda-feira. Achei que fosse ser uma reunião de três mulheres empoderadas e seguras de si, determinadas a completar sua missão. Até me permiti esperar por uma conversa entre mim e Ruby depois, para aliviar o clima. Talvez pudéssemos voltar ao restaurante porto-riquenho e dividir uns *pastelillos* de goiaba.

Mas tudo não passou de fantasia, claro. A realidade é uma amarga decepção.

— Estou certa de que ela se atrasou por um bom motivo — digo, pouco convicta. Tamborilo sem parar nas minhas anotações com a caneta. Pesquisei vários exemplos de comitês de professores e alunos e regras de vestuário justas. Lucinda estava certa. Há uma enorme diferença entre igualdade e equidade. Igualdade implica todo mundo receber a mesma coisa; equidade implica cada um receber o necessário para seu sucesso.

— Você leu a apresentação dela? — a sra. Baptiste pergunta.

Faço que não com a cabeça. Percebo que já é quinta-feira e não tenho ideia do que Ruby vai dizer na reunião de segunda. Será que ela pelo menos deu uma olhada na pasta com as políticas do conselho que a sra. Baptiste passou para a gente?

Depois de um longo silêncio, a professora pergunta:

— E seu projeto final, como anda?

— Estou mexendo no material que gravei durante o protesto — conto. — Achei que seria legal fazer uma retrospectiva de tudo.

— Ótima ideia — ela diz.

Estou editando uma linha do tempo dos eventos que filmei no celular, mas algo ainda não parece certo. Todos os documentários que vi — ou os melhores — se ancoravam em algo maior do que a história em si. Tinham alguma mensagem importante que ficava com os espectadores muito depois que terminavam de assistir.

— Já fez as entrevistas? — a professora pergunta.

— Ainda não.

Temos que entrevistar pelo menos três pessoas para o projeto. Ruby estava na minha lista, mas agora não sei.

— Faz tempo que quero perguntar sobre o seu pai. Ele continua em Porto Rico?

Suspiro, tentando recordar a última vez que ouvi a voz de *papi*. Sinto um nó se formar na garganta. O Dia de Ação de Graças é daqui a duas semanas e minha mente fica em branco sempre que tento imaginar o jantar sem ele. *Papi* corta o peru como um chef de primeira linha — usando uma faca serrilhada especial, dando a cada um sua parte preferida e ficando com uma coxa e uma sobrecoxa só para si. O Dia de Ação de Graças é o feriado preferido dele, e o meu também, consequentemente. É o único dia do ano em que se admite — e até se espera — que a gente coma sem parar e até passar mal.

Mami e eu fizemos questão de evitar o assunto até agora. Não mencionamos o Dia de Ação de Graças, o Natal, o Ano-Novo ou o Dia de Reis. A única lembrança latente de tudo isso são as *pasteladas* da *abuela*. Não há como evitá-las.

A expressão da sra. Baptiste se abranda. A compaixão em seus olhos me obriga a desviar o rosto para evitar as lágrimas.

— Ele está trabalhando em áreas sem sinal de celular. Tentou ligar de um telefone via satélite alguns dias atrás, mas a estática atrapalhou.

— Seu pai é um santo por fazer esse trabalho. Como você está lidando com tudo?

Dou de ombros, precisando de um minuto para pensar no que responder. Ninguém nunca me perguntou isso.

— É difícil — digo, engasgando nas palavras. — Tenho tentado fazer as meditações que você passa em casa também. Tem ajudado um pouco.

— Fico feliz em saber, Malena. Se precisar conversar…

— Desculpaaaaa! — Ruby irrompe porta adentro vinte minutos depois do horário marcado. — Tive uma emergência. O que perdi?

— Onde você estava? Ficamos esperando uma eternidade — digo, tentando não soar tão decepcionada quanto me sinto.

— O carro do Carlos não queria pegar. Tive que dar uma carona ou ele ia perder o treino, e o campo fica do outro lado da ponte — Ruby explica, como se isso fosse novidade para mim. Quando foi que ela se tornou especialista em tudo relacionado a meu primo?

— Então quer dizer que você passou de esposinha a motorista? — zombo, sem conseguir esconder a irritação. — Carlos não podia chamar um Uber ou alguma coisa assim? Ele tem telefone.

— Bom, é, acho que podia — ela gagueja. — Mas tem todo o equipamento…

Olho feio para ela enquanto se senta à minha frente, de repente consciente do que mudou. Ruby se perdeu — para o meu primo. Não sei com quem fico mais brava, se com ela ou com ele.

— Muito bem, meninas. Não temos muito tempo, então vamos direto ao assunto — a sra. Baptiste diz. — Quero discutir o plano B: como vão proceder diante de uma negativa do conselho escolar. Malena me falou sobre a ideia de formar um comitê docente-discente, o que acho que pode funcionar bem.

Abro a boca, pronta para compartilhar tudo o que venho pesquisando, mas Ruby fala primeiro.

— A dra. Hardaway não vai aceitar — Ruby afirma, desdenhando da ideia.

— Como você sabe? Nem perguntamos a ela — retruco, com a voz aguda e claramente frustrada. Odeio soar assim, toda agitada e emotiva, como se fosse o estereótipo da latina escandalosa e descontrolada.

— Já me reuni com ela, lembra? — Ruby fala com toda a calma e compostura, de maneira oposta à minha. Percebo que é a mesma maneira como Carlos costuma falar: em um tom tranquilo, sem se alterar. Acho que ele já está começando a influenciá-la. — A dra. Hardaway foi categórica quando disse que não tem nada que possamos fazer a respeito. Pelo menos não no curto prazo.

Sinto as bochechas queimarem de raiva.

— Qual é sua sugestão, então? — pergunto, em tom de acusação. — E se o conselho não ouvir a gente? Como fica? Vamos ter feito tudo isso... tudo isso à toa? Vamos simplesmente desistir? — Sinto um aperto no coração diante dessa possibilidade. — Só acho que precisamos estar preparadas para o próximo passo — concluo, me recompondo.

— Próximo passo? Acho que a gente pode entrar com um processo. Tenho certeza de que a UALC vai adorar se envolver nessa história. — A voz de Ruby permanece fria e indiferente. — Viram a carta aberta que tem no site deles? Sobre regras de vestuário com viés de gênero serem ilegais? É excelente. É sério, nossa situação é bem o tipo de coisa que eles fazem.

A sra. Baptiste se aproxima de nós com as mãos abertas, o que faz suas pulseiras douradas se sacudirem.

— Não vamos colocar o carro na frente dos bois. Ninguém vai processar ninguém. — Ela suspira, depois acrescenta: — Ou pelo menos é o que esperamos.

A professora se levanta e dá a volta em sua mesa, então puxa a cadeira para se sentar de frente para nós. Por alguns segundos, avalia nós duas, sem que sua expressão relaxada se altere.

— Ruby, você trouxe um rascunho da sua apresentação para o conselho? — a sra. Baptiste pergunta.

— Estou trabalhando em um resumo dos pontos principais — Ruby diz, se recostando na cadeira. — É difícil me concentrar durante a semana, com provas e lição de casa, sabe?

Não, eu não sei, quero dizer, porque isso é importante, mais importante que qualquer lição de casa idiota. Fora que sei com certeza que ela tem passado a maior parte do tempo com Carlos, pelo menos quando ele não está no treino.

— Quando vai estar pronto? — pergunto, sem saber como a sra. Baptiste se sente em relação à desculpa da lição de casa; afinal de contas, ela é professora.

— No fim de semana — Ruby responde, desviando os olhos da sra. Baptiste para mim. — Já comecei. Só preciso de tempo para preencher alguns buracos.

Ela se endireita na cadeira, no que só pode ser uma tentativa de transmitir competência.

Não caio nessa.

— Precisa de ajuda? — a sra. Baptiste pergunta. — Se estiver sobrecarregada com a escola, Malena pode ajudar você a desenvolver o resumo. Ela fez uma vasta pesquisa.

Fico olhando para a professora, surpresa com a sugestão. Ela acha mesmo que posso escrever a apresentação? Que posso fazer isso bem? Por que *eu* não me sinto da mesma maneira? Bom, acho que eu poderia tentar.

— Ou eu poderia fazer um brainstorming com vocês — a sra. Baptiste prossegue. — Que tal amanhã, depois da aula?

Eu me viro para Ruby, no aguardo de uma resposta.

— Eu agradeço a oferta — Ruby diz, respirando fundo e abrindo um sorriso tenso. — Mas não há necessidade de tomar mais do seu tempo. Eu disse que ia fazer e vou fazer. Pode confiar, está tudo sob controle. — Ela assente, se ajeitando na cadeira. — Vai ser melzinho na chupeta, como diria minha avó.

Sinto a tensão se acumular nos meus ombros. Quero desesperadamente acreditar nas palavras que saem da boca de Ruby. Mas, no momento, nem conheço essa menina. Sua expressão é equilibrada e confiante, mas não passa de uma máscara. Tem algo de errado com Ruby. Ela anda distraída e retraída, muito diferente da versão "ninguém me diz o que fazer" de duas semanas atrás. Até seu rosto está diferente, ainda mais pálido que o normal. Talvez seja Carlos. Talvez a reunião de segunda a esteja deixando nervosa. O que quer que seja, espero que Ruby consiga se controlar. E espero que ela não deixe para o último minuto. Tem coisa demais em jogo — para nós duas.

— Acho que você deveria deixar a gente ajudar, Ruby — insisto, assertiva. — Isso é importante.

— Eu sei que é — ela retruca, na defensiva, deixando de lado por um momento o sorriso que vinha sustentando. — Mas está tudo sob controle. Deixa comigo, Malena. — Ela faz uma pausa e dá de ombros. — Sem contar que Olive falou que vai ler a apresentação e fazer algumas sugestões. — Ruby se vira para a sra. Baptiste. — Minha irmã tem muita experiência com esse tipo de coisa.

Tenho certeza de que Olive vai fazer o seu melhor para ajudar, mas a recusa à oferta da sra. Baptiste me deixa louca. Ela é a única pessoa aqui que sabe de verdade qual é a melhor maneira de abordar a diretoria. E, como uma mulher negra, pode contribuir a partir de uma perspectiva diferente, trazendo à tona questões em que não estamos pensando. Odeio que Ruby não enxergue isso.

A sra. Baptiste assente, em silêncio, com um sorrisinho no rosto.

Minha mãe dá esse mesmo sorriso de vez em quando. Forçado e educado. Eu não gostaria de receber um desses.

— Se tem confiança no seu plano, Ruby, não há muito mais que eu possa fazer. Por que não manda sua apresentação para Malena no fim de semana, para que ela faça algumas sugestões? Ou vocês duas podem se reunir aqui na segunda de manhã.

— Claro — Ruby diz. — Vamos fazer isso. Malena e eu combinamos.

— Muito bem. Acho que acabamos então — a sra. Baptiste anuncia. *Não acabamos nada*, quero dizer. *Não chegamos nem perto de acabar!*
Antes que eu possa falar alguma coisa, a professora se levanta.

— Agora preciso mesmo ir — ela diz, se levantando e pegando a bolsa. Ruby se levanta e se dirige à porta.

— Obrigada por nos apoiar — ela fala à sra. Baptiste, então vai embora.

A professora e eu ficamos vendo em silêncio Ruby se afastar, de repente concentrada no celular. Deve ser Carlos, marcando de se encontrarem. Parece que não vamos sair para comer *pastelillos* de goiaba juntas no fim das contas.

Enfio minhas anotações na mochila, puta por não termos discutido meu plano B. Puta por Ruby ter perdido a reunião por causa de um garoto. E talvez puta comigo mesma. Por que não bati o pé, desde o momento em que Lucinda veio com seus conselhos nada úteis? Por que não falei que faria a apresentação na reunião do conselho, já que sou eu quem tem a história para contar? Que tipo de garota destemida é essa?

— Pode me acompanhar até o carro? — a sra. Baptiste pergunta, pendurando a bolsa no ombro.

Faço que sim com a cabeça e a sigo até o estacionamento dos professores, sentindo o peso da mochila, da frustração com Ruby e da sensação de ser tão patética.

— Sua ideia do comitê docente-discente é promissora — a sra. Baptiste declara quando chegamos ao carro dela, um Fusca amarelo com um vasinho de margaridas ao lado do volante, o que me faz sorrir. — Acho que Ruby julgou mal a dra. Hardaway. Faz um bom tempo que conheço Penny, e ela gosta de soluções. Cá entre nós duas, acho que a história toda com os absorventes foi equivocada. Mas pode acreditar em mim: Penny não é uma pessoa cruel. Pode ser dura, mas não é cruel. Há espaço para diálogo, para se chegar a um acordo.

A professora abre a porta do carro e joga a bolsa lá dentro.

Fico ali, em silêncio, me perguntando: como é possível uma pessoa chegar a um acordo com alguém que a magoou tanto quanto a dra. Hardaway me magoou?

— Sem querer ofender, mas ela parece totalmente sem noção — digo. — Não tem ideia das coisas com que temos que lidar todos os dias.

Nem consigo acreditar que estou admitindo isso diante de uma professora. Mas a sra. Baptiste não é qualquer professora. Sei que posso ser sincera com ela.

A sra. Baptiste parece pensar a respeito por um momento. Depois de um bom tempo, ela pergunta:

— Você já ouviu falar em um livro chamado *Era isso que eu estava usando*?

Faço que não com a cabeça e pego o celular rapidamente para fazer uma busca. Pela descrição, é uma coletânea de fotos e relatos em primeira pessoa de vítimas de violência sexual.

— É bem difícil de ler. Quando encontrei esse livro pela primeira vez, percebi que tinha mais em comum com a dra. Hardaway do que imaginava. — A sra. Baptiste entra no banco do motorista, mas segura a porta do carro aberta. — Você deveria dar uma olhada. Pode te ajudar a perceber isso também.

— Acho que não entendi direito o que isso tem a ver comigo — digo, confusa.

A mão da professora se demora mais um pouco na maçaneta. Ela desvia o rosto, olha para a estrada e suspira. Fico ali, esperando que me explique.

— A violência sexual é um espectro, Malena — a sra. Baptiste começa, virando para me olhar. Há uma intensidade em seus olhos que não estava ali antes. — Falamos bastante de estupro, mas também inclui exposição de nudes por vingança e mensagens obscenas. Xingamentos, toques indesejados. Qualquer atividade sexual sem consentimento.

Faço que sim com a cabeça, absorvendo suas palavras. Li a respeito na internet, mas parece diferente vindo da sra. Baptiste — mais real.

— Mulheres como nós, mulheres racializadas, correm mais riscos — ela continua. — Preconceito de gênero, racismo e sexismo se conectam de maneiras terríveis. Metade das pessoas transgênero e das mulheres bissexuais sofrem violência sexual em algum momento da vida. *Metade* — ela repete, batendo no volante com a palma da mão aberta.

— Sei — digo, absorvendo as informações. Sinto um aperto no coração só de pensar que há pessoas que passam por coisas muito, muito piores do que a situação pela qual passei.

— Você está fazendo um trabalho muito importante, Malena — a sra. Baptiste prossegue. — Mas, pela minha experiência, é preciso uma vida inteira pra se compreender inteiramente esse tipo de coisa.

A porta do carro se fecha. Fico repetindo o título do livro mentalmente enquanto vejo o Fusca amarelo dar ré, virar e sair do estacionamento dos professores.

Era isso que eu estava usando.

Mais tarde, estou sozinha na biblioteca pública de Orange Park, procurando pelo livro. Não demoro muito para encontrá-lo. Tiro o volume pesado de uma prateleira no alto e me sento a uma mesa no canto nos fundos. Os desconhecidos que circulam à minha volta se dissolvem na periferia do meu campo de visão enquanto mergulho nas imagens e histórias.

Nunca vi nada igual. É um daqueles livrões de fotografias, impressos em papel brilhante. As imagens retratam rostos e corpos de vítimas de estupro nos anos 1980 segurando as roupas que estavam usando quando foram atacadas. Será que a sra. Baptiste queria que eu visse este livro porque é como um documentário em forma de livro, em que vítimas de violência sexual contam sua própria história?

Paro de página em página, absorta. Fico maravilhada com a coragem dessas mulheres, impressionada com o poder de sua voz coletiva.

Estou na metade do livro quando a vejo. Pisco várias vezes, esperando que algo na página se altere. Ou talvez que as sinapses do meu cérebro sejam concluídas e me digam que estou enganada. Que a mulher segurando o vestido azul e encarando a câmera não seja quem acho que é.

Ela tem um rosto delicado, jovem, sem rugas em torno dos olhos, sem nenhuma das marcas de idade que agora pontuam sua pele. Uma juba ruiva indomada cai livremente sobre seus ombros, sem os fios cinzas que se apoderaram dela quase trinta e sete anos depois que a foto foi tirada.

Seu corpo veste apenas um collant bege, uma camada de proteção fina como papel entre ela e o mundo. Eu preferiria que estivesse usando uma cota de malha no lugar.

Mas o que realmente chama minha atenção é a expressão em seus olhos. Ela poderia derrubar um muro com um único olhar se quisesse, tamanha a determinação que demonstra.

O vestido está pendurado em um cabide, do tipo em que as lavanderias devolvem as peças. Tem manchas de terra e sangue, e uma alça rasgada cai frouxamente sobre o corpete.

A citação ao lado diz:

Meu vestido branco preferido. Era nosso primeiro encontro, e eu estava muito animada. Ele era bonito, vinha de uma boa família e estudava medicina. Achei que tinha muita sorte por ele se interessar por mim. Mas, quando eu mandei que parasse, ele não obedeceu. E, quando eu gritei, ninguém me ouviu. Nunca contei a ninguém. Até agora.

Leio o nome dela em voz alta:

— Penny Hardaway.

Repito, mais devagar:

— Penny Hardaway.

Meus olhos se enchem de lágrimas por essa jovem, que agora é uma mulher. Minha atenção se alterna entre a citação, seu rosto e seu vestido, em um círculo de dor infinito.

Uma vozinha cheia de compaixão repete no vazio do meu peito: *Eu a conheço. Eu a conheço.*

A dra. Hardaway.

A diretora-assistente da escola.

Penny Hardaway.

Uma sobrevivente de estupro.

Todas elas são uma só.

São todas a mesma.

Enquanto estudo a foto de Penny Hardaway, penso, impressionada, na coragem que ela deve ter precisado reunir para falar, para se expor diante do mundo todo. É como se estivesse tentando dizer: *Sou mais do que a carne em volta dos meus ossos. Não sou um objeto sexual. E não tenho medo.*

As palavras da sra. Baptiste voltam à minha mente: *Percebi que tinha mais em comum com a dra. Hardaway do que imaginava.* Então a sra. Baptiste também é uma sobrevivente de estupro? Por que ela não me disse?

Me seguro na mesma hora. É a sra. Baptiste quem decide se vai contar sua história, e como. Ela e mais ninguém.

Minhas mãos fecham o livro com toda a delicadeza. Eu o carrego nos braços até o balcão da biblioteca como se fosse um frágil vaso de vidro.

Devo a Penny Hardaway e a todas as outras mulheres neste livro tratar sua história com cuidado e respeito. Foi desta maneira que elas escolheram contar suas histórias.

Como vou escolher contar a minha?

VINTE E QUATRO

RUBY

— Ei, Ruby...

Ergo os olhos da página em branco na tela de computador, aliviada por ter uma distração do cursor piscando incessantemente.

— Acha que sua avó se importaria se eu esquentasse a lasanha que sobrou?

Carlos está no assento sob a janela, com as pernas esticadas na mesmíssima almofada em que li todos os livros do Clube das Babás. Logan e Mary Anne eram interessantes, claro, mas Carlos — mesmo sentado sem fazer nada — é muito melhor.

— Você já comeu metade da assadeira — eu o provoco. — E faz só uma hora!

Ele dá de ombros.

— O que posso dizer? Ela faz uma lasanha muito boa. Tipo, minha mãe até faz lasanha, mas com queijo de saquinho.

— Sério isso?

— Sério — Carlos diz, sorrindo de um jeito que me deixa tão derretida quanto a muçarela de primeira da lasanha da minha avó. — Soraida chama o troço de *La Llorona*.

Não sei o que isso quer dizer, mas deixo passar. Tenho vergonha de ficar sempre pedindo que Carlos traduza as coisas para mim. Mas ele deve perceber que estou confusa, porque acrescenta:

— Porque quem come tem vontade de chorar.

Ele ri sozinho. Continuo sem entender a piada.

— Pode ir lá — digo. — Mas, até onde sei, lasanha não é rica em proteína nem low-carb.

— Virou minha nutricionista agora? — Carlos dá risada de novo. — Não precisa se preocupar com isso, Ruby. Minha mãe e *abuela* já se preocupam o bastante.

Ele se levanta, tira os fones de ouvido e deixa o notebook aberto sobre a almofada. Dou uma olhada na tela e não consigo evitar uma cutucada.

— É você? Está assistindo a si mesmo jogando beisebol?

Carlos confirma com a cabeça.

— É, por quê?

— Bom, sei que você é meio vaidoso, mas isso não é um pouco... demais?

— Estou vendo gravações, Ruby. — Ele balança a cabeça devagar. — Sou obrigado a fazer isso.

Outra coisa do mundo de Carlos que não consigo entender.

— Não é esquisito? — pergunto. — Toda a atenção que te dão?

— Como assim?

— Malena me disse que sua família inteira se mudou pra cá por sua causa, quando você ainda era pré-adolescente, e que o mundo de todos eles gira em torno do beisebol.

Carlos dá de ombros.

— É, acho que ela não está errada, mas não pedi por isso, sabe? Só quero jogar. Sempre quis. Desde que aprendi a segurar um taco, nos meus tempos de Vaquerito.

Ergo a sobrancelha, à espera de uma explicação.

Ele sorri.

— Era o nome do meu primeiro time, os Cauboizinhos.

Sorrio, pensando em como Carlos devia ser fofo, segurando um taco quase do tamanho dele.

— Mesmo sem ter pedido, você recebe tratamento real — insisto, tentando ser gentil. — Na escola, em casa. Sabe disso, né?

— Acho que sim — ele diz. — Não penso muito nisso, pra ser sincero.

— Ah, as maravilhas do privilégio masculino! Molda todos os aspectos da sua vida, mas é claro que você não pensa nisso — anuncio, em um tom leve. — Você é mesmo o espécime perfeito.

— É seu modo de dizer que tenho um corpo incrível? — Carlos provoca. — Porque sei que é o que está pensando.

O tempo todo. Sinto o rosto corar, e sei que ele percebe. Hora de retomar as rédeas.

— Falando sério. Imagino que a pressão seja esmagadora. Todo mundo esperando que você tenha um bom desempenho, que sempre se destaque.

— Não — ele diz, simples assim. — Adoro jogar beisebol, Ruby. Exige muito, claro, mas é divertido. Se eu não me divertisse, não jogaria.

Tenho dificuldade de acreditar nisso, depois de tudo que a família dele sacrificou para chegar a esse ponto. Mas o que eu sei sobre ter um propósito? Uma paixão? Qualquer objetivo que seja?

— A atenção não me estressa. É só me manter focado — Carlos prossegue. — Treinar, me exercitar, jogar o melhor possível. Procuro não me preocupar muito com o que rola à minha volta. — Ele assente, decidido. — Olho sempre em frente, para o futuro.

— Então tá. Mas no presente tem um exército de mulheres se ocupando de garantir que você não precise se preocupar com absolutamente mais nada.

— Elas gostam disso — Carlos responde, com a voz leve e provocadora.

— Soraida definitivamente não gosta — argumento.

— Isso lá é verdade.

Ele sorri.

— Você sabe que não é justo, né? Que esperem que ela ajude o tempo todo, e você não.

Ele faz uma pausa, e fica claro que está pensando no que dizer.

— Né? — insisto.

— A vida não é justa, Ruby. Mas, sim, entendo o que você quer dizer.

Carlos se aproxima da minha cama, onde me recolhi com o computador depois do jantar, em uma tentativa de avançar com a apresentação de amanhã diante do conselho escolar. Malena não para de me mandar mensagem perguntando se pode ver o que escrevi. Sei que deveria ter aceitado a ajuda dela, e provavelmente a da sra. Baptiste também, mas acho que fiquei com vergonha de ter deixado tudo para a última hora. Agora estou perdida, sem saber o que fazer.

Prometi a Malena que nos encontraríamos amanhã cedo. Prometi que repassaríamos a apresentação juntas. O problema é que o tempo está acabando e continuo olhando para o mesmo resumo curto e patético que tinha quando nos reunimos. Por que não admiti isso na hora? Qual é o meu problema?

Carlos dá uma olhada no meu computador e se inclina para me dar um beijo na boca.

— Sua casa é tão silenciosa — ele comenta.

— Isso é bom ou ruim? — pergunto, sem entender aonde quer chegar.

Carlos dá de ombros.

— É só diferente, acho. Quer alguma coisa?

Eu o puxo para outro beijo.

— Quer saber o que eu quero? — sussurro, um pouco impressionada por já me sentir confortável o bastante com Carlos a ponto de fazer esse tipo de insinuação.

— Da cozinha — ele diz, se afastando de mim e apontando para a tela em branco do computador. — Você tem que trabalhar.

Faz só oito dias desde o nosso primeiro encontro oficial, mas já parece que seu lugar é ao meu lado. Vovó insistiu que eu o convidasse para jantar no domingo passado, depois que irrompi em seu quarto pela manhã para contar todos os detalhes das vinte e quatro horas anteriores.

Bom, não *todos* os detalhes. Contei sobre a parte em que dividimos uma pizza, mas pulei a parte em que o ataquei no banco de trás do carro dele.

Ao longo da última semana, Carlos veio me visitar todos os dias depois do treino e acabou ficando para jantar a maior parte das vezes. Ele e vovó se deram superbem. Ela quer saber tudo sobre ser um arremessador, e ele a enche de perguntas sobre a patrulha das tartarugas marinhas.

Depois que Carlos desce para a cozinha, ouço uma batida de leve na porta. Vovó se revela em seguida.

— Posso interromper? — ela pergunta, mostrando a tela do celular para mim. — Seus pais querem te desejar boa sorte.

Mamãe e papai estão encerrando sua visita prolongada a Atlanta, depois da longa temporada de sucessos de Olive.

Antes mesmo que eu possa dar oi, meu pai começa com o papo motivacional de sempre.

— Acaba com eles, Ruby. Abaixo o patriarcado.

Fecho os olhos e solto um suspiro, torcendo para que ele não note. Seu entusiasmo me cansa um pouco.

— Olive também está aqui — minha mãe comenta.

Vovó se senta ao meu lado na cama enquanto minha mãe passa o celular para Olive.

— Você não me mandou o rascunho da sua apresentação — Olive me acusa. — Eu disse que podia ler e fazer sugestões.

Mais uma pessoa que decepcionei. Olho para o teto, tentando manter a respiração controlada.

— Ainda não terminei — digo.

Vovó passa o braço por cima dos meus ombros.

— Ela está mergulhada no trabalho aqui.

Mergulhada no trabalho de olhar para uma página em branco.

— Tenha confiança — minha mãe diz.

— E acabe com as regras de vestimenta! — meu pai acrescenta.

Carlos voltou. Está encostado no batente da porta, mastigando casualmente uma garfada do pedação de lasanha que pegou. Ele olha nos meus olhos e assente para me encorajar.

— Hum, tá bom — digo a meus pais. — Mas isso não é uma possibilidade, então...

Vovó pega o telefone da minha mão.

— Já passou da hora de dormir — ela anuncia —, e Ruby precisa voltar ao trabalho. A gente conversa amanhã.

— Diga a Ruby que mal podemos esperar para ler tudo a respeito nos jornais — ouço meu pai falando.

Vovó desliga e balança a cabeça devagar.

— Nossa — Carlos diz, entrando no quarto. — Eles são bem... empolgados.

— Pois é — digo, mas soo derrotada. — Não há limite para o que as garotas McAlister podem realizar.

Carlos ergue a sobrancelha, mas não diz nada.

— Vou pra cama — vovó diz. — Volte ao trabalho e não se preocupe com eles, Ruby. — Ela indica o celular. — Vai dar tudo certo. Prometo. — Vovó me dá um beijo na bochecha e se levanta para sair. — Carlos — ela diz, dando uma olhada no prato dele. — Pode levar o que sobrou para o almoço de amanhã. Você está em fase de crescimento.

— Ah, obrigado — ele diz, um pouco envergonhado.

Depois que vovó vai embora, Carlos se senta na beirada da minha cama.

— Achei que seus pais estivessem na Indonésia, no Camboja ou sei lá o quê.

— Eles voltaram antes — explico. — Não quiseram perder um prêmio importante que minha irmã ia receber em Atlanta.

— Legal — Carlos diz, enfiando outra bela garfada de lasanha na boca. — Pelo quê?

— Ela começou a dar aula em uma escola em uma área superpobre da cidade. Todos os alunos são negros ou latinos. Acho que só tem dois professores brancos, contando com ela.

— *Todos* os alunos são negros ou latinos?

A mão de Carlos que segura o garfo congela no ar.

— Foi o que Olive disse. Ela ficou chateada quando percebeu que os alunos não tinham nem o material mais básico e começou uma campanha. Acho que arrecadaram dez mil gizes de cera ou coisa do tipo.

— Isso é incrível — Carlos diz, pegando outra garfada de lasanha. — Ela ter conseguido juntar a comunidade e fazer uma coisa grandiosa assim, todos juntos.

— Que comunidade? — desdenho. — Foi só Olive.

— Sério? — ele pergunta, parecendo genuinamente curioso. — Ela não teve ajuda? De ninguém?

É uma pergunta válida.

— Não — digo. — Foi só Olive, a grande defensora da igualdade do giz de cera. Acho que ela conseguiu que umas empresas importantes fizessem doações.

— Hum — ele solta, baixo, então fica olhando para o prato pela metade. Parece que o clima no quarto se alterou. Fico pensando no que posso ter dito de errado.

— Que foi? — pergunto. — Sei que você quer dizer alguma coisa. Desembucha.

— Acho meio esquisito que uma professora branca e rica apareceu e começou a tentar consertar as coisas sem envolver os alunos ou as famílias. É meio o clichê da mulher branca que só quer ajudar.

— Mas ela só queria ajudar mesmo — solto. — E não somos ricos.

Carlos olha em volta e dá uma risada.

— Hã, vocês são, sim, Ruby. Seus pais se aposentaram ainda jovens e foram viajar pelo mundo. Agora estão passeando em Atlanta. É isso que gente rica faz. — Ele pega outra garfada enorme de lasanha. — Enquanto isso — ele diz, com o garfo parado na frente da boca —, meu pai vai trocar óleo e consertar carburadores até morrer.

Carlos tem razão. Eu poderia explicar que meus pais passaram um tempão economizando para a viagem e que sua aposentadoria foi em parte uma necessidade, mas não faço isso.

Acho que Carlos está certo. A vida não é justa.

— Hum, isso é muito bom — ele comenta, lambendo o garfo.

É até fofa a alegria que Carlos encontra nos carboidratos.

— Bom, Olive parece ser do tipo bizarramente bem-sucedida — ele continua, examinando o garfo em busca de resquícios de queijo. — É difícil ser irmã dela?

Uma estranha sensação de alívio enche meu peito. Nunca me fizeram essa pergunta. Eu não sabia até agora o quanto precisava ouvi-la.

— Para ser sincera, é sufocante tentar fazer jus ao legado de Olive McAlister — digo.

— Pois é, não deve ser fácil ser o Grande Salvador Branco. — Carlos ri e come o último pedaço de lasanha. — Tipo — ele balança a cabeça —, às vezes as pessoas fazem esse tipo de coisa pra se sentir bem, mas sem resolver os problemas dos outros de verdade.

Como devo responder a isso? Será que devo ficar brava? Na defensiva? Será que devo concordar com ele? Sinto que preciso defender minha irmã, porque sei que ela faz um bom trabalho, mas grande parte de mim fica aliviada por Olive não ser a heroína de alguém.

Fico sentada em silêncio ao lado dele, experimentando cinco emoções diferentes ao mesmo tempo. Conversar sobre tudo isso com Carlos parece complicado e confuso. Acho que queremos ser honestos, mas sem ofender um ao outro. É como andar na corda bamba.

— Acho que fui meio duro — ele diz, baixo, claramente tentando ler meu silêncio. Talvez esteja tão confuso quanto eu. — Não quis te deixar estressada.

Levo a mão à minha testa franzida e faço uma massagem.

— Você não disse nada de errado — garanto a ele. — É sério.

Acho que estou sendo sincera com Carlos, mas ainda não tenho certeza. Minha mão cai sobre minhas pernas e fecho o punho com força.

— Argh — resmungo. — Tudo está me estressando no momento. Principalmente essa apresentação idiota para o conselho!

Carlos olha para o meu computador.

— Acho que é melhor eu ir pra casa — ele diz. — A gente pode ficar juntos outra hora. Sei que você tem um monte de trabalho a fazer.

— Não vai, não — digo, abrindo a mão e segurando a dele. — Vamos ver um filme bobo do Clint Eastwood ou algo do tipo.

— Mas você não precisa...

— O que eu preciso é esquecer tudo isso por um tempinho — eu o interrompo, fechando o notebook com grande cerimônia. — Posso terminar amanhã de manhã.

Carlos deixa o prato vazio na mesa de cabeceira.

— Está me dizendo que precisa de uma distração? — ele pergunta, sorrindo daquele jeito que me deixa toda derretida. — Porque acho que posso te ajudar com isso.

Carlos sobe na minha cama e caímos sobre os travesseiros, rindo.

★ ★ ★

Carlos e eu estamos parando o carro no estacionamento do edifício da administração do condado. Ele me mandou uma mensagem logo cedo e me ofereceu uma carona para que eu pudesse ir dando os últimos retoques na minha apresentação para a reunião com o conselho escolar. Acho que Carlos estava se sentindo um pouco culpado por ter sido uma distração tão boa ontem à noite.

Acordei cedo para terminar meu resumo antes da aula, de modo que não tive tempo de me reunir com Malena. Ela ficou furiosa, e com razão. Passei o dia todo evitando encontrá-la e ignorando suas mensagens frenéticas, tentando aproveitar cada minuto entre as aulas, porque precisava desesperadamente transformar meu resumo em uma apresentação de verdade. Agora, encaro a página, desejando que tivesse mais detalhes, desejando ter escrito o texto completo da apresentação, desejando até mesmo ter mandado para minha irmã revisar.

Apoio a testa no vidro quente da janela e fecho os olhos, tentando me acalmar. Minhas mãos suam profusamente, minha respiração está irregular e agitada.

— Nossa — Carlos diz baixo. — Olha só quanta gente.

Abro os olhos e percebo as dezenas de alunos que apareceram para nos apoiar. Estão todos reunidos no estacionamento, erguendo cartazes e gritando.

— Meu corpo, minhas regras!

— O corpo dela, as regras dela!

Lindsey, a aluna quietinha do terceiro ano, está usando de novo aquele top vermelho, enquanto segura bem no alto, com orgulho, um cartaz que diz LUTE COMO UMA GAROTA.

Minha mente volta àquele dia. Será que ele está aqui? Misturado à multidão, fingindo se importar?

Provoca e não aguenta, é?

Ouço as palavras na minha cabeça e sinto vontade de vomitar. É como se o mundo todo se inclinasse, e tenho dificuldade de me manter de pé. Carlos me olha com preocupação.

— Espera aqui — ele diz.

Fico olhando enquanto Carlos dá a volta no carro. Ele abre a porta do passageiro e eu saio, meio tonta.

Carlos avalia meu rosto e leva as mãos aos meus ombros. Então se aproxima de mim e sussurra:

— Você consegue.

Eu me viro para os manifestantes que se aproximam, erguendo cartazes.

— Ruby! Ruby!

Eles se reúnem à nossa volta e gritam enquanto pego a mão de Carlos e o conduzo em meio à multidão até as portas de vidro. Malena está esperando ali, de braços cruzados.

— Você está atrasada — ela sussurra meio alto. — Já vão começar. Guardamos um lugar na frente pra você. — Malena olha feio para Carlos. — Pra você não. Pode se sentar nos fundos, com *mami* e *abuela* Joan.

Eu me encolho para me sentar ao lado de Malena, tentando ignorar a aura de reprovação e a raiva que ela exala.

Estou fazendo o meu melhor, poxa. Queria encontrar uma maneira de fazer com que Malena visse isso.

Olho em volta, tentando não surtar com o fato de que todas as cadeiras estão ocupadas. Vejo vários professores da Orange Grove — a sra. Markowitz, o sr. Cruz e, é claro, a dra. Hardaway. Até o diretor veio. Acho que é a terceira ou quarta vez que o vejo sem ser nas assembleias com a escola toda. Acho que nem me lembro do nome dele.

Davis? Davies?

Em busca de algo que me distraia do meu nervosismo, mando discretamente uma mensagem para Topher sobre a participação especial do diretor, mas ele não responde. Seu telefone já deve estar no silencioso.

Vinte longos minutos depois, após uma série de discussões fascinantes sobre temas importantes como a alteração de dois minutos no horário do ônibus e a política de uso dos bebedouros da lanchonete, sou chamada para falar ao microfone. Apesar de vazios, sou sinceramente grata aos debates até aqui por terem me dado tempo de me recompor — e de acalmar meus pensamentos dispersos.

Carlos tem razão. Eu consigo.

Enquanto me levanto, Malena sussurra:

— E suas anotações? Não vai esquecer.

Enfio a mão no bolso da calça e pego uma única folha dobrada. Malena fica olhando para o papel enquanto passo pela sra. Baptiste. Não parece nem um pouco impressionada.

Na tribuna, pego o microfone com as mãos e olho para os membros do conselho: sete homens brancos com cabelo branco e barrigas proeminentes. E uma única coroa branca com cabelo loiro tingido, que parece responsável por fazer anotações.

Claro que sim.

— Boa noite — digo, com a voz trêmula. — Meu nome é Ruby McAlister. Sou aluna do último ano na escola de ensino médio Orange Grove. Estou aqui representando um grupo de estudantes que exige uma mudança imediata e abrangente das regras de vestuário das escolas do condado de Clay.

Olho em volta rapidamente, conferindo o clima. Está tudo quieto e parado. Nada de cartazes. Nada de palmas. Nada de nada. Puro silêncio, a não ser por uma tossidinha no canto esquerdo ao fundo — o tipo de tosse que associo com os intervalos entre os movimentos de uma sinfonia.

Olho para os membros do conselho. Dois homens se recostam na cadeira e cruzam os braços, na defensiva. A loira ergue as sobrancelhas.

Muito bem. Tenho a atenção deles.

Respiro fundo e começo a falar.

— As regras de vestuário atuais reduzem as alunas adolescentes da escola a objetos sexuais, sexualizando partes do corpo totalmente comuns. Clavículas, braços e joelhos são considerados motivo de excitação. — Noto que um dos membros do conselho, que usa uma camisa polo vermelha, parece prestar muita atenção. Seus olhos me encorajam a prosseguir. — Regras de vestuário têm como alvo as meninas, especialmente aquelas com certos tipos de corpos. Essas regras nos distraem do aprendizado, porque nos deixam tensas, desconfortáveis, preocupadas com a possibilidade de sermos repreendidas. E, quando somos mesmo repreendidas por infringir as regras, nos sentimos constrangidas, envergonhadas, violentadas.

Tento fazer contato visual com os outros membros do conselho, mas eles desviam os olhos, claramente desconfortáveis. Dou uma olhada no meu resumo para me lembrar do que dizer a seguir.

Acesso à educação. Tá, posso falar sobre isso.

— Nosso acesso à educação se torna desigual, porque quando as meninas são chamadas à diretoria, perdemos tempo valioso em sala de aula.

Volto a olhar para o papel, em busca de mais informações que refresquem minha memória. Mas não tem nada além de marcadores sem nada escrito ao lado. Devo ter esquecido de preenchê-los.

Parece que é hora de seguir para o próximo ponto.

— Sem mencionar que a mesmíssima roupa é vista de maneira diferente quando usada por um aluno ou por uma aluna.

Um dos membros do conselho, que parece ser o presidente, ergue a mão e se inclina para a frente.

— Vou pedir que pare aí, srta. McAlister.

— Mas eu tenho direito a dois minutos — respondo, desejando ter me dado ao trabalho de descobrir o nome dele.

— Você vai ter os trinta segundos que lhe restam — ele diz —, mas precisamos esclarecer algo antes. Está se referindo à seção 4.6.8 das regras de vestuário estudantis? Ou à seção 4.9.12? Isso deve ficar claro para o registro.

Baixo os olhos para meu resumo patético, sabendo que a informação não está ali, mas rezando para que se materialize magicamente.

Olive teria se certificado de que esse detalhe estivesse incluído nas minhas anotações.

Ergo a cabeça e olho em volta, com o coração acelerado. Malena me encara da primeira fileira. Ela tenta me dizer alguma coisa, mas não consigo ler seus lábios. É claro que ela sabe. Pesquisou tanto. Trabalhou tanto.

Eu não. Não tenho ideia.

Pigarreio, nervosa.

— Desculpe. Me mudei para cá no ano passado, vinda de Seattle...

— De Seattle? — outro membro do conselho me corta, então dá risada. — Bom, isso explica.

— Aqui no condado de Clay, na Flórida — o presidente do conselho diz, pronunciando cada palavra lentamente —, fazemos as coisas um pouco diferente de Seattle, srta. McAlister. E esperamos que siga as Regras de Robert quando se dirigir a esse conselho.

— As regras de quem?

Penso na pasta enorme que Malena me deu e que não consegui ler.

— As Regras de Ordem de Robert — ele responde, com um sorrisinho de desdém se formando devagar no rosto corado. — Um procedimento parlamentar padrão.

— Ah, sim — digo. — Sinto muito por isso.

Meu coração bate tão rápido que o barulho começa a abafar o do restante da sala. Me agarro à tribuna e volto a olhar para meu resumo inútil.

— O que exatamente preciso fazer?

— Bom, para começar, srta. McAlister, é preciso citar a seção correta.

— Pode me chamar de Ruby — digo.

Isso faz um grupo de estudantes nos fundos rir, o que por sua vez parece irritar o presidente do conselho.

Por que não descobri o nome dele? Não seria tão difícil assim, seria?

O presidente se levanta.

— Deve haver ordem no recinto! — ele grita, e volta a se sentar com um baque. — Srta. McAlister, pode fazer suas considerações finais.

— Tá, onde eu estava mesmo?

Volto a olhar para o meu resumo, em busca dos tópicos que detalhei sob "conclusão". O sangue corre com tanta força por minhas veias que sinto a pulsação retumbar nos ouvidos.

As frases flutuam diante dos meus olhos. Tenho que usar o dedo para me guiar. Quando finalmente chego à "conclusão", constato que só anotei duas coisas embaixo:

- Resumir os argumentos apresentados
- Encerrar com confiança

Ai, ai, estou ferrada.

Me agarro à tribuna e vejo meus dedos empalidecerem.

— E, hã, as regras de vestimenta não nos ajudam a aprender. E, bom, hã, acho que é isso.

Ouço as pessoas se mexendo no lugar, desconfortáveis, e algumas tossidas de nervoso. Logo baixo os olhos para minhas anotações, incapaz de criar coragem para encarar a multidão decepcionada.

— Agora vamos abrir para as perguntas do conselho — o presidente anuncia.

Endireito o corpo e tento me concentrar. Com perguntas eu posso lidar. Dar a resposta certa na lata é minha especialidade. Ainda posso me recuperar.

O cara de polo vermelha é o primeiro.

— Queremos ensinar aos alunos a se vestir para o sucesso. Queremos que estejam preparados para a faculdade e para a vida profissional. Considerando isso, não acha que as regras de vestuário são importantes? Acha que pode haver uma maneira de revisar as regras com foco na preparação para o mercado de trabalho?

Sou grata pela pergunta café com leite de abertura, mas não consigo pensar em nada.

— Tipo usar terno na escola? — pergunto, sabendo que pareço tonta. — Tudo o que posso dizer é que, quando fui visitar minha irmã na faculdade, metade dos alunos assistia às aulas de pijama. E olha que ela estudou em uma faculdade muito renomada...

Noto que a mulher sussurra alguma coisa para seu colega de mesa, que sorri como se estivessem fazendo piada às minhas custas.

— Srta. McAlister — outro membro do conselho diz. — É nossa

responsabilidade como adultos criar as condições necessárias para que as alunas não fiquem sujeitas a assédio sexual por causa da roupa que usam. Já vi isso acontecer vezes demais. Os hormônios dos meninos nessa idade ficam fora de controle.

Ele abre um sorriso nojento. Outros membros do conselho riem baixo.

Isso altera meu humor na hora.

Sinto um calor subindo para o rosto, e uma energia bruta percorre meu corpo. Chega de timidez e constrangimento. De repente, estou furiosa.

— Então, a questão é a seguinte — digo, com as bochechas queimando e a voz abrasiva. — O que isso quer dizer é que todos os homens são pervertidos e é responsabilidade das mulheres controlar o comportamento deles. — Olho para o nojentão do conselho. — Com todo o respeito, criar condições para impedir assédios sexuais envolve um trabalho muito maior que proibir ombros à mostra e leggings.

— É um começo — a loira diz.

Ah, excelente. A única mulher se apressa a sair em defesa do patriarcado.

— Sim, é um começo. — Começo a gesticular loucamente. Ainda consigo sentir minhas mãos, mas não consigo controlá-las. — É como se começa a ensinar aos meninos que eles são predadores e não têm culpa disso. É por aí mesmo que queremos começar?

O presidente do conselho estende a mão como se pretendesse parar o trânsito vindo em sua direção.

— Vamos moderar o tom, srta. McAlister.

— Ruby — eu retruco. — Pode me chamar de Ruby.

Não posso perder o controle. Preciso me acalmar.

— Muito bem, Ruby — o homem de polo vermelha diz, fazendo a conversa retornar a um tom mais calmo e comedido. — Você fez observações importantes. Mas, de acordo com a seção 8.3.16, temos que ter regras de vestuário. Então, qual é sua sugestão?

— Ela claramente não veio preparada — a loira responsável pelas anotações interrompe. — Não pesquisou nada e está desperdiçando nosso tempo.

— Certo — digo. — E quanto a San Francisco? No ano passado, o sistema escolar de lá implementou regras de vestuário anticonstrangimento, e está funcionando superbem...

— San Francisco, é? — outro membro do conselho diz baixo, de maneira sarcástica.

— De que condado exatamente você está falando? — a mulher pergunta, pronta para acrescentar a informação a suas notas.

De novo, me dá um branco.

— Não lembro o nome do condado. Tipo, é o condado do qual a cidade de San Francisco faz parte.

— Você vai nos fornecer um documento destacando as especificidades dessas regras de vestuário? — o presidente do conselho pergunta.

Balanço a cabeça, tentando reunir coragem. Essa resposta pelo menos eu sei.

— Não há necessidade. Seu valor está na simplicidade: genitais, nádegas e mamilos devem estar cobertos com material opaco. Todo o resto está liberado.

— Todo o resto? — a loira exclama. — Se fosse assim, você poderia ir de lingerie para a escola! É isso que está propondo, srta. McAlister?

Uma voz masculina grita do fundo da sala:

— Vai nessa, Ruby! Viva a RevoltaDosMamilos!

Suspiros e risadinhas se espalham pela sala, mas me soam abafados. A cena toda perde força para mim quando percebo. Nunca vou esquecer essa voz.

Provoca e não aguenta, é?

Ele está aqui, me observando. Estremeço, sentindo o peso de seus olhos em meu corpo. Levo as mãos à barriga e corro os olhos pela plateia. Sinto tudo borrar e começar a inclinar. Acho que vou desmaiar.

— Ordem! — o presidente grita, batendo o martelinho na mesa. A cada batida, me sinto mais fraca. Minha cabeça gira, meu estômago se revira. Preciso me sentar.

— Srta. McAlister! — a loira vocifera. — Está mesmo querendo ir de lingerie à escola?

Provoca e não aguenta, é?

Não posso me sentar. Não posso ceder diante disso. Não posso ceder diante dele. Preciso continuar falando. Trinco os dentes com força e me apoio na tribuna.

— Vamos dar a essa jovem a chance de responder — o cara simpático de polo vermelha diz, com toda a calma. — Ela veio aqui para dividir conosco...

— Acho que eu poderia, sim, ir de lingerie — interrompo, ouvindo a raiva em meu tom de voz elevado. — Se tivesse alguma.

— Não podemos submeter nossos jovens a esse vale-tudo quando se trata de seus corpos! — o homem sentado ao lado do cara de polo vermelha exclama. — Já é ruim o bastante ver essas crianças se agarrando em público, sem nenhuma vergonha...

Eu me esforço para me concentrar no que ele está dizendo, mas meu cérebro retorna ao corredor da escola, ao toque pelo qual não pedi.

Provoca e não aguenta, é?

Penso na mão, no grunhido, nos perdigotos frios na minha clavícula. Por um momento, me sinto vulnerável e assustada, mas só por um momento. Então endireito o corpo e vou em frente.

— Meu Deus, essa conversa não está indo a lugar nenhum! — grito, agitando os braços. — O condado de Clay precisa abolir a porcaria dessas regras de vestimentas idiotas agora mesmo.

Faço uma pausa, esperando que a plateia irrompa em aplausos, torcendo para que esse barulho sufoque aquela voz terrível, para que a faça desaparecer. Em vez disso, um silêncio cavernoso se espalha.

De repente, uma sequência absurda de palavrões escapa da minha boca. Nem sei mais o que estou dizendo. Tudo o que sei é que não pode ser bom, porque os senhores do conselho estão de pé e ouço um martelo batendo, batendo, batendo, batendo na mesa.

Não consigo parar. Não consigo nem parar em pensar. Disparo a falar, furiosa, fumegando. De repente, me ouço gritando sobre absorventes — absorventes!

— E tem mais uma coisa! — Bato a mão aberta na tribuna. — É um absurdo que as escolas não forneçam absorventes. São itens básicos de higiene, como papel higiênico! Não conseguem ver como isso é bizarro? Nossa escola obrigou uma menina a cobrir os mamilos com absorventes, mas nem oferece esses produtos de graça nos banheiros. — Ouço minha mão batendo na madeira, repetidas vezes, mas nem sinto. Não sinto nada além de uma fúria ardente. — E não vou nem começar a falar sobre banheiros "masculinos" e "femininos". É uma desumanização!

Sinto alguém tocar meu antebraço, então me viro e dou de cara com um segurança.

— A senhorita vai ter que me acompanhar.

Segurando meu braço de leve, o segurança me afasta do microfone e me conduz na direção das portas no fundo da sala. Não resisto. Meus olhos procuram na multidão até encontrar Malena. É a cara dela que me leva à constatação esmagadora do que acabei de fazer.

Sua expressão é fria, os lábios estão levemente franzidos. Não preciso de nem um segundo para reconhecer a emoção que transmitem: decepção. Uma profunda decepção. Toda a raiva deixa meu corpo, e o que resta é um vazio que se abre bem no âmago do meu ser. Por esse vazio escorre uma sequência de constatações devastadoras.

Essa era a nossa chance — os dois minutos que nos matamos para conseguir. Malena confiou que eu faria isso direito, e eu a decepcionei. De maneira retumbante.

Ignorei os conselhos da sra. Baptiste.

Não aceitei a ajuda de Malena. Nem a de Olive.

Não preparei nada além de um resumo fraco e inútil.

Não me dei ao trabalho de ler as regras de vestuário.

Não descobri o nome dos membros do conselho escolar.

Não ofereci nenhuma política alternativa que pudesse ser considerada.

Nem aprendi a usar a porcaria das Regras de Robert.

E, a pior parte, a coisa mais vergonhosa e humilhante de tudo, é que não fiz nada disso porque estava ocupada demais com Carlos. Estava ocupada demais com minha obsessão *por um garoto*.

Quem sou eu para achar que posso ser uma agente de mudança social? Uma ativista? Um modelo feminista? Sou apenas uma menininha patética que ficou gamada em um deus do beisebol e surtou porque um babaca passou a mão em mim.

As lágrimas fazem meus olhos arderem. O segurança me leva pelas portas duplas pesadas. Eu me viro, tentando fazer contato visual com Malena. Ela nem olha para mim. Mantém os olhos no chão. Mas Soraida me encara. *Desculpa*, faço com os lábios, sem produzir som.

Quando passamos ao corredor, o segurança fala, em uma voz firme mas gentil:

— A senhorita compreende por que teve que ser retirada de lá?

Eu me apoio na parede, sentindo à beira de um colapso. Ouço a porta se abrir e olho para lá, torcendo para que seja Malena, por mais improvável que isso seja.

Não. É a dra. Hardaway.

Volto a me recostar na parede e deixo os olhos se fecharem, certa de que estou prestes a levar a maior bronca. Quando abro os olhos, ela e o segurança se afastaram. A sra. Hardaway diz alguma coisa a ele em sussurros abafados. O segurança assente, olha para mim e diz:

— A senhorita já pode ir embora.

Então ele volta lá para dentro, mas eu pareço incapaz de me mover.

Então, para minha imensa surpresa, a dra. Hardaway se aproxima, se inclina para mim e me abraça. Afundo a cabeça em seu ombro e relaxo em seus braços. Ela me segura com força, suportando todo o peso do meu corpo, enquanto solto um soluço profundo e derrotado.

PARTE TRÊS

Há sempre outras oportunidades para acertar, para moldar nossa vida do jeito que merecemos que ela seja. Não percam tempo amaldiçoando alguma derrota. O fracasso é um mestre mais eficaz do que o sucesso. Ouçam, aprendam, insistam.
Clarissa Pinkola Estés, *Mulheres que correm com os lobos**

★ Trad. de Waldéa Barcellos. Rio de Janeiro: Rocco, 1994.

VINTE E CINCO

MALENA

A semana seguinte ao fiasco com o conselho escolar se arrastou, longa e estranha. A confusão toda despertou o pior em todos os envolvidos, e eu não fui exceção.

Finalmente é sábado, e estou aliviada por poder passar dois dias longe da Orange Grove — e de todo mundo de lá.

Hoje de manhã precisei reunir toda a energia que tinha para abrir os olhos, apesar do sol que brilhava do outro lado da janela e do aroma amanteigado das panquecas de *mami* no ar.

Como as coisas podem ter saído tanto dos trilhos?

A noite de segunda-feira foi catastrófica e ninguém discordaria disso, mas achei que, no meio da semana, tudo estaria esquecido. No dia seguinte, alguém achou que seria hilário desenhar peitos atrás de grades no armário de Ruby. Em marcador permanente preto, as palavras: PEITOS DA RUBY NO CHILINDRÓ. Nem estava escrito direito.

Ruby sumiu depois da aula de terça, o que só serviu para alimentar os rumores mais absurdos quanto ao paradeiro dela.

Na quarta, Nadia me disse que alguém tinha contado que Ruby voltara para Seattle.

Na quinta, Beatriz disse que uma menina no banheiro tinha ouvido de uma jogadora do time de vôlei que Ruby tinha abandonado a escola para se juntar a uma comunidade hippie na Califórnia.

— É um lance da Costa Oeste. Ela vai se encaixar superbem — ouvi alguém dizer.

Nem Topher tem ideia de onde Ruby está. Ele veio falar comigo no intervalo do almoço de ontem, enquanto eu tentava em vão escrever o argumento do meu trabalho final da disciplina da sra. Baptiste. Meu filme inexistente parece ter sido outra vítima dessa semana horrorosa.

— Ruby te ligou? — Topher perguntou.

— Por que ligaria?

Ele pareceu surpreso.

— Porque vocês são amigas. — Seu tom transmitia ao mesmo tempo confusão e descrença. — Porque estão nessa juntas.

— Não sei, Topher. Será que estamos?

Eu me levantei da mesa e fui jogar a fatia de pizza que nem cheguei a morder no lixo. Depois fiz o mesmo com todas as minhas anotações idiotas sobre o conselho docente-discente e toda a pesquisa que havia feito para a reunião do conselho. De que serviria guardar? Todas aquelas páginas de trabalho não passavam de uma triste recordação do que poderia ter acontecido.

Carlos também parecia estar sofrendo de mau humor, ou talvez de *mal de amor*. Ninguém sabe o que aconteceu entre meu primo e Ruby. Ele anda muito irritado, brigando com Soraida ainda mais que o normal e reclamando de tudo e qualquer coisa.

Ontem, o carro não quis pegar, como sempre. Carlos deu um chilique histórico. Ficou andando sem parar entre o capô aberto e o porta-malas, resmungando algo sobre perus e camisetas. Foi bizarro. Achei que a cabeça dele fosse explodir, espalhando miolos e sangue por toda parte. Até Soraida ficou estranhamente quieta. De alguma maneira, o resmungar raivoso do irmão conseguiu calar a boca dela.

Cara, como foi que nossos grandes planos deram tão espetacularmente errado? Aposto que Calista Jameson não previu essa. Que manchete ela daria a isso? GUERREIRAS DO SUTIÃ APOSTAM TUDO E FICAM SEM NADA.

Ela mandou um e-mail para Ruby e para mim no meio da semana para avisar que tinha assistido à transmissão ao vivo da reunião do conselho e ia segurar o novo artigo até que houvesse algum "desdobramento significativo". *Melhor esperar sentada, minha filha.*

— Está acordada, *nena*? — *Mami* abre a porta do quarto e dá uma olhada dentro.

— Não muito — respondo, de baixo das cobertas.

Ela entra, se senta ao meu lado na cama e começa a passar os dedos pelos meus cabelos.

— Fiz o café — *mami* diz. — Achei que a gente podia conversar um pouco.

Ai, mami, quero dizer, *eu nem saberia por onde começar.*

Deito a cabeça nas pernas dela. Seus dedos agora traçam delicadamente minhas sobrancelhas, depois a testa, indo da linha do cabelo até o meu pescoço. Fazia tanto tempo que eu não me deitava assim que esqueci os poderes do toque curativo de *mami*. Os pacientes do hospital devem adorá-la.

— Você falou com Ruby? — *mami* pergunta em espanhol.

— Não.

Ela suspira, enrolando uma mecha do meu cabelo nos dedos e fazendo um cafuné tranquilizador. Eu poderia ficar assim para sempre.

— Não vai ligar para ela?

— Não sei.

— Tenho certeza de que ela está se sentindo péssima em relação a tudo o que aconteceu. Joan me disse que faz dias que ela mal sai do quarto.

— Você falou com *abuela* Joan?

— Ela ligou para saber de você. Está preocupada. Eu também estou.

A expressão de *mami* se abranda.

Eu queria poder dizer que ela não precisa se preocupar, mas estou cansada de mentir para minha própria mãe. Estou cansada de me sentir uma falsa.

— Você fez panqueca?

Consigo descolar o corpo da cama e me sentar. Abraço com força minhas pernas encolhidas e apoio a cabeça no ombro quentinho de *mami*.

— Fiz. Até comprei a calda que você gosta. — Ela me dá um beijo no topo da cabeça e acaricia minha bochecha de leve com a mão aberta. — Sei que as últimas semanas foram difíceis… mas espero que saiba que tenho muito orgulho de você, *mija*.

Dou risada.

— Orgulho do quê? Não conseguimos nada. Só passamos vergonha na frente da escola toda. Do condado todo! Pode acreditar em mim: não é motivo de orgulho. Você estava certa. Eu devia ter ficado de bico calado.

— Não sei, não — *mami* diz, passando a mão no meu cabelo como costumava fazer quando eu era pequenininha. — Joan me falou de tudo o que vocês precisaram fazer para conseguir falar na reunião. Vendo vocês na primeira fileira na segunda à noite, me dei conta de que se tratava de algo importante e de todo o esforço que devia ter envolvido. Sei que você entende que estou sempre ocupada com o trabalho, mas me sinto um pouco culpada por perder tanta coisa. — Ela suspira e me abraça de lado. — É que é tudo tão novo para mim. Queria ter feito mais para ajudar você.

A tristeza na voz de *mami* parte meu coração. Dou um beijo na bochecha dela e chego mais perto.

— Não tem problema, *mami*.

— A noite de segunda foi um bloqueio na estrada. Vocês vão encontrar outro caminho — *mami* diz. — Sei que vão, *mija*.

Mami não tira os olhos dos meus. A bondade neles me atinge como uma bala no coração. Quero voltar para dentro dela e me fechar para o mundo. Quero que ela faça com que pare de doer. Que faça tudo voltar a como era antes do furacão, quando eu sabia exatamente quem era e que vida tinha. Quando eu não precisava lutar contra as injustiças do mundo.

Não consigo mais segurar as lágrimas.

— Tudo bem, *mi nena* — *mami* diz. — Pode chorar, não tem problema.

— Tudo parece tão idiota agora — digo, entre soluços ranhentos. — O que a gente achou que conseguiria? Permissão pra ir sem sutiã na escola? Grande coisa. E quanto a todas as pessoas que tiveram que deixar Porto Rico por causa do furacão? Algumas não têm trabalho nem onde morar. Algumas estão vivendo em um quarto de hotel ou coisa pior. No carro. Talvez eu devesse tentar ajudar essas pessoas, isso sim. Como *papi* faz. Ele, sim, está fazendo algo importante. Enquanto isso, o que eu estou fazendo? Nada. Não estou ajudando ninguém. Não consigo ajudar nem a mim mesma.

Mami me envolve em seu abraço e passa as mãos no meu cabelo. Ela me embala como se eu fosse um bebê e me lembra de continuar respirando enquanto choro em seu peito. Meu choro é tamanho que meu corpo estremece de raiva, tristeza e frustração.

— Preste atenção, *mija*. — *Mami* abre um espaço entre nós para que possamos nos encarar. — Você está comparando coisas muito diferentes. Alberto teve que ficar na ilha porque esse é o trabalho dele. *¿Me entiendes?* Ele está ajudando aquelas pobres pessoas, mas esse é o trabalho dele. Se pudesse estar aqui, com a gente, pode acreditar que estaria. Você e Ruby se defenderam. Não era seu trabalho nem sua obrigação. Fizeram isso porque sabiam que era certo. Assumiram a responsabilidade e se fizeram ouvir. — Eu a encaro, muito embora isso só me faça chorar ainda mais. — Isso é algo de que devem se orgulhar. Nem todo mundo tem coragem de usar a própria voz, Malena.

Eu usei minha própria voz? Não. Só fiquei sentada ali, petrificada, enquanto Ruby se debatia em sua tentativa fracassada de apresentar nosso pedido na reunião do conselho escolar. O tempo todo pensando: "Eu poderia me sair melhor. Por que não sou eu quem estou falando?".

Eu estava preparada. Tinha minhas anotações, com as referências dos regulamentos, estudos, artigos. Poderia ter decorado os pontos principais, como fiz nas entrevistas e na manifestação.

Por que não apresentei nosso pedido?

Porque estava com medo.

Achei que ninguém fosse dar ouvidos a uma latina falando sobre sutiãs. Uma porto-riquenha. Uma falante de espanhol com sotaque. Achei que me veriam como a *pobrecita* María Malena.

Fiquei com medo de reviver aquele momento na sala da dra.

Hardaway — e na enfermaria da escola depois — em que vi claramente que a justiça nunca viria para meninas como eu.

Mami me beija na testa e enxuga as últimas lágrimas do meu rosto.

— Agora lave esse rostinho lindo e vamos tomar café antes que as panquecas esfriem. Ninguém gosta de panquecas frias.

Meus braços a envolvem com força. Ela retribui o abraço e eu beijo sua bochecha, com o coração partido, mas transbordando amor e gratidão.

— Obrigada, *mami*. — Beijo a outra bochecha dela. — Por tudo.

Ela fica com os olhos cheios de lágrimas, mas não diz nada. Nem precisa.

Depois do café, decido mostrar *Era isso que eu estava usando* para *mami*. Sua primeira reação é parecida com a minha: um silêncio chocado.

Depois de alguns minutos vendo as fotos do livro, ela pergunta:

— O que você pretende fazer com isso?

Estou prestes a dizer que não sei quando somos interrompidas pelo celular dela tocando. Olhamos para a tela, onde o rosto de *papi* sorri para nós.

— Atende, atende! — grito, tentando pegar o celular, e acabo derramando um copo de suco de laranja pela metade. Corro para pegar papel-toalha na cozinha.

— Alberto? É você? — *mami* pergunta em espanhol.

— Põe no viva-voz! — meio que sussurro, meio que grito, enxugando o suco da mesa.

As mãos de *mami* tremem, portanto pego o celular dela e o coloco sobre a mesa, apertando depressa o botão do viva-voz na tela. Então ouço a voz de *papi* do outro lado da linha, clara como o dia.

— Como estão minhas meninas? — ele pergunta, animado.

Mami solta um "Bien" agudo, emocionada demais para conseguir formar uma frase inteira. Meu coração se enche de compaixão por ela. Faz semanas que vem se segurando, bancando a supermulher forte e independente que *papi* e eu tanto amamos e admiramos. Mas agora percebo o quanto precisa do apoio dele. Os dois precisam um do outro tanto quanto eu preciso deles.

— Estamos ótimas, *papi* — digo, sorrindo para a tela apesar de saber que ele não está me vendo. — Com muita saudade.

Ele engole em seco e leva um momento para responder.

— Também estou com muita saudade. — *Papi* suspira, e de repente sua voz parece cansada. — Mal posso esperar para estar em casa com vocês.

Mami pigarreia, enxuga as lágrimas e se recompõe.

— Como estão as coisas aí? E a reconstrução?

Papi dá um suspiro audível.

— Devagar. Muito devagar. Mas o povo é resiliente. A vida continua, sabe?

Sim. A gente sabe. A vida continua.

— Podemos ajudar de alguma maneira? — pergunto.

— As coisas estão difíceis no momento, Malena. Estamos tentando garantir que a infraestrutura básica volte a funcionar.

— Não é melhor a gente voltar? — pergunto. *Mami* olha feio para mim, balançando a cabeça em silêncio.

— Agora não, *nena*. No momento preciso que você se concentre na escola e em ajudar sua mãe. Está bem?

— Tá — respondo, abatida. Não sei o que esperava que ele dissesse.

— Houve algum progresso, Alberto? Tem alguma boa notícia para dar para a gente?

— Algum progresso, sim — ele diz. — Conheci uma organização sem fins lucrativos, formada principalmente por artistas jovens, que trabalha com as crianças dos *barrios*. As escolas estão fechadas, e elas ficam sem ter o que fazer. Essa organização recebe pincéis e tinta, escolhe um ponto da cidade e ensina as crianças a pintar um mural. É bom ver um sorriso no rosto delas de novo. Dá esperança.

Mami e eu nos entreolhamos e sorrimos uma para a outra.

Esperança.

Percebo que, não importa a língua, o sentimento é o mesmo. Crença de que o futuro será melhor. Fé de que é possível criar o futuro que queremos.

Depois que conversamos um bom tempo, mando um beijo para *papi* e vou embora para o quarto, levando comigo o exemplar de *Era isso que eu estava usando*. A semente de uma ideia brota lentamente na minha cabeça.

E se eu também pudesse usar a arte como forma de cura? Como seria?

Pego o computador e vejo a linha do tempo do vídeo sobre o protesto que ainda não terminei.

Penso nas roupas que terminaram em detenção. Nas roupas discriminatórias. Nas roupas com viés de gênero. Como levamos nossa história adiante? E quanto às roupas que usamos quando nos sentimos empoderadas? Nossas roupas destemidas. As roupas que mostram ao mundo quem somos. Ou quem queremos ser. As roupas que usamos quando nos sentimos esperançosas e corajosas.

De repente, ideias e imagens de pessoas contando sua história diante de uma câmera fervilham em minha mente. Pessoas que se tornaram mais fortes. Mais confiantes. Simplesmente destemidas. Como Penny Hardaway.

Mando mensagens para Soraida, Xiomara, Beatriz e Nadia explicando minha ideia e pedindo que me encontrem na sala da sra. Baptiste na segunda-feira para conversar. Se eu conseguir convencer todo mundo, podemos filmar terça-feira depois da aula.

> Espalhem para quem já tenha tido problemas. Tragam as roupas que renderam advertências por conta das regras de vestuário e aquelas que fazem vocês se sentirem mais vocês mesmas, mais fortes, mais confiantes. Empoderadas!

Xiomara responde.

> Maquiagem conta?

> Sim

Penso no batom vermelho que Soraida passou nos meus lábios quando estava me preparando para a entrevista. Batom vermelho parece mesmo dar mais coragem para as pessoas.

Então faço algo que apenas a Malena destemida faria. Escrevo um e-mail para Calista Jameson contando sobre o projeto. A sensação de apertar o botão de enviar nunca foi tão boa.

Duas horas depois, já rascunhei o argumento do projeto e estou trabalhando em um princípio de roteiro.

Estou começando a me sentir otimista, como se essa ideia pudesse realmente funcionar, quando recebo uma mensagem de Soraida.

> Ele já passou aí?

> Quem?

> Javi. Dã

> Ele não sabe onde moro

Javi me escreveu algumas vezes durante a semana, mas eu não conseguiria aguentar nem mais um pingo de drama, por isso ignorei as mensagens dele.

> Posso ter dado o endereço

— Sério, Soraida? — grito para o celular na mão, esperando que ela capte minha irritação telepaticamente.

Acho que isso de fato acontece, porque recebo outra mensagem em seguida.

> Não fica brava! Eu só estava tentando ajudar. Ele me encheu a semana toda

> Isso não ajuda em NADA

A campainha toca e só posso imaginar que Javi, com seu sorriso de um milhão de watts, esteja do lado de fora do nosso apartamento.

— Eu atendo — grito, grata por *mami* estar tomando banho. Não vou conseguir lidar com o interrogatório que viria se ela visse um garoto aparecendo aqui em casa do nada. E um garoto gato, ainda por cima.

Enquanto corro para a porta, recebo um e-mail no celular.

De: Calista Jameson

A campainha toca de novo.

— Argh!

Vou te matar, Soraida.

Abro a porta e aqui está ele. O sexy e experiente Javi. Da última vez que o vi, eu estava vestindo minhas roupas desesperadamente enquanto fugia de seu quarto. Que climão. Agora que penso a respeito, acho que nunca expliquei a ele por que me levantei e fui embora no meio da pegação.

Eu só sabia que, não importava quais fossem as respostas que procurava, não ia encontrar dormindo com ele. E não sabia como explicar isso. Ainda não sei.

— Oi. O que está fazendo aqui? — pergunto, curiosa de verdade, mas também louca para ver o que Calista me escreveu.

— É bom ver você também.

Ele dá uma risadinha nervosa, enfiando as mãos nos bolsos da calça jeans.

— D-desculpa — gaguejo, baixando os olhos para meus pés descalços.

Javi parece desconfortável. Noto que olha para minhas pernas, e só então percebo que ainda estou de pijama. A estampa de unicórnio de repente me parece infantil demais. Também percebo que não estou usando sutiã.

Tenho que lutar por um momento contra a vontade cruzar os braços para me esconder. Então me lembro de que meus seios não deveriam ser uma distração. Se forem, é Javi quem tem que lidar com isso.

— Meu Pequeno Pônei? — ele pergunta, apontando para o tecido da minha calça.

— Por favor... não tenho cinco anos — digo, sarcástica. — Fique sabendo que são unicórnios de verdade. Foi presente da minha *abuela*.

— Te entendo total. — Ele ri. — Eu era obcecado por Lego quando era pequeno. Minha *abuela* ainda me manda um kit da Argentina todo Natal.

— É a experiência universal da *abuela* latina — digo, sorrindo.

Ficamos nos olhando em silêncio por um momento. Javi parece ter algo que quer falar, mas não consegue pôr em palavras. Ele tira as mãos dos bolsos e deixa que caiam ao lado do corpo.

Decido que é hora de virar mulher. Quero muito voltar ao e-mail de Calista.

— Olha, Javi — começo a dizer, mas sinto que já estou me atrapalhando com o que quer que seja que pretendo dizer. Inspiro fundo, pigarreio e volto ao início. — Sobre o outro dia...

— Fiz algo de errado? Te machuquei ou coisa do tipo? Porque, se foi isso... Sinto muito, Malena. Não era minha intenção...

Javi franze as sobrancelhas e duas rugas de preocupação surgem em sua testa. É fofo. Nunca me ocorreu que ele poderia achar que fez algo de errado.

— Não foi isso — digo, balançando a cabeça. — É que não parecia certo. Fui para sua casa pelos motivos errados. Acho que nós dois merecemos mais que isso. Desculpa por ter ido embora sem dar explicação.

— Talvez... — Ele hesita. — Talvez as coisas tenham ido rápido demais. Foi isso?

Desvio o rosto, porque sinto as bochechas queimando diante da lembrança do meu peito nu contra a pele dele.

— Você podia ter falado. — Javi dá de ombros, voltando a esconder as mãos dentro dos bolsos. — Por mim não tem problema a gente ir devagar.

Foi por isso que fui embora? Porque a gente estava indo rápido demais?

É claro que quero que minha primeira vez seja com alguém que conheço e com quem me importo. Mas agora percebo que não foi isso que me levou a ir embora: foi algo mais importante. Eu não queria ser a garota que usa o sexo para se provar. Ou se rebelar contra o mundo.

Essa não sou eu. Não é quem eu quero ser.

— Eu sei — concordo. — Eu devia ter falado mesmo.

Fico olhando para ele por um momento. Seu sorriso charmoso e seguro de si sumiu por um momento. Foi substituído por uma expressão que só posso imaginar que seja de vulnerabilidade. Mas só posso imaginar mesmo. Javi e eu nunca conversamos de verdade. Sempre foi um lance físico.

— Desculpa se estraguei as coisas. Gosto de você. Bastante. — Em um instante, ele volta a se transformar no Javi charmoso de antes, com seu sorriso cem vezes mais brilhante que o sol. — Podemos tentar de novo?

Fico pasma. Não esperei que Javi, o pegador, fosse se transformar em Javi, o namorado.

Ele é charmoso e fofo, e provavelmente errei ao presumir que não tinha sentimentos. Só que, por mais que eu odeie dizer isso, Javi não é o que quero ou preciso no momento.

O que eu quero é voltar ao meu projeto.

O que preciso é contar minha história de uma maneira que seja relevante para mim e para outras pessoas como eu.

No momento, não vejo como Javi se encaixa nessa história.

Penso em Ruby e em como ela saiu dos trilhos. Depois da manifestação, ela se tornou uma pessoa totalmente diferente, distante e reservada. Acho que, ao se apaixonar por Carlos, perdeu o interesse em nós e em nossa missão.

Não preciso desse tipo de distração.

— Quais os planos para hoje à noite? Quer fazer alguma coisa? — ele pergunta.

Suspiro. Sei o que preciso dizer.

— Também gosto de você, Javi, mas no momento estou trabalhando em um projeto — digo, endireitando as costas. Dou uma olhada no celular. A tela está cheia de mensagens das meninas. — E estou muito empolgada com ele. Eu... não tenho tempo para namorar nem nada assim agora.

O sorriso dele se desfaz.

— Ah. Então tá. — Javi tira o celular do bolso. — Bom, você tem meu telefone. Me liga ou me manda uma mensagem se mudar de ideia. A gente pode só comer alguma coisa ou sei lá.

Eu me inclino para dar um beijo na bochecha dele.

— Tchau, Javi. Obrigada por ter vindo.

Mas não vou mudar de ideia.

Antes mesmo que ele termine de descer a escada, entro correndo, desesperada para ler o e-mail de Calista. Mal posso esperar para ver o que ela tem a dizer.

VINTE E SEIS

RUBY

— Você é uma McAlister, Ruby! Os McAlister não desistem por causa de um pequeno revés.

Nada nessa história me parece *pequeno*, mas não tenho ideia de como explicar isso ao meu pai.

Sim, mamãe, papai e Olive vieram para casa — trazendo Zoë, a labradora caramelo — a tempo de testemunhar meu completo e absoluto colapso. Ainda bem que eu ainda tive a presença de espírito necessária para esconder meus melhores sapatos da cachorra.

Pelo lado positivo, a volta dos meus pais depois de semanas viajando foi uma ótima desculpa para perder alguns dias de aula. Me faltaram forças para contar tudo, mas eles sabem o bastante para confirmar o que desconfio que sempre foi uma certeza: que não sou minha irmã. Não sou uma ativista determinada, bem-sucedida e transformadora.

Sou a Ruby, e sou péssima.

E não sou péssima apenas em provocar mudanças, mas também como amiga — o que talvez seja mais importante —, como ficou provado pela minha incapacidade de pedir desculpas a Malena. Toda vez que tento pegar o celular para falar com ela, perco a coragem. Acho que não suportaria o peso esmagador da decepção dela.

Vovó sempre me diz que a boa e velha dupla papel e lápis podem fazer maravilhas. Por isso tentei escrever uma carta pra Malena. Depois de algumas folhas amassadas, me peguei olhando para a página em branco. Como posso começar a processar o que aconteceu atrás daquela tribuna? Como posso revelar todas as formas como tudo deu tão errado?

Também ignorei todas as mensagens e ligações de Topher, Nessa e Jo. Pelo menos eles acabaram desistindo de tentar. E não vou nem falar sobre o meu namoro. Cheguei à conclusão dolorosamente clara de que não tenho vocação para ser esposinha.

Deixei isso bastante claro para Carlos quando me recusei a deixar que me trouxesse para casa depois da reunião com o conselho escolar, o evitei o dia todo na terça e declarei: "Sou perfeitamente capaz de comprar minha própria comida, muito obrigada" quando ele apareceu com uma pizza na minha casa. Praticamente o ataquei, culpando-o por ter me distraído das coisas que importavam na minha vida. Pouco antes de bater a porta da cozinha na cara dele, resmunguei alguma coisa parecida com "Não estou mais interessada em ser sua esposinha".

Mamãe e papai entraram pela mesma porta na terça à tarde, pouco depois de eu ter fugido da escola diante do desenho nojento que fizeram no meu armário. Ontem à noite, eu disse a eles que não posso continuar estudando na Orange Grove. Insisti em voltar para Seattle para o último ano e ameacei ir morar com Lucinda e a família dela se não fossem comigo.

Infelizmente, mamãe e papai não concordam comigo. E é por isso que estou sentada na varanda dos fundos depois do jantar de domingo, olhando para as águas plácidas do rio enquanto aguento mais papo motivacional do meu pai.

— Quando sua irmã começou a ir atrás de suprimentos para a escola carente em que trabalha, só ouviu não atrás de não. Da supervisão, da diretoria, da superintendência... — Ele se vira para Olive, que está sentada com seu notebook em uma cadeira de balanço. — Não foi, Olive?

Ela tira os olhos da tela.

— Uhum.

— Ela foi até o Departamento de Educação. E não desistiu nem mesmo com a negativa deles.

— Eu sei, pai — digo, impaciente.

— Olive começou uma campanha de arrecadação sozinha, entrou em contato direto com as empresas e...

— Pai! Eu já sei!

Ele se vira para mim, surpreso com minha leve explosão. Vovó, que está sentada em uma cadeira de balanço ao meu lado, ouvindo a conversa em silêncio, finalmente se pronuncia:

— Na minha experiência, um revés, especialmente um revés importante, é uma chance de dar um passo atrás.

— Muito interessante — digo, me recostando na minha própria cadeira —, mas não entendi aonde quer chegar.

Fico feliz que a vovó tenha interrompido papai, mas fiquei um pouco confusa.

— Há uma diferença entre dar um passo atrás e desistir, Ruby. Talvez seja hora de fazer um intervalo para refletir e se aconselhar com pessoas em quem confia.

— Isso — meu pai diz, com entusiasmo. — Para depois voltar à ativa e fazer o que precisa ser feito!

Reviro os olhos, porque não consigo me segurar.

Olive fecha o notebook e o coloca de lado com todo o cuidado.

— Pai — ela começa —, a gente te ama, mas você não está ajudando.

— Por que não vamos lá para dentro e deixamos Olive e Ruby conversarem um pouco? — vovó sugere.

— Um papinho entre irmãs! — ele anuncia, animado. — *Excelente* ideia! É exatamente disso que Ruby precisa.

Não sei bem se vou conseguir lidar com um papinho entre irmãs agora, mas parece que não tenho escolha.

Depois que os dois entram, Olive se senta ao meu lado, ocupando a cadeira de vovó.

— Estou de saco cheio de falar daquela porcaria da cerimônia de premiação — Olive fala baixo. Mantém os olhos do outro lado do rio, evitando fazer contato visual comigo.

— Ué, por quê? — pergunto, sentindo a preocupação crescer dentro de mim. Achei que ela estivesse muito feliz com a premiação. Meus pais com certeza estão. — Aconteceu alguma coisa?

Olive leva o polegar à boca e começa a roer a unha — desde que me entendo por gente, um sinal revelador de que está superestressada.

— Todo mundo na escola me odeia — ela diz, continuando a roer.

— Não seja tão dramática, Olive — eu digo. — Esse é o *meu* papel nesta família.

O comportamento é tão pouco característico dela que até me deixa um pouco nervosa.

— É verdade! Outra professora do quarto ano me disse, com todas as palavras, que eu caí de paraquedas e passei como um trator por cima dos problemas com os quais eles vêm lidando há anos.

— Nossa — digo. — Pegou pesado.

Olive faz que sim com a cabeça.

— No começo, achei que fosse inveja, mas, sinceramente, talvez ela esteja certa. Sou um trator com um paraquedas.

A imagem me faz rir, mesmo sem querer.

— Não tem graça — Olive reclama.

— Eu sei. Desculpa — digo, pigarreando.

Penso na conversa que tive com Carlos no meu quarto. Meus ombros ficam tensos quando a lembrança me vem. Quando penso em como fiquei sem jeito ao ouvi-lo, como a situação toda pareceu desconfortável. Acho que era isso que ele estava tentando me dizer.

— Carlos chama isso de ser o Grande Salvador Branco — comento.

Cara, odeio que ele esteja certo.

O corpo de Olive afunda na cadeira de balanço. Nunca a vi com um aspecto tão derrotado.

— Acho que ele está certo — ela diz, balançando a cabeça e voltando a roer a unha. — Posso te contar uma coisa? Em segredo?

— Claro.

— Estou louca para sair da escola, para fugir daquele lugar. Me candidatei a vagas em outras cidades. Acho que, quando voltar a Atlanta, vou entregar meu aviso prévio.

— Olive — digo, tentando controlar o choque. — Desde quando você foge dos seus problemas? — Minha mente procura desesperadamente a coisa certa a dizer. — Fora que os alunos te adoram.

— E eu adoro os alunos, Ruby — ela diz, com tristeza na voz. — De verdade. — Olive inspira fundo e solta o ar bem devagar. Sua cabeça cai para trás quando ela solta: — Provavelmente só preciso voltar para a sala de aula e me concentrar em fazer a porcaria do meu trabalho!

— Exatamente — digo. — Dar um passo atrás, como vovó falou. Ser apenas uma ótima professora de quarto ano. É um trabalho muito importante.

— Você tem razão — ela diz, olhando para o céu escuro. — Mas às vezes é difícil. Não sei se consigo reunir a coragem para isso.

Ficamos sentadas em silêncio por um momento, nos balançando para a frente e para trás. É tão estranho Olive se abrir comigo assim. Faz com que eu me sinta adulta.

— Sua vez — ela diz, rompendo o silêncio.

— De quê? — pergunto, cética.

— Me conta um segredo. Algo que você tem medo de dizer porque não suporta a ideia de decepcionar nossos pais.

— Ah, isso é fácil. — E é mesmo. Sei o que dizer na mesma hora. — Entendo que você e eles adorem a ideia, mas não tenho nenhum interesse em tirar um ano sabático. Não tenho a intenção de salvar o mundo. — Só de dizer isso, já fico aliviada. Tão aliviada que parece que não consigo mais parar. — O que eu quero é encontrar uma faculdade pequena com um campus cheio de árvores e uma biblioteca incrível. Quero estudar num lugar assim, onde possa mergulhar em literatura inglesa do século XIX e teoria feminista.

Olho para minha irmã, esperançosa. Quero que Olive não veja problema nisso, mas, ao mesmo tempo, só de me ouvir falar sei que é o certo para mim.

— Acha que seria uma péssima escolha?

— Claro que não — ela diz, com a voz aguda de tão animada. — Parece simplesmente perfeito. Tão perfeito que eu gostaria que tivesse sido sugestão minha.

Nós duas rimos. É gostoso — e muito inesperado — ter um momento assim com Olive. Faz tempo demais que não conversamos como amigas.

— Odeio te dizer isso, mas primeiro você precisa se formar na escola. O que significa que precisa dar as caras lá — minha irmã diz, em tom de brincadeira.

Suspiro. De repente, todos os motivos pelos quais não quero voltar passam pela minha cabeça. Mas sei que preciso.

— Talvez a gente devesse fazer um pacto — digo. — De não fugir, sabe?

Ela olha para mim e sorri.

— Adorei. Um pacto!

— Quer selar com um aperto de mão ou coisa do tipo? — pergunto.

— Claro.

Então, por uma espécie de telepatia, nos levantamos de um pulo, recordando o aperto de mão bobo que criamos juntas quando eu tinha cinco anos e Olive, doze. Batemos as mãos, giramos duas vezes e batemos os quadris. Quando finalmente terminamos, estamos rolando de rir.

Ai, meu Deus! No que eu estava pensando?

É manhã de segunda-feira e estou dentro do carro, em um estacionamento vazio ainda no caminho para a escola, arrependida daquele pacto idiota. É como se meu corpo tivesse me trazido até aqui sozinho, funcionando no modo sobrevivência, porque sabe que é crucial evitar se aproximar da Orange Grove e dos erros que cometi.

No momento, fugir parece ser a única opção.

Sentada dentro do carro, vejo uma fila de ônibus parados se formar, todos esperando para entrar no estacionamento dos alunos do último ano. Baixo o vidro do motorista e me inclino para ver melhor uma bacia de retenção entupida pelas algas enquanto penso no que fazer. Não tenho coragem de encarar o que me aguarda.

Posso fazer supletivo. Ter aulas a distância. Pedir que Topher seja meu tutor. *Se é que ele vai voltar a falar comigo.*

Recosto a cabeça no apoio do banco e fecho os olhos.

Arrependimento, vergonha, culpa, humilhação. Sou atingida por tudo isso ao mesmo tempo. Aperto o volante com força, como se de alguma forma isso fosse me impedir de me afogar nesses sentimentos.

Com os olhos ainda fechados, reconheço o barulho do suv de Carlos. O ronco alto me faz olhar pelo retrovisor bem a tempo de pegá-lo estacionando ao meu lado. Ele não está sozinho. Soraida me olha feio do banco do passageiro.

Ela sai do carro e bate a porta atrás de si. Carlos continua sentado no banco do motorista, com a expressão impassível, olhando para a frente. Vê-lo assim dói, por isso viro o rosto.

Soraida bate com força no vidro do passageiro. Aperto o botão para abrir.

— Me deixa entrar — ela diz quando o vidro baixa. — Precisamos conversar.

Eu me estico para abrir a porta do passageiro. Conheço Soraida. Só vai embora depois de dizer o que quer. Não me surpreende que, enquanto o restante de nós se esconde da dor, ela tem a coragem de arrancar o band-aid.

Soraida se senta no banco ao meu lado, usando um batom bem vermelho e com os cabelos soltos caindo pelos ombros.

— Carlos está puto porque fiz ele parar quando te vimos aqui, sozinha e patética. Que foi? Está tentando criar coragem de ir pra escola?

Mordo o lábio e baixo os olhos para as pernas.

— Eu sabia — Soraida diz, em tom de acusação. — Bom, não posso demorar.

— Desculpa, Soraida — começo a dizer, em tom de súplica —, eu...

— Não vim aqui pra você se humilhar pra mim — ela me corta. — Vim pra dizer que, uma vez na vida, você precisa calar a boca e ouvir.

Sinto a raiva de Soraida pulsando no ar que preenche meu carro pequeno. Ela está prestes a soltar os cachorros, e vai doer.

— Primeiro você convidou a idiota da sua amiga Lucinda para ajudar a gente e ela não fez porcaria nenhuma. Depois você e suas amiguinhas artistas decidiram que minha ideia de camiseta não era ousada o bastante, quando era uma *ótima* ideia. — Ela agita os braços violentamente dentro do carro, acertando o câmbio e o volante sem querer. — Mas *todo mundo* ouviu, porque a gente achava que você sabia o que estava fazendo. Mas ficou claro que foi um erro! Por que te deixamos no controle mesmo depois de ter travado no protesto? Não faço ideia. A gente devia saber que você ia fazer besteira na reunião do conselho.

— Soraida... — tento interromper, louca para me desculpar ou talvez para me explicar. Mas como posso me explicar?

— Eu já *falei* pra você calar a boca e ouvir — Soraida me corta. — Talvez aprenda alguma coisa, pra variar.

Seguro o volante com mais força e aperto os lábios. Tenho a sensação de que estamos prestes a cair de um penhasco juntas, mas sei que Soraida está certa. Preciso ficar de bico calado. Preciso escutar.

— Não consigo acreditar no papelão de *mierda* que você fez na reunião. Podíamos ter catado uma desconhecida na rua e ela teria se saído melhor que você. Passamos vergonha na frente da escola toda por sua causa. E você acabou com qualquer chance que a gente poderia ter com Calista Jameson. Quando acha que outra oportunidade assim vai surgir? Poderíamos ter feito a diferença! Mas aqui estamos nós. Tanto trabalho para absolutamente nada.

— Nada? — repito, incrédula. — Não foi para nada, Soraida. E quanto a nós? Nossa amizade?

— Ah, sim. Você tem *toda a razão* — Soraida diz, com a voz pingando sarcasmo. — Me diz: como anda sua amizade com Malena? Ou com Topher, seu queridinho? — A pose que ela faz, com a mão apoiada debaixo do queixo, me faz pensar em uma psiquiatra sondando o paciente. — Ah, e o meu irmão? Como se sente em relação à "amizade especial" de vocês? — ela pergunta, fazendo as aspas no ar.

Não respondo. Só afundo ainda mais no banco, com o coração apertado. Ponho a cabeça para fora da janela, precisando de ar fresco. Desesperada para sair deste lugar, para escapar das acusações amargas de Soraida e da verdade que elas trazem. Mas não tenho para onde ir. Acho que preciso virar mulher.

— Pode falar agora — Soraida diz, cruzando os braços.

— Vamos dizer que concordo com tudo o que falou.

— Porque estou certa — Soraida retruca, inexpressiva.

— Mas não sei o que fazer para consertar as coisas — admito. — Não sei nem por onde começar.

— Não vim aqui pra resolver os seus problemas — Soraida diz. — Você vai ter que dar um jeito e descobrir como fazer isso sozinha. — Ela leva a mão à maçaneta, pronta para abrir a porta e sair do carro. — Mas uma coisa eu vou te dizer: você pode começar com aquela confusão ali. — Soraida aponta para o irmão. — Carlos anda um pé no saco desde que você deu um fora nele. E o desânimo está começando a deixar minha família toda irritada, principalmente eu.

Ela sai do carro e grita para Carlos, que mantém o vidro fechado:

— Vocês dois precisam resolver essa merda. Vou andando pra escola.

Olho de soslaio para Carlos, que está largado no banco do motorista, com os olhos fixos em Soraida enquanto ela atravessa a rua em direção ao estacionamento da escola. Meu coração acelera. Penso no dia em que eu estava atrás de assinaturas e ele me puxou de lado para me perguntar como eu estava. Penso em todas as vezes em que me sentei ao lado dele no carro e senti sua mão procurar a minha como se não fosse nada. Penso na noite em que dirigi o suv enquanto ele abraçava Malena, preocupado com a priminha, praticamente me implorando para que eu não o tachasse de machista. E eu não fiz isso.

Carlos está longe de ser perfeito. Recebe tratamento especial o tempo todo e vive cercado de pessoas que o veneram. É o centro de seu próprio universo, enquanto todos orbitam à sua volta, e nem percebe isso. Seu próprio brilho o deixa cego.

Mas Carlos também é um cara decente e gentil. Vive em um mundo zoado e tenta fazer a coisa certa. É claro que comete vários erros no caminho. Mas quem não faz isso, não é?

Eu com certeza faço.

Respiro fundo e desafivelo o cinto de segurança. Não sei se ainda posso consertar o estrago que causei, mas acho que preciso tentar.

Quando saio do carro, Carlos olha na minha direção e desvia o rosto depressa. Eu me aproximo de sua janela, mas ele não se vira para mim. Bato de leve no vidro.

— Podemos conversar?

Ele continua olhando para a frente, sem que seu rosto entregue nada, e apoia a cabeça no encosto do banco. Então olha para o teto e depois para mim. Fico ali, em silêncio. Esperando. Torcendo para que ele diga "sim".

Carlos não fala nem uma palavra enquanto sai do carro, fecha a porta e para de frente para mim, tão perto que sinto a energia que irradia, tão perto que sinto seu cheiro de sabonete e couro.

— Tá — ele diz. — Pode falar.

Tento encará-lo, mas Carlos evita os meus olhos.

— Soraida disse que preciso calar a boca e ouvir mais. Então...

— Nossa. Soraida finalmente disse algo inteligente — ele fala. — Quem poderia imaginar?

— Bom... — digo, baixo. — Estou ouvindo.

Ele se ajeita e balança no lugar, sem me encarar. Sei que as palavras estão se formando em sua cabeça. Só preciso esperar, ser paciente, lhe dar tempo e espaço.

— Eu não queria uma esposinha! — Carlos finalmente solta. — O que você disse não foi justo, Ruby. Eu não estava tentando te distrair. Estava tentando te apoiar!

Dá para ver que ele está triste e confuso. Eu também estou. Mas me seguro para não dizer nada. Sei que Carlos ainda não terminou.

— Estou ficando maluco tentando entender o que aconteceu. Quando foi que tudo deu errado com a gente? — Ele gesticula para o espaço entre nós dois. — Na noite anterior à reunião do conselho? Talvez eu tenha pisado na bola com o que falei sobre sua irmã. Mas andei pensando nisso e no que você falou sobre a *minha* família. Tudo bem você me dar uma bronca pelo meu privilégio masculino ou sei lá o quê, mas aí eu tento falar sobre o lance da sua irmã e você fica toda quieta? — Ele se recosta no carro. — Mas, mesmo assim, eu fiquei lá. Sabe por quê? Porque me importava com você.

Ficamos em silêncio por um momento. Sinto um aperto no coração. Será que ele falou no passado de propósito? Sim, ele se importava comigo, mas será que ainda se importa?

— Credo, Ruby — Carlos finalmente exclama. — Nunca te vi ficar tanto tempo quieta. Você está me preocupando.

Solto um suspiro profundo. De repente, minha cabeça gira, tentando decidir por onde começar. Preciso me desculpar com Carlos, mas também preciso que ele entenda por que não consegui deixar para lá essa história de "esposinha".

Por que ainda não consigo.

Ou talvez nem seja uma questão de ser ou não "esposinha". Ou pelo menos não só isso. Talvez eu precisasse de mais tempo do que me dei, talvez precisasse lidar com o que aconteceu naquele corredor e com o tanto que me machucou.

Provoca e não aguenta, é?

Coço a testa, tentando me trazer de volta ao presente. Não estou pronta para tudo isso de uma vez, mas sei por onde começar.

— Bom, primeiro — falo, hesitante. — Você estava certo em relação à minha irmã. E entendo o que quis dizer. E, por incrível que pareça, acho que Olive percebeu isso também.

Suas sobrancelhas se erguem em surpresa.

— É um começo.

— E fiquei quieta naquela noite porque não sabia o que dizer. Acho que estou percebendo que às vezes é difícil aceitar a verdade em relação às pessoas que a gente ama e a nós mesmos...

— Olha, Ruby — Carlos diz. — Eu entendo. É difícil falar sinceramente do tratamento especial que você recebe por ser branca e rica. Mas você tem que encarar isso, sabe? E quando alguém que se preocupa com você tenta apontar esse fato, precisa tentar ouvir.

Aceito o desafio em suas palavras, tentando não ficar na defensiva.

E não faço, mas também percebo que tanto eu como Carlos temos muito a aprender.

— Eu sei. — Assinto. — Você tem razão. Eu poderia me esforçar mais nisso. Mas é complicado, Carlos — digo, tentando manter um tom controlado para dividir o que guardo dentro de mim, muito embora exija toda a minha coragem. — Você também recebe tratamento especial. Só porque é um cara que sabe arremessar uma bola rápido.

Seus músculos ficam tensos, desde o maxilar até os antebraços. Ele enfia as mãos nos bolsos do jeans e desvia os olhos, como se distraído pelos carros passando.

— Você entende isso, né? — insisto.

Pela ruga que se forma em sua testa, sei que Carlos está pensando no que acabei de dizer.

— O que eu posso fazer, Ruby? — ele pergunta, na defensiva. — Não tenho como controlar como as pessoas me tratam.

— Você pode falar alguma coisa. — Minha voz vai ficando mais aguda. — Você me disse que odeia machismo, mas a verdade é que se beneficia dele.

— Não é como se eu dissesse à minha família que eles têm que fazer tudo o que fazem por mim — Carlos diz, e suas mãos vão ainda mais fundo nos bolsos. — Eles simplesmente fazem.

— Tá, eu entendo. Mas, se quiser que as coisas mudem, *você* tem que encontrar uma maneira de mudar as coisas, ou pelo menos de começar.

Sua mandíbula se contrai e relaxa. Ele fecha os olhos com força. Fico só vendo enquanto processa as palavras que trocamos. As duras verdades que precisávamos ouvir.

Carlos suspira, passando as mãos para os bolsos de trás da calça.

— Acho que posso começar tirando a bunda da cadeira e fazendo meu próprio prato — ele admite, dando de ombros. — Talvez possa aprender a lavar roupa também.

— É outra pessoa que lava todos os seus uniformes suados? — brinco, tentando mudar a energia pesada entre nós.

A ponta das orelhas de Carlos fica cor-de-rosa de vergonha. Ele deveria mesmo se envergonhar.

— Não consigo acreditar que você não sabe usar a máquina. — Reviro os olhos de maneira exagerada. — Você é muito mimado.

— Um mimado em recuperação, será? — Carlos sugere, hesitante.

Sorrimos um para o outro. A sensação de voltar às nossas velhas brincadeiras é boa. Um silêncio constrangedor se segue. Carlos cruza os braços enquanto eu fico mexendo no brinco. Acho que nós dois nos sentimos pressionados pela pergunta que continua no ar. Por onde começar se queremos que as coisas mudem?

— Malena está destruída — ele solta, parecendo ansioso. — Me mata ver minha prima desse jeito. O que você fez... acabou com ela.

— Eu sei — digo. — Não consigo acreditar que estraguei tudo, depois de todo o trabalho que ela teve.

— É... Aquela noite que apareci na sua casa com uma pizza...

— E eu bati a porta na sua cara? — eu interrompo.

— Isso. Aquela noite em que você me deixou sozinho com uma pizza grande de bacon, presunto e pepperoni. — Carlos sorri. — Minha intenção era te convencer a ir comigo falar com Malena. Achei que talvez você quisesse se desculpar.

— Eu deveria mesmo ter feito isso. Mas fiquei péssima. Passei dias sem sair de casa. Você tem falado com ela? — pergunto, sentindo a preocupação crescer dentro de mim. — Ela disse alguma coisa... a meu respeito?

— Malena nem precisa dizer nada. O jantar de sexta foi horrível. Ela só ficou sentada na frente da família, quase muda, enquanto Soraida e minha mãe não paravam de falar, basicamente perguntando por que tinha inventado de se meter com uma branquela. Tenho que reconhecer que Malena aguentou firme.

— Elas também pegaram no seu pé? — pergunto, curiosa. — Por ter se metido comigo?

— Soraida se esforçou pra me arrastar pra briga. Mas me recusei a morder a isca.

— As duas têm razão em relação a uma coisa — admito. — Foi culpa minha. Eu não devia ter me intrometido. Tenho certeza de que vocês estão loucos para me ver fora da vida de vocês.

— Sinceramente, acho que Malena está mesmo. Ela ficou muito magoada.

Estremeço, porque não quero que seja verdade. Viro o rosto para a estrada para que Carlos não veja como isso me dói.

— Mas eu não — ele diz. — Não quero você fora da minha vida.

Viro a cabeça para encarar seus olhos serenos. Todo o resto desaparece e restamos apenas nós dois — como éramos quando não tinha ninguém mais por perto. Carlos dá um passo na minha direção, com a expressão aberta e vulnerável.

— Preciso que você entenda, Ruby, que a princípio achei que conhecia bem o seu tipo.

— Quando me chamou de branquela e disse que eu não sabia o que era sofrer as consequências? — pergunto, em tom de derrota. — Você estava certo.

— Pode ser. Mas você me surpreendeu. Você era mesmo diferente. Eu adorei como era destemida, comprometida.

Suas palavras me fazem estremecer. Eu era destemida, mas será que ainda sou? Quero muito recuperar essa parte de mim mesma.

— Vi que todo o lance do beisebol não importava pra você. E gostei disso. Adoro que você não se importe com a velocidade dos meus arremessos ou se vou virar profissional.

Sorrio ao me lembrar daquele dia no estádio.

— Tenho que admitir que foi divertido ver você jogar. Mesmo antes de te atacar.

Seus ombros relaxam. Ele ergue a sobrancelha, meio brincando.

— Fiquei feliz por você ter ido — Carlos diz. — Não porque queria que você torcesse por mim. Não tinha nada a ver. Só queria passar um tempo com você.

Ele faz uma pausa e se aproxima um pouco mais.

— Isso é um alívio. — Eu me inclino na direção dele, sentindo que o clima finalmente mudou. — Porque, já que estamos sendo sinceros, beisebol é bem chato.

— Então você não tem futuro como esposinha? — ele pergunta.

— De jeito nenhum — digo, abrindo um sorrisão.

Carlos ergue a mão e a apoia com delicadeza na minha bochecha. É um toque hesitante, inquisitivo. Mas, para mim, é o mesmo toque firme que senti depois daquele momento horrível. É um toque de conexão, de cuidado. O tipo de toque de que precisamos.

Olho em seus olhos castanhos, estudo seus cílios grossos e noto as olheiras escuras ao redor deles.

— Você parece cansado — digo. — Seus olhos, eles...

— Não tenho dormido muito — Carlos me corta, deixando a mão cair ao lado do corpo. Ele abre um sorrisinho para mim. — Minha namorada tentou terminar comigo. Até bateu a porta na minha cara quando fui levar a pizza preferida dela no outro dia. — Seus olhos brilham, travessos, e ele dá de ombros. — Fiquei de coração partido, sabe?

— Nossa, ela parece um pesadelo — digo, lutando contra a emoção para usar o mesmo tom provocador dele. — É melhor dar o fora nela de uma vez.

— É. — Carlos dá um suspiro dramático. — Bem que eu queria, mas, cá entre nós, acho que estou me apaixonando por ela, e isso complica um pouco as coisas.

Uma leveza se espalha pelo meu peito enquanto nossas mãos se entrelaçam.

— Você está se apaixonando por mim?

— Estou — ele diz. — Acho que sim.

— E aceita meu pedido de desculpas? Fui tão péssima.

— Todo mundo comete erros.

— Então me perdoa? Sério?

— Perdoo — ele diz. — Sério.

Eu o envolvo com os braços.

— Ai, meu Deus, essa é a melhor notícia do mundo. — Eu me

afasto para olhar para ele. — Porque acho que posso estar me apaixonando por você também.

— Eu sei.

Carlos abre o sorriso superconfiante que é sua marca registrada.

Estranhamente, o tom convencido dele me deixa com uma sensação de alívio. Ainda é Carlos Rosario, deus do beisebol. E, o que é surpreendente, continua sendo meu.

Olho em seus olhos.

— Ei. Acha que tenho alguma chance com Malena?

— Só tem uma maneira de descobrir — Carlos responde.

Assinto e dou um beijo na boca dele.

— Você tem razão — digo, me afastando de novo. — Tenho que ir.

— Quêêê? — ele choraminga, enlaçando minha cintura e me puxando para perto. — Já vai me deixar?

— Aham — digo, me soltando. — Tenho que recuperar minha amiga.

VINTE E SETE

MALENA

Chego mais cedo à escola na segunda-feira. Tenho muito a fazer antes de amanhã, o dia da filmagem, quando vou usar a sala da sra. Baptiste para fazer as entrevistas depois da aula. Espero que pelo menos algumas pessoas apareçam. Passei o fim de semana inteiro elaborando meu resumo, anotando perguntas e fazendo uma lista de todos os equipamentos de que vou precisar. No e-mail, Calista se ofereceu para me ajudar com o argumento e o primeiro corte, o que é simplesmente incrível. Se eu conseguir fazer dar certo — se o filme ficar bom o bastante —, talvez ela até me dê uma forcinha nas redes sociais. Não custa sonhar.

Mas, primeiro, preciso conversar com uma pessoa.

Vou até a sala da dra. Hardaway com o exemplar da biblioteca de *Era isso que eu estava usando*.

Bato de leve na porta, segurando o livro junto ao peito.

— Dra. Hardaway? — digo, colocando a cabeça para dentro.

— Ah. Oi, Malena. Pode entrar. — Ela se levanta e dá a volta na mesa para me cumprimentar. — Acabei de ler o e-mail da sra. Baptiste sobre o seu projeto. Ela disse que você vai precisar ficar até mais tarde na escola amanhã.

— Se não tiver problema — digo, entrando na sala dela.

— Claro. Parece interessante.

— É mesmo — digo, tentando não me intimidar com o fato de estar na sala da vice-diretora responsável por questões disciplinares, onde tudo isso começou. — Foi você que me inspirou, na verdade.

Ela inclina a cabeça e franze as sobrancelhas no que parece ser um misto de surpresa, confusão e apreensão.

— Nossa. Fico até com medo de perguntar.

A dra. Hardaway segura uma risadinha.

Preciso escolher minhas próximas palavras com todo o cuidado. Principalmente porque quero transmitir meu absoluto respeito por sua decisão de participar de *Era isso que eu estava usando*. Não consigo pensar na coisa certa a dizer, então deixo que o livro fale por mim.

Viro a capa para a frente, bem devagar. A princípio, ela parece perplexa. Então um lampejo de reconhecimento passa por seus olhos. A dra. Hardaway suspira e pega o exemplar. Seu corpo afunda lentamente em uma das poltronas diante da mesa. Eu me sento também, de modo que ficamos lado a lado.

A dra. Hardaway abre o livro e o folheia. Quando encontra sua versão mais jovem, passa a mão pela imagem impressa em papel brilhante. Assim como fiz da primeira vez em que a vi.

— Onde encontrou isso? — ela pergunta, passando os olhos pela página. — Meu exemplar foi destruído anos atrás, em uma inundação no porão.

— Na biblioteca — digo em voz baixa, porque não quero perturbar a solenidade do momento.

Passamos um longo período em silêncio. Ou pelo menos é a sensação que tenho.

— É como se eu estivesse olhando para outra pessoa — a dra. Hardaway diz, então ergue os olhos para fitar os meus. — Alguém muito corajosa. Que era pura emoção desenfreada. Um pouco como você e Ruby, imagino.

Sorrio, mas é um sorriso triste. Quero de verdade não sentir nada além de respeito e adoração por essa mulher, mas a vida não é simples assim. É difícil confiar em alguém que te traiu.

A dra. Hardaway respira fundo, depois solta o ar devagar. Seu corpo parece se desmanchar na cadeira.

— Sinto muito por ter falhado com você, Malena. Só estava tentando ajudar. — Ela se vira para me olhar, com uma expressão branda e carinhosa. — Acho que os absorventes não foram uma ideia tão boa assim, no fim das contas.

Assinto. Vou precisar de algum tempo para que o sofrimento mental da provação pela qual passei desapareça. Mas, no momento, quero transformá-lo em algo significativo para nós duas.

— Você aceitaria aparecer no meu projeto? — pergunto, só agora percebendo o quanto isso significaria para mim. Uma vitória silenciosa que eu não tinha ideia de que precisava.

A dra. Hardaway pensa no meu pedido, olhando de mim para o livro e de novo para mim. Vejo que está hesitante, por isso tento facilitar as coisas para ela.

— Você pode usar o que quer que te deixe se sentindo forte e destemida.

A dra. Hardaway fecha o livro, e há certa finalidade no modo como as páginas voltam a se unir. É hora de seguirmos em frente.

— Passo na sala de Nia amanhã à tarde.

Seu rosto se ilumina como um arco-íris. O que quer que tenha em mente, vai ser espetacular.

A sra. Markowitz me deixa ir trabalhar na biblioteca durante o período entre aulas. Contei sobre meu projeto, e ela ficou feliz em permitir que eu viesse para me concentrar, abrir todos os meus livros sobre documentários na mesa e definir os detalhes da gravação de amanhã. Estou mergulhada em planos de filmagem quando alguém puxa uma cadeira ao meu lado.

Ruby.

O que ela está fazendo aqui?

De novo.

Antes mesmo que abra a boca, olho para o sr. Ringelstein, que, como sempre, está à sua mesa, organizando fichas de localização. É como se ele nunca tivesse saído de lá.

— Não podemos conversar aqui. Não vou me encrencar de novo — digo, olhando feio em sua direção. — Por sua causa.

— Por favor — Ruby suplica. — Me dá só dois minutos.

Suspiro, olhando para as pilhas baixas de livros à minha frente. Parte de mim fica aliviada em ver Ruby. Outra parte, e uma parte importante, não quer ter mais nada a ver com ela.

— Por favor, Malena — Ruby insiste. — Vamos conversar.

Para minha enorme surpresa, a expressão de Ruby transmite uma única emoção: remorso.

Embora não devesse, afasto a cadeira, me levanto e sigo na direção das estantes nos fundos da biblioteca. Ruby vem comigo.

Quando nos encontramos o mais longe possível do sr. Ringelstein, uma lembrança me vem à mente: de mim mesma levantando a blusa para Ruby tirar uma foto. Por que confiei nela? Como posso ter sido tão inocente assim?

Mas agora aprendi.

Ruby fica diante de mim, com as mãos juntas à frente do peito, e inspira fundo.

— Estraguei tudo — ela solta. — Te devo... Nossa, devo a *todo mundo*, um pedido imenso de desculpas.

Olho para as mãos dela. Ruby as está apertando tanto que a ponta dos dedos está vermelha. Não digo nada. Não sei o que dizer. "Desculpa" parece algo insignificante perto de tudo que aconteceu. Perto de tudo que ela fez.

— Malena... — Ruby diz, olhando nos meus olhos. Não desvio o rosto. — Não tenho como voltar no tempo. Passei uma semana inteira desejando poder fazer isso. Eu deveria ter me preparado. Deveria ter ouvido você e a sra. Baptiste. Sei lá. Mas eu não...

— Eu confiei em você — solto, perdendo o controle.

— Sinto muito, de verdade.

Fecho os olhos, sentindo a raiva explodir por todos os poros do meu corpo.

— Você mentiu pra mim. Mentiu pra sra. Baptiste. — As palavras queimam meus lábios. — Disse que eu podia confiar em você, e eu confiei. *Acreditei* em você. Achei que fôssemos amigas. — A dor que carreguei até aqui de repente flui pela minha voz tensa como as corredeiras de um rio revolto. — Achei que pudesse contar com você. Que a gente fosse um time. Aí você simplesmente desistiu. Desistiu da gente. De mim.

Ruby se encolhe, dá um passo para trás e se segura em uma estante.

— Eu... eu não desisti.

— Desistiu, sim — cuspo de volta, com o rosto quente.

Minhas palavras são como um tapa na cara dela. Ruby desvia o rosto, mas não diz nada.

— Você jogou no lixou os dois preciosos minutos que ralamos para conseguir, como se não fossem nada! — Jogo as mãos para o alto, em frustração. — Talvez todo o trabalho não significasse nada para você, mas significava tudo para mim. E para Soraida, e até para Topher. Para todo mundo que você abandonou quando estava ocupada demais não se importando.

Ruby balança a cabeça.

— Isso não é verdade, Malena. Eu me importava, sim. Quer dizer, ainda me importo. E muito. — Ela abraça o próprio corpo, olhando para o pequeno pátio que fica atrás da biblioteca. — Quando eu estava atrás daquela tribuna, vendo tudo escapar do meu controle, vi você na primeira fileira, tentando me passar as respostas. Aí me dei conta, tarde demais, de que deveria ser você no meu lugar. Foi *você* quem fez todo o trabalho. *Você* tinha todas as respostas. Você deveria ter falado, e não eu.

— É verdade — digo, abrindo as mãos que estavam cerradas em punho ao lado do meu corpo. — Deveria ter sido eu lá. *Eu* fiz todo o trabalho. *Eu* sabia as respostas de *cada uma* das perguntas que eles fizeram. Até decorei a porcaria das Regras de Ordem de Robert.

Ruby abre a boca como se fosse falar, mas ergo a mão para impedi-la. Ainda não estou nem perto de terminar.

Estou só começando.

— Eu tinha uma porção de anotações. Fiz uma pesquisa imensa.

Estava pronta para ajudar, mas você me ignorou. Pensou em pedir minha opinião? Não. Não pensou. Por quê, Ruby? Já parou para se perguntar o motivo?

Respiro fundo enquanto espero que Ruby absorva minhas palavras. Ela parece atordoada. Seus braços estão largados ao lado do corpo e seus ombros estão caídos. Ruby dá a impressão de estar tão cansada quanto eu.

— Ainda estou tentando entender — Ruby responde, baixo. — Também fico me perguntando por que você não se candidatou a ir no meu lugar. Estava tão preparada, e eu obviamente não estava nem um pouco.

— Você simplesmente assumiu o comando — retruco, mais alto do que pretendia.

— Porque ninguém mais se voluntariou! — Ruby também ergue a voz com a frustração. — Nem você. Muito embora nós duas soubéssemos que deveria ser você na tribuna. — Sua voz sai rouca, e seus braços se agitam daquele jeito dela. — Mas você poderia ter me dito que queria falar. E não disse. Por quê?

— Porque eu achei que ninguém ia me ouvir — cuspo. Odeio ouvir as palavras que saem dos meus lábios, mas é verdade. — Sabia que ouviriam você. Eu confiei em você para contar minha história. Eu confiei em *você*.

— Isso não faz nenhum sentido. — Ruby balança a cabeça. — Por que acha que me ouviriam e não ouviriam você, quando era a *sua* história, quando você tinha se esforçado tanto e estava preparada para falar?

— É só olhar pra mim, Ruby. — Eu me debato, exasperada. Dou um passo adiante, ficando a centímetros dela, como se assim fosse ser ouvida de verdade. — Sou uma latina que fala com sotaque quando fica nervosa. Estou falando com sotaque agora mesmo! Não importa se tenho todas as respostas. Sempre vão acreditar mais na garota branca do que em mim. Até *eu* acreditei mais em você do que em mim.

Agora, vejo isso com muita clareza, e Ruby precisa ver também. Senão, como vai entender como tem sido para mim? Como vamos poder voltar a ser amigas?

Um longo silêncio se estende entre nós. Ruby parece estar tendo dificuldade de lidar com o que acabei de dizer. Sua testa está franzida em profunda concentração.

— Você é a pessoa de quinze anos mais durona que já conheci — ela diz, engasgando com as palavras. — Como...

— Porque é verdade! — eu a interrompo, querendo fazer com que caia na real. — Se os últimos dois meses aqui me ensinaram qualquer coisa, é que preciso me esforçar duas vezes mais, trabalhar duas vezes mais, para ter metade do reconhecimento que *você* vai receber sem fazer porcaria nenhuma.

Ruby assente. A tensão é visível em seu maxilar.

— Isso é errado. Não é *justo*.

— É a porra de um pesadelo.

Não quero chorar, mas não consigo evitar: lágrimas descontroladas rolam dos meus olhos. Tento enxugá-las com a manga da blusa, mas não consigo dar conta. As emoções brutas borbulhando dentro de mim começam a extravasar.

Por mais doloroso que seja, se Ruby não tivesse nos lançado nessa jornada imprevisível, eu ainda estaria me perguntando se algum dia eu seria boa o bastante para este lugar.

Eu sou boa o bastante.

Sei disso agora.

— Sinto muito, Malena — ela diz, baixo. — Sei que já falei isso um milhão de vezes, mas sinto muito mesmo. Achei que entendesse pelo que você estava passando, mas não era verdade. Eu não tinha ideia.

— Vamos encarar, Ruby — digo, secando as bochechas com as mãos. — Eu e você não somos iguais. Você nunca vai estar no meu lugar. — Levo a palma ao peito, sentindo que preciso me centrar. Quero que ela me veja, que me veja por inteiro. — Quando vi você ser escoltada pelo segurança na reunião do conselho, vi o choque e a confusão no seu rosto, sua completa descrença de que aquilo estivesse acontecendo com *você*. Foi aí que eu percebi.

— O quê? — Ruby pergunta. — O que você percebeu?

— Que você passeia pelo mundo sem nenhuma ideia de como tem sorte. Se eu tivesse subido na tribuna e começado a xingar o conselho da escola, se Soraida tivesse feito isso, provavelmente seríamos expulsas. Com a gente não tem essa de benefício da dúvida. Se Carlos fizesse um showzinho como o seu, provavelmente seria algemado e preso, depois processado como adulto. Seria o fim da carreira dele no beisebol.

— Carlos? — Ruby repete, com desdém. — Ele se aproveita o tempo todo do benefício da dúvida. Ninguém na escola espera que ele tenha permissão para circular no corredor durante as aulas, por exemplo.

— Fora da Orange Grove, Carlos é só outro garoto latino que precisa estar sempre de olho em tudo — digo, balançando a cabeça. — Outra coisa que você simplesmente não entende.

— Meu Deus, Malena. Você não consegue ver que estou me esforçando? Estou tentando entender!

A voz dela falha, seus braços balançam de maneira errática. Então Ruby parece morder a língua ao perceber algo. Ela recua e se apoia na estante. Fico olhando, me perguntando se está recuperando as forças para outro dos rompantes que parecem esgotá-la.

Mas Ruby não faz nada. Só olha para os próprios pés em silêncio, deixa os braços caírem ao lado do corpo e continua, baixo:

— Não sei muito bem do que você está falando. Provavelmente não mereço isso, mas pode explicar? Quero mesmo entender.

Fico pensando se vale a pena. Se não estou desperdiçando saliva tentando fazer que ela perceba como é. Fico tentada a dizer: "Vai ler um livro". Então vejo a expressão dela, preocupada e talvez até um pouco envergonhada, e sou inundada pelas lembranças: de nós duas no carro de Ruby, cantando a plenos pulmões, dividindo romances preferidos e afogando as mágoas em sorvete, da visita surpresa a El Faro. Suspiro. Por que tudo tem que ser tão complicado?

Olho para Ruby. A dor em seus olhos me deixa com um aperto no coração. Me lembra de que costumávamos ser — e talvez ainda possamos ser — amigas. Acho que ela vale a pena.

— Estou falando com algumas pessoas da escola sobre sua experiência com as regras de vestuário. Principalmente com alunos racializados. Pessoas que não vivem na sua bolha privilegiada.

Sei que minhas palavras soam duras, mas ela precisa ouvir isso. E precisa ouvir de mim.

As sobrancelhas de Ruby se erguem, mas ela permanece em silêncio.

— Dois caras do time de beisebol, Eduardo e Otis, foram mandados para a detenção três vezes por usar moletom com capuz. Sabe quem usa moletom com capuz, tipo, todo dia? O time inteiro de lacrosse.

— Odeio aqueles caras — Ruby resmunga, desviando os olhos por um momento.

— Aqueles caras são brancos. Eduardo é latino. Otis é negro. Meninos latinos e negros pegam detenção por usar moletom com capuz ou calça larga, mas nada acontece com os garotos brancos. Um menino negro da equipe de luta disse que teve que cortar os dreads pra poder competir. — Faço uma pausa para recuperar o fôlego. — E isso sem nem falar da homofobia declarada. Rae, da minha turma de introdução ao cálculo, foi suspenso por usar esmalte. A porcaria de um esmalte!

Ruby balança a cabeça.

— Isso é um absurdo. Eu não sabia...

— E nem pensou em perguntar — digo. — Mas sabe o que realmente faz meu sangue ferver? Se o conselho tivesse ouvido seu discursinho e decidisse mesmo acabar com as regras de vestuário, todo tipo de cretino colocaria as asinhas de fora. Os supremacistas brancos começariam a usar suas merdas nazistas na escola. Aposto que você não pensou nisso quando decidiu esquecer tudo o que tínhamos planejado e agir sozinha, pensou?

Ruby coça a nuca e fecha os olhos com força.

— Fui muito arrogante — ela diz, com a voz carregada de emoção, depois olha para mim. — Entendo o que está dizendo e... É que... — Ela gagueja. — É muito difícil admitir como fui idiota. Me via como uma espécie de defensora da justiça! — Ruby ri sozinha. — Cacete, que piada.

Assinto, em um leve reconhecimento de que ela está apenas começando a ver como somos tratadas de maneira diferente — por causa da aparência que temos, por causa dos corpos que habitamos.

— Por exemplo — prossigo —, você deveria ter defendido nosso plano de regras de vestuário sem viés de gênero. Lembra o que Lucinda disse? Quando nos reunimos pela primeira vez, para planejar a manifestação? Ela disse que deveríamos focar em equidade, e não em igualdade, e você assentiu como se estivesse totalmente de acordo. Tudo muito simples. Mas aí você subiu na tribuna e começou a exigir a abolição das regras de vestuário. Sem se preocupar por um segundo que fosse no impacto que isso teria no restante de nós. No que estava pensando? — pergunto, tentando controlar a amargura no meu tom de voz, porque preciso saber.

— Eu não estava pensando — Ruby diz, baixo, e a tristeza é visível em seus olhos. Depois balança a cabeça, devagar, enquanto passa os dedos pelo cabelo. — E eu que fiquei passando sermão em Carlos por ser tão cego... — ela diz quase para si mesma. — Nem notei... Queria ter notado. — Ruby olha nos meus olhos. — Eu deveria ter percebido como era difícil para você. Deveria ter te ouvido. Cometi uma porção de erros, mas espero que entenda que não tinha a intenção de te magoar.

— Mas magoou — murmuro. — Me magoou muito. Ainda magoa.

Ela dá um passo à frente, como se fosse me abraçar, mas eu me afasto. A dor ainda é recente demais. Não estou pronta para abraços e lágrimas. Eu me recosto em uma estante, tentando abrir espaço entre nós duas e recuperar o fôlego. Dou uma olhada nos títulos dos livros mais próximos. São livros de história, que ninguém mais lê.

— Sinto muito por toda a dor que causei — Ruby diz. — Não espero que me perdoe de cara. Sinceramente, se nunca me perdoar, vou entender. De verdade. Mas preciso que saiba que sinto sua falta, sinto falta da gente e, muito embora eu não mereça, gostaria de ter uma chance para tentar reconstruir nossa amizade.

Com uma expressão arrependida no rosto, ela me encara, esperando.

Por um momento, não digo nada. Só fico ali, olhando para o carvalho no pátio do outro lado do vidro, me esforçando muito para entender a confusão em que nos encontramos. Continuo brava com Ruby, pela forma como ela destruiu todo o nosso trabalho com sua falta de noção. Mas também estou cansada. Só quero deixar para lá, pelo menos por agora. Respirar. Descobrir para onde vamos a partir daqui. Também sinto falta da minha amiga. De todos os momentos em que nos apoiamos e rimos juntas. Sinto falta da parte boa. Não posso simplesmente esquecer isso.

— O que você acha de voltar ao El Faro depois da aula? Pra conversar — sugiro, esperançosa. — Podemos dividir um *tres leches*.

Ela abre um sorriso otimista.

— Perfeito.

E é perfeito mesmo. Parece a coisa certa a fazer.

Um barulho alto chega do fim das estantes. É o sr. Ringelstein, empurrando um carrinho lotado de livros para devolução.

Olho para ele, depois para o pátio, depois para ele de novo.

— Vamos sentar lá fora — digo. — Acho que nós duas estamos precisando de um pouco de ar.

— A gente pode fazer isso? — Ruby pergunta.

— Deixa comigo — digo a ela, com confiança na voz, e me aproximo do sr. Ringelstein. — Está um dia tão bonito — comento, apontando para as portas duplas de vidro. — Podemos ficar no pátio? Estamos trabalhando em um projeto e não queremos atrapalhar ninguém.

O sr. Ringelstein me olha com ares de superioridade. Seus óculos grossos escorregam um pouco pelo nariz.

— Ah, já ouvi falar dos projetos de vocês — ele diz, com uma expressão indecifrável.

Acho que criamos certa reputação nessa escola. Atrás de mim, Ruby dá uma risadinha.

— A porta está destrancada — o sr. Ringelstein diz, acenando com a cabeça para o pátio. — Mas fiquem atentas ao sinal. Se por acaso se atrasarem, não vou dar um passe a vocês.

Eu me viro e puxo Ruby pelo braço. Vamos lá para fora numa corridinha, antes que o sr. Ringelstein mude de ideia.

— Bom trabalho! — Ruby sussurra alto.

Assim que saímos, paramos e olhamos para o céu azul, sentindo o ar úmido na pele.

— Foi uma boa ideia. — Ruby inspira profundamente pelo nariz, depois solta o ar devagar. — É gostoso aqui.

Atravessamos o pátio vazio e encontramos dois bancos à sombra do carvalho gigantesco. Nos esticamos neles e ficamos observando a luz filtrada pelas folhas.

Eu me viro para ela, sentindo o ar cálido tocar minha pele suavemente. Sentindo que tem algo errado.

Ruby se senta e puxa os joelhos para o peito, se encolhendo em uma bola. Todo o sangue parece se esvair de suas bochechas, deixando seu rosto pálido.

— Você está bem? — pergunto, me sentando para olhar para ela. De repente, uma camada de suor cobre sua pele, como se Ruby fosse passar mal a qualquer momento.

— Sinceramente, não.

— Estou estranhando você já faz um tempo — digo, baixo. — Desde o protesto, anda meio distraída.

— Fiz o meu melhor pra esconder. — Ela suspira. — Eu deveria saber que você notaria.

— A gente tem uma conexão esquisita — digo. — Acho que sempre foi assim, desde que nos conhecemos.

— É. — Ruby sorri, puxando ainda mais os joelhos. — O sr. Cruz provavelmente diria que é uma ligação cármica de outra vida ou coisa do tipo.

Olhamos para dois esquilos que fazem barulho ao correr pelo tronco largo do carvalho.

— Olha, Malena, não quero tirar o foco de tudo o que acabamos de conversar. Não sei muito bem como fazer isso. Mas eu...

Sua expressão se torna angustiada.

Eu assinto, dando a ela espaço para prosseguir sem dizer nada.

— Não contei pra ninguém. Nem mesmo pra minha avó. Sei que não deveria esperar nada de você e da nossa amizade. Mas...

A voz de Ruby morre no ar.

— Tudo bem — digo. — Você pode confiar em mim.

— Eu sei. Foi só... um babaca na manifestação. — Ruby respira fundo, joga a cabeça para trás e fica olhando para as folhas ao vento. — Na hora em que todo mundo ficou preso no corredor, um cara enfiou a mão por baixo da minha blusa e agarrou meu...

Fico segurando o ar, sem conseguir aceitar o que Ruby vai dizer.

— Ele agarrou meus peitos e me imprensou por trás. Também disse que eu provocava e depois não aguentava. — Ela morde o lábio, com força, claramente se segurando para não chorar. — Depois disso eu meio que tive um colapso no corredor.

Ai, meu Deus. Como isso pode ter acontecido? No meio do corredor, no mesmo lugar em que senti aquela enorme onda de energia e empolgação. Enquanto eu segurava o megafone e encontrava minha voz, Ruby estava caída no chão do corredor. Será que ficou sozinha?

Não sei o que fazer ou dizer. Não tinha ideia. Por que ela não me contou?

Eu me levanto do banco, me sento ao lado dela e coloco a mão no seu joelho. O toque assusta Ruby, o que me faz recolher a mão. Ela abre um sorriso hesitante. Eu espero, sabendo que tem mais nessa história, mas com medo de perguntar.

— O cara estava na reunião do conselho também. Foi ele quem gritou alguma coisa sobre a RevoltaDosMamilos. Não vi quem era, mas nunca vou esquecer aquela voz.

— Caramba, Ruby — digo. — Sinto muito.

— Eu já estava perdida, mas depois disso não consegui me segurar — ela conclui.

Agora tudo faz sentido.

Ficamos olhando para o chão, estudando as raízes densas e entrelaçadas de modo intrincado sob nós.

— O que aconteceu depois da manifestação, o meu afastamento... — Ela se inclina para pegar uma semente e a mexe entre os dedos, distraída. — Eu queria deixar isso pra trás, esquecer que aconteceu. Pode acreditar! Queria que fosse culpa de Carlos. E acho que você também.

— É, eu meio que queria.

— Eu queria que meu comportamento superesquisito fosse só uma paixonite por um menino ou coisa assim. — Ruby olha para a semente na palma da mão. — A história de ser "esposinha", sabe?

Estremeço ao me lembrar das coisas terríveis que disse a ela na partida de exibição de Carlos. Se eu soubesse com o que Ruby estava lidando, não teria feito isso. Queria que eu soubesse disso tudo na época.

— Foi... — Ela para e enxuga uma lágrima. — Não acredito que vou chorar. Me *recuso* a chorar. — Ruby joga a semente contra a parede. Ela bate e cai no chão. — Foi horrível, e eu me senti nojenta depois.

Ela encosta as mãos espalmadas na pele debaixo dos olhos, tentando impedir as lágrimas de rolarem.

— Quero que saiba... Quero deixar claro que não estou querendo usar isso de desculpa.

— Você podia ter me contado — digo, baixo. Ruby solta a mão aberta ao lado do corpo, e eu a pego. — A gente podia ter ido atrás dele. Entregado o cara.

— Ele disse meu nome quando me atacou — Ruby fala, baixo. — É alguém que conheço. Ou que me conhece. — Seus ombros caem, e ela olha para nossas mãos entrelaçadas. — Fiquei com vergonha. Achei que pudesse ser culpa minha. Você sabe, aquela coisa de "ela estava pedindo".

— Não! — grito. — Como você pode ter pensado que a culpa era sua? Isso é absurdo, Ruby.

É muito difícil acreditar que ela, entre todas as pessoas, se permita se sentir assim. Ainda estou tentando processar tudo aquilo quando a ouço murmurar:

— Eu sei. — Ruby inspira e expira algumas vezes, em uma tentativa de se acalmar. — Pode acreditar que eu sei.

Acaricio as costas da mão dela com o dedão, como *mami* faz comigo.

Ficamos ali, em silêncio. É bastante coisa para absorver. O cara continua livre, perambulando pelos corredores da escola. Talvez fazendo o mesmo com outras garotas. A ideia me faz estremecer.

— Lembra aquela noite, depois do protesto? — Ruby pergunta, ainda olhando para nossas mãos entrelaçadas. — Quando você e Soraida foram para a festa de Javi?

— A maior parte — digo, tentando dar uma leveza muito necessária à conversa. — Como deve lembrar, eu estava muito louca.

Ruby dá risada.

— Verdade — ela diz, mas depois volta a ficar séria. — Quando Carlos me mandou a foto em que você aparece na piscina, eu estava na banheira, esfregando a pele fazia horas, para ver se conseguia me sentir menos suja. Acho que foi por isso que fiquei tão perturbada quando te vi com Javi na festa. Não queria que você se machucasse.

— Faz sentido — digo a Ruby, me esforçando para entender como ela devia estar se sentindo. — Mas a gente estava só se divertindo.

— Eu sei. — Ela assente. — Mas fiquei com medo. Aquela noite, tudo o que eu queria era que meu corpo estivesse protegido por uma armadura. Quando vi aquela foto, senti uma necessidade absurda de proteger você também. — Ruby aperta minha mão com um pouco mais de força, e eu faço o mesmo. Ela endireita as costas e olha bem nos meus olhos. — Fiz uma centena de cagadas, de uma centena de maneiras que nem percebi. E a primeira delas foi bem ali — Ruby aponta para a biblioteca —, quando fui uma idiota ansiosa metendo o nariz nos seus assuntos. Eu não devia ter me intrometido e tentado te salvar. Devia ter deixado você em paz.

— É, acho que sim — digo, sem estar muito certa. Será que eu gostaria que nada disso tivesse acontecido? Quero voltar a ser a *pobrecita* María Malena?

Não. Nunca.

— E as cretinices que eu disse na manhã depois da festa, sobre seu corpo e como as coisas são diferentes pra você... Nossa! Nem consigo acreditar em tudo o que falei.

— É… — digo, depois faço *tsc-tsc*. — Eu bem que quis tirar sua carteirinha de feminista. Ou queimar!

— Eu errei feio, Malena. Não importa o que a gente usa ou faz. Não importa que corpo a gente tem. Pode acontecer na porcaria do corredor de uma escola, com uma menina tão sem peito que nem fazem sutiã do tamanho dela!

Eu me aproximo para abraçá-la.

— *Abuela* diria que você é uma *flaca con pecho de plancha*.

Ruby olha para mim, intrigada.

— Uma magrela com peito de tábua de passar — explico.

— Pior que é verdade.

Então, ainda bem, rimos.

Quando as risadas cessam, pego a mão dela.

— Mas você tem que saber que não é verdade que nossa aparência não importa. Porque importa. — Ruby olha para mim com os olhos interrogativos, mas espera que eu prossiga. — A sra. Baptiste me disse uma coisa outro dia que me fez pensar. Comecei a pesquisar sobre violência sexual e o tipo de pessoa que sofre mais com isso. É muito mais comum com mulheres racializadas e membros da comunidade LGBTQIA+.

Aperto a mão dela de leve.

— Malena — Ruby diz, apertando minha mão de volta. — Se em algum momento não se sentir segura, estou aqui. Tá?

— Tá — repito, como se estivéssemos selando um pacto. E talvez seja isso mesmo.

— Prometo que nunca vou te impedir de brincar de cavalo de guerra de camiseta molhada ou queimar seu sutiã. Mas, não importa o que fizer ou deixar de fazer, por favor, tenha sempre alguém do seu lado. Sei que você tem Soraida, mas estou sempre aqui pra ser sua "parça" caso acabe numa situação perigosa.

— Eu amo demais a Soraida, mas, agora que estou pensando nisso, acho que ela não é lá muito confiável nessas coisas.

— Eu e Carlos não devíamos ter feito aquela cena na festa, mas você estava muito bêbada. Provavelmente bêbada demais para consentir, entende? — A voz de Ruby falha. Ela desvia o rosto e fecha os olhos por um momento. — E se alguém tivesse... feito alguma coisa que você não quisesse? Não quero nem pensar a respeito.

Assinto. Sei que Ruby está certa. Preciso ser capaz de cuidar de mim mesma. Mesmo quando estou me divertindo.

— Pode me chamar da próxima vez — ela diz. — Juro que não costumo ser tão careta.

— Posso ser sua parça também, se você precisar.

Ruby leva a mão ao meu braço.

— É que eu gosto tanto de você, Malena. Não desejo que ninguém se sinta como me senti, muito menos você.

Nós nos inclinamos uma para a outra, chegando perto o suficiente para ficar cabeça com cabeça.

— Sinto muito que tenha passado por isso — sussurro. — Queria ter estado do seu lado.

— Eu também — Ruby sussurra de volta. — Eu devia ter te contado.

— Vamos encontrar o cretino e garantir que ele receba o que merece. Devíamos começar fazendo perguntas, conversando com pessoas que estavam na reunião. — Aperto o ombro dela. — E você deveria contar à dra. Hardaway. Você a julgou mal. Ela entenderia.

Pensar na foto do livro me dói. Naquele vestido. Por que tantas meninas — por que tantas *mulheres* — têm que passar por esse tipo de coisa?

— É... — Ruby diz. — Acho que a dra. Hardaway é mais uma pessoa a respeito de quem me enganei. Vou falar com ela. Prometo. Não quero que aquele tarado machuque mais ninguém. — Ruby suspira, e seus ombros caem, em exaustão. — Obrigada por não desistir de mim.

— Espero que saiba que te acho incrível. Acreditei em você por um bom motivo.

Ela se afasta, mas continua segurando minhas mãos com firmeza.

— Eu não sou incrível — Ruby diz, de novo com certa dificuldade. — Fica todo mundo falando isso. Meus pais acham que sou, sei lá, uma guerreira feminista, mas não tenho ideia do que estou fazendo.

Provavelmente me perderia a caminho do campo de batalha. — Rimos e choramos ao mesmo tempo. — Eu estraguei tudo. Queria poder voltar no tempo e ter uma segunda chance.

— Ruby — digo, me afastando o bastante para nos encararmos —, a chance nunca foi sua. — Solto o ar devagar. — Sei que você estava tentando ajudar, mas preciso que entenda que, de agora em diante, vou lutar minhas próprias batalhas.

— Eu sei. — Ela suspira. — Levei um tempo e cometi erros horríveis, mas agora vejo você. Ouço você. Você vai lutar suas próprias batalhas e vai arrasar.

— Vou mesmo. — Dou risada. — Soraida tem razão. Sou que nem a porcaria da *Juana de Arco*.

Ruby sorri. Nós nos abraçamos e ficamos sentadas em silêncio por um momento, desfrutando dos últimos momentos de ar fresco antes que o sinal toque e tenhamos que voltar.

— Senti tanto a sua falta — ela diz.

Eu a abraço de novo. Senti a falta dela também.

No dia seguinte, depois da aula, nos reunimos na sala da sra. Baptiste para a maior produção de vídeo que a escola Orange Grove já viu — pelo menos de acordo com Soraida, que todos sabemos que é extremamente parcimoniosa.

Meu dedo aperta o botão da câmera que inicia a gravação e uma luzinha vermelha começa a piscar no canto do visor.

— Pronta? — pergunto, acertando o foco para destacar os traços de Chloe, a gerente do time de beisebol.

Ela está de pé diante da câmera. O brilho de seus olhos indica que está animada para fazer parte disso, apesar de ter esperado mais de uma hora na fila até chegar sua vez de falar.

Soraida, Xiomara, Beatriz e Nadia fizeram um excelente trabalho divulgando meu projeto. Para meu completo choque, o resultado foi uma fila de um quilômetro e meio de gente querendo participar. Ouvi alunas que foram tiradas da sala de aula por usar short em dias de quase quarenta graus. Um grupo de cinco alunas do primeiro ano vieram juntas me contar que no primeiro dia de aula uma professora fez com que formassem uma fila na entrada e medissem o tamanho dos rasgos em suas calças jeans. Todas receberam advertência. Uma menina trans foi suspensa por usar vestido na escola e ainda teve que ouvir que seria uma "distração". Falaram o mesmo a uma menina negra sobre o aplique que usava no cabelo, e que ela só poderia ir ao baile de formatura caso tirasse tudo.

Ruby estava certa, lá no começo. Isso é muito maior do que nós, de maneiras que nem estávamos considerando.

Chloe assente, pigarreia e encara a lente da câmera. Seus olhos castanho-escuros e penetrantes têm uma intensidade que torna impossível desviar o olhar. Seu penteado afro repartido está perfeito. Ela usa uma camiseta cropped e jeans de cintura baixa — a roupa que a fez pegar detenção.

Chloe inspira fundo e assume um semblante impassível. Reconheço a expressão direta que já a vi usar para se dirigir aos garotos do time de beisebol, incluindo Carlos.

— Gostaria de pedir desculpas a todo mundo que se distraiu com meu cropped e não pôde se concentrar na aula. Sinto muito se não conseguiram se formar por causa da minha barriga. Que o fracasso de vocês se transforme no sucesso de todas as garotas.

Não há o menor sinal de sarcasmo em sua voz. Diferente de algumas alunas, que só conseguiram gravar aos trancos e barrancos, Chloe acerta de primeira. Isso me faz pensar em quanto tempo ela esperou para dizer essas palavras — e não me refiro ao tempo que passou na fila.

— Ficou bom? — Ela tira os olhos da câmera e me encontra. — Posso repetir, se precisar.

— Não precisa — garanto. — Ficou perfeito.

E, com a bênção de *La Virgencita*, espero que tenha ficado mesmo. Por algum motivo bizarro, todo mundo que se coloca diante da câmera age como se eu fosse uma diretora de Hollywood. É o meu projeto, claro, mas na verdade estou supernervosa com todos os detalhes técnicos que podem dar errado. Tipo, se eu errar no balanço de cores, posso acabar com uma imagem toda azulada. Ou difusa, se me esquecer de ajustar o foco. Ou o som pode ficar falhando. Ou pior ainda: posso ficar sem som (ou imagens)!

— Agora eu me troco? — Chloe pergunta, e algo na maneira como mantêm a coluna ereta me diz que ela escolheu a roupa perfeita.

— Isso. Atrás daquela cortina.

Aponto para os fundos da sala, onde Beatriz está esperando. Ela é a responsável pelo trocador, e até comprou um cabideiro e cabides para manter todas as roupas organizadas. Ao lado dela, Xiomara e Nadia montaram uma mesa de maquiagem e cabelo, com um espelho grande e luzes fortes em volta. Parece que Nadia sabe tudo sobre cabelos. Já Xiomara desenvolveu suas habilidades em cosmetologia no circuito dos concursos de beleza. As duas fazem milagres. Já receberam alguns convites de trabalho para o baile de formatura.

Vendo o quanto estão se dedicando ao meu projeto, entendo por que todos estão achando que esta pequena produção é um negócio sério.

Ruby se ofereceu para ser a assistente oficial — ou, para ser mais precisa, Soraida a ofereceu para o trabalho. Depois de nossa conversa de ontem, reunimos as meninas para que Ruby pudesse pedir desculpas. É claro que Soraida disse que aquilo não era o bastante e que ela precisava "fazer alguma coisa", tipo dirigir pela cidade depois da aula para trazer pizza e sorvete para o pessoal da equipe. Ruby aceitou com um sorriso no rosto. Faz horas que está de pé, distribuindo água e lanchinhos para todos na fila.

Quando comida foi mencionada, Topher, Jo e Nessa se apressaram a ajudar. É muito legal ver a turminha deles junta de novo. Acho que Ruby encontrou uma maneira de se resolver com os três também. Topher está *bem* mais animado que o normal, o que é impressionante. Ele veio com um moletom de alguma faculdade, em vez do colete vintage de sempre, e Ruby não para de falar a quem quiser ouvir sobre a universidade renomada em que ele conseguiu entrar.

— Vou cair fora da Flórida exatos cinco minutos depois da formatura — Topher insiste em anunciar. Vendo como ele está feliz e como Ruby, Nessa e Jo estão felizes por ele me deixa muito satisfeita por tê-los como amigos.

Nadia desaparece no trocador para ajudar Chloe a vestir seu próximo figurino. Quando as duas voltam, Chloe sofreu uma transformação radical. Está deslumbrante, de terninho branco e sapatos rosa-claro de salto fino. Nadia penteou o cabelo dela de lado e o decorou com um pente cravejado.

— Uau — exclamo.

Perdi a conta de quantos alunos gravei hoje. Mas essa sensação, de testemunhar uma pessoa se tornando ela mesma, enche meu coração de orgulho e esperança na mesma medida.

— Essa roupa faz com que eu me sinta poderosa — Chloe diz, erguendo o queixo levemente.

Com o terninho, não é difícil imaginá-la como CEO de uma empresa na lista da *Fortune* das quinhentas maiores corporações dos Estados Unidos. Ou como gerente de sua própria equipe de beisebol. O figurino destaca ainda mais sua confiança e tranquilidade naturais.

Eu me certifico de que a câmera está gravando antes de fazer a mesma pergunta que fiz a dezenas de pessoas antes dela.

— Como você se sente?

Expliquei a cada participante que não se trata de vestir as roupas para se sentir de determinada maneira. É uma questão de chamar a atenção para o que já existe internamente — trazer à tona a confiança interior. Quero que as pessoas escolham roupas que expressem seu eu mais natural e confiante. Agora sei que o verdadeiro empoderamento tem que vir de dentro.

Chloe para por um segundo, refletindo. Quando parece chegar à resposta, seus lábios brilhantes se abrem em um sorriso.

— Como se eu pudesse dominar o mundo.

Duas horas depois, tenho tantas entrevistas gravadas que nem sei o que fazer com elas.

Até o sr. Cruz deu uma passada para dizer que era "muito maduro" da nossa parte "ter encontrado uma maneira de protestar pacificamente".

Mordo a língua e ofereço um sorriso educado a ele. *Nosso protesto sempre foi pacífico!*, quero gritar. Mas não é o momento de iniciar uma discussão sobre como a sociedade tacha mulheres fortes e assertivas de agressivas.

— Isso tudo vai dar uma excelente redação na hora de se candidatar à universidade — o sr. Cruz me disse.

Acho que essas sementes de rebelião podem acabar se transformando em árvores majestosas, no fim das contas.

Depois de um dia simplesmente excelente, saio cumprimentando todo mundo pelo trabalho bem-feito. Reservo um agradecimento especial à sra. Baptiste, por ter sido tão flexível com sua sala e seu tempo.

Soraida tenta descolar créditos extras por ter me ajudado, mas a professora só lembra que ela ainda precisa entregar seu próprio projeto.

— Que tal um perfil sobre mães porto-riquenhas dominadoras? — Soraida propõe.

A sra. Baptiste ri, mas sei bem que Soraida está falando sério.

Só então a dra. Hardaway chega, quando eu já estava começando a achar que não viria. Imagino que estivesse esperando que todos os alunos já tivessem gravado suas participações.

Ela está usando uma regata justa e legging com estampa de folhas e borboletas. É a legging mais legal que já vi. Com essa roupa, a dra. Hardaway nem parece a diretora-assistente, só uma mulher mostrando seu eu mais autêntico.

— Estamos prontas — digo.

A dra. Hardaway para em frente à câmera. Faço um sinal para que comece a falar.

— Olá. — Ela faz uma pausa e pigarreia. — Vou começar de novo.

A dra. Hardaway finca os pés descalços no chão e endireita a coluna. Seu cabelo está preso em um coque baixo.

— Olá — ela repete, com os olhos fixos na câmera. — Sou Penny Hardaway. É isso que eu uso quando me sinto empoderada.

Estou me preparando para fazer uma pergunta quando a dra. Hardaway se inclina para a frente e apoia a palma das mãos aberta no chão, diante dos pés.

Eu me apresso para acompanhá-la, diminuindo o zoom de modo a enquadrar seu corpo inteiro.

Ficamos todos assistindo em um silêncio fascinado a dra. Hardaway se equilibrar na palma das mãos e erguer as pernas retas na direção do teto. Fico maravilhada, imaginando como um corpo humano pode fazer isso.

As folhas em suas pernas me lembram das palmeiras de casa. Vi em fotos que elas continuam de pé depois da tempestade. Se dobraram, mas não quebraram.

Depois de um momento, ela dobra a perna esquerda para baixo e ergue a mão esquerda para pegar o pé no ar. A postura desafia as leis da gravidade. A dra. Hardaway está praticamente flutuando em uma única mão, com o restante do corpo acima dela. Parece ao mesmo tempo forte e graciosa.

Só recupero o fôlego quando seu corpo endireita e seus pés tocam o chão.

— Ficou bom? — a dra. Hardaway pergunta, se endireitando.

Aplausos animados irrompem dos fundos da sala.

— Foi surreal — digo. — Onde aprendeu a fazer isso?

— Comecei a fazer ioga depois que fui estuprada — ela diz apenas para mim. — Foi uma maneira de recuperar o controle do meu próprio corpo.

— Funcionou?

Ela confirma com a cabeça.

— Demorou um pouco, mas sim.

De repente, estamos cercadas pelos outros, e a conversa se transforma em um tumulto de exclamações de admiração e apoio.

Há tanta energia criativa na sala que crio coragem de mencionar com a dra. Hardaway a ideia de um comitê docente-discente.

— Seria ótimo se pudéssemos nos reunir para discutir isso em detalhes — digo, depois de ter explicado o conceito.

— Como é um comitê, não precisaria da aprovação do conselho escolar — Ruby acrescenta. — Malena já confirmou isso.

— Se achar que é uma boa ideia, posso supervisionar o comitê — a sra. Baptiste diz à diretora-assistente.

A dra. Hardaway assente. Sua coluna permanece ereta e seus ombros abertos. Ela ainda me lembra uma palmeira.

— Gosto da ideia. Vou dar uma olhada na agenda para marcarmos uma reunião.

Sorrio, permitindo que a empolgação extravase de cada poro. Muito embora seja uma vitória mínima, parece colossal de todas as maneiras possíveis.

Enlaço o braço de Ruby com o meu.

— Estaremos lá — digo.

Ruby me puxa. Nos afastamos enquanto os outros continuam a conversar animadamente.

— Você contou a ela? — sussurro no ouvido de Ruby.

— Contei — ela sussurra de volta. — Você estava certa. Ela me apoiou totalmente. Disse que preciso fazer uma queixa formal para que eles possam abrir uma investigação.

Eu me afasto para olhar para ela, com uma pergunta nos olhos.

— Vamos nos reunir depois do feriado de Ação de Graças — Ruby diz. — Preciso contar para a minha avó e os meus pais primeiro. Ela pediu que eu escreva tudo o que consigo lembrar, incluindo o nome dos alunos que estavam no corredor. E disse que esse tipo de coisa...

— A frase morre no ar. Ruby desvia o rosto, com os olhos vidrados.

— Ela disse que estupros costumam ser cometidos por pessoas conhecidas. — Sua voz perde intensidade ao pronunciar "estupro". Assinto, percebendo seu esforço para processar o que aconteceu. — E que posso me lembrar de mais detalhes com o tempo.

— Talvez alguém tenha visto o cara — digo. — Talvez tenha alguma testemunha.

— Sei lá — Ruby diz, apoiando a cabeça no meu ombro enquanto observamos os outros de nosso canto. A sra. Baptiste diz algo engraçado que faz todo mundo rir. — Mas, mesmo que seja uma batalha perdida, é uma batalha que estou disposta a travar.

— Vou estar do seu lado, não importa o que aconteça. Tá?

Dou um abraço de lado nela e beijo sua cabeça, como uma irmã.

De repente, todo mundo está me chamando.

— Quando vamos ver o vídeo, Malena? — a dra. Hardaway pergunta.

— Primeiro preciso editar tudo.

— E quanto à *sua* história, Malena? — a sra. Baptiste pergunta, me convidando a me juntar aos outros.

— É, acho que eu estava me guardando para o final.

Peço a Ruby que assuma a câmera para que eu possa me concentrar no que vou dizer. Nem preciso pensar muito. As palavras estão presas no meu coração há tempo demais.

VINTE E OITO

RUBY

Vovó e eu estamos lado a lado à ilha da cozinha, esfarelando pão de milho quentinho em uma tigela enorme de inox.

É parte do nosso ritual do Dia de Ação de Graças acordar com o sol para fazer o recheio do peru. Costumo ir para a cama bem cedo na noite anterior, para me preparar para a manhã seguinte. Mas ontem fiquei acordada até tarde, porque comecei a fazer minha redação para a universidade, coisa que venho adiando há meses. A sensação de colocar meu futuro em andamento foi ótima, ainda que meus olhos estivessem um pouco vermelhos quando acordei com o alarme às seis da manhã. Sei que, assim que minha irmã e meu pai descerem, vão me restar apenas as tarefas de sous-chef: enrolar a massa, extrair as sementes de romã e fazer qualquer outra coisa que eles mandem — o que quer que não estejam a fim de fazer. Mas, até os dois acordarem, tenho um tempo a sós com vovó. Ela sempre faz uma segunda torta doce de ovos para a gente dividir — é um presentinho que nos damos todo Dia de Ação de Graças.

— Hora do café — vovó anuncia. — Vamos fazer um intervalo enquanto esperamos o caldo esquentar. — Ela limpa os farelos das mãos e pega uma faca na gaveta. — Capriche no meu pedaço — vovó diz com animação ao me passar a faca.

Recebo uma mensagem no celular. É o Topher.

> Feliz Dia do Peru

> Oi meu bem! Você acordou cedo

É impressionante como me sinto aliviada em voltar a receber as mensagens constantes de Topher.

> Não consegui dormir. Por acaso já comentei que vou estudar na minha faculdade dos sonhos?!?!?!?!

Respondo com um GIF de fogos de artifício.

> Já estou planejando sua festa de despedida!

> É bom ser maravilhosa

> Você sabe que vai ser

Topher já avisou que vai ser o primeiro da nossa turma a ir embora. Ele foi convidado a se juntar a uma pré-orientação especial para alunos que são os primeiros da família a fazer ensino superior. Ficamos muito empolgadas por ele. Até a mãe e a avó de Topher parecem finalmente ter entendido como a bolsa que ele recebeu é importante.

> Fazendo recheio com sua avó?

> Claro.

> Quer vir comer sobras no café amanhã?

> Se eu ainda não tiver explodido de tanto comer...

> Traz a compota de pera e canela?

A avó dele sempre faz essa compota. Deve ser um lance sulista.

> Só se me guardar um pouco da torta que você e sua avó devem estar prestes a atacar

Ah, Topher. Ele me conhece tão bem. Não vai ser fácil guardar um pouco dessa torta deliciosa, eu garanto. Mas é o mínimo que posso fazer por ele ter aguentado — e milagrosamente perdoado — meus momentos de péssima amiga. Topher certamente vale o sacrifício.

Mando um sinal de positivo e um monte de emojis de beijinho, depois corto dois pedaços enormes de torta, um para mim e um para vovó. Ela serve café para a gente e nos sentamos lado a lado à bancada da cozinha. Desde que meus pais e Olive voltaram, não tivemos mais um segundo de tranquilidade, o que torna esse momento juntas especial. Sinto falta de ter vovó só para mim. Enquanto saboreamos a delícia açucarada, conto todos os detalhes da minha conversa com Malena na segunda-feira. É a coisa certa, contar a ela. É quase como se as coisas mais importantes da minha vida não se tornassem reais de fato até que eu tivesse a oportunidade de dividi-las com vovó.

E as coisas mais terríveis também, coisas que fazem com que me sinta envergonhada e humilhada. Fiz tanto esforço para me convencer de que o que aconteceu não era nada porque sabia que, assim que contasse a alguém — ainda mais à vovó —, tudo pareceria real demais.

Só que chegou a hora.

— Tem outra coisa — digo, hesitante. — Aconteceu um negócio que preciso te contar. Não foi nada de mais, só que...

Vovó deixa a caneca de café de lado.

— O que aconteceu? — ela pergunta, levando a mão ao meu ombro.

— Não é importante, sério. Tipo, não sei por que fiquei tão obcecada por isso. Durante a manifestação, quando estava todo mundo se empurrando para sair, um cara me agarrou e enfiou a mão debaixo da minha blusa. — Coloco a tigela na bancada e fico olhando para baixo. Tenho medo de chorar se vir o rosto de vovó, e não quero chorar. — O cara passou a mão em mim e, quando o empurrei, ele falou que eu provocava e depois não aguentava.

— Isso é importante, sim, Ruby — vovó diz, com firmeza na voz. — É muito importante. É terrível.

Vovó me puxa para um abraço. Apoio a cabeça em seu ombro e inspiro o aroma tranquilizante de narciso e talco. Depois solto um suspiro longo e profundo.

— É — digo. — Foi terrível mesmo. Não consigo esquecer. Estou tentando muito, mas não consigo.

Ela se afasta, segurando meus ombros com firmeza, e olha bem nos meus olhos.

— Não é algo que você deva esquecer, querida. Esse tipo de coisa a gente nunca esquece.

Faço que sim com a cabeça. Ela tem razão. Não vou conseguir esquecer isso, por mais que me esforce.

— Fico repassando tudo na cabeça, pensando no que poderia ter feito de diferente, em como poderia ter evitado tudo... evitado o cara.

Ela aperta meus ombros com delicadeza.

— Você tem todo o direito de se sentir violentada pelo que o garoto fez, mas precisa resistir com todas as suas forças ao impulso de achar que a culpa foi sua.

— Eu sei. Estou tentando — digo.

Racionalmente sei que ela está certa. Mas meu coração continua muito confuso. Não posso me culpar pelo que o cara fez, mas tampouco posso culpá-lo pelo que eu fiz, por todas as maneiras como estraguei tudo depois da manifestação. Como vou explicar isso para vovó?

— Também sei que cometi milhares de erros. Fiquei tão envolvida comigo mesma que acabei ignorando os outros, especialmente Malena. Eu a magoei muito.

— Sim — vovó diz —, é verdade. Você magoou Malena. E pediu desculpas, do fundo do coração. Agora é hora de consertar as coisas.

Ela tira a última assadeira de pão de milho do forno e se prepara para fazer o molho.

— Não sei se tenho como consertar tudo — digo, pegando uma tigela de aipo picado da geladeira. — Acho que o melhor que posso fazer, para todo mundo, é simplesmente me afastar. — Faço uma pausa para transferir o aipo para uma tigela de aço. — Malena quer que eu participe do comitê, mas sinto que só atrapalharia. Ninguém precisa ouvir nada de mim. Eu já disse o bastante. Já causei problemas o bastante.

Vovó começa a picar as cebolas, rápida e concentrada. Trabalhamos em silêncio por alguns minutos. Minha mente fervilha de perguntas que não tenho ideia de como responder.

— Entendo que se sinta assim — vovó finalmente diz.

Penso em Malena e Soraida, Beatriz, Xiomara, Nadia. Penso em Chloe e na coragem com que encarou a câmera, em todas as pessoas com habilidades de organização incríveis, com histórias poderosas para contar. Não seria melhor se eu simplesmente desaparecesse? Se calasse a boca e ficasse em casa?

— Acho que preciso de um hobby, sei lá — digo, tentando aliviar o clima. — Alguma coisa totalmente inofensiva, tipo crochê. — Damos risada da ideia. — Pra me manter ocupada e me impedir de meter o nariz no lugar errado, de tentar lutar as batalhas dos outros.

— Bom — vovó começa, vindo ficar ao meu lado —, crochê pode ser uma ideia interessante. Uma atividade relaxante. Mas, enquanto ouvia você, fiquei pensando. — Ela inclina a tábua de corte acima da tigela de inox. — Você já ouviu falar em Joan Trumpauer Mulholland?

Faço que não com a cabeça e enfio as mãos na tigela, começando a misturar o pão de milho e o aipo enquanto vovó acrescenta a cebola picada.

— Vamos procurar o nome dela — vovó diz, apontando para meu notebook.

Lavo as mãos na pia e vou até o notebook que Olive deixou aberto na bancada ontem à noite, quando pegou a receita dos pãezinhos que preparou. Vovó despeja o caldo quente sobre a mistura enquanto procuro aquele nome. Aparece uma série de artigos. Clico na primeira foto que vejo.

— É essa aí — vovó diz, apontando para a tela.

É uma foto em branco e preto. Só preciso de um segundo para concluir que foi tirada nos anos 1960, época do movimento pelos direitos civis, no balcão de uma lanchonete. Vovó deixa a panela de lado e vem se juntar a mim. Seu dedo me guia até uma mulher branca e magra, não muito mais velha que eu, com o cabelo preso em um coque preto baixo. Com o cotovelo apoiado no balcão, ela não olha para a câmera, e sim para uma jovem negra, que deve ser sua amiga. As duas estão cercadas de homens brancos — adolescentes, na verdade, garotos. Estão todos de pé, assomando sobre elas, importunando-as, assediando-as. Isso está claro. Joan e a amiga estão cobertas de comida, pode ser ketchup, açúcar, calda. É difícil dizer. Um babaca vira o açúcar em cima da cabeça de Joan. Não dá para ver o rosto dela, mas o da amiga parece ao mesmo tempo angustiado e resignado.

— Jackson, Mississippi, 1963 — vovó diz, em um tom quase reverente. — Os bisavós de Joan tinham sido senhores de escravos na Geórgia. Os pais a mandaram para estudar em Duke, esperando que fosse como eles. Mas ela não era. Largou a faculdade e se tornou uma viajante da liberdade, amiga de Stokely Carmichael, um ativista não violento. — Vovó retorna à tigela e incorpora o que resta de caldo. — Ela foi presa e submetida a todo tipo de humilhação, incluindo agressões físicas.

— Uau — digo, olhando para a figura esguia na foto. — Ela parece muito durona.

— Ela era mesmo durona — vovó diz, assentindo. — Mas nunca segurou um megafone ou um microfone. Ficou ao lado de seus amigos e colegas negros, mas nunca procurou os holofotes. Ela se esforçou muito. Fez muita coisa, o tipo de trabalho de bastidores que não rende prêmios a ninguém. — Vovó para de mexer na tigela para me lançar um olhar profundo. — Ela não queria ser uma heroína. Não precisava disso. Só queria que as coisas mudassem, e faria o que fosse necessário para ajudar.

— Sei como é — digo.

— Eu sei que você sabe. — Vovó estica o braço para tocar minha mão com delicadeza. — Só quero ter certeza de que ouça isso de mim, Ruby. Você tem tanto a oferecer, tanto entusiasmo a dedicar a qualquer causa de seu interesse. — Vovó acrescenta sal à tigela e a passa para que eu misture. — Você tem dons e talentos que sua irmã e seus pais nem conseguem imaginar. E um dos mais importantes deles foi que aprendeu a escutar. Deve ser grata a Malena. Acho que ela te ensinou isso.

Faço que sim com a cabeça, pensando na conversa na biblioteca. Malena poderia ter me dado as costas, mas não deu. Ficou ali e me ajudou a ver todas as maneiras como errei, a ouvir todas as coisas que eu precisava ouvir. Sou grata por isso, ainda que tenha sido muito dolorido.

Vovó me passa o moedor de pimenta e aponta para a tigela.

— Para trabalhar com outras pessoas e tentar mudar as coisas, você não precisa ser a pessoa segurando o megafone. Na verdade, em geral, não deveria ser.

Assinto, sentindo uma emoção — talvez alívio — inundar meu peito. Não preciso ser extraordinária. Não preciso ser magnífica. Não preciso ganhar nenhum prêmio. Só preciso ser comprometida e estar disposta a me dedicar. E tenho que continuar ouvindo.

Acrescento a pimenta à tigela enquanto vovó mexe. Vendo nossos movimentos fluidos, a maneira como criamos este prato juntas sem precisar trocar uma palavra sequer sobre isso, fico grata por ter sido corajosa o bastante para deixar a vergonha e a humilhação de lado e contar tudo a vovó. Só de dividir meu fardo com ela, é como se uns cinquenta quilos tivessem sido retirados dos meus ombros.

Pego uma colherada e ofereço a ela.

— O que achou? — pergunto. — Está bom de sal?

— Perfeito — vovó diz, triunfante. — Parabéns pra gente.

É, eu penso. *Parabéns pra gente.*

VINTE E NOVE

MALENA

— Peru passando! — Soraida grita, erguendo uma faca e um garfo trinchante no ar. — Saiam do caminho!

Ela finalmente tem seu momento de *Juana de Arco*.

Segurando a molheira de prata da *abuela* Joan com todo o cuidado, sigo Soraida, que, em suas próprias palavras, dirige "a Conquista do Peruzão".

Todo mundo se afasta para Carlos e o pai de Ruby passarem carregando juntos uma travessa enorme com o maior peru que já vi. Deve pesar pelo menos quinze quilos. *Abuela* Joan teve que estender sua mesa de jantar o máximo possível para abrir espaço para o Peruzão e nossas duas famílias.

Depois da conversa na biblioteca, Ruby e eu convencemos *mami* e *abuela* Joan a deixar para trás os planos individuais para o Dia de Ação de Graças e fazer um único jantar. Estava em cima da hora, mas, depois de tudo o que aconteceu, *mami* ficou mais do que feliz em unir *las familias*. Fora que Ruby e *abuela* Joan insistiram que precisávamos comemorar em grande estilo a estreia do meu curta — ou, como tenho que lembrar às duas o tempo todo, uma versão muito inicial do meu curta.

Achei que passar o Dia de Ação de Graças na casa da *abuela* Joan, cercada de gente, poderia abrandar a dor gritante da ausência de *papi*. Fora que *abuela* Joan prometeu que faria sua famosa torta doce de ovos de sobremesa, que Ruby garantiu que era "transformadora". A concorrência é dura, claro. O pudim da minha *abuela* é o detentor atual do título de "sobremesa mais transformadora".

Para ser justa, foram *mami* e *abuela* Joan que fizeram a comemoração acontecer, mas tudo ficou exatamente como imaginei. Várias partes da minha vida — antigas e novas — foram rearranjadas para formar uma vida que nunca esperei, mas pela qual sou grata.

Está longe da perfeição, mas todo dia um momento surpreendente me traz alegria.

Tipo agora. *Mami* e *abuela* Joan estão junto à vitrola, rindo enquanto balançam os quadris ao som de um disco antigo da Madonna sem largar seus copos de sangria. Acho que *abuela* Joan descobriu o amor eterno de *mami* pelo pop dos anos 1980.

Ao meu lado, tia Lorna está ocupada com uma bandeja de *pasteles* em uma pilha tão alta que alguns chegam a cair no molho de cranberry. Preciso me esforçar para não rir.

— ¡*Ay, bendito!* — *Abuela* joga as mãos para o alto, claramente insatisfeita. Ela limpa seus *pasteles* furiosamente e dá uma bronca em espanhol em tia Lorna.

Devo dizer que molho de cranberry é novidade no Dia de Ação de Graças da minha família. Assim como a torta de abóbora, a vagem e o purê de batata que a família de Ruby preparou — "comidas de gringo", de acordo com tia Lorna.

Os novos pratos estão apertados no aparador, ao lado das especialidades porto-riquenhas que minha família trouxe: uma bandeja de aperitivos com *surullitos, empanadillas* e *bacalaitos*, uma panela enorme de *arroz con gandules* e outra de *mofongo*, e os *pasteles* da *abuela*, claro.

Estamos quase começando a comer quando a irmã de Ruby, Olive, irrompe na sala com uma bandeja de pãezinhos caseiros, perfeitamente dourados e amanteigados.

Ela tenta contornar o isopor de tio Wiliberto, com garrafas de *coquito* e cerveja Medalla. A mãe de Ruby pareceu confusa quanto à presença do isopor no meio da sala de jantar, mas onde deixaríamos o *coquito*? A geladeira da cozinha está lotada de comida.

Assim como *abuela* é a rainha dos *pasteles*, tio Wiliberto é a autoridade na família quando se trata de *coquito*. Ele pretende apresentar *abuela*

Joan e os pais do Ruby à sua famosa gemada — receita de família. O pai de Ruby pareceu bastante animado depois que ficou sabendo que a bebida é feita com rum de Porto Rico.

Olive faz cara feia para o isopor e acaba tropeçando na alça. Ela dá um grito, e de repente os pãezinhos são lançados no ar. Carlos pega dois com a mão esquerda e um com a direita. Não tenho nenhuma dúvida de que meu primo vai entrar na liga profissional.

Olive fica com uma bandeja de prata vazia, parecendo prestes a entrar em combustão espontânea.

— Não fiquem aí só olhando — ela diz para Ruby e eu, brava. — Me ajudem!

Só encontrei Olive uma vez essa semana, mas é engraçado como ela assumiu rapidinho o papel de irmã mais velha comigo. Dá para entender por que Ruby se irrita um pouco, mas mesmo assim acho que ela é legal.

Ruby e eu nos ajoelhamos e entramos engatinhando debaixo da mesa à procura de pãezinhos perdidos, enquanto Olive insiste:

— Alguém pode levar esse isopor pra cozinha, por favor?

Tio Wiliberto não vai ficar feliz com isso.

Nos apressamos para recolher os pãezinhos enquanto a regra dos cinco segundos ainda vale. Tio Wiliberto também se apressa, mas por outro motivo: para pegar duas cervejas Medalla em seu precioso isopor antes que Carlos o leve embora. Meu tio passa uma cerveja ao pai de Ruby, que fica feliz em aceitá-la.

— Acho que meu tio arranjou um novo companheiro de bar. — Dou risada enquanto pego outro pãozinho debaixo da mesa. — Nem consigo acreditar que fizemos isso acontecer.

— Que loucura, né? — Ruby dá uma risadinha. — Talvez vocês recebam um convite para o Natal também. Este Dia de Ação de Graças está sendo muito mais divertido que o do ano passado.

— Ah, o Natal com a gente é ainda mais exagerado. Tem mais comida, mais bebida e mais música — digo. — Você ia adorar. Isso aqui está me lembrando de casa.

É uma versão maior, ampliada, de casa, onde fico cercada de gente que me conhece de verdade e se preocupa comigo.

— Isso me deixa tão feliz. — Ruby sorri. — A gente nunca comemora assim. No ano passado, Olive e meu pai passaram o jantar inteiro discutindo se era mesmo possível comprar um peru produzido de maneira ética. Olive tentou convencer a gente a comprar um peru de tofu este ano.

A lembrança a faz gargalhar, e eu dou risada junto. Agora que conheço a família de Ruby, consigo imaginá-los sentados à mesa, tendo essa discussão muito educadamente.

— Peru de tofu não colaria com a minha família. Tenho certeza de que tia Lorna pegaria os *pasteles* da *abuela* e iria embora na mesma hora.

— Ainda bem que vovó sabe ser bastante persuasiva.

— Eu não estava muito animada para o dia de hoje — admito, com um suspiro. — Você sabe... com *papi* longe.

Ruby coloca na bandeja os pãezinhos que tem na mão e chega mais perto de mim. Os outros estão começando a ocupar seus lugares à mesa, enquanto continuamos escondidas sob a toalha comprida.

— Deve ser péssimo estar longe de casa — ela diz, baixo.

— É — confirmo. — É péssimo mesmo. Mas um dia assim... — aponto para o caos maravilhoso que se desenrola à nossa volta, com vozes altas, aromas deliciosos, muita alegria e risadas — me faz pensar que talvez algum dia eu ainda considere esse lugar um lar também.

Ela volta a ficar de joelhos para me dar um abraço meio sem jeito embaixo da mesa.

— Ah, mas isso é fofo pra caralho! — Ruby diz, me apertando mais.

Dou risada e retribuo seu abraço.

— O que aconteceu com aquela história de não falar palavrão?

— Superei — ela diz, ficando de cócoras. — Me sinto perfeitamente bem sendo uma menina que fala palavrão que nem um marinheiro. — Ruby dá de ombros e sorri, o que faz rugas se formarem em volta de seus olhos. — É libertador, de certa forma, sabe? Poder ser eu mesma.

— Isso é ótimo, mas toma cuidado perto da tia Lorna, tá? Pode acreditar em mim: a punição faz o crime não valer a pena.

Damos risada, apoiadas uma na outra. De repente, Soraida enfia a cabeça debaixo da mesa.

— Vamos andar logo aí? Estamos morrendo de fome — ela diz.

Ruby passa um pãozinho a ela, consciente de que a melhor maneira de cair nas boas graças de Soraida é pela boca.

Engatinhamos para longe da mesa e sentamos nos nossos lugares. *Abuela* faz uma oração em espanhol agradecendo a Deus, a Virgem Maria, José, o Menino Jesus e uma ladainha de santos — muito embora a gente tenha pedido a ela para fazer um agradecimento não religioso em respeito à família de Ruby. Imagino que não consiga se segurar. O pobre Carlos tem que traduzir tudo enquanto esperamos, ansiosos para começar a comer. Nem preciso dizer que ninguém fica feliz com Soraida o interrompendo para lembrá-lo dos santos que deixou de fora.

Finalmente, atacamos. A próxima hora é um borrão de sorrisos e risadas, línguas misturadas e um ou outro brinde, além de muitos segundos e terceiros pratos — especialmente no caso de Carlos.

Depois que todos provamos o *coquito* de tio Wiliberto — ele fez uma versão sem álcool "para os *jóvenes*" — e estamos profundamente mergulhados no estupor pós-festa, Ruby se levanta e dá uma batidinha no copo para chamar a atenção de todos.

— Senhoras e senhores, *damas y caballeros*! Faremos um breve intervalo agora. Por favor, dirijam-se todos à sala de estar, onde serão servidos doces e café. E preparem-se para a estreia mundial do premiado documentário de Malena Malavé Rosario.

— Premiado? — Soraida repete.

— Futuro premiado! — Ruby declara.

— Já tem o meu voto — *abuela* Joan concorda.

Ela deixa Ruby e eu encarregadas do café e das sobremesas, por isso vamos para a cozinha enquanto tia Lorna e Olive discutem como guardar as sobras. Ruby liga a cafeteira enquanto preparo um prato com um pouco de tudo para cada um: um copinho de *tembleque* e pedaços do pudim de baunilha da *abuela*, da torta doce de ovos da *abuela* Joan e da torta de abóbora da mãe de Ruby.

É bom ter um momento de tranquilidade depois de um jantar tão barulhento. Na calmaria da cozinha da *abuela* Joan, começo a pensar nos últimos meses e na minha vida na Flórida depois do furacão. Parece que se passaram anos desde que cheguei.

Ruby organiza pires, xícaras e envelopinhos de açúcar em uma bandeja grande, depois despeja chantili em um pote em formato de vaca. Trabalhamos lado a lado, em um silêncio confortável.

— Você às vezes não se pergunta o que teria acontecido se não tivesse ficado menstruada aquele dia? — eu pergunto, baixo, e por algum motivo idiota a ideia nos faz dar risadinhas. — Ou se eu não tivesse queimado as costas e fosse de sutiã para a escola aquele dia?

— Ou se eu tivesse me lembrado de levar um absorvente para a escola...

— Ou se o banheiro da escola tivesse uma máquina que vendesse absorventes!

— Vendendo, não! — Ruby exclama. — Se a escola oferecesse absorventes grátis para todo mundo!

— Em todos os banheiros! Para todas as pessoas! — acrescento. — Hum... Será que isso deveria constar na pauta do comitê?

— Seria ótimo — Ruby diz.

Voltamos a ficar em silêncio, focadas nas sobremesas. Organizo os pratos à minha frente de maneira metódica, cada um acompanhado de um guardanapo e de uma colher.

— E se a gente nunca tivesse se conhecido? — Ruby diz. — E se vivêssemos nos cruzando nos corredores, como completas desconhecidas?

Por um momento, eu me permito mergulhar nas possibilidades infinitas, para ver aonde me levam.

— Aquele momento, quando nos encontramos... — começo a dizer. — É como se todas as decisões que tomamos nos guiassem àquele exato lugar, naquela hora exata. Não é maluquice?

— Tipo, se eu tivesse ficado em Seattle... — Ruby diz, puxando uma cadeira para perto da ilha da cozinha, onde estou cortando o pudim.

— E eu em Porto Rico...

Dou de ombros, tentando me concentrar na sobremesa. Meu coração não está totalmente curado da perda de casa, mas parece que dói um pouco menos a cada dia. Mal posso esperar pelo dia em que poderei voltar para reivindicar uma parte do meu antigo eu, da vida que eu amava.

Coloco um belo pedaço de pudim em um prato e passo para Ruby.

— Você tem que experimentar isso — digo.

— Só se for agora. — Ruby pega uma colherada e geme de prazer. — É o melhor pudim do mundo. — Ela pega outro pedaço, ainda maior. — Amo sua *abuela*.

— Ela é incrível — digo.

Ruby parece pensativa enquanto come o restante do pudim. Eu termino de transferir os pratos de sobremesa para uma bandeja bem grande. Não tenho ideia de como vamos levar esse troço para a sala.

— Na minha escola antiga, tinha um professor de arte, o sr. Nguyen, que botava a gente pra fazer um monte de coisa legal — ela conta, se servindo de outro pedaço de pudim. — Uma vez, ele levou todos os alunos para uma loja de tranqueiras enorme na Market Street, pra procurar relógios quebrados. A gente não tinha a menor ideia do que era para fazer. Achamos que talvez fosse nos ensinar a consertar? Mas não. O sr. Nguyen mandou a gente desmontar os relógios, e passamos um mês inteiro rearranjando as partes para criar obras de arte. Alguns alunos fizeram criaturas fantásticas, tipo dragões, serpentes, centauros... teve até uma fênix. Eu me ative ao mundo real e fiz uma libélula. Usei cacos de vidro, engrenagens tortas e rodas dentadas.

Ruby para e lambe a calda que ficou na colher.

— Foi muito esquisito, mas de um jeito incrível. Não consigo acreditar que perdi a libélula na mudança. Bom, enquanto você falava, fiquei pensando nela. Acho que, pra fazer algo assim, é preciso que um monte de coisas tenha se quebrado antes. — A voz de Ruby falha um pouco, e ela pigarreia. Seus olhos lacrimejam, e vê-la se emocionando produz o mesmo efeito em mim. — Pegamos um monte de peças soltas e estragadas e transformamos em algo maravilhoso e estranho. Algo único.

Somos nós, percebo. Ruby está falando de nós e do que construímos — algo lindo e novo de infinitas partes quebradas. Incomum? Sim. Com algumas falhas, quando se olha de perto? Total. Mas também magnífico.

— Com certeza único — digo, olhando para nossos familiares, jogados nos sofás e cadeiras da sala da *abuela* Joan. Soraida acena loucamente com os braços para chamar nossa atenção.

— Por que estão demorando tanto? — ela pergunta. — O pudim já está pronto. Vocês só precisam cortar!

Ruby e eu sorrimos uma para a outra, sabendo que o momento de tranquilidade passou.

Carlos vem para a cozinha e pega um copinho de *tembleque* de um dos pratos que arrumei com todo o cuidado.

Dou um tapa na mão dele.

— Ei! — grito. — Não estraga meu empratamento.

— Estão todos prontos? — ele pergunta, levando uma bela colherada à boca.

— Quase — digo, colocando o último pedaço de torta em um prato. — Agora, sim!

Para minha surpresa, meu primo passa uma água no copinho agora vazio, coloca na lava-louça e se vira para pegar a bandeja com os pratos montados.

— Quer que eu leve pra você? — ele pergunta.

Quase engasgo de surpresa.

— Valeu — consigo dizer.

Carlos pega a bandeja e a apoia no ombro, como um garçom profissional, depois se inclina para dar um beijo em Ruby antes de ir embora. Ela parece prestes a desmaiar de emoção.

A cafeteira apita — é nossa deixa para voltar para a sala. Eu e Ruby vamos distribuindo as xícaras de café entre nossos familiares ansiosos enquanto Carlos faz o mesmo com os pratos de sobremesa.

Depois de um tempo, todos se acomodam diante da TV. Ruby se aninha sob o braço de Carlos, com as pernas enroscadas nas dele. Quando ela dá um beijo em meu primo, pego tia Lorna olhando feio para ela. Dou risada sozinha, imaginando que minha tia deve estar chateada por já não ser a mulher mais importante da vida do filho.

Coloco o filme para passar na TV e estranho quando o pai de Ruby começa a mexer no computador da família. De repente, tia Lorna solta um gritinho de alegria.

— Olha, Malena! — Ruby diz.

Eu me viro e vejo o rosto de *papi* na tela. Seu sorriso é amplo e caloroso, seus olhos dançam de alegria. Fico tão emocionada ao vê-lo que vou até o computador e toco a tela, só para me certificar de que é mesmo ele.

— *Papi*? — digo, com os olhos cheios de lágrimas.

— Estamos todos aqui! — *mami* grita dos fundos. Saio da frente da tela para que *papi* consiga ver todo mundo na sala dando tchauzinho para ele.

— Não estou entendendo — digo. — Achei que onde você estava não tinha internet.

— Voltei para San Juan — ele explica. — *Mami* me contou sobre seu filme, e eu não queria perder!

— Estou tão feliz com você aqui, *papi* — digo, meio rindo, meio chorando.

Mami para atrás de mim e passa o braço por cima dos meus ombros, me dando um abraço de lado.

— Ele sempre está com a gente, *mija*.

Nós duas nos sentamos quando o título do documentário surge na tela da TV.

É isso que estou usando
de Malena Malavé Rosario

Aplausos e gritinhos irrompem pela sala.

A montagem de abertura preenche a tela. Minha narração em off acompanha as imagens que gravei naquele primeiro dia na casa de Ruby:

— *Nossa primeira reunião foi um desastre. Se soubéssemos como seria difícil trabalhar juntas, provavelmente teríamos desistido ali mesmo.*

— Ainda bem que eu tinha me maquiado aquele dia — Soraida comenta atrás de mim. — Você devia ter me dito que estava gravando para a posteridade. Eu teria usado outra blusa.

Carlos faz "shh" pra ela e reclama:

— Estamos tentando ouvir.

Seguem-se algumas imagens do primeiro artigo de Calista, alguns clipes de antes da manifestação e mensagens de apoio nas redes sociais. Então corta para a manifestação em si.

— Eu que gravei isso! — Soraida grita, sem conseguir se segurar.

Minha voz explode pelos alto-falantes da tv, se espalhando pela sala. Eu me vejo enorme na tela, empunhando o megafone.

Penso em Malala, do Paquistão, e em Joshua, de Hong Kong. Penso na coragem deles e em como fiquei impressionada quando acompanhei a história de cada um deles se desdobrando pela primeira vez. Posso não estar derrubando um regime opressivo, mas estou usando minha voz. Assim como eles, estou fazendo com que me ouçam.

O filme chega à melhor parte. Meu peito se enche de satisfação e ansiedade quando somos transportados à sala da sra. Baptiste. Sou filmada de lado, atrás da câmera.

— Essa imagem é minha! — ouço Ruby sussurrar animada. — Gravei com o celular.

Segue-se um desfile de vozes e rostos na tela. Chloe orgulhosa em seu terninho. A sra. Baptiste em sua saia florida preferida. Xiomara passando cuidadosamente um batom bem vermelho. Ruby, em uma participação especial, pulando diante da câmera para evidenciar sua falta de peitos. E a dra. Hardaway se equilibrando com firmeza em uma só mão. Cada uma delas usa uma roupa diferente, assume uma postura diferente, conta sua própria história. Muito embora eu tenha visto as imagens um milhão de vezes, muito embora tenha passado a noite acordada para fazer a montagem, só agora eu percebo: é isso que é ser *destemida*.

Penso em todas as vezes que me esforcei para ser destemida e acabei me atrapalhando. Quando fiquei bêbada na festa. Quando queimei um sutiã ótimo. Quando me joguei na cama de Javi. E até quando menti para *mami*. Por acaso alguma dessas vezes me tornou a pessoa que eu queria ser?

Meu próprio rosto surge na tela. Me vendo de pé ali, fico impressionada ao perceber como mudei. Ainda que esteja usando a mesma túnica do dia em que estava com as costas queimadas, sou uma pessoa diferente. Pelo menos disso eu tenho certeza.

Pego a mão de *mami* para que a minha não trema tanto e crio coragem para me assistir dizendo:

Mi cuerpo es un regalo de mis padres.
El templo de mi alma, mi mente, mi corazón.
Mi cuerpo es orgullo,
un retrato de mi tierra,
una canción de amor.
Mi cuerpo no es tuyo para juzgar.
No es tuyo para decidir.
Ni tuyo para criticar.
Es mío, solo mío, y de nadie más.

Mami dá um leve aperto na minha mão. Mantenho os olhos fixos na TV, ansiosa para saber como minha voz vai soar ao dizer as mesmas palavras em inglês, mas também sabendo que, se sou dona do meu corpo, sou dona da minha voz, não importa a língua.

Meu corpo é um presente dos meus pais.
O templo da minha alma, da minha mente, do meu coração.
Meu corpo é orgulho,
um retrato da minha terra,
uma canção de amor.
Meu corpo não é seu para que o julgue.

Não é seu para que decida.
Não é seu para que o critique.
É meu, só meu, e de mais ninguém.

No silêncio que se estende depois das minhas últimas palavras, percebo. Talvez eu *seja* destemida. Ter a coragem de seguir em frente depois de ser humilhada e envergonhada, depois de cometer grandes erros, mas por minha conta, depois de falar minha verdade, depois de tudo isso... talvez seja exatamente isso que signifique ser destemida.

Ficamos vendo os créditos passando na tela. Ouço alguém fungando de leve, e sei que *mami* está chorando.

Ao ouvir suas lágrimas e dar com o rosto orgulhoso de papai na tela do computador ao me virar, penso em tudo de que tivemos que abrir mão para chegar aqui, em toda a dor que tivemos que suportar. É impossível ser destemida sem ter encarado adversidades antes. Agora sei disso. É impossível ter uma nova vida sem perder a antiga.

Depois de cada tempestade, vem a reconstrução.

Sou destemida.

La vida continúa.

Nota das autoras

Foi uma grande alegria trabalhar neste projeto como coautoras, amigas e irmãs — não de sangue, mas por escolha.

Meu corpo te ofende? foi inspirado nas vozes de protesto em todo o mundo. Meninas de todas as partes estão defendendo os direitos das mulheres e os direitos das comunidades historicamente marginalizadas.

Suas histórias nos levaram a explorar temas como feminismo, interseccionalidade, o papel dos aliados e manifestações estudantis do ponto de vista de duas meninas: uma latina de família conservadora e humilde de Porto Rico e uma branca de família liberal e privilegiada. Ao ver os protestos que ocorrem atualmente nos Estados Unidos, quisemos explorar questões difíceis relacionadas ao que acontece depois, quando a atenção da mídia já mudou de foco e a energia diminui. E como meninas podem construir movimentos fortes em prol da mudança dentro de sistemas de poder que sobrepõem as vozes de algumas às de outras.

A história deste livro se passa no outono de 2017, depois da passagem do furacão Maria por Porto Rico e pela maior parte do Caribe, causando uma devastação sem precedentes. Como resultado, mais de 135 mil porto-riquenhos deixaram a ilha e se realocaram na porção continental dos Estados Unidos. Mais de 24 mil deles eram estudantes. E a maior parte se instalou na Flórida. (Fonte: Centro de Estudos Porto-Riquenhos.)

Temos muito orgulho da história que construímos juntas e esperamos que este livro inspire meninas e mulheres em todo o mundo. Também esperamos que a história de Ruby e Malena funcione como uma ponte conduzindo a conversas positivas, construtivas e marcadas pela compaixão.

Referências para o ativismo estudantil

União Americana pelas Liberdades Civis: Organização sem fins lucrativos que se dedica a defender e preservar os direitos e as liberdades individuais garantidos pela constituição e pelas leis dos Estados Unidos. O site da organização tem uma seção dedicada aos direitos dos estudantes. Também é possível acessar o site da divisão local da organização para encontrar o guia do estudante específico do seu estado.

www.aclu.org/know-your-rights/students-rights

Girls Inc.: Organização sem fins lucrativos que encoraja todas as meninas a serem "fortes, inteligentes e corajosas" por meio do serviço direto e do ativismo. Tem o propósito de ajudar as meninas a desenvolver habilidades necessárias para derrubar barreiras econômicas, sociais e de gênero.

girlsinc.org/

Girl Up: Movimento que "desenvolve habilidades, oferece oportunidades e garante direitos para que meninas tornem-se líderes", fundado pelas Nações Unidas.

https://girlup.org/pt/brasil

Global Changemakers: Organização internacional que empodera jovens a catalisar mudanças sociais positivas em sua comunidade através

do desenvolvimento de habilidades, da capacitação, do networking e da concessão de financiamento a projetos comunitários liderados por eles.
global-changemakers.net/?lang=pt

Youth Activism Project: Organização internacional apartidária com o intuito de encorajar jovens a se posicionarem e encontrar soluções para questões que sejam importantes para eles.
youthactivismproject.org/

Agradecimentos

Este livro é resultado de dezenas de mentes e corações que trabalharam incansavelmente para ver sua publicação, e de um grupo de mulheres duronas que nos apoiou em todos os passos no caminho.

Em primeiro lugar, gostaríamos de agradecer a todas as jovens que se manifestaram contra as disparidades de raça e gênero em sua escola ou comunidade. Foram as vozes e as histórias de vocês que nos inspiraram.

Se conseguimos concluir este livro, foi por causa de nossas madrinhas editoriais, mulheres extraordinárias: a publisher Melanie Nolan, a editora-executiva Michelle Frey, a assistente editorial Arely Guzmán e a preparadora de texto Karen Sherman, todas da Knopf Young Readers, e as agentes Saritza Hernandez e Erin Harris.

Nossa capa foi produzida pela maravilhosa Camila Rosa, ativista brasileira cujo trabalho nos lembra de que a arte é uma das formas mais poderosas de ativismo.

Também somos gratas pelo amor constante e pelo cuidado de nossa primeira irmandade, em casa: *abuela* Cuqui, nossas mães Zulma e Elizabeth, nossas irmãs Lourdes, Lee e Carroll Ann, e nossas filhas Mary Elizabeth, Pixley e Annie. Amamos vocês muito mais do que poderíamos expressar em palavras.

Nossa irmandade também se estende a nossas várias comunidades.

Um agradecimento enorme às lindas mulheres da nossa comunidade de escritoras de Atlanta, que leram os rascunhos iniciais deste livro e nos incentivaram a seguir em frente: Kimberly Jones, Gilly Segal, Maryann Dabkowski, Rachael Stewart Allen, Jessi Esparza e Elizabeth Henry. Amamos vocês!

Também somos gratas a nossos familiares, amigos e vizinhos em Atlanta, Decatur e Norcross, na Geórgia, na Flórida e em Porto Rico, e às comunidades espirituais do Centro de Meditação Kadampa da Geórgia, da igreja St. Thomas More e do ministério El Refugio. Um agradecimento especial a Dana Borda, que nos ajudou com a parte do beisebol.

Aos homens de nossas vidas, oferecemos nosso coração cheio de amor. Agradecemos aos nossos maridos, os dois Chris, por tornar nossas vidas (e nossos lares) tão doces quanto poderiam ser. E a nossos filhos e enteados, Nate, Alex e Caleb: obrigada por nos proporcionar a alegria que é amar vocês.

ESTA OBRA FOI COMPOSTA POR ACOMTE EM BEMBO
E IMPRESSA PELA LIS GRÁFICA EM OFSETE SOBRE PAPEL PÓLEN SOFT
DA SUZANO S.A. PARA A EDITORA SCHWARCZ EM JANEIRO DE 2023

A marca FSC® é a garantia de que a madeira utilizada na fabricação do papel deste livro provém de florestas que foram gerenciadas de maneira ambientalmente correta, socialmente justa e economicamente viável, além de outras fontes de origem controlada.